C.L. MILLER

Der falsche Vogel

AF217934

Autorin

C.L. Miller sammelte ihre ersten Erfahrungen in der Verlagsbranche an der Seite ihrer Mutter Judith Miller, die als ausgemachte Expertin für Antiquitäten und Inneneinrichtung galt und mehr als 120 Bücher zu diesen Themen verfasste. Nach einem kurzen Ausflug in die Gastronomie- und Eventbranche und der Gründung einer Familie beschloss C.L. Miller, endlich den lang gehegten Traum zu verwirklichen und sich aufs Schreiben zu konzentrieren. Ihr Debüt »Der falsche Vogel« löste auf Anhieb eine Bieterschlacht der Verlage aus. Zusammen mit ihrer Familie lebt C.L. Miller in einem mittelalterlichen Cottage in Suffolk.

C.L. MILLER

DER FALSCHE VOGEL

Kriminalroman

Deutsch von Leena Flegler

blanvalet

Die Originalausgabe erschien 2024 unter dem Titel
»The Antique Hunter's Guide to Murder« bei Macmillan, London.

Penguin Random House Verlagsgruppe FSC® N001967

1. Auflage 2025
Copyright der Originalausgabe © 2024 BWL Management Ltd
Copyright der deutschsprachigen Ausgabe © 2024 by Blanvalet
in der Penguin Random House Verlagsgruppe GmbH,
Neumarkter Straße 28, 81673 München
produktsicherheit@penguinrandomhouse.de
(Vorstehende Angaben sind zugleich Pflichtinformationen nach GPSR)

Redaktion: Susann Rehlein
Umschlaggestaltung: © www.buerosued.de
BSt · Herstellung: DiMo
Satz, Druck und Bindung: GGP Media GmbH, Pößneck
Printed in Germany
ISBN 978-3-7341-1463-2

www.blanvalet.de

Für meine Mutter,
Judith Miller,
und meinen Vater,
Martin Miller

»Erkenne dich selbst«, stand über dem Tor zur antiken Welt zu lesen. Über dem Tor zur neuen Welt muss eines Tages geschrieben stehen: »Sei du selbst.«

Oscar Wilde

PROLOG

Für einen ganz normalen Antiquitätenhändler wäre diese Nacht bestimmt anders verlaufen. Doch Arthur Crockleford war kein normaler Antiquitätenhändler.

Er saß über die letzten Handgriffe gebeugt an seinem Schreibtisch und hatte eben das letzte Foto in das Dossier eingeklebt, als er Reifen über das Kopfsteinpflaster hinter dem Laden rumpeln hörte. Er warf einen Blick auf seine georgianische Standuhr. Er liebte diese Uhr – eine seiner ersten Antiquitäten überhaupt. Er hatte sie damals bei einem Händler an der Portobello Road erstanden. Den Messingzeigern zufolge war es zwei vor halb zwei in der Nacht.

Eisige Luft pfiff von der Hintertür her durch den langen Flur bis zum Verkaufsraum, in dem nur die Lampe auf Arthurs Schreibtisch brannte. Der Luftzug kitzelte ihn im Nacken.

Da sind sie.

Er erschauderte. Sein Füllfederhalter tupfte den letzten Punkt ins Dossier. Die Standuhr vermeldete die halbe Stunde.

Meine Zeit ist abgelaufen.

Arthur stand auf und eilte auf die Treppe zu, die zu seiner Wohnung über dem Laden führte. Er kannte jede knarzende Stufe, die er meiden musste, um nicht gehört zu werden.

Stattdessen knackste seine alte Knieverletzung.

Am oberen Treppenabsatz blieb er stehen, ließ den Blick über die Schatten im Erdgeschoss schweifen und fragte sich, wer von ihnen gekommen sein mochte. In seiner Wohnung war alles Licht gelöscht, hier war er von pechschwarzer Nacht umgeben.

Ein flüchtiger Rundgang durch die Zimmer. Es war alles so, wie es sein sollte.

Als er unten die mittelalterlichen Dielen knirschen hörte, erschauderte er.

Jahrzehntelang hatte er jede Sekunde seines geheimen Lebens geliebt … bis Kairo. Wenn er sich nur an einigen Punkten anders entschieden hätte, wenn er die Unterwelt rechtzeitig hinter sich gelassen hätte, wäre diese Nacht vielleicht vermeidbar gewesen. Aber was geschehen war, war nun einmal geschehen. Ihm blieb nur zu hoffen, dass Freya bald alles verstehen würde – und dass es noch nicht zu spät war für Wiedergutmachung.

Arthur wandte sich wieder der Treppe zu. Diesmal wollte er gehört werden.

Im Schummerlicht betrachtete er seine Antiquitäten. Jede einzelne war mit einem Preisschild versehen, was nicht bedeutete, dass er sie hätte verkaufen wollen. Mit seinen geliebten Schätzen vor Augen flammte Wut in ihm auf, allerdings wusste er, dass er gerade diesen Kampf letztlich nicht würde gewinnen können. Er fuhr sich mit einer Hand durch das zerzauste graue Haar und zupfte mit der anderen sein Halstuch zurecht. Wenn dies hier das Ende sein sollte, dann wäre Carole zumindest stolz, dass er sich die Mühe gemacht hatte und stilvoll gegangen war.

»Hallo? Ist da jemand?«, rief er in der Hoffnung, dass die Nachbarn ihn hörten. So könnten sie, wenn nötig, seinen genauen Todeszeitpunkt benennen.

Er bezog Posten neben einem Mahagoniklapptischchen, auf dem zwei seiner Lieblingsvasen standen.

Vielleicht hätte er versuchen sollen, den Alarm auszulösen. Oder schreien. Oder zum Telefon stürzen und die Polizei rufen. Doch die dunkle Seite der Antikwelt hatte ihn schlussendlich eingeholt, und ihm war bewusst, dass er ihr ohnehin nicht für immer hätte davonrennen können. Fürs Rennen war er zu alt.

Jetzt bist du an der Reihe, Freya.

Aus der Schwärze des Flurs trat eine Gestalt hervor. Arthur kniff die Augen zusammen. Das Gesicht des Eindringlings lag zwar im Dunkeln, trotzdem konnte Arthur sehen, was sein Gegenüber soeben tat: Er nestelte an seinen Handschuhen, um sicherzustellen, dass er sie richtig übergestreift hatte.

Dann trat er hinaus in den Verkaufsraum und ins Licht.

»In dir habe ich mich getäuscht«, sagte Arthur.

1

»Jede Jagd fängt mit einem Objekt an, das
verschollen ist … oder gestohlen wurde.«

ARTHUR CROCKLEFORD

Freya

Mit den Fingerspitzen fuhr ich über einen Schrapnell-
schaden in der Fassade des Londoner Victoria and Albert
Museum. Diese Fassade hatte einiges miterlebt und alles
überstanden, was auf sie eingeprasselt war. Kein Krieg und
kein Orkan hatte ihr etwas anhaben können. Ich wünschte
mir, auch ich wäre so widerstandsfähig.

Früh am Morgen, rechtzeitig bevor der Makler kommen
sollte, hatte ich das Haus verlassen und mich mit einem
Bus nach dem anderen durch den öffentlichen Nahverkehr
bis South Kensington durchgeschlagen. In einem Café in
der Nähe hatte ich gewartet, bis das Museum öffnete. Das
V&A war immer schon der Ort, an dem ich Zuflucht suchte,
mein sicherer Hafen.

Ein freundlicher Mann schloss die Eingangstüren auf. Ich
war unter den Ersten, die da waren – die Touristen schaufel-
ten wahrscheinlich noch ihr Büfettfrühstück in sich hinein.

Das Erste, was ich wahrnahm, war der vertraute Geruch

von Politur, dann das Echo meiner Stiefel über den Fliesen in der riesigen Eingangshalle. Erstmals an diesem Tag musste ich lächeln. Dies hier reichte fast aus, um zu vergessen, dass heute ein »Zu verkaufen«-Schild an mein Gartentor genagelt werden sollte.

Seit James, mein Ex-Mann, vor knapp neun Jahren ausgezogen war, drängte er darauf, dass wir das Haus verkauften; anscheinend war ein großes viktorianisches Wohnhaus in einem der besseren Vororte an eine wie mich verschwendet. Immerhin hatte er sich irgendwann darauf eingelassen, dass ich bleiben dürfte, bis Jade, unsere Tochter, volljährig wäre. Doch inzwischen war sie zum Studieren in die USA gegangen, und mir waren die Hände gebunden: Ohne das Kindergeld – und nun war Jade kein Kind mehr – konnte ich mir den Unterhalt des Hauses nicht mehr leisten.

Den Durchgang zu den British Galleries kannte ich im Schlaf. Ich schlenderte am Großen Bett von Ware vorbei, jenem riesigen Bett, in dem ganze zwei Familien Platz hatten und das derart berühmt war, dass Shakespeare es in *Was ihr wollt* erwähnt hatte. Ein Stück weiter zur Rechten stand ein Bücherschrank, wie ihn schon Samuel Pepys besessen hatte. Ich nahm die Steintreppe hoch in den dritten Stock zu den Chippendale-Möbeln. Vor gut zwanzig Jahren hatte ich der Antiquitätenwelt den Rücken gekehrt, doch ein meisterhaft gefertigter Stuhl oder ein schöner, vergoldeter Spiegel war für mich immer noch eine Augenweide.

Ich kannte jedes Ausstellungsstück in der Chippendale-Abteilung in- und auswendig, doch irgendetwas am Garrick-Bett (benannt nach dem seinerzeit berühmten Schauspieler David Garrick) wirkte anders als sonst. Ich lehnte mich so weit vor, wie ich mich traute, und beäugte jeden Zentimeter des gemusterten Stoffs. Einen Augenblick später hatte ich es entdeckt – eine leichte Vertiefung in der Bettdecke. Da hatte ein Besucher wohl testen wollen, wie weich die Matratze war, und einen Abdruck hinterlassen.

Verdrossen sah ich mich nach jemandem vom Aufsichtspersonal um.

Im selben Moment klingelte mein Handy los – Tante Caroles Klingelton. Bevor Jade nach L. A. abgereist war, hatte sie diese Klimpermelodie eingestellt, und ich war noch nicht dazu gekommen, sie auszutauschen. Ich angelte das Handy aus der Tasche und schaltete es stumm. So gern ich die Stimme meiner Tante gehört hätte – jetzt gerade passte es nicht. Ich ließ den Blick durch den leeren Ausstellungsraum schweifen und marschierte dann in der Hoffnung, dort eine Aufsicht anzutreffen, zurück in Richtung Treppenaufgang, als sich mein Handy abermals meldete. Ich hätte es wissen müssen: Carole ließ sich nicht stumm schalten. Sie würde es so lange versuchen, bis ich rangegangen wäre.

»Carole«, flüsterte ich, »tut mir leid, aber ich ...«

»Freya, Liebes«, fiel sie mir melodramatisch ins Wort, »ist es heute?«

»Ja, sie stellen gerade das Schild auf.«

»James, dieser Mistkerl!« Sie versuchte, empört zu klingen, aber irgendetwas war seltsam; sie hatte ihre Schauspielerinnenstimme aufgelegt. »Vielleicht ist es ja an der Zeit loszulassen? Einen neuen Weg einzuschlagen, ein neues Abenteuer ...«

»Ich ziehe nicht aus.« Ich gab mir alle Mühe, damit meine Stimme nicht zitterte. »Diese Genugtuung gebe ich ihm nicht.«

»Verstehe.« Sie schniefte. »Aber Schätzchen ... Du müsstest womöglich trotzdem für eine Weile nach Hause kommen.«

»Warum das denn?« So etwas von mir zu verlangen, sah Carole gar nicht ähnlich. Ich war seit Jahrzehnten nicht mehr in Little Meddington gewesen. »Was ist los?«

»Na ja ...«

»Carole?« Mein Magen krampfte sich zusammen, und mein Puls raste. Es sah ihr auch nicht ähnlich, um die richtigen Worte verlegen zu sein. »Geht es dir gut?«

Sie holte tief Luft. »Es ist etwas Schreckliches passiert ... mit Arthur ... Es ist so ...«

»Arthur?«

Schlagartig konnte von der Ruhe, die ich hier gesucht und gefunden hatte, keine Rede mehr sein. Was in aller Welt war in Carole gefahren, dass sie diesen Mann erwähnte, obwohl sie doch wusste, was er mir vor all diesen Jahren in Kairo angetan hatte? Sie wusste doch, dass ich seinen Namen nicht mehr hören wollte. Ich ging in Richtung Ausgang. Ein Museum war für diese Unterhaltung wirklich nicht der richtige Ort.

»Es ist nur ... Die behaupten, er wäre im Dunkeln die Treppe hinuntergestürzt und hätte einen Herzinfarkt gehabt. Aber da muss mehr dahinterstecken! Ich bin zu ihm rübergegangen, weil er komisch klang, als er am Samstagnachmittag anrief, und als ich dort ankam ...« Ihr versagte die Stimme.

»Carole?« Mitten auf der Museumstreppe blieb ich wie erstarrt stehen. »Ist er ...?«

Ich brachte das Wort nicht über die Lippen, doch insgeheim wusste ich, dass Carole genau das meinte.

Ist er tot?

Dass ich als Erstes Erleichterung verspürte, erfüllte mich mit Scham. Arthur war derjenige Mensch auf der Welt, den ich am allerwenigsten schätzte, aber er war eben auch Caroles bester Freund – Arthur war für sie wie ein Bruder, und für mich war er vor langer Zeit so etwas wie ein Großvater gewesen.

»Eigentlich wollte ich nicht anrufen – wegen all dem, was heute bei dir los ist, aber … Als ich vor dem Laden stand, kam dieser neue Anwalt vorbeigeschmiert und meinte, er müsste *uns beide* umgehend treffen.«

Ich hörte das Zittern in ihrer Stimme, doch was sie sagte, kam bei mir nicht an.

»Es tut mir so leid, Carole«, war das Einzige, was ich zustande brachte.

Sie schnäuzte sich, und ich sah regelrecht vor mir, wie ihr die Tränen übers Gesicht liefen. Ich fragte mich, ob sie sich vielleicht nur deshalb auf diesen Anwalt einschoss, weil sie überfordert war damit, dass Arthur gestorben war. Ich fasste einen spontanen Beschluss.

»Ich komme natürlich vorbei und helfe dir mit dem Anwalt.«

»Oh, das ist wunderbar!« Augenblicklich klang Carole munterer. Wahrscheinlich hatte sie es genau darauf angelegt. »Ich weiß schon, du und Arthur, ihr habt euch nicht mehr gesehen, seit …« Sie verstummte. »Na ja, das müssen wir jetzt nicht besprechen, oder? Ist gerade nicht der richtige Zeitpunkt. Aber ich weiß, er hätte dich hierhaben wollen.«

Arthur hätte mich ganz sicher *nicht* dorthaben wollen, doch Carole brauchte mich jetzt, und nichts anderes war wichtig.

»Ich packe ein paar Sachen und bin noch heute Nachmittag am Bahnhof Colchester – und ich bleibe, solange du mich brauchst. Wir gehen zusammen zu diesem Anwalt.«

»Großartig. Ich hole dich ab, wenn du mir schreibst, mit welchem Zug du kommst.«

»Nein, nein, schon gut, ich nehme ein Taxi«, entgegnete

ich eilig. Carole war die schlechteste Fahrerin in ganz East Anglia und ihr altes Mercedes Cabrio für die schmalen, gewundenen Landstraßen gänzlich ungeeignet. Sie selbst war der Ansicht, sie könnte jedes Tempo meistern. Bei dem Thema waren wir uns nie einig gewesen.

»Kommt gar nicht infrage. Es ist Frühling und Wind-im-Haar-Wetter.«

Wie hätte ich nach dem, was gerade passiert war, Nein sagen können? »Na ja, wenn du dir ganz sicher bist, dass du fahren kannst ...« Ich müsste die entsprechenden Sachen packen: Windjacke, Kopftuch, Kopie meiner Lebensversicherung.

»Natürlich kann ich fahren. Dann sehen wir uns ganz bald!«

Nachdem ich aufgelegt hatte, drängten sich mir Erinnerungen an Arthur auf. Ich versuchte, sie von mir wegzuschieben und mir stattdessen zu überlegen, was ich einpacken müsste. Doch die Erinnerungen ließen mich nicht aus ihren Fängen.

Carole hatte mich als zwölfjährige Waise mit einer schlimm verbrannten rechten Hand bei sich aufgenommen, nachdem ich – vergebens – versucht hatte, die brennende Schlafzimmertür meiner Eltern zu öffnen. An der neuen Schule hatten die Kinder immer nur meine Hand angestarrt, und keins hatte sich mit mir, diesem wunderlichen Mädchen, anfreunden wollen. Andererseits war ich sowieso überfordert gewesen, weil alle immer nur wissen wollten, wie genau ich eine Brandkatastrophe überlebt hatte; wer ich abgesehen von dem Mullverband war, schien niemanden zu interessieren. Schon damals war mir eine Sache klar: Ich war anders, und ich war versehrt. Irgendwann hörte ich ganz auf, mit Leuten zu sprechen.

Als Carole mich erstmals zu ihrem besten Freund Arthur Crockleford mitnahm, stand der gerade in seinem Antiquitätengeschäft und polierte einen silbernen Kerzenleuchter. Er war etwa fünfzig, durchschnittlich groß, hatte grau gesprenkelte, akkurat gescheitelte Haare und trug einen blauen Anzug. Sein Lächeln war warmherzig und sein Blick freundlich.

»Wie schön, dich kennenzulernen«, sagte er zu mir. »Carole hat erzählt, dass du einen Blick für Details hast.«

Er hielt den Kerzenleuchter ins Licht, und sofort fiel mir die Stelle auf, die er mit dem Poliertuch ausgelassen hatte. Ich trat vor und zeigte mit dem Finger darauf.

Arthur schnalzte mit der Zunge und polierte weiter. Er erkundigte sich nach der Arbeit meines Vaters im British Museum und nach den Projekten meiner Mutter, die Restauratorin gewesen war. Dass ich nicht antwortete, schien ihm nichts auszumachen. Er redete einfach weiter, und ich saugte seine Warmherzigkeit in mich auf. Arthur half mir, mich auf das Leben statt auf den Tod meiner Eltern zu konzentrieren, und dafür liebte ich ihn, vom ersten Augenblick an.

Carole indes war besorgt, weil ich nicht sprach. Doch Arthur hatte einen Plan.

Sechs Monate nach dem Tod meiner Eltern lud er Carole und mich eines Samstagnachmittags in seinen Laden ein, um mir einen antiken Porzellanteller zu zeigen, der nach der Kintsugi-Methode repariert worden war, der japanischen Kunst, beschädigte Keramik mithilfe von Goldlack wieder zusammenzusetzen. Ich fuhr mit dem Finger die schimmernden Linien entlang. Wörter, die ich weggesperrt hatte, kamen wie von allein. »Das ist ... wunderschön.« Meine Stimme klang eingerostet und schwach, trotzdem drückte Carole mich fest an sich.

»Dieser Teller sieht anders aus als zuvor, aber er ist immer noch wertvoll«, erklärte Arthur. »Die meisten von uns sind in irgendeiner Hinsicht beschädigt, aber verstecken müssen wir unsere Narben deshalb nicht. Sie machen aus uns erst den Menschen, der wir sind. Dieser Sprung hier wurde mit echtem Goldpulver repariert …«

Dort in seinem Laden mit dem Kintsugi-Teller vor Augen schien sich in mir ein Knoten zu lösen.

»Wer hat den Teller kaputt gemacht?«, wollte ich wissen. »Und warum?«

Arthur zuckte bloß mit den Schultern und legte den Teller zurück auf einen Ständer in einer Glasvitrine.

»Ich muss wissen, wie er kaputtgegangen ist«, beharrte ich.

»Das ist für seine Geschichte nicht weiter wichtig.«

»Für mich aber schon. Ich muss es wissen.«

Arthur schmunzelte. »Na gut. Der Teller gehörte vor langer Zeit einer Familie, die am Meer gewohnt hat – bis eines Nachts ein Tsunami ihr Haus überrollte. Nur ein Sohn hat überlebt. Als er nach der Katastrophe nach Hause zurückkehrte, war dieser Teller das Einzige, was er noch finden konnte.« Arthur tippte auf die Vitrine. »Er hat ihn repariert, eingepackt und ist an Bord eines Schiffes gegangen.«

Ich presste die Nase gegen das Glas der Vitrine. Ich ahnte, wie sich der Sohn gefühlt haben musste, und bewunderte ihn dafür, dass er den Teller repariert und ein neues Leben begonnen hatte. Arthur hatte mir Hoffnung beschert, indem er mir aufgezeigt hatte, dass mit beschädigten Gegenständen Abenteuer und Tragödien verknüpft waren. Von jenem Tag an dämmerte mir nach und nach, dass jedes Objekt eine Geschichte hatte, die nur darauf wartete, erzählt zu werden.

Jahre später, nachdem ich angefangen hatte, in seinem

Laden zu arbeiten, nahm ich den Teller manchmal in die Hand und musste dann unwillkürlich lächeln. An Arthurs Geschichte glaubte ich längst nicht mehr, aber er hatte mir zu verstehen gegeben, dass ein Neustart möglich war, und mir damit das dringend benötigte Zutrauen in die Zukunft beschert.

Der Erinnerung daran folgten weitere: Arthur mit einem seiner bunten Tücher in der Brusttasche hinter seinem alt-ehrwürdigen Mahagonischreibtisch, wie er durch Auktionskataloge blätterte – immer mit dem Stift zwischen den Zähnen, damit er jederzeit ein Los einkringeln konnte, auf das er bieten wollte. Er am Telefon, weil ein adliger Sammler oder ein Freund ihn auf dem Ladentelefon angerufen hatte. Arthur war berühmt-berüchtigt für seine eigentümliche Ausdrucksweise und lange Monologe, bei denen sich jeder, der seinen Laden betrat, früher oder später verpflichtet fühlte, etwas zu kaufen. Die Leute hatten ihn geliebt.

Womöglich wäre ich nicht in meine derzeitige missliche Lage geraten, wenn ich damals von ihm gelernt hätte, wie man eine verkaufsträchtige Antiquität erkannte. Obwohl der Antiquitätenhandel an sich nie Arthurs größte Leidenschaft gewesen war, hatte er bei Antikmessen und Auktionen doch immer auf einen »Sleeper« gelauert – ein bislang unerkanntes, noch nicht identifiziertes Objekt, das ihm beim Weiterverkauf ein ordentliches Sümmchen einbringen konnte. Ich selbst war am klassischen Antiquitätenhandel nie interessiert gewesen. Arthurs zweites Standbein hatte mich viel mehr fasziniert. Nicht viele wussten davon, aber er fahndete nach antikem Diebesgut, um es dem rechtmäßigen Besitzer zurückzugeben. Ein paar Jahre später hatte sich diese Ausrichtung für mich zerschlagen, und dorthin gab es auch kein Zurück.

Die Sonne verschwand hinter einer Wolke, und die Welt wurde düster. Ich seufzte tief auf. Vielleicht musste ich mich tatsächlich mit dem Gedanken anfreunden, dass ich nichts mehr tun konnte, um mein Zuhause zu retten. Allerdings konnte ich etwas für Carole tun: Ich konnte versuchen, ihr über ihren Schmerz hinwegzuhelfen, genau wie sie mir damals vor fünfunddreißig Jahren über meinen hinweggeholfen hatte.

Ich hielt Ausschau nach einem Taxi und winkte das erstbeste heran. Über Ausgaben machte ich mir keine Gedanken mehr. Es gab einen Ort, zu dem ich hinmusste.

2

»Hör hin, Freya, hör immer genau hin.«

ARTHUR CROCKLEFORD

Später am selben Nachmittag rutschte ich sekündlich tiefer in den Sitz von Caroles dunkelblauem Mercedes Cabrio und fürchtete um mein Leben, als sie über die schmalen Sträßchen des Dedham Vale bretterte, in jeder Kurve das Steuer herumriss und – gleichzeitig – jedem Gassigänger oder Radfahrer winkte, an dem wir vorüberschossen. Unwillkürlich fragte ich mich, ob dies wohl die letzte Fahrt in meinem Leben wäre.

»Wenn du noch einmal keuchst«, rief Carole über den Fahrtwind hinweg, der mir um die Ohren pfiff, »gebe ich noch mehr Gas. Dann werden wir ja sehen, wo dein ganzer Mumm geblieben ist.«

Der Wind peitschte mir die Haare ums Gesicht und trieb mir Tränen in die Augen. Ich kramte einen meiner geliebten Hermès-Schals heraus, band ihn mir über die Locken und forderte Carole auf, anzuhalten und zumindest das Verdeck zuzumachen, weil wir im Fall eines Unfalls so wenigstens ein klein wenig zusätzlichen Schutz hätten.

Carole verdrehte nur die Augen. »Hör endlich auf, vor allem und jedem Angst zu haben! Du kannst doch nicht dein ganzes Leben in Museen und auf Antikmärkten verbringen und Dinge *angucken*. Du musst auch Dinge *erleben*, den Wind in den Haaren spüren – und überhaupt, ich beherrsche ein paar Profi-Ausweichtechniken. Hat Jahre gedauert, bis ich die gemeistert hatte.«

»Gemeistert?« Ich biss die Zähne zusammen. Ich hatte das Gefühl, dass Carole auf Streit aus war – alles, nur um die Trauer nicht wahrnehmen zu müssen, die sie in die Knie zu zwingen drohte. Trotzdem hatte der Seitenhieb auf meine Liebe zu Museen und Antikmärkten wehgetan. Mit der Zeit waren die nämlich zur einzigen Verbindung in jene Welt geworden, die ich so sehr geliebt hatte. »Lass dir gesagt sein, ich *erlebe* etwas, wenn ich im British Museum oder im V&A oder auf der Wintermesse im Olympia bin. Ich studiere dort die Handwerkskunst und Qualität der feinsten Antiquitäten dieses Landes.« Nachdem ich der Antikwelt den Rücken gekehrt hatte, war mir klar gewesen, dass ich mein Wissen nur so lebendig halten konnte.

Carole schüttelte den Kopf und wollte schon etwas erwidern, als uns ein Luxus-Range-Rover entgegenkam. Ich schloss die Augen, hielt die Luft an, krallte mich in den Sitz. Ich rechnete jeden Moment mit dem Zusammenstoß und fragte mich, zu wem man eigentlich betete, wenn man im Leben nur hier und da zu Taufen, Hochzeiten und Beerdigungen in der Kirche gewesen war. Wir schlingerten seitwärts weg. Zweige streiften mein Gesicht.

Inmitten von Hecken waren wir in einer Ausweichbucht zum Halten gekommen.

Carole winkte hektisch, und ihre türkisfarbenen Armreifen klimperten, als im nächsten Moment auch noch ein riesiger Traktor um die nicht einsehbare Kurve getuckert kam.

»Morgen, Simon! Wie geht's den Preisbullen?« Sie strahlte übers ganze Gesicht.

Simon tippte sich an die ausgefranste Baseballkappe. »Alles bestens.« Sein weicher Suffolk-Dialekt war nicht zu überhören. »Und selbst, Carole? Besuch?« Der Motor des nagelneuen Traktors schnurrte.

»Das ist meine Nichte – aus London«, erklärte Carole und bedachte mich mit einem mitleidigen Blick. »Sie brauchte ein bisschen frische Luft.«

Simon nickte vielsagend, als bekäme er bei der bloßen Erwähnung Londons Atembeschwerden.

»Tja, und ...« Der altehrwürdigen Tradition gemäß, schlechten Nachrichten angemessen Zeit zu geben, damit sie verdaut werden konnten, legte Carole eine Kunstpause ein. »Außerdem müssen wir Arthurs Beerdigung organisieren.«

»Schlimme Sache – und so plötzlich! Mein Beileid!« Erneut tippte er sich an die Kappe.

»Danke.« Sie legte den Gang ein. »Sehen wir dich dort?«

»Höchstwahrscheinlich.« Er drehte sich nach vorn und löste die Bremse. »Also dann.«

Carole trat das Gaspedal durch. »Simon Craven. Hinreißender Mann. Agatha auch – du erinnerst dich an seine Frau? Sie hat die Teapot Tearooms von ihrer Mutter übernommen – *und* sie ist im Gemeinderat.« Sie wandte sich zu mir um und sah mich verschwörerisch an. Ich hatte keine Ahnung, was sie mir sagen wollte.

»Und?«

»Sie weiß immer vor allen anderen Bescheid. Wir schauen mal bei ihr vorbei und lassen uns erzählen, was im Dorf gerade los ist.«

In einem Dorf wie Little Meddington war Wissen die

wertvollste Währung. Normalerweise gehörte Carole nicht zu den Leuten, die Klatsch und Tratsch verbreiteten, und allmählich fragte ich mich, was sie im Schilde führte. Ich war davon ausgegangen, dass sie bei meiner Ankunft ein einziges Häuflein Elend wäre.

Duftige Frühlingsluft wehte mir ins Gesicht, als Carole das Cabrio um die nächste Kurve lenkte.

»Anschnallen!«, rief ich und zeigte auf Caroles Schulter – allerdings vergeblich.

»Du warst früher eins der umtriebigsten Mädchen in der ganzen Gegend. All diese spannenden Reisen, wenn du nach gestohlenen Kunstschätzen gefahndet hast ...« Sie hielt inne. Sie wusste genau, dass sie besser nicht davon anfing, was damals passiert war, und wechselte das Thema. »Dieser verdammte James! Ständig hat er dich kleingemacht und dir eingeredet, du könntest in deinem Beruf nicht erfolgreich sein!«

»In der Anfangszeit hatten wir eine gute Ehe.« Ich zauderte – nicht dass ich noch zu dick auftrug.

Carole ärgerte sich bei der Erinnerung an meinen Ex-Mann offenbar so sehr, dass sie noch fester aufs Gaspedal drückte, und in Überschallgeschwindigkeit rasten wir die Straße entlang und an dem Wegweiser zum Pub vorbei; den Fußweg war ich mehr als nur ein Mal beschwipst entlanggewankt, wenn ich während des Geschichtsstudiums am Newnham College in Cambridge in den Semesterferien hier zu Besuch gewesen war. Von dort hatte ich immer nach oben gespäht, wo Tante Carole an ihrem Schlafzimmerfenster sichergestellt hatte, dass ich heil nach Hause kam.

Binnen Sekunden kam das Haus in Sicht, in dem ich meine Teenagerjahre verbracht hatte.

Die Alte Schmiede war ein denkmalgeschütztes Gebäude

gleich neben einem schmalen Hohlweg, der sich am Ortsrand von Little Meddington entlangschlängelte – spitzes Reetdach und windschiefe Wände vor hügeligem Ackerland. Eine der Lieblingskirchen des Malers John Constable – St. Mary's aus dem späten fünfzehnten Jahrhundert – ragte in der Ferne auf. Die Gegend wurde aus gutem Grund gern als Constable Country bezeichnet. Gegen meinen Willen musste ich lächeln. Es war tatsächlich schön, nach so langer Zeit wieder hier zu sein, und ich hoffte, mein Besuch würde Carole guttun. Wenn ich ganz ehrlich sein sollte, war ich auch ein bisschen erleichtert, all die potenziellen Käuferinnen und Käufer nicht sehen zu müssen, die in den kommenden Tagen durch mein Haus streifen würden. Ich malte mir aus – und bei der Vorstellung wurde mir angst und bange –, wie sie eine Schranktür nach der anderen öffneten und meine Sachen durchwühlten, bevor sie ihr Gebot abgaben, als wäre Schnüffeln bei der Immobiliensuche unabdingbar.

Wir kamen zu einem unsanften Halt, und ich sprang – immer noch mit weichen Knien – aus dem Wagen. Im Haus standen sämtliche Fenster offen.

»Die Haustür hattest du aber abgeschlossen, oder?«

»Wer bitte schön sollte *hier* schon auf Diebestour gehen?«

»Genau hier *will* man auf Diebestour gehen – weil man hier nämlich nicht beobachtet wird. Ich habe in genügend Diebstählen ermittelt, um das zu wissen.«

Lachend winkte Carole ab. »Solange Harley da ist, bricht bei mir niemand ein.«

Harley – benannt nach einer Harley Davidson, die Carole einst besessen hatte – war ihr alter schokobrauner Labradoodle. Jeden Samstag fuhr sie mit ihm bis runter an den River Stour, damit er schwimmen und seine alten Knochen bewegen konnte. Ansonsten lag Harley am Aga-Herd oder auf dem Sofa.

»Du wohnst schon zu lange in der Stadt. Aber ich schließe ab, solange du da bist, Ehrenwort. Außerdem habe ich die Feuermelder letzten Monat überprüfen lassen, genau wie du gesagt hast.«

»Ich will nur, dass du hier sicher bist.« Unwillkürlich ballte ich die Faust um die Brandnarbe in meiner Handfläche.

Carole streckte sich nach mir aus, zog meine Finger auseinander und nahm meine Hand – wie immer schon, sobald sie bemerkte, dass ich mich einzuigeln drohte. »Hey.« Sie nahm mich fest in die Arme. »Willkommen zu Hause. Komm, jetzt gibt es Tee. Wir müssen reden.«

Ich holte tief Luft und drehte das Gesicht in die Sonne. Ich hatte den bevorstehenden schmerzlichen Verlust meines Hauses und die gemischten Gefühle, die ich in Sachen Arthur hatte, während der Anreise nach Suffolk von mir weggeschoben. Doch noch während ich Carole zusah, wie sie die Hintertür aufmachte und das Haus betrat, dämmerte mir, dass ihr aufmunterndes Lächeln und die Umarmungen ihre Art waren, mich von meinen Sorgen abzulenken. Bei dem Brand hatte ich meine Eltern und Carole ihren großen Bruder verloren. Damals war ich nachts regelmäßig aufgewacht, hatte nach meiner Mutter geschrien, und Carole war immer da gewesen, um mich zu trösten – damals hatten wir uns regelrecht aneinandergeklammert. Ich war froh, dass ich wieder hier war und für sie da sein konnte, sobald die Wucht des Verlusts vollends bei ihr ankam.

Streifiges Licht fiel durch die Bleiglasfenster in die Landhausküche, und über dem großen Eichentisch tanzten Staubpartikel in der Luft. Selbst an einem Frühlingstag strahlte der alte Aga-Ofen Wärme ab. Ich fuhr mit der Hand über die Holzarbeitsplatte und griff zum Wasserkessel. Es fühlte sich an, als wäre ich nie weg gewesen.

Während das Wasser heiß wurde, sah ich durchs Fenster hinaus in den Cottage-Garten, in dem Narzissen, wilder Mohn und Apfelbäume blühten. Auf den Hügeln dahinter konnte man meilenweit spazieren gehen, und immer war irgendwo in der Nähe ein netter ländlicher Pub, in dem man ein großes Glas Wein bekam. Ich sah wieder vor mir, wie bildschön Suffolk bei Sonnenschein sein konnte.

»Dein Garten ist einfach herrlich.« Ich griff zu der Keksdose hinter dem Zucker.

»Ist gerade die beste Jahreszeit. Arthur wollte morgen den Rasen mähen, und anschließend wären wir zusammen frühstücken gegangen.«

Sie hustete den Schmerz weg, der ihr tiefe Furchen in die Stirn gekerbt hatte. Ich drückte ihr mitfühlend die Schulter. Carole war dünner, als ich sie in Erinnerung gehabt hatte.

Sie tätschelte meine Hand, um mir zu verstehen zu geben, dass sie für die Geste dankbar war. »Jetzt, da du da bist, müssen wir über Arthur reden.« Womöglich hatte ich die Augen verdreht, denn sie sprach sofort weiter: »Natürlich will ich auch alles über Jade hören und über ihr aufregendes Leben in Kalifornien. Aber Schätzchen – erst geht es um Arthur, und diesmal hörst du dir an, was ich zu sagen habe, ganz egal, wie wütend es dich macht.«

Ich stieß einen Seufzer aus und nickte.

»Gut. Als ich nämlich heute Morgen durchs Ladenfenster gespäht habe, standen dort die falschen Vasen auf dem Tisch. Ich hab schon nachgedacht, aber ich wollte lieber nicht am Telefon darüber reden.« Carole sah sich um, als könnten wir belauscht werden. »Ich hab's in den Knochen, wie meine Mutter immer gesagt hat. Ich glaube, da ist irgendwas im Busch.«

Harley kam auf mich zugetrottet, legte den Kopf auf meinen Schoß und spekulierte auf ein Leckerli. Ich tätschelte ihm den Kopf.

»Bist du dir sicher?« Meine Tante hatte eine blühende Fantasie, ein Überbleibsel ihrer glorreichen Tage als Schauspielerin, als sie noch von einer Menge exzentrischer Kreativmenschen umgeben war.

»Ganz sicher«, erwiderte sie. »Deshalb müsstest du dich da drin mal umschauen.«

Ich hatte schon den Mund aufgemacht, um zu widersprechen.

»Und sag jetzt nicht, dass du das nicht kannst!« Carole drohte mir mit dem Zeigefinger, als wäre ich ein kleines Kind. »Ich habe diese Unterlagen bei dir zu Hause gesehen. Ich weiß genau, du sitzt bis spät in der Nacht an deinem Computer und suchst von deinem sicheren Schlafzimmer aus nach diesen verschwundenen alten Sachen.«

»Diese *alten Sachen* sind Artefakte, die in ihren Herkunftsländern geplündert und gestohlen wurden und dank Schmugglern und Hehlern in privaten Sammlungen landen statt rechtmäßig in einem Museum.« Ich versuchte wirklich, ruhig zu bleiben.

»Absolut richtig, mein Schatz.« Carole nahm Milch aus dem Kühlschrank. »Aber wenn du deinen Schnüfflerinstinkt an geeigneter Stelle einsetzt, dann finden wir heraus, was in Wahrheit mit Arthur passiert ist.« Sie nickte knapp, so wie sie es immer tat, wenn sie mit sich selbst hochzufrieden war.

Ich konnte über die Andeutung nicht einfach hinweggehen. »Was glaubst du denn, was in Wahrheit mit Arthur passiert ist?«

»In der Woche, bevor er gestorben ist, hat er mich von unterwegs angerufen. Da war er gerade bei irgendeinem Lord oder so zu Besuch gewesen – den Namen habe ich vergessen. Er hat erwähnt, er sei ›fit wie ein Turnschuh‹ und dass ihm so bald nichts etwas anhaben könne. Wenn man bedenkt, was als Nächstes passiert ist, war das doch eine merkwürdige Formulierung.« Sie richtete sich kerzengerade auf. »Und wie schon erwähnt haben wir am Samstag noch mal telefoniert und ein bisschen in der Vergangenheit geschwelgt, uns an unsere Reisen erinnert – und wir haben auch über dich gesprochen, über deine Probleme mit dem Haus und darüber, dass er dir gern helfen würde … Im Nachhinein kommt es mir eindeutig so vor, als hätte er während beider Telefonate genau gewusst, dass ihm etwas zustoßen würde.«

Der Wasserkessel pfiff. Ich war gelinde gesagt überrascht, dass Arthur über mich gesprochen hatte.

Ich spielte die Hausfrau und stellte vor Caroles Lieblingsstuhl eine Tasse Tee auf den Küchentisch. »Vielleicht war er ja krank?«

»Nein, ganz und gar nicht. Ich glaube eher, er hat einen Einbrecher im Laden überrascht. Vielleicht ist er deshalb die Treppe hinuntergestürzt? Oder er wurde gestoßen.«

»Ach, Carole!« So langsam ging sie mir zu weit. »Hat die Polizei denn festgestellt, dass etwas gestohlen wurde? War an seinem Tod irgendetwas verdächtig?«

»Nein. Der Polizist, mit dem ich gesprochen habe, war ziemlich barsch und kurz angebunden und meinte nur, es gebe keinerlei Hinweise auf einen Einbruch und dass Arthur eben alt gewesen wäre. Er hat angedeutet, Ermittlungen aufzunehmen wäre die reinste Zeitverschwendung – als wäre es in der Gegend an der Tagesordnung, dass alte Leute stürzen und es nicht überleben! Ich bin mir sicher, dass die keinen Finger krumm gemacht haben! Aber irgendwas ist da faul, und darum kümmern wir uns jetzt.«

Ich seufzte, was sie als Einverständnis deutete.

»Sehr gut. Morgen gehen wir auf ein Tässchen Tee zu Agatha in die Teapot Tearooms. Agatha kennt wirklich Gott und die Welt. Und anschließend haben wir einen Termin bei diesem Anwalt.« Sie nippte an ihrem Tee. Dann nahm sie sich einen Keks und schob die Dose auf mich zu. »Bitte, greif zu.«

Ich wusste nicht recht, wie ich Caroles Verdacht einordnen sollte oder was sie wohl glaubte, was ich diesbezüglich tun konnte. Ganz bestimmt war dies ein Fall für die örtliche Polizei – oder für die Abteilung für Kunst- und Antikenkriminalität bei Scotland Yard.

Meine Gedanken wanderten zu Arthurs Antiquitäten und zu seinem Laden. Nachdem ich einst selbst dort gejobbt hatte, wusste ich natürlich, dass der Laden bloß das Deckmäntelchen für seine wahre Leidenschaft gewesen war: gestohlene Antiquitäten und Antiken aufzuspüren. Der Laden war eine Art Detektei der Antikwelt, die für die Polizei, für Versicherungsgesellschaften, Museen in aller Welt und für eine Handvoll Privatkunden gearbeitet hatte. Allerdings verstand ich nicht ganz, wie Arthur daraufgekommen war, dass er mir hätte helfen können, obwohl wir doch nicht einmal mehr miteinander gesprochen hatten. An der Sache war wirklich etwas faul.

Auch wenn ich es nicht in den Knochen hatte wie Carole, wäre es vielleicht wirklich gar nicht verkehrt, wenn ich mich ihr zuliebe ein bisschen umsähe.

3

»In meiner Welt gibt es immer irgendeinen Gefallen, der erwidert werden will, Agatha. Das habe ich dir doch gesagt.«

ARTHUR CROCKLEFORD

Agatha

Agatha Craven hatte keinen Schimmer, wie sie ihr Versprechen an Arthur einlösen sollte. Am vergangenen Freitag hatte er ihr einen Brief in die Hand gedrückt und war sehr deutlich geworden: Sie solle genau das tun, was er ihr aufgetragen habe, und wie so oft war sie nicht imstande gewesen, Arthur etwas abzuschlagen.

Drei Tage später hatte sie erfahren, dass er zu Tode gekommen war.

Sie wusste, sie hätte zur Polizei gehen sollen. Sie wusste auch, sie hätte den Brief, wenn überhaupt, ihrem Neffen aushändigen sollen, der bei der Suffolk Constabulary arbeitete. Am Vortag war er sogar auf einen Tee vorbeigekommen. Doch nichts dergleichen hatte sie getan. Sobald sie aufgeschnappt hatte, dass die Polizei von einem tragischen Unfall ausging und dass Arthur bereits in der kommenden Woche beerdigt werden könnte, hatte Agatha sich eingeredet, dass wohl doch nichts Suspektes vorgefallen war. Es war einfach ein furchtbar trauriger Zufall. Doch ihr Versprechen wollte sie einlösen. Sie beschloss zu warten, bis Carole und Freya in den Teapot kämen, und ihnen Arthurs Brief zu übergeben.

Doch Carole und Freya ließen auf sich warten.

Dass das so lange dauerte, war höchst unangenehm.

Der Brief steckte jetzt schon das ganze Wochenende in ihrer Tasche. Kurz hatte sie darüber nachgedacht, ihn bei Carole einzuwerfen, allerdings hatte sie Arthur ihr Wort gegeben, den Brief persönlich auszuhändigen, und Agatha war eine, die ihr Wort hielt.

Sie bereitete gerade das Frühstück vor, als sie Caroles alten Achtzigerjahre-Mercedes vorbeifahren und ein Stück die Straße runter parken sah. Agatha rannte in die Küche, wo ihre Handtasche neben der Hintertür hing, und wühlte, bis sie den Brief ertastete. Der Umschlag war schon ein bisschen zerknickt, aber daran war Arthur schuld – hätte er ihn mal eingeworfen! Agatha stopfte den Brief in ihre Schürze und riss die Eingangstür auf. Über ihr schlug das Glöckchen an.

Wo sind sie denn hin?

Was, wenn Arthur falschgelegen hat und sie nie wieder in den Teapot kommen?

Agatha versuchte, die Panik wegzuatmen, strich sich den grauen Dutt glatt und kehrte in die Küche zurück. Warum hatte Arthur auch so geheimniskrämerisch sein müssen? Nicht zum ersten Mal überlegte sie, den Umschlag mithilfe von Wasserdampf zu öffnen, allerdings fürchtete sie, ihn nicht wieder zuzukriegen, und wie könnte sie ihn dann noch aushändigen?

So lag der Brief also weiter wie eine schwere Last in ihrer Schürzentasche.

4

» Wir können die Vergangenheit bewahren und uns trotzdem der Zukunft zuwenden. «

ARTHUR CROCKLEFORD

Freya

Die Teapot Tearooms waren in einem winzigen rosafarbenen, mittelalterlichen Gebäude im Herzen von Little Meddington untergebracht. Ich hatte Carole mehrmals gefragt, warum sie dort unbedingt hinwollte. Dorthin hatte Arthur sie immer ausgeführt, erzählte sie, es war einer ihrer Lieblingsorte gewesen. Ich machte mir Sorgen, dass es für sie vielleicht zu schmerzhaft werden könnte, andererseits wirkte sie fest entschlossen, und ich wollte nicht mit ihr streiten.

Ich war schon lange nicht mehr im Ortskern gewesen. Indem ich einen Bogen um Little Meddington gemacht hatte, hatte ich auch Arthur und seinem Antiquitätenladen aus dem Weg gehen können.

Ich stieg aus, und sofort blieb mein Blick an einem älteren Herrn hängen, der in unsere Richtung kam. In mir zog sich alles zusammen. Versuchte ich etwa immer noch, mich vor Arthur zu verstecken, obwohl er überhaupt nicht mehr da war?

Ich atmete tief durch und versuchte, mich zu entspannen. Die helle Morgensonne beleuchtete die Ladenlokale im östlichen Teil des Dorfkerns, und ich kam nicht umhin, die altmodische Schönheit zu bestaunen. Hier sah alles immer noch genauso aus wie in meiner Erinnerung. Die Menschen in dieser Gegend mochten keine Veränderungen und fühlten sich im Stillstand wohler.

Carole überquerte die Straße, und ich ging ihr hinterher, holte sie aber erst ein, als sie schon vor der Tür zum Teapot stand.

Das Glöckchen über der Tür warnte Agatha vor, dass wir im Anmarsch waren.

»Bin sofort da!«, rief sie prompt aus der Küche. »Carole, bist du das?« Sie steckte den Kopf durch die Küchentür. »Setz dich, Liebes!« Und als sie mich entdeckte: »Freya, lange ist es her! Ich bin so froh, dass ihr beide gekommen seid!« Sie nickte knapp. »Genau wie angekündigt.«

Ich sah zu Carole. War das, was Agatha gerade gesagt hatte, nicht ein bisschen merkwürdig? Doch Carole stürzte sich bereits auf ein paar Touristen, die gerade ihre Tassen austranken. Sie saßen an Caroles Stammplatz im Erker.

Ich blieb in einigem Abstand stehen. Nach typischer Carole-Manier hatte sie mit dem kanadischen Pärchen sofort ein Gespräch angefangen, zählte die hiesigen Sehenswürdigkeiten auf und nötigte sie, unbedingt Constables Kirche zu besichtigen, ehe sie das Dorf wieder verließen. Ich selbst nahm mir einen Augenblick, um die Regale zu mustern, in denen sich Geschirr aus den örtlichen Charity Shops stapelte. Eine zierliche Teetasse samt Unterteller aus den 1960er-Jahren hatte es mir besonders angetan. Dann fuhr ich mit dem Finger behutsam über die Kante eines pastelligen Achtzigerjahre-»Calypso«-Kuchentabletts – wirklich ein hübsches Exemplar –, und erneut musste ich daran denken, wie viele dieser Schmuckstücke aus keinem anderen Grund als dem Wandel des Zeitgeists im Müll landeten.

Das Pärchen verabschiedete sich, und Carole nahm ihren Stammplatz ein. Wir hatten in meinen Teenagerjahren viel Zeit hier verbracht: bei Bridget, Agathas Mutter, der warmherzigen früheren Besitzerin. Im Winter hatte Carole mich immer vom Schulbus abgeholt, wir hatten uns neben den Kaminofen im Teapot gekauert, heißen Kakao getrunken und getoastete Teekuchen gegessen, ehe wir irgendwann nach Hause stapften: ein höchst willkommenes Arrangement, weil Carole alles, nur keine Köchin war und bekanntermaßen selbst Pasta mit Pesto anbrennen ließ.

Mit einem merkwürdigen Gesichtsausdruck trat Agatha auf uns zu.

»Tee und Teekuchen? Oder ein ordentliches Frühstück?«, wollte Carole von mir wissen.

»Nur einen Kaffee, bitte.« Lächelnd sah ich zu Agatha hoch.

»Und du, Carole? Wie immer?« Dann stutzte sie und zog die Augenbrauen kraus.

»Ist alles in Ordnung?«, erkundigte ich mich.

Agatha zupfte an ihrer Schürze. »O ja, *jetzt* ist alles gut.« Sie drehte sich kurz nach einem weiteren Gast um, der nach der Rechnung verlangte. »Ich bin mit eurer Bestellung sofort wieder da.«

In null Komma nichts brachte Agatha getoastete Teekuchen und stellte sie auf unterschiedlichen blümchengemusterten Tellerchen vor uns ab.

»Tut mir leid, dass es so lange gedauert hat«, sagte sie zu Carole, obwohl es ruckzuck gegangen war. Dann zögerte sie, und wir sahen beide zu ihr hoch. »Ich habe etwas für euch ... einen Brief.«

Sie zog einen blauen Umschlag aus ihrer Schürzentasche, der an den Kanten zerknickt war und auf dem *Carole und Freya* geschrieben stand, und lehnte ihn gegen ein Väschen mit Wildblumen.

Carole und ich starrten den Umschlag an.

»Es ist wirklich ein bisschen mysteriös«, erklärte Agatha. »Letzten Freitag war Arthur hier und wollte, dass ich den für euch aufbewahre, bis ihr zusammen vorbeikommen würdet.« Sie nickte auf den Umschlag hinab.

Mit einem verwirrten Blick in Agathas Richtung nahm Carole den Brief hoch.

»Natürlich hab ich sofort nachgefragt! Ihr wart ja seit zwanzig Jahren nicht mehr zusammen hier! Aber er war sehr nachdrücklich und meinte, ihr würdet kommen. Und dann ... ist er ... Na ja, ihr wisst ja selbst, was Sonntagnacht vorgefallen ist. Seitdem habe ich auf euch gewartet.« Agatha knibbelte an ihrem Daumen. »Vielleicht hätte ich ihn abgeben sollen oder so – aber Arthur war wirklich hartnäckig.«

Carole schob den Finger unter die Lasche und lächelte Agatha an. »Du hast alles richtig gemacht. Vielen herzlichen Dank.«

Eigentlich hätte Agatha sich nun zurückziehen müssen, doch sie blieb neben uns stehen und starrte nur weiter den Brief an.

Carole hatte ihn gerade auffalten wollen, hielt dann aber inne und sagte noch einmal: »Vielen Dank.«

Agatha nickte und schlurfte widerwillig davon.

Carole legte den Brief zwischen uns auf den Tisch, sodass wir ihn beide lesen konnten. Beim Anblick von Arthurs letzten Worten verspürte ich einen Stich in der Brust.

Liebe Carole, liebe Freya,

wenn ihr diesen Brief in Händen haltet, dann war's das für mich.

Carole, meine liebe, beste Freundin: Ich werde dein Strahlen und Glitzern vermissen. Wie viel Spaß wir zusammen hatten! Denk nur an deinen Geburtstag in Hongkong. Es ist an der Zeit, die Tanzschuhe wieder hervorzukramen!

Freya, ich weiß, dass du eine harte Zeit durchgemacht hast. Das tut mir wahnsinnig leid. Aber ich habe einen Weg gefunden, wie du wieder aufgreifen kannst, wozu du immer bestimmt warst. Damit das klappt, musst du jedoch erst zu Ende bringen, was ich angefangen habe. Ich habe mehr als zwanzig Jahre gebraucht, um ein bestimmtes Objekt von enormem Wert aufzuspüren. Ich weiß jetzt, wo es sich befindet, nur leider sieht es ganz danach aus, als könnte ich es nicht mehr an mich bringen. Hol du es dir, Freya, und du holst dir dein Leben und deine Berufung zurück. Entschuldige, dass ich nicht deutlicher werden kann. Jemand hat mit mir ein falsches Spiel gespielt, und ich darf nicht riskieren, dass dieser Jemand von diesem Brief Wind bekommt. Erzähl niemandem hiervon. Du darfst keinem mehr trauen. Mach dich auf die Suche nach Hinweisen, und du wirst eine Buchung finden. Nimm teil, aber sei vorsichtig. Die Person, die mich hinters Licht geführt hat, wird dich nicht aus den Augen lassen.

Ich wollte dir immer die Wahrheit über Kairo erzählen, allerdings musste ich damals sicherstellen, dass du die Ermittlungsarbeit an den Nagel hängst. Es ist fast schicksalhaft, dass ich nicht mehr die Möglichkeit haben soll, all das wiedergutzumachen. Jetzt musst du die Wahrheit selbst herausfinden, und ich hoffe, indem du in Erfahrung bringst, was damals wirklich passiert ist, kannst du mir die Entscheidungen verzeihen, die ich treffen musste.

Hier dein erster Hinweis: Besser ein Vogel in einer Kiste als der Spatz in der Hand.

Von Herzen

Arthur

Die Welt geriet leicht ins Schwanken, und ich stieß versehentlich gegen meine Tasse, die auf dem Unterteller klapperte. Kaffee schwappte über den Rand. Carole legte mir ihre Hand auf den Arm, um mich zu beruhigen. Ich hatte einiges zu verdauen – Arthur, der mir einen Brief geschickt hatte … Vor allem jedoch setzte mir das Ende zu. Nichts, was Arthur hätte sagen können, hätte mich je dazu gebracht, ihm zu verzeihen. Nach Kairo war meine Welt komplett zusammengebrochen, und das nur seinetwegen. Ganz egal, was er sich ausgedacht hatte – ich würde mich nicht in irgendetwas hineinziehen lassen.

»Was soll das?« Ich riss den Blick von dem Brief los und sah meine Tante an, die mit den Tränen kämpfte. »Was hat er angefangen, was ich zu Ende bringen soll? Ich verstehe das nicht. Und warum jetzt? Warum hat er mich nicht angerufen oder …«

Insgeheim wusste ich natürlich, weshalb er nicht angerufen hatte: weil ich nicht rangegangen wäre.

Carole schüttelte bloß den Kopf, sagte aber nichts.

Allmählich hatte ich einen Kloß im Hals. Ich würde mich von Arthur garantiert nicht erneut zu einem seiner »Jagdausflüge« verleiten lassen.

»Und was sollen diese merkwürdigen Zeilen mit dem Vogel? So geht das Sprichwort doch nicht.«

Carole war blass geworden. »Irgendwas Schlimmes ist

letzten Sonntag dort im Laden passiert, ich weiß es genau. Du klärst das doch auf, oder? Mir zuliebe?« Tränen schimmerten in ihren Augen.

Ich konnte nicht antworten. Für meine Tante würde ich alles tun – aber Arthur, der noch aus dem Grab heraus die Strippen zog?

Das war zu viel des Guten.

5

*»Um in dieser Branche zu arbeiten, musst du schlau
wie ein Fuchs sein und graziös wie ein Vogel.«*

ARTHUR CROCKLEFORD

Mir schwirrte der Kopf, und ich rannte aus den Teapot Tearooms und über die Straße, bis ich die alte Eiche vor der
Bibliothek erreichte, wo ich früher immer auf den Schulbus gewartet hatte. Ich stemmte mich fest gegen den Stamm,
um nicht den Halt zu verlieren und als könnte das Gefühl
der rissigen Borke an meinen Händen die Vergangenheit
vergessen machen.

Er hat kein Recht dazu. Mein Herz hämmerte wie wild.
*Nicht nach all dieser Zeit, nicht nach allem, was er ange-
richtet hat. Er hat kein Recht, irgendetwas von mir zu verlangen.*

Die Sätze kreisten in meinem Kopf wie ein Mantra. Ich
ließ mich gegen den Baum sinken und fuhr in dem Versuch, den grauenvollen Erinnerungen an Kairo und an
Arthurs Verrat Einhalt zu gebieten, mit dem Zeigefinger
über die Narbe in meiner Hand, ballte die Faust darum
und musste den Impuls niederringen, sofort zurück in mein
sicheres Zuhause in London zu flüchten – auch wenn dieses Zuhause bald Geschichte wäre. Ich hätte mich nie dar-

auf einlassen dürfen, in dieses Dorf zurückzukehren. Nicht einmal nach Arthurs Tod.

Keine Ahnung, ob ich Minuten oder Stunden dort kauerte, doch irgendwann hörte ich jemanden rufen. Diese tiefe, hauchige Stimme hätte ich überall wiedererkannt. Als ich aufblickte, eilte Carole bereits auf mich zu – mit ihrer und meiner Handtasche über der Schulter. Den Brief hatte sie wohlweislich weggepackt. Sie hatte die Hände zu einem Trichter gelegt, trotzdem konnte ich nicht verstehen, was sie quer über die Straße rief. Doch mit ihr vor Augen wusste ich wieder, warum ich hier war: um der einzigen Person zu helfen, die mich nie im Stich gelassen hatte.

Ich stand auf, ging ein paar Schritte auf sie zu, doch sie schüttelte vehement den Kopf und gab mir mit einer Geste zu verstehen, dass ich stehen bleiben sollte. Ihre Rufe erregten allmählich Aufmerksamkeit, und mir stieg die Hitze in die Wangen.

»Hast du den Baum umarmt, Liebes? Den hast du immer schon gemocht, und jetzt hast du ihn ja auch schon lange nicht mehr gesehen!«

Ein Passantenpärchen lachte.

»Was?« Mein Gesicht musste inzwischen tiefrot sein. »Ich hab doch nicht *den Baum* vermisst!«

Carole vergewisserte sich, dass das Pärchen hersah, und marschierte zielstrebig an mir vorbei auf die Eiche zu. »Komm, ich zeig dir und diesen Wichtigtuern, wie man einen Baum *richtig* umarmt.«

»Was *machst* du denn da?!« Dieser Vormittag wurde wirklich immer surrealer.

»Komm schon, wir haben Publikum – und ich bin immerhin Schauspielerin!« Carole warf sich dem Baum quasi an den Hals. »Siehst du, Schätzchen?« Sie sprach so laut, dass wirklich jeder mithören konnte. »Einen Baum zu umarmen hat eine wunderbar heilsame Wirkung. Ich weiß, du hast es versucht, aber ich glaube, du hast noch nicht alles gegeben.« Dann kreiselte sie in einem absonderlichen Umarmungstanz um den Baumstamm herum.

Ich gluckste. Es war ein lächerlicher Anblick, aber nichts hätte meine Tante aufhalten können.

Als ich mich umdrehte, hatte unser Publikum genug gesehen und war weitergezogen. Carole zwinkerte mir zu und ließ den Baum wieder los. Allmählich dämmerte mir, dass sie soeben das Gleiche getan hatte wie früher, als ich noch ein Kind gewesen war: Immer wenn die Vergangenheit gedroht hatte, mich zu überwältigen, hatte sie genau gewusst, was zu tun war, um mich aufzuheitern. Anstelle des Baumes schloss ich Carole fest in die Arme.

»Gut.« Sie zupfte ihr leuchtend blaues Blusenkleid zurecht. »Dann mal auf zu diesem Anwalt, sonst kommen wir noch zu spät.«

Den Termin hatte ich ganz vergessen, und ich wollte schon Einwände erheben, allerdings war mir klar, dass es zwecklos wäre. Ich hatte versprochen, ihr zu helfen, und ich würde meine Tante nicht hängen lassen.

*

Hinter Carole her stieg ich die steile Treppe hoch in die über der Metzgerei gelegenen Büroräume der Kanzlei Smith & Sons. Noch während wir den Flur entlanggingen, ächzte ich tonlos in mich hinein. Ich wollte nichts mehr von Arthur hören, selbst wenn sich gleich herausstellen sollte, dass ich etwas geerbt hätte; seinen Brief hatte Carole nicht mehr erwähnt, und ich war vollauf zufrieden damit, ihn ab sofort zu ignorieren.

In der Luft hingen ein Hauch von Eisen – das Blut aus der Metzgerei im Erdgeschoss – und teures Aftershave. Vom Empfangsbereich der Kanzlei, einem beengten Raum mit großen Erkerfenstern, konnte man die Hauptstraße überblicken. Die Frühlingssonne schien durch die schmutzigen Scheiben, sodass es hier drin beinahe neblig wirkte. Für einen Maimorgen war es ungewöhnlich warm, andererseits kann der Mai ja gern warm ausfallen: Da holt man schon seine Sommergarderobe heraus, nur um sie eine Woche später wieder wegzupacken.

Hinter dem G-Plan-Schreibtisch »Fresco« – der hier womöglich schon seit den Sechzigern stand – saß eine junge Frau, die ihren Schulabschluss vermutlich gerade erst frisch in der Tasche hatte. Ihr Teakmöbel hatte eine sogenannte schwebende Tischplatte und stabile Beine, und dahinter hätte man eher jemanden erwartet, der für eine hippe Werbeagentur in Hackney arbeitete. Ich fragte mich, ob sie auch nur ahnte, wie teuer so ein Schreibtisch war, bestimmt hielt sie ihn einfach nur für alt und orange. Die Frau hatte hellblondes Haar, dunkelbraune Augen und anstelle von Fingernägeln pinkfarbene Krallen, mit denen sie gerade handgeschriebene Notizen abtippte. Sie blickte von ihrem Computer auf und strahlte Carole an. Sie schien genau zu wissen, wen sie vor sich hatte; nach meinem Namen erkundigte sie sich gar nicht erst.

»Er ist gleich für Sie da.« Sie schob ein paar Unterlagen herum. »Und mein Beileid, wegen Arthur.«

»Danke, Annabelle, das ist lieb von dir.« Carole beugte sich zu ihr vor. »Weißt du vielleicht, warum das hier so dringend sein soll?«

Annabelle zuckte mit den Schultern, als im selben Moment eine Tür links von uns aufging und ein gut eins achtzig großer Mann Ende vierzig in den Türrahmen trat. In seinem gebräunten Gesicht blitzte ein perlweißes Lächeln auf. Hemd, Krawatte und Chinos sahen teuer aus, und sein Aftershave flutete die Rezeption. Irgendwie wirkte er ein bisschen zu aufpoliert, als dass er mir sympathisch gewesen wäre; andererseits konnte ich mir durchaus vorstellen, dass nicht wenige Frauen hier im Dorf darauf standen.

Sein Lächeln verrutschte leicht, als unsere Blicke sich kreuzten, doch dann riss er sich zusammen und bot mir die Hand zu einem schlaffen Händedruck an, bei dem ich erschauderte. »Freut mich, Sie kennenzulernen. Ich bin Franklin Smith. Und Sie sind …?«

»Ich bin Caroles Nichte, Freya Lockwood. Carole hat erwähnt, dass Sie uns beide so schnell wie möglich treffen wollten.«

Franklin drehte sich zu Carole um. »Richtig. Ich war davon ausgegangen, dass Ihre Nichte es nicht schaffen würde. Wenn Sie bitte eintreten möchten?« Er ging vor uns her in sein Büro und machte es sich auf seinem riesigen Kippstuhl bequem. »Das Wichtigste gleich vorneweg.« Er verschränkte die Finger. »Hat eine von Ihnen den Schlüssel oder den Sicherheitscode zu Crockleford Antiques?«

Carole und ich wechselten einen Blick und schüttelten den Kopf.

»Als Arthurs Nachlassverwalter müsste ich die Räumlichkeiten betreten, aber es scheint niemand einen Schlüssel oder den Zugangscode zu haben. Ich habe mir sagen lassen, dass die Tür unverschlossen war, als die Polizei eintraf. Ist das nicht merkwürdig? Und Harry, die Aushilfe dort, hat erzählt, die Polizei habe hinter sich abgeschlossen. Er selbst kenne den Code zur Alarmanlage nicht, weil Arthur den jüngst erst geändert habe. Klingt das bis hierhin plausibel?«

Ich zuckte mit den Schultern, während Carole bloß verwirrt dreinblickte.

Franklin seufzte. »Dann brauchen wir wohl einen Schlüsseldienst – und jemanden, der sich mit der Alarmanlage auskennt.«

»Sind wir deshalb hier?«, hakte ich nach. »Ich dachte, Sie wollten wegen des Testaments mit uns sprechen?«

Das alles war doch sehr eigenartig.

»Natürlich, das Testament … Arthur kam einen Tag nach dem Tod eines Freundes zu mir und bestand darauf, dass wir es sofort aufsetzten.«

»Welcher Freund soll das denn gewesen sein?«, fragte Carole. »Hat der auch einen Namen?«

»Ein gewisser Lord Metcalf.« Franklin zog vielsagend eine Augenbraue hoch, und wir schüttelten abermals beide den Kopf. »Ich bin in beiden Fällen Testamentsvollstrecker.« Er sah mir ins Gesicht. »Arthur hat mich davon in Kenntnis gesetzt, dass er Sie bereits schriftlich darüber informiert hat.« Er verschränkte die Arme und blickte ratlos drein. »Arthur hätte den Metcalf-Nachlass begutachten sollen. Er hat darauf bestanden, dass Sie benannt würden, sofern er verhindert wäre. Sie sind sogar in Lord Metcalfs Testament als Ersatz aufgeführt, was höchst ungewöhnlich ist. Wenn Sie mich fragen, hat Arthur seinem Freund diesen Floh ins Ohr gesetzt. Aber Sie müssen den Auftrag nicht übernehmen, ich bin wunderbar imstande, selbst einen geeigneten Sachverständigen zu bestellen.«

»Also, ich weiß von keinem Nachlass, den ich begutachten sollte«, erwiderte ich.

Er nickte, als hätte er es geahnt. »Natürlich nicht. Ich

weiß auch nicht, was Arthur sich dabei gedacht hat. Ich kümmere mich darum.«

Ich hatte keinen Schimmer, weshalb Arthur mich ins Spiel gebracht hatte, und wollte nicht unnötig grübeln. Allerdings fragte ich mich, ob die zwei Todesfälle miteinander in Verbindung standen. »Wenn es Ihnen nichts ausmacht … Wie ist dieser Lord Metcalf denn gestorben?«

»Er war schon alt.« Franklin sah auf die Uhr, eine billige Rolex-Kopie, wie ich sofort erkannte. Der Sekundenzeiger bewegte sich ruckartig. »Aber um es kurz zu machen: Gebäude und Ladengeschäft gehen jeweils zur Hälfte an Sie beide, Carole und Freya Lockwood. Ich habe allerdings schon mit Arthurs Steuerberater gesprochen und fürchte, das Geschäft ist nicht mehr zu halten.«

Der Laden gehört uns? Was hat Arthur denn da geritten?

Bei der Vorstellung drehte sich mir der Magen um. Es war schlichtweg unvorstellbar, dass ich das Gebäude noch einmal betreten, geschweige denn besitzen sollte. Carole und ich hatten keine Ahnung, wie man einen Laden führte, insofern war klar, dass wir bei nächstbester Gelegenheit verkaufen müssten.

Franklin zog eine Schublade auf und nahm eine kleine Schatulle heraus. »Im Übrigen wollte er, dass Sie das hier bekommen.« Er schob die Schatulle quer über den Tisch auf mich zu.

»Was ist das?«

»Eine Plastikbrosche.« Franklin neigte den Kopf leicht zur Seite, ganz so, als erwartete er von mir eine Erklärung.

»Sie haben die Schatulle *aufgemacht*?«, fuhr Carole ihn an. Uns war allen bewusst, dass er das nicht hätte tun dürfen. Allmählich fragte ich mich, ob er rechtmäßig eingesetzt war.

Franklin zuckte nur nonchalant mit den Schultern.

Die Schatulle lag in meiner flachen Hand, und meine Finger zitterten leicht, als ich den Deckel abnahm und sahneweißes Seidenpapier herauszupfte. Darunter lag eine leuchtend rote Plastikbrosche in Gestalt eines Fuchses mit untergeschlungenem Schwanz; mit seinen ausgestreckten schlanken Vorderläufen sah er aus, als würde er auf den Betrachter zulaufen. Ohne dass ich hätte nachsehen müssen, wusste ich, dass auf der Silbernadel der Name »Lea Stein« eingeprägt war.

»So eine hab ich mit achtzehn von Arthur bekommen.« Ich sah Carole stirnrunzelnd an.

Warum bekomme ich jetzt eine zweite? Was zum Teufel will er mir damit sagen?

Im nächsten Moment erinnerte ich mich an etwas, und mein Herz krampfte sich leicht zusammen.

Als Arthur mir die Brosche erstmals gezeigt hatte, hatte er zu mir gesagt: »Erzähl mir alles darüber – was sie wert ist, wer sie hergestellt hat –, und du darfst sie behalten.« Damals gab es noch kein Internet, und Informationen zu einer Plastikbrosche zusammenzutragen kam mir zunächst vor wie eine unlösbare Aufgabe. Trotzdem stürzte ich mich kopfüber hinein, befragte Händler in London, las Bücher zum Thema Modeschmuck. Je mehr ich in Erfahrung brachte, umso entschlossener war ich, mir nicht nur die Geschichte der Brosche an sich, sondern auch die der Designerin, Léa Stein, zu erarbeiten. Léa Stein war inzwischen hochbetagt und ihr Schmuck wertvoll.

Als ich Arthur von meinen Erkenntnissen berichtete, machte sich ein Lächeln auf seinem Gesicht breit. Die Brosche gehöre mir, sagte er – und nicht allzu viel später begann für mich das Fahnden nach Antiquitäten.

»War sonst noch etwas?«, fragte Carole.

»Ihr Identitätsnachweis«, antwortete Franklin und hielt ihr die offene Hand hin.

Carole griff in ihre Tasche, kramte nach ihrem Ausweis, und ich tat es ihr gleich.

Damit schien Franklin sich endlich zufriedenzugeben. »Sie machen sich besser von vornherein klar, dass ein Nachlassverfahren einige Zeit in Anspruch nimmt. Ich tue mein Möglichstes, um es zu beschleunigen, aber so etwas dauert gern Monate, manchmal ein ganzes Jahr oder noch länger.«

Wir verabschiedeten uns und gingen. Ich hatte ein mulmiges Gefühl. Irgendwas war an diesem Franklin faul, auch wenn ich es nicht genau hätte benennen können. Kaum dass ich ein paar Schritte vor die Tür gesetzt hatte, nahm ich mein Handy zur Hand und googelte Lord Metcalf.

»Kein Nachruf, nichts zu seinem Tod. Man sollte doch meinen, es würde *irgendwas* in der Zeitung stehen, wenn ein Lord stirbt, findest du nicht?«

»Doch, Schätzchen, finde ich auch.«

Ich dachte kurz nach. »Und ist das nicht komisch? Dieser Lord Metcalf – angeblich einer von Arthurs Freunden, über den online rein gar nichts zu lesen steht – stirbt unerwartet, und schon tags darauf rennt Arthur zum selben Anwalt, macht sein Testament … *und* hinterlässt das hier für mich.« Ich hielt die Schatulle mit der Brosche hoch. »Wenn wir davon ausgehen, dass bei Arthurs Tod *nicht* alles mit rechten Dingen zugegangen ist … dann hängen die beiden Todesfälle ja vielleicht zusammen?«

Carole nahm mich am Arm. »Ich glaube, genau diesen Lord Metcalf hatte Arthur getroffen, kurz bevor er mich angerufen hat. Möglicherweise hatte er nach seinem Besuch dort ja einen Verdacht – oder er hat etwas entdeckt, als er bei ihm war? Und dann hat jemand die beiden umgebracht, weil sie zu viel wussten! Jedenfalls hatte Arthur etwas Bestimmtes im Sinn, als er den Brief und die Brosche für uns hinterlegt hat.«

Im selben Moment, da sie »etwas im Sinn« sagte, fiel mir noch etwas ein – eins von Arthurs Prinzipien: *Um in dieser Branche zu arbeiten, musst du schlau wie ein Fuchs sein und graziös wie ein Vogel.*

Ich hatte einst professionell als Antiquitätenfahnderin gearbeitet, und zwar für einen der Besten in der ganzen Branche. Jedes Mal, wenn wir ein Flugzeug bestiegen, hatte Arthur mich gefragt: *Bereit für die nächste Fuchsjagd?*

Und ich hatte lächelnd geantwortet: *Allzeit bereit, alter Mann.*

Die Erinnerung jagte mir einen wohligen Schauder über den Rücken, aber noch viel mehr war ich überrascht, wie sehr es mir bei dem Gedanken an eine neuerliche Jagd in den Fingern zu jucken begann. Bei allem Ärger über James, der darauf bestand, dass wir das Haus verkauften, angesichts von Jades Auszug und nun auch noch Arthurs Tod war Ablenkung genau das, was ich derzeit am dringendsten brauchte.

Ich wusste nicht, wo all dies hinführen würde oder ob ich meine alten Fähigkeiten noch hatte, doch die Entscheidung fiel mir nicht schwer: Ich würde sehen, was ich herausfinden konnte.

6

» Wir beginnen mit der Jagd stets am Tatort. «

ARTHUR CROCKLEFORD

Sobald feststand, dass es keine polizeiliche Untersuchung geben würde, beschloss Carole, dass Arthur schnellstmöglich beerdigt werden sollte. Den Mittwoch und Donnerstag verbrachte ich damit, meiner Tante dabei zur Seite zu stehen, wie sie ringsum jeden erdenklichen Gefallen einforderte. Die Beerdigung zu organisieren war für sie wohl die naheliegendste Methode, sich von ihrer Trauer abzulenken, und es funktionierte – für uns beide. Ich selbst wollte weder über meine Vergangenheit mit Arthur nachdenken noch James' langatmige, quengelige Voicemail-Nachrichten beantworten. Außerdem frustrierte mich die Suche nach Hinweisen bereits jetzt. Ich hatte Arthurs Brief inzwischen zigmal gelesen und war im Kopf mehrmals alles durchgegangen, was wir bislang gehört hatten, doch klar war nur: Arthur hatte gewusst, dass Gefahr drohte, und seine schlimmsten Befürchtungen hatten sich bewahrheitet. Allerdings war der erste Hinweis, den er hinterlassen hatte – der *Vogel in einer Kiste* –, für mich nicht zu entschlüsseln, und solange ich keinen Zugang zum Laden hatte, konnte ich auch mit keiner Jagd beginnen.

Am Tag der Beerdigung stand ich am anderen Ende von Little Meddington und wartete auf die Kutsche, die Arthurs Sarg bringen würde, als Jade anrief.

»*Mom*.« Sie war erst im August in die USA gegangen, klang aber jetzt schon tagtäglich amerikanischer. »Dad hat erzählt, dass du dich weigerst, mit dem Makler zu sprechen. Geht es dir gut? Ich hab ihm gesagt, dass er ein Idiot ist – vielleicht war ich sogar noch deutlicher –, wenn er mein Elternhaus verkaufen will. Aber er denkt wie immer nur an sich. Was in aller Welt hast du je an ihm gefunden?«

»Jade, er ist dein Vater, und misch du dich nicht in die Sache mit dem Haus ein. Und sei auch nicht stellvertretend für mich sauer auf ihn. Ich will dem Makler einfach nur nicht im Weg stehen.«

Ich zögerte kurz, fand aber nicht die richtigen Worte, um ihr zu erzählen, wo ich mich gerade befand oder was mit Arthur passiert war. Jade kannte nicht mal seinen Namen und wusste auch nichts über meine Vergangenheit als Antiquitätenfahnderin.

»Es passt gerade nicht wahnsinnig gut«, sagte ich stattdessen. »Kann ich dich später anrufen? Aber – Jade? Ich freue mich sehr, wenn du im Sommer zurückkommst.«

»Ähm, was das angeht ...« Sie holte tief Luft. »Ich hatte ein paar schlaflose Nächte, weil ich nicht wusste, wie ich es dir sagen soll ... Wahrscheinlich komme ich nicht – es sei denn, du brauchst mich ganz dringend.«

Ich konnte nicht antworten. Mein Herz krampfte sich zusammen.

»Mom? Bist du noch dran?«

Ich versuchte, unbeschwert zu klingen. »Ja, Liebes. Alles gut.«

»Es ist nur … Ich hab jemanden kennengelernt, und sie hat mich gefragt, ob …« Sie sprach den Satz nicht zu Ende. »Tut mir leid, ich könnte versuchen …«

»Ist völlig in Ordnung, mein Schatz. Mir geht es gut. Hab du den besten Sommer aller Zeiten!« Den Kloß in meinem Hals schluckte ich hinunter.

»Großartig. Hab dich lieb! Wir sprechen uns bald wieder!« Und dann legte sie auf.

Ich schlang die Arme um meinen Leib. *Sie soll doch den Sommer nicht mit ihrer langweiligen alten Mutter verbringen.*

Carole tippte mir auf den Arm, als die Kutsche kam und langsamer wurde, damit sich die Trauergäste dahinter aufstellen konnten. Dann setzte sich die ganze Prozession in Richtung Hauptstraße in Bewegung. Unterwegs stieg uns der strenge Geruch von Pferdeäpfeln in die Nase, denen wir in einem fort ausweichen mussten.

»Geht es Jade gut?«, erkundigte sich Carole mit zittriger Stimme, ließ den Sarg dabei aber nicht aus den Augen.

Ich hakte sie bei mir unter und schlug den Blick nieder. »Bitte entschuldige, ich hätte nicht rangehen sollen. Aber sie ruft so selten an …« Ich sprach nicht weiter, weil ich mir gerade nicht eingestehen durfte, wie sehr ich Jade vermisste. »Es geht ihr gut. Ich habe wohlweislich nicht erwähnt, dass ich hier bin.«

Carole sah mich missbilligend an. »Sie sollte endlich Bescheid wissen, Freya. Über Arthur und darüber, wer du eigentlich bist.«

Ich hätte am liebsten erwidert: *Ich weiß doch selbst gar nicht mehr, wer ich bin*, sagte aber stattdessen: »Wozu sollte das gut sein? Das ist seit Jahren vorbei.«

Ich sah das Postamt zu meiner Linken und wusste, dass

der Antiquitätenladen jetzt direkt rechts von mir lag. Ich hätte nicht hinsehen dürfen, aber … Da war er, sah gleichzeitig aus wie immer und irgendwie kleiner als in meiner Erinnerung. In die Jahre gekommen. Ich rechnete schon damit, dass sich gleich die alte Wut oder eine schmerzhafte Trauer bemerkbar machte, doch ich konnte nur an die Brosche denken, die in meiner Handtasche steckte.

Was ist das für ein »Objekt von enormem Wert«, das ich für dich aufspüren soll, Arthur? Ein antikes Kunstobjekt? Und wie komme ich in dein Geschäft, um mich dort umzusehen?

Carole folgte meinem Blick und drückte meinen Arm. Unter Garantie glaubte sie, dass die Erinnerungen mich heimsuchten, dabei war ich mit meinen Gedanken ganz im Hier und Jetzt.

»In seinem Brief hat Arthur einen *Vogel in einer Kiste* erwähnt«, flüsterte ich ihr zu. »Was soll das heißen?«

Sie zog eine Augenbraue hoch. »Wie schön, dass du endlich Witterung aufnimmst.« Dann tätschelte sie mir die Hand. »Aber woher soll ich das wissen? Diese Knobelaufgabe war für dich und nicht für mich gedacht.«

Der Trauerzug hatte die Kirche St. Mary's erreicht. Pastor Steve Hallberton, ein kleiner, rundlicher Mann mit tiefen Furchen in der Stirn, winkte die Gemeinde nach drinnen. Carole und ich blieben an dem Klinkermäuerchen stehen, das den alten Friedhof säumte. Die Morgensonne fing sich in dem Diamantring, den ich am Mittelfinger trug, und das Blitzen erinnerte mich an jenen Moment, da ich den Ring erstmals gesehen hatte.

Um meinen sechzehnten Geburtstag herum – vor mehr als dreißig Jahren – hatte ich angefangen, in Arthurs Laden auszuhelfen, und irgendwann mit achtzehn beschloss er, dass es an der Zeit für mich war, meine erste Auktion zu besuchen.

Das South London Auction House war ein riesiges Lagerhaus am Ufer der Themse, ein weitläufiges, kaltes, muffiges Gebäude – aber voll mit vielversprechenden Schnäppchen. Als die Auktion eröffnet wurde, war ich zunächst überhaupt nicht imstande, mit den aufgerufenen Losnummern mitzuhalten. Ich lauerte auf die Objekte, die Arthur im Katalog markiert hatte, aber irgendwie – bei der Geschwindigkeit, mit der der Auktionator den Hammer fallen ließ, und vor Ehrfurcht gegenüber den anderen Händlern, die um mich herumsaßen und in einem fort schnell und selbstsicher die Hand hoben – verlor ich komplett den Überblick. Ich brachte die Losnummern durcheinander und ersteigerte am Ende versehentlich einen auffälligen viktorianischen Saphir-Verlobungsring mit Diamanten.

Als ich die Handvoll Möbelstücke bezahlte, die ich darüber hinaus hatte ersteigern können, überreichte mir eine ältere Dame lächelnd die alte Ringschatulle. Ich zog das Kästchen auf, starrte den Ring darin an – und war gleichermaßen entsetzt und konnte den Blick gar nicht mehr davon losreißen. Während des kompletten Rückwegs nach Suffolk machte ich mir Sorgen und war mir fast sicher, dass ich meinen Job und das Vertrauen verspielt hatte, das Arthur mir entgegenbrachte. Doch dann kam alles anders.

Mit einem Lächeln beruhigte er mich. »Ich kann dir doch ansehen, wie sehr du ihn liebst. Wenn du ihn behalten möchtest, dann ist dieser Ring hiermit mein verfrühtes Geburtstagsgeschenk.« Ich war überglücklich. Arthur war immer für eine Überraschung gut gewesen. Jener Tag im Auktionshaus vor knapp drei Jahrzehnten hatte mir meine allererste eigene Antiquität beschert, und nach und nach keimte in mir der Wunsch, eine eigene Sammlung anzulegen. Ich war als Zwölfjährige bei Tante Carole eingezogen und hatte nichts weiter besessen als die Kleidungsstücke, die ich am Leib trug, nachdem das Feuer alles andere vernichtet hatte. Wenn ich ehrlich sein soll, hatte ich mich immer nach einem Andenken an meine Eltern gesehnt. Gleichzeitig hatte ich Angst gehabt, etwas zu besitzen, was mit einem einzigen Blick meine überwältigende Trauer hätte entflammen können – und dafür hatte ich schon meine Narbe. Nach der missglückten Auktion jedoch besaß ich mein erstes eigenes Stück Geschichte – einen Verlobungsring aus der Vergangenheit, allerdings aus der Vergangenheit von jemand anderem, und ich redete mir gern ein, dass jene Person ein glücklicheres Ende genommen hatte als meine Eltern.

Arthur wiederum eröffnete mir nach und nach den Zugang zu einer Welt, die randvoll mit Geschichte war und in der ich mich wohlfühlte. Indem ich mich mit Antiquitäten beschäftigte – oder mit deren Diebstahl –, bewegte ich mich in einer halbwegs sicheren Welt, die ich nie wieder verlassen wollte.

Zumindest bis zu Arthurs Verrat an mir und an allem, was mir lieb und teuer gewesen war.

»Wir müssen jetzt rein.« Carole nickte in Richtung des Pastors, der wortreich die beiden jüngeren Sargträger instruierte; einer von ihnen war höchstens zwanzig, trug eine modisch klobige Brille und einen sichtlich zu großen Anzug.

»Das ist Harry, Arthurs Aushilfe«, raunte Carole mir zu. »Sieht er nicht viel zu zerbrechlich aus, um einen Sarg zu tragen?«

Jemand vom Bestattungsinstitut trat an das große, verzierte Kirchenportal, und die Sargträger schritten feierlich um den Leichenwagen herum. Arthurs Sarg wurde abgeladen, und dann wuchteten sie ihn sich auf die Schulter. In mir zog sich alles zusammen, und ich holte tief Luft. Ich weigerte mich immer noch, jenen Mann zu betrauern, der mir alles genommen hatte.

»Bereit?« Carole schluckte ihre Tränen hinunter.

Wir folgten dem Sarg über den hohen Mittelgang. Die Buntglasfenster beleuchteten die Kanzel und die Gedenktafeln wohlhabender mittelalterlicher Stoffhändler, deren Vermögen zum Bau der Kirche beigetragen hatte.

»Arthur Crockleford war ein überaus beliebtes Mitglied unserer Gemeinde«, hob der Pastor an, »oder wie jemand gestern gesagt hat: Wir haben nicht nur einen guten Freund verloren, sondern mit seinen Antiquitäten und Schätzen aus aller Welt auch unseren ureigenen Indiana Jones …«

Ich ließ den Blick durch die Trauergemeinde schweifen. Ein bärtiger Mann stand ganz hinten links und war halb von einer Säule verdeckt. Er trug Sonnenbrille, Filzhut und Jeans und hatte die Hände in die Hosentaschen gesteckt. Anders als alle anderen Trauergäste hatte er sich kein Gottesdienstblatt genommen.

»Erheben wir uns für das erste Lied«, sagte der Pastor, und Carole stupste mich an. Ich stand auf und sah flüchtig auf mein Liedblatt hinab. Orgelmusik setzte ein.

And did those feet in ancient time
Walk upon England's mountains green?
And was the holy Lamb of God …

Wie so viele andere, die sich an diesem Tag in der Kirche versammelt hatten, kannte auch ich den Text in- und auswendig, und ich hätte den Blick ohnehin nicht von Mr Sonnenbrille abwenden können. Obwohl ich gerade wegen der Brille und wegen des Barts sein Gesicht nicht erkennen konnte, war klar, dass er nicht mitsang. Sein Blick huschte von einer Seite zur anderen. Er sah aus wie jemand, dessen Hund im Park ausgebüxt war, nicht wie ein Trauergast bei einer Beerdigung. Er strahlte nicht den Hauch von Traurigkeit aus.

»Wer hätte das gedacht«, flüsterte Carole und drückte mich zurück auf unsere Kirchenbank. »So viele, die Arthur geliebt haben ...«

Im selben Moment dämmerte mir, dass ich glotzte. »Einige kenne ich gar nicht«, flüsterte ich zurück. »Der da drüben zum Beispiel – wer ist das?« Ich nickte in Richtung des Mannes neben der Säule. Carole kannte jeden hier, also sicher auch ihn.

Sie folgte meinem Blick – und drückte empört den Rücken durch. »Der trägt Sonnenbrille und Jeans! Das ist doch respektlos, findest du nicht? Ich meine – das sind nicht mal *schwarze* Jeans!«

Ich starrte sie an. Es sah ihr nicht ähnlich, jemanden aufgrund von Äußerlichkeiten zu kritisieren, und ihre Reaktion wirkte irgendwie übertrieben.

»Wer ist das?«, fragte ich noch einmal. »Arthur hat in seinem Brief eine Person erwähnt, die uns *nicht aus den Augen lassen* würde.«

»Ich habe keine Ahnung.« Carole schüttelte den Kopf. »Psst, jetzt wird gebetet!«

Wir neigten den Kopf.

Anscheinend war jetzt nicht der richtige Zeitpunkt, um nachzuhaken, aber irgendwas stimmte hier nicht. Sie wusste etwas, da war ich mir sicher. Ich spähte erneut zu dem Mann. Er war groß, breit gebaut, hatte sich den Filzhut tief in die Stirn gedrückt. Ich konnte ihn immer noch nicht richtig erkennen und verfluchte meine vor zig Jahren gelaserten und trotzdem schlechten Augen.

Ich musste den Hals verdreht haben, weil Carole mich erneut anstupste.

»Glotz nicht so! Der merkt das doch!«

Ich riss mich zusammen. Dann plötzlich standen die Härchen in meinem Nacken zu Berge. Ich spürte, dass Mr Sonnenbrille sich in unsere Richtung gedreht hatte, und spähte von Neuem hin – er lehnte den Oberkörper vor, als hätte er die Person endlich entdeckt, nach der er Ausschau gehalten hatte.

Sah er etwa *mich* an?

Es lief mir eiskalt den Rücken hinunter, und ich rutschte so tief in die Kirchenbank, wie ich nur konnte.

Neben mir stand Carole auf und machte ein paar Schritte über den Mittelgang, um den Platz des Pastors für die Trauerrede einzunehmen.

Als ich mich erneut umdrehte, war Mr Sonnenbrille nur noch an Carole vorn an der Kanzel interessiert. Jetzt war klar, wen er gesucht hatte, und das konnte nur eins bedeuten: Arthur hatte recht gehabt – wir wurden observiert. Aber warum?

7

»Du bist das hellste Licht, das mir je begegnet ist, Carole. Du leuchtest so sehr, dass du lange Schatten wirfst, in denen wir anderen uns verstecken können.«

ARTHUR CROCKLEFORD

Carole

Carole folgte dem Zug der Trauergäste aus der Kirche. Draußen hielten Nachbarn und Freunde aus dem Dorf sofort auf sie zu, doch Carole eilte an ihnen vorbei. Beileidsbekundungen waren ihr gerade zu viel. Erst musste sie Arthurs Mörder dingfest machen, und bis dahin galt es, die Trauer irgendwie unter Verschluss zu halten.

Als Arthurs Sarg in die Erde hinabgelassen wurde, drohte das Ausmaß ihres Verlusts sie in die Knie zu zwingen, und abermals rief sie sich ins Gedächtnis: *Jetzt nicht!*

Ein Eimerchen mit Erde wurde herumgereicht, und ohne nachzudenken, schob Carole die Finger hinein. Dann erstarrte sie. Mit Dreck nach Arthur zu werfen fühlte sich nicht richtig an. Hilfe suchend drehte sie sich nach Freya um, die ihr eine Hand auf die Schulter legte und sie drückte.

Irgendwann hatten die anderen sich zurückgezogen.

Carole stand allein am Grab und hielt noch immer die Erde in der Faust. Ein Sätzchen aus Arthurs Brief wollte ihr nicht aus dem Kopf gehen. *Es ist an der Zeit, die Tanzschuhe wieder hervorzukramen.*

Wann immer Arthur das zu ihr gesagt hatte, hatte Carole ein Flattern verspürt, ähnlich wie früher, kurz bevor sie die Bühne des Old Vic betreten hatte. Arthur hatte ihr eindeutig zu verstehen geben wollen, dass der Moment gekommen war, wieder zu schauspielern und ein Publikum für sich zu begeistern – es war wieder Zeit für ein großes Abenteuer. Das letzte hatte sie beide rund einen Monat zuvor nach Istanbul geführt, zu den stimmungsvollen Basaren und zu herrlichen Rooftop-Bars. Carole war sich darüber im Klaren, dass sie dort mit ein, zwei Gaunern zu Abend gegessen hatte, doch was seine Tischgesellschaft anging, war Arthur nie wählerisch gewesen. Carole wiederum hatte nie das Bedürfnis verspürt, erst jemandes Background zu durchleuchten, wenn sie doch einfach einen netten Abend oder gratis Kaviar haben konnte.

Ich tanze wieder, mein lieber Arthur, da mach dir mal keine Gedanken. Wir klären die Sache auf.

Es war beruhigend zu sehen, dass Freya den Köder geschluckt hatte und endlich ebenfalls herausfinden wollte, was wirklich zu Arthurs Tod geführt hatte. Ihre Nichte hatte einen Blick für Details, die andere nicht sahen, und wenn sie erst Blut geleckt hatte, ließ sie nicht mehr locker. Es mochte Freya in die Wiege gelegt worden sein, doch Carole war immer der Ansicht gewesen, dass erst der Tod der Eltern diese Eigenschaft hervorgebracht hatte, auch wenn sie das Freya nie geradeheraus gesagt hätte; doch seit jener Brandkatastrophe hatte ihre Nichte stets aufmerksam beobachtet, was um sie herum vor sich ging, hielt Ausschau nach Dingen, die in Schieflage waren oder die nicht in den Zusammenhang passten. Vielleicht glaubte sie, wenn sie den Schaden am elektrischen Kamin rechtzeitig entdeckt hätte, bevor sie ihn damals angeschaltet hatten, dann hätte sie …

Carole drehte sich nach Freya um, die nur ein paar Schritte entfernt stand.

»Erzählst du mir jetzt, wer dieser merkwürdige Mann war?« Freya trat auf Carole zu.

»Welcher Mann?«, gab Carole zurück, obwohl sie genau wusste, wen Freya meinte.

»Der mit der Sonnenbrille. Ich mache mir Sorgen, weil Arthur doch geschrieben hat, er sei hereingelegt worden und dass wir aufpassen sollen – und prompt taucht bei seiner Beerdigung dieser komische Typ auf und lässt dich nicht aus den Augen.« Sie rieb sich nervös über die Handfläche.

Ihre Nichte zu belügen widerstrebte ihr, andererseits wollte Carole ihr auch nicht erzählen, wer der Mann gewesen war. Noch war sie nicht bereit, solchen Schmutz aufzuwirbeln, und natürlich konnte er ebenso gut gekommen sein, um Arthur die letzte Ehre zu erweisen. Sie wechselte besser das Thema.

»Ich habe ebenfalls über den Brief nachgedacht, Liebes. Arthur hat mich dazu aufgefordert, meine Tanzschuhe anzuziehen. Das heißt, mir steht ein neues Abenteuer bevor.« Sie griff nach Freyas Arm. »Arthur wusste genau, dass wir die Sache gemeinsam in Angriff nehmen und ihr auf den Grund gehen würden.«

Sie verstummte, als ihr noch etwas anderes einfiel.

»Was?«, hakte Freya nach.

»In dem Brief hat er meinen Geburtstag in Hongkong erwähnt. Das ist merkwürdig, weil ich während der Reise überhaupt nicht Geburtstag hatte … Arthur hatte bloß vorgeschlagen, dass wir so tun sollten, um in dieser hinreißenden Bar namens Golden Bird gratis Champagner zu bekommen. Warum in aller Welt hat er das in seinem Brief erwähnt?«

Freya sah sie verwirrt an, und Carole beglückwünschte sich insgeheim dafür, dass sie ihre Nichte von dem Mann aus der Kirche abgelenkt hatte. Jetzt musste sie nur noch herausfinden, was Arthurs Anspielungen zu bedeuten hatten, und seinen Mörder zur Strecke bringen.

8

»Die Provenienz eines Objekts in Erfahrung zu bringen und seine rätselhafte Geschichte Stück für Stück freizulegen, ist die größte Belohnung.«

ARTHUR CROCKLEFORD

Freya

Der Leichenschmaus fand in Arthurs Lieblingslokal statt, im Crown. Der Pub platzte aus allen Nähten. Die Veranstaltung war lauter als erwartet, was aber nach der Stille in der Kirche eine höchst willkommene Abwechslung war. Mehrere Gäste saßen auf den Sofas rings um die Bar, andere waren hinaus in den großen Gastgarten mit den unzähligen Pflanzkübeln und Blumentöpfen geströmt. Carole hatte wirklich ein Händchen für derlei Veranstaltungen – hauptsächlich weil sie selbst immer für gute Partys zu haben war. Die Miniburger und Pommes fanden jedenfalls reißenden Absatz.

Ich ließ den Blick schweifen, aber Mr Sonnenbrille aus der Kirche war nicht da. Allerdings war ich mir nicht ganz sicher, ob ich ihn ohne Brille und Hut überhaupt wiedererkannt hätte.

Carole, die bereits an ihrem zweiten Glas Prosecco nippte, war in ein Gespräch mit einem jungen Mann vertieft. Sie standen in der rückwärtigen Ecke des Schankraums vor der opulenten Dschungeltapete und einer ausufernden Palme am Fenster. Er nickte immer wieder hektisch und versuchte, sich loszueisen, doch Carole hatte ihm die Hand auf den Arm gelegt und war mit ihrem Vortrag offenbar noch nicht fertig. Der Mann hätte lediglich hinter die Palme in ihrem Kübel flüchten können – die ihm nur geringen Schutz geboten hätte – oder durchs Fenster springen. Ich beschloss rüberzugehen und ihn zu retten, bevor er das Fenster ernsthaft in Betracht zog.

Carole strahlte mich an, als ich auf sie zuging. »Liebling, du musst unbedingt Harry kennenlernen!«

Harry lächelte mich scheu an und schob seine Brille auf der Nase hoch. Er war der lange, schlaksige und blasse Sargträger von zuvor. »Ihre Tante hat gerade erzählt, dass Sie früher meinen Job gemacht haben.«

»Welchen meinen Sie?« Über einige Jobs, die ich bislang gehabt hatte, konnte ich offen reden, über andere nicht, und ich fragte mich, ob ich Carole zu mehr Diskretion ermahnen sollte.

»Aushilfe im Antiquitätenladen.« Harry schob die Hände in die Taschen. »Ich hab fürs Studium gespart.«

»Mein herzliches Beileid. Es muss schwer sein, jemanden zu verlieren, wenn man so eng zusammengearbeitet hat.«

Harry schlug den Blick nieder und bohrte die Fußspitze in den Teppichboden.

»Ich hab damals in Arthurs Laden auch Geld fürs Studium verdient und später in den Semesterferien immer mal wieder ausgeholfen«, erklärte ich, um es ihm leichter zu machen. »Warst du am Montagmorgen dort?«

Die Frage war ihm sichtlich unangenehm. Ich hätte ihn

nicht darauf ansprechen dürfen und bohrte entsprechend nicht weiter nach. Als ich meine erste Leiche gesehen hatte, war ich mir der Wucht des Anblicks überhaupt erst später in unserem kleinen Apartment in Kairo bewusst geworden. Die Erinnerung daran verfolgte mich bis heute.

»Bitte entschuldige …« Ich überlegte fieberhaft, wie ich die Unterhaltung fortführen sollte.

Auch Carole nickte mitfühlend, und mit besorgtem Gesichtsausdruck wechselte sie das Thema. »Wir hatten uns gerade über die Objekte im Laden unterhalten. Ich glaube ja, dass in der Nacht, in der Arthur gestorben ist, Dinge umgestellt wurden. Sahen die Vasen auf dem Tisch nicht verändert aus? Falls es dir nichts ausmacht, könntest du Freya vielleicht davon erzählen?«

Harry fuhr sich mit der Hand durch die dunklen Locken. »Da war jedenfalls nichts durchwühlt, wie man es aus Filmen kennt. Ich bin mir wirklich nicht sicher, ob irgendetwas verändert war. Zu Vasen kann ich nichts sagen.«

Carole sah ihn stirnrunzelnd an.

»Der Laden war ein bisschen durcheinander, ja, aber ich glaube, gefehlt hat nichts … Jedenfalls meinte die Polizei, es sei alles in Ordnung.«

Carole schüttelte schon den Kopf – ihre Taktik war nicht aufgegangen –, als Harry unverhofft innehielt.

»Außer …«

Sofort lächelte sie ihn aufmunternd an.

»Sie könnten recht haben! Die Silberschublade sah womöglich ein bisschen … leerer aus.«

»Nein, das war es nicht. Ich glaube, da ist etwas Größeres entwendet worden«, wandte Carole ein.

Ich wollte sie bereits darauf hinweisen, dass wir unsere Spekulationen besser für uns behielten, als Harry erneut das Wort ergriff: »Möglicherweise fehlte dieser hässliche Vogel? Ich war am Freitag, bevor Arthur gestorben ist, im Laden und habe gesehen, wie er so einen mit nach oben genommen hat. Er schien ernsthaft zu glauben, das Ding wäre wertvoll.«

Allem Anschein nach wartete Harry darauf, dass Carole ihn dafür lobte, doch diesmal musste ich nachhaken.

»Was war das für ein Vogel – ein ausgestopfter?«

»Nein ... und ich weiß auch nicht gut über Antiquitäten Bescheid ...« Sein Blick huschte durch den Gastraum. »Aber das war so ein getöpferter – so etwas wie eine größere Skulptur oder so. Arthur wollte ihn nicht in das neue Computersystem eingeben, deshalb dürfte er da auch nicht drinstehen.« Er machte einen Schritt zurück. Er hatte von dieser Unterhaltung eindeutig genug.

Mir schoss etwas durch den Kopf: Ein hässlicher Keramikvogel, der Arthur wichtig gewesen war, könnte ein Martin Brothers gewesen sein – und auch Jahrzehnte zuvor in Kairo war es um einen Martin-Brothers-Vogel gegangen. Gab es da einen Zusammenhang? Ich wollte Carole schon ins Bild setzen, ließ es dann aber bleiben. Das hier ging nur Carole und mich etwas an. Trotzdem musste ich mich vergewissern, ob ich mit meiner Vermutung richtiglag. Ich rief ein paar Fotos auf meinem Handy auf.

»Sah der Vogel eventuell aus wie einer von denen?«

»Ähm ...« Harry überflog das Display. »Vielleicht wie der da?« Er zeigte auf einen Vogel mit einem breiten, fast schwarzen Schnabel, einem länglichen Körper und einem leicht seitlich geneigten Kopf. Definitiv nicht derselbe, um den es in Kairo gegangen war.

Carole schnappte sich mein Handy. »Ach, die sind ja nett – und guckt mal, dieser hier zwinkert!«

Nicht jeder hätte so reagiert. Martin-Brothers-Vögel wurden im Wert oft falsch eingeschätzt, man hielt sie gern mal für ein wenig düstere, gruselige Hobbyarbeiten. Ich konnte mir lebhaft vorstellen, dass sie hier und da sogar im Trödelladen landeten.

Die Fotos weckten in mir unliebsame Erinnerungen. Trotzdem versuchte ich, Harry zu erklären, worum es dabei ging.

»Bei diesen Vögeln handelt es sich um Avantgarde-Keramiken aus dem neunzehnten und frühen zwanzigsten Jahrhundert. Hergestellt haben sie vier Brüder – die Gebrüder Martin. Sie gestalteten größere Gefäße, Krüge und so weiter, in Gestalt von Tieren, wobei die Vögel am bekanntesten wurden – die wurden Wally Birds genannt. Allerdings sind das keine normalen Vögel: Sie haben dunkle, gefiederte Körper, breite, grinsende Schnäbel und riesige Klauen. Einige runzeln die Stirn, andere zwinkern – wie derjenige, den Carole so hübsch findet. Sie sind wirklich originell, und weil die Brüder schon lange tot sind, bringen sie einiges Geld.«

»Wie viel denn in etwa?«, fragte er, und mir dämmerte, warum er mit Arthur so gut ausgekommen war.

»Einige erzielen fünfzigtausend Pfund, ein paar ganz ausgewählte sogar hunderttausend.«

Bei diesen Summen merkte Harry sofort auf. »Carole hat erwähnt, dass Sie dieser Sache auf den Grund gehen wollen und dass Sie ein Näschen für Ermittlungen haben. Stimmt das?«

Ich nahm Carole mein Handy wieder ab. »Wenn Arthur einen Martin-Brothers-Vogel besessen hätte, dann hätte er das in alle Welt ausposaunt«, erklärte ich, um das Thema zu wechseln.

Was gelogen war. Ich war mir recht sicher, der Vogel hätte ihm genauso zugesetzt wie mir.

Carole hingegen wollte das Thema eindeutig nicht wechseln. »Sie ist ganz genau wie er! Will die Geschichte einer Antiquität immer in allen Einzelheiten hören. Sie wird herausfinden, was passiert ist und was genau aus dem Laden verschwunden ist. Lass sie nur machen!«

»Die Polizei hat doch sicher die Überwachungsbänder gesichtet und hätte Ermittlungen aufgenommen, wenn etwas verdächtig gewesen wäre«, wandte ich ein, weil ich nicht zugeben wollte, dass ich im Kopf gerade erneut alles durchging, was vorgefallen war: der Brief, die Brosche, Mr Sonnenbrille aus der Kirche und jetzt die Erwähnung eines Wally Bird der Martin Brothers. Ich musste in Erfahrung bringen, was hier eigentlich los war.

Carole schnalzte ungeduldig mit der Zunge. Sie hatte sich definitiv eine andere Antwort erhofft. »Die Kameras im Laden sind schon seit Jahren kaputt und hängen dort nur noch der Optik halber.« Sie tätschelte Harrys Arm. »Du hast uns sehr geholfen.«

Erleichtert ließ er die Schultern nach unten sacken. »Danke.« Dann sah er sich um. »Da wären ein paar Leute, mit denen ich mich unterhalten sollte …« Er machte drei eilige Schritte von uns weg, ehe er innehielt und meinen Blick auffing. »Wenn irgendwer an dem Abend da war, um etwas zu stehlen … glauben Sie, das könnte dieser Vogel gewesen sein, und Arthur hat versucht, es zu verhindern?«

»Vielleicht hat dieser Jemand Arthur auch die Treppe hinuntergestoßen«, warf Carole ein.

»Carole!« Ich sah mich hektisch um, wollte mich vergewissern, dass niemand sie gehört hatte.

»Was?« Harry war schlagartig noch blasser geworden,

als er ohnehin war. »Von Stoßen war doch gar nicht die Rede. Die Stufen waren wacklig und lebensgefährlich. Meinten Sie nicht gerade, es könnte ein Einbruch gewesen sein, der vielleicht aus dem Ruder gelaufen ist?«

»Ganz genau, einfach nur ein Einbruch«, wiederholte Carole beschwichtigend. »Und dies alles behalten wir mal schön für uns.« Sie sah ihn so lange eindringlich an, bis er nickte.

Harry war sichtlich erschüttert, weil eventuell etwas anderes vorgefallen sein könnte als bislang gedacht.

Carole zeigte zur Bar, wo sich ständig neue Grüppchen bildeten. »Dann mal los, lauf zu deinen Freunden!«

Harry tat wie geheißen. Er hatte die Bar kaum erreicht, als sein Handy klingelte, und sowie er die Nummer auf dem Display erkannte, verrutschte etwas in seinem Gesicht. Als er ranging, formten seine Lippen das Wort *Mummy*.

Ich drehte mich zu Carole um. »Sieht ganz danach aus, als hätte der Aushilfsjob bei Arthur ihm auch die Flucht von zu Hause ermöglicht.«

»Arthur hat mal erwähnt, dass die Mutter ihn nicht aus den Augen lässt. Dabei ist er doch schon viel zu alt für ihren Rockzipfel.«

Doch ich war im Geiste längst nicht mehr bei Harry. Mir schwirrte der Kopf vor lauter unschönen Gedanken zu dem Martin-Brothers-Vogel, den er anscheinend gesehen hatte. Es war nicht derselbe, um den es in Kairo gegangen war – das war schlicht und ergreifend unmöglich –, aber konnte es sich dabei um den *Vogel in einer Kiste* handeln, den Arthur in seinem Brief erwähnt hatte?

»Ich hab einen Plan«, raunte Carole mir zu.

»Nein, hast du nicht. Du mischst dich nicht in diese Sache ein.« Ich wollte sie nicht auch noch ermutigen, obwohl ich selbst jetzt um jeden Preis herausfinden wollte, was tatsächlich passiert war. Ich leerte mein Glas Prosecco und ächzte in mich hinein. Wenn Tante Carole sich etwas in den Kopf gesetzt hatte, war sie eine Naturgewalt. »Du bringst uns bloß in Schwierigkeiten – wie damals, als du beschlossen hast, eine vermeintliche Siegerkuh bei der Hadleigh Country Fair anzumelden, obwohl wir nicht mal eine Kuh besaßen.«

»Das war doch etwas ganz anderes. Diesmal habe ich einen echten Plan.« Carole strich sich über das lange dunkelgrüne Kleid und rückte ihren schwarzen Hut zurecht. »Wir müssen irgendwie in den Laden kommen.«

Ungläubig schüttelte ich den Kopf. Andererseits hatte sie recht: Ich musste in den Laden kommen und nachsehen, ob der Vogel noch dort war … Nur wie?

Arthur hatte immer gesagt, es sei mit die größte Belohnung, die Provenienz eines Objekts in Erfahrung zu bringen und seine Geschichte Stück für Stück freizulegen. Was, wenn das nicht nur für Antiquitäten galt? Was, wenn es ebenso lohnenswert wäre herauszufinden, was sich in seinem Antiquitätenladen zugetragen hatte? Wenn Arthur in jener Nacht etwas zugestoßen war, dann konnte ich nicht einfach darüber hinweggehen, ganz gleich, was zwischen uns gestanden hatte. Ich musste die Wahrheit ans Licht bringen, und mir dämmerte, dass jede Fahndung, jede Jagd immer genau so anfing: mit einer Frage und dem festen Entschluss, die Antwort darauf zu finden.

9

»Früher oder später werden wir von dieser Erde abtreten. Was dann zählt, ist die Geschichte, die wir hinterlassen.«

ARTHUR CROCKLEFORD

Allmählich dämmerte es in Little Meddington, und Arthurs Leichenschmaus artete zu einem typisch ausufernden Pub-Abend aus. Irgendwann konnte ich all die Anekdoten über seinen ach so brillanten Humor und seine weltumspannenden Abenteuer nicht mehr hören.

Also zog ich mich von den anderen zurück und machte mich auf die Suche nach Carole. Ich spürte sie draußen im Garten auf, wo sie Hof hielt und Agatha, Simon und anderen achtbaren Persönlichkeiten aus Little Meddington Geschichten von Arthur erzählte. Erstmals an diesem Tag sah sie beschwingt aus, und es fühlte sich verkehrt an, sie zu unterbrechen.

Seit nunmehr zwanzig Jahren waren Carole und ich uns darin einig, dass wir uns, was Arthur anging, uneinig waren. Ich hatte versucht, ihr zu schildern, wie ich die Situation empfand, doch sie hatte »so viel Negatives« nie hören wollen, was mich wütend gemacht hatte. Daraus wiederum hatte James geschlussfolgert, dass die Unterhaltungen mit

Carole mich aus der Bahn warfen, und schlug vor, dass wir »ihre Anrufe besser ignorieren« sollten. Doch dann eines Montagmorgens war James auf Geschäftsreise, und die vierjährige Jade brach sich beim Sturz von einem Baum den Arm. Ich stand auf dem blassgrünen Krankenhausflur und rief Carole an, die sich sofort auf den Weg machte. In ihre warmen Farben gehüllt und mit ihrem Charme zauberte sie jedem in der Notaufnahme – einschließlich Jade – ein Lächeln ins Gesicht. Erst in diesem Moment dämmerte mir, wie leer mein Leben ohne sie gewesen war – und dass James ja nicht erfahren musste, dass wir wieder Kontakt hatten. Außerdem kamen Carole und ich zu der unausgesprochenen Übereinkunft, dass wir Arthur nicht mehr erwähnten.

Ich entschied, dass es für mich an der Zeit war, den Pub zu verlassen und mich stattdessen erstmals seit Jahrzehnten bei Crockleford Antiques umzusehen. Ich zwängte mich zwischen den angeheiterten Gästen hindurch, die draußen auf dem Gehweg standen, und schlenderte in Richtung Ortskern. Am oberen Ende der Mill Street blieb ich stehen. Von hier hatte man einen fantastischen Blick. Die stille Dämmerung hier hatte ich immer geliebt – den orangefarbenen Schimmer, der sich über die mittelalterlichen Ladenfronten, die viktorianischen und edwardianischen Backsteinhäuser und die kleinen Teeläden und Friseursalons legte. Die Szenerie war bezaubernd, und schlagartig wurde mir das Ausmaß all dessen klar, was mir in den zwei Jahrzehnten gefehlt hatte, in denen ich aus Angst, Arthur begegnen zu müssen, nicht mehr hier gewesen war.

Aber es hatte sich nur wenig verändert. In diesem versteckten Teil von Suffolk hatte jeder seinen Lieblingsfriseur, sein Lieblingscafé und seine Lieblingskneipe; man traf seine Wahl und hielt daran fest. Ein neues Ladengeschäft war ein

Kuriosum, das zunächst besichtigt und diskutiert werden musste. Erst dann konnte man als Dorfbewohner entscheiden, ob die Neueröffnung einen Vertrauensvorschuss wert war oder nicht. In Little Meddington herrschte eine Beständigkeit, die es nur dort gab, wo Menschen seit Generationen in ein und derselben Gegend lebten.

Ich hatte immer gehofft, dass hier eines Tages eine Buchhandlung eröffnen würde – mit bequemen Ohrensesseln, in denen man es sich bei einem Kaffee gemütlich machen und in ungelösten Morden und Spionageverwicklungen schwelgen konnte, stets umgeben von weiteren Geschichten, die nur darauf warteten, entdeckt zu werden. Ich war nicht die Einzige, der so etwas gefallen hätte, und zigmal war von einer Buchhandlung die Rede gewesen. Trotzdem hatte nie eine eröffnet. Es gab eine Bibliothek und bei Arthur eine kleine Auswahl antiquarischer Bücher, aber war ein neues Buch nicht etwas ganz anderes? Der Zauber, wenn man sich stundenlang umsah, mit den Fingern über die Buchrücken fuhr, dieser spezielle Geruch, wenn man durch die Seiten blätterte ... und die Genugtuung, ein Buch gefunden zu haben, von dem man nicht gewusst hatte, dass man es haben wollte, bis man die erste Seite aufschlug und in die Geschichte eintauchte. Besser als die Suche nach einem guten Buch war lediglich die Jagd nach der perfekten Antiquität.

Regenwolken verdunkelten jetzt den Sonnenuntergang. Ich überquerte die Straße und blieb vor dem Schaufenster von Crockleford Antiques stehen.

Der Laden sah anders aus als in meiner Erinnerung. Ich hatte die Wochenenden und Ferien, die ich hier verbracht hatte, immer geliebt, war nie der Teenager gewesen, der viele Freunde hatte und ständig irgendwo eingeladen war; während meine Mitschülerinnen von Wochenendpartys und von Filmabenden erzählten, hatte ich meist nur Geschichten parat, in denen ich mit der Kundschaft im Laden um Preise feilschte. »Gott, die arme Freya«, hieß es dann, »immer muss sie arbeiten.« Doch seit ich in Little Meddington angekommen war, die anderen in der Schule immer nur auf meine Brandnarbe gezeigt und hinter vorgehaltener Hand getuschelt hatten, zog ich die Gesellschaft von Erwachsenen vor. Ich hatte schlichtweg keine Ahnung, wie ich mit Gleichaltrigen umgehen sollte. Wir hatten nichts gemein. Wann immer ich nicht bei Arthur im Laden stand, waren zu Hause Tante Caroles Freunde zu Besuch – oder ich war dort allein, wenn sie gerade um die Häuser zog, und so hatte der Laden mit seinen antiken Schätzen mir einen Zweck im Leben beschert.

Das einst blitzblanke Schaufenster und die schwarzen Buchstaben auf dem Ladenschild über der Tür waren verschmutzt, und die Farbe blätterte ab. Trotzdem konnte ich bei ihrem Anblick regelrecht das Rasseln des Schlüssels in der Tür und das Klappern hören, wenn das »Geschlossen«-Schild auf »Geöffnet« umgedreht wurde.

Und das alles soll wirklich uns gehören?

Ohne nachzudenken, machte ich einen Schritt nach vorn, rieb eine Stelle auf einem der Bleiglasfensterchen sauber und spähte nach drinnen. Hinter der Scheibe – Dunkelheit.

»Hier bist du!« Beim Klang der Stimme zuckte ich zusammen. »Und was für ein Zufall!«

Als ich mich umdrehte, kam Carole winkend über die Straße auf mich zu und hielt unterwegs mit erhobener Hand ein Auto an. Dann packte sie ihren Hut, der ihr davonzufliegen drohte.

»Tut mir leid. Ich brauchte mal frische Luft«, flunkerte

ich, als sie den Gehweg erreichte. »Aber was meinst du mit Zufall?«

Carole zeigte auf den Laden. »Lust auf eine kleine Erkundungstour?«

Ich war mir nicht sicher, ob sie es ernst meinte. »Ich hatte eigentlich vor, dich da rauszuhalten.« Dann musterte ich die verriegelte Tür und überlegte, wie ich überhaupt hineinkommen sollte. Meine alten Schlossknackerfähigkeiten waren seit Langem Geschichte.

Carole senkte die Stimme zu einem melodramatischen Flüstern. »Wir müssen nachsehen, ob irgendwas fehlt! Und wenn dieser putzige Vogel noch da ist, dann sollten wir ihn sicherheitshalber an uns nehmen. Immerhin hat Arthur in seinem Brief einen Vogel erwähnt!«

Sie hatte eindeutig zu viel Prosecco getrunken.

»Ich glaube viel eher, ich sollte dich nach Hause bringen.« Ich legte meine Hand an ihren Oberarm und drehte sie in Richtung Parkplatz des Pubs. Ich selbst würde später wiederkommen.

»Los!« Sie wieselte an mir vorbei. Leicht verdattert sah ich, wie ihr Hut mit der Hausecke kollidierte und Carole außer Sicht verschwand. Eilig lief ich ihr nach.

Auf der kopfsteingepflasterten Gasse hinter dem Laden holte ich sie wieder ein. Sie hatte das Kleid über den Knien gerafft und war neben einer Tür in die Hocke gegangen.

»Was machst du denn da?«

»Er muss hier irgendwo sein …« Carole sah zu mir hoch, und ihr Blick war kristallklar. Vielleicht war sie doch nicht so betrunken, wie ich geglaubt hatte. »Willst du mir nicht helfen?«

»Helfen? Was soll das hier werden?«

Carole nahm einen Stein nach dem anderen hoch. »Hier

liegt doch bestimmt irgendwo ein Schlüssel, von dem Franklin keine Ahnung hat.«

Im Dunkeln war mir gar nicht aufgefallen, dass wir uns auf der Ladenrückseite befanden. »Ich dachte, Arthur hat die Schlösser austauschen lassen?«

Ich blickte empor zum dunkelblauen Himmel, über den schwarze Wolken hinwegzogen, und erschauderte. Es roch eindeutig nach Regen, doch mir war klar, dass sich Carole nicht würde aufhalten lassen. Nicht dass ich sie hätte aufhalten *wollen*.

Ich sah mich um. Unsere Trauergarderobe und die hohen Absätze, die wir beide trugen, waren nicht gedacht für einen solchen Abend oder vielmehr diesen Ausflug. »Du willst also wirklich einbrechen?«

»Von Einbruch kann keine Rede sein, wenn wir den Schlüssel finden – außerdem hat Arthur uns das alles doch sowieso vermacht.«

Sie warf ein paar Steine beiseite, und noch während sie die Gasse hinabkullerten, kam mir ein Gedanke. »Arthur hat den Schlüssel nicht hier versteckt.«

Carole hielt inne. »Und wo dann?«

Ich schüttelte den Kopf. Dass ich nicht früher daran gedacht hatte! »Im Vogelhäuschen! Er hat doch geschrieben: *Besser ein Vogel in einer Kiste als der Spatz in der Hand*. Er hat gar nicht auf den Martin-Brothers-Vogel angespielt, sondern auf das Schlüsselversteck, damit wir in den Laden kommen.«

Carole seufzte erleichtert auf. »Wir haben den ersten Hinweis entschlüsselt. Aber welches Vogelhäuschen meinte er?«

Ich drehte mich von der Hintertür weg und lief auf eine Esche zu, die ein Stück entfernt stand. Carole blieb mir dicht auf den Fersen. An dem Baum hing ein kleines, windschiefes Vogelhäuschen. »Das da oben.«

Als ich noch im Laden gearbeitet hatte, hatte ich öfter meinen Schlüssel vergessen, und in dem Vogelhaus hatte Arthur für mich einen Zweitschlüssel hinterlegt. Vielleicht hatte er das auch getan, nachdem er die Schlösser ausgewechselt hatte?

»Dann mal hoch mit dir, Schätzchen!« Carole gab mir einen Klaps auf die Schulter.

»Ich bin doch kein Affe!«

»Ich weiß, und das ist ziemlich enttäuschend, denn ansonsten hättest du dir den Schlüssel längst geholt.«

Jemand hatte das Vogelhäuschen schon vor so langer Zeit an dem Baumstamm befestigt, dass der Baum es halb verschluckt hatte; niemand sonst, der Arthurs Brief gelesen hätte, wäre auf die Idee gekommen, dort zu suchen. *Clever, Arthur!*, schoss es mir durch den Kopf – und ich erstarrte. Dass ich zuletzt einen freundlichen Gedanken an ihn gehabt hatte, war eine Ewigkeit her.

»Jetzt steh nicht herum!« Carole hatte die Hände in die Hüften gestemmt. »Oder ich muss es selbst machen.« Sie trat einen Schritt vor – was für mich einem Startschuss gleichkam.

Nur mit ausgestrecktem Arm kam man an das Vogelhaus nicht heran. Allerdings wusste ich genau, was zu tun war. Arthur war damals viel auf Reisen gewesen, und ich hatte fast wöchentlich nach dem Ersatzschlüssel klettern müssen. Hinter dem Baum stand eine Ziegelmauer, in der Löcher klafften, die man als Trittstufen verwenden konnte.

»Ich muss nur die Füße in diese Lücken stellen …«

Carole zog die Augenbrauen hoch. »Ich will ja nicht

sticheln oder so, aber du bist auch nicht mehr so wendig, wie du einmal warst. Ich glaube, ich mache das besser selbst.«

»Sei nicht albern, ich lasse dich in deinem Alter doch keine Mauer hochklettern!« Ich trat auf das Mäuerchen zu, ehe Carole mir noch zuvorkam, und streifte mir die Pumps von den Füßen, setzte die Zehen in eins der Löcher, wo ein Ziegel herausgebrochen war, und legte die Hände an die Mauerkante. Es fühlte sich nicht gerade sicher an, aber Zurückrudern war keine Option.

»Und hoch!«, rief Carole.

Ehe ich michs versah, hatte sie ihre Schulter unter meinen Po geklemmt, um mich hochzustemmen.

»Was soll das? Lass das!«

»Nicht quatschen, Schätzchen! Machen!« Sie klang angestrengt, doch allmählich dämmerte mir, dass ich vielleicht wirklich ihre Hilfe brauchte.

Ich hing zwischen Baumstamm und Mauer – und unter mir Carole. Sicher kein allzu übliches Nach-Beerdigungs-Programm. Ich hob den einst blauen Deckel des Vogelhäuschens an und schob den Gedanken weit von mir weg, dass dort inzwischen bestimmt eine Spinne hauste.

»Hab ihn!«, rief ich triumphierend, als sich meine Finger um einen Schlüsselanhänger schlossen. »Arthur hat *wirklich* das Versteck des neuen Schlüssels gemeint. Er wollte, dass wir in den Laden reinkommen.«

»Ausgezeichnet.« Carole machte einen Schritt zurück – und meine Stütze war weg.

Das wird gleich wehtun, schoss es mir in einem Moment der Klarheit durch den Kopf, noch während ich auf die Erde zuraste, doch im Bruchteil einer Sekunde setzten meine Instinkte ein, von denen ich geglaubt hatte, dass sie mir vor langer Zeit abhandengekommen wären, und ich landete auf den Füßen.

»Dann mal los!« Carole riss mir den Schlüssel aus der Hand – er schimmerte im schwachen Restlicht des Abends – und eilte erneut auf die Hintertür zu. Ich lief ihr nach und vergewisserte mich, dass uns niemand beobachtete. Zum Glück war es bereits weit nach fünf Uhr, und die benachbarten Läden hatten geschlossen. In der Gasse war es mucksmäuschenstill. Jetzt oder nie!

Adrenalin schoss mir durch die Adern, als Carole den Schlüssel ins Schloss schob. So etwas Unverantwortliches hatte ich seit meinen Zwanzigern nicht mehr gemacht.

»Schnell, bevor jemand kommt!«

Mit einem Schmunzeln drehte Carole den Schlüssel herum, und die Tür glitt lautlos auf.

10

*»Carole, Freya hat keine Angst im Dunkeln, sie hat
Angst vor dem, was sich in ihrer Vorstellung darin
versteckt. Sobald sie ihr inneres Licht findet, wird
sie imstande sein, die Dunkelheit zu erhellen.«*

ARTHUR CROCKLEFORD

Carole schob die Hintertür zu Arthurs Laden zu. Hinter
uns lag nun der nachtschwarze Flur, doch mich zog es nach
vorn in den Verkaufsraum. Meine Neugier hatte die Füh-
rung übernommen.

»Schon ein bisschen gruselig«, flüsterte Carole.

»Jetzt ist es zu spät für einen Rückzieher. Dass du hier
eingebrochen bist, ist jetzt Tatsache.«

»Wir, Schätzchen, *wir* sind eingebrochen.«

Noch auf dem Flur stellte ich die Taschenlampe meines
Handys an.

Ich wusste noch gut, wie ich in meinen späteren Teenagerjahren vorsichtig die Ladentür aufgeschoben hatte,
und konnte förmlich die Schritte auf der Treppe hören und
dann Arthur, der mit einem breiten Lächeln im Gesicht
runter in den Laden kam. Ich war überrascht, wie sehr ich
jetzt, da ich hier stand, wieder jenes Mädchen sein wollte,
dem damals unzählige Abenteuer bevorgestanden hatten,

und sowie ich diese Erinnerung zuließ, drängten weitere an die Oberfläche – etwa Erinnerungen an den Tag, an dem Arthur mir erklärte, was es mit gewissen roten Klebepunkten auf sich hatte: Wenn man ein Objekt verkaufte, auf dem ein roter Punkt klebte, hieß das »Touristenpreis« oder einen Aufschlag von fünf Pfund, wenn der Interessent keine Ahnung hatte.

Selbst im Lichtkegel meines Handys wirkte der Laden düster. Die Straßenlaternen jenseits der schmutzigen Fenster erhellten den Raum nur unzureichend. Ohne besseres Licht würden wir hier rein gar nichts finden, deshalb streckte ich mich nach dem Lichtschalter links neben der Durchgangstür aus.

»Nicht!« Carole stieß meine Hand weg. »Wir müssen …« Sie hielt kurz inne und legte wieder ihre Schauspielerinnenstimme auf. »Wir sind hier undercover! Nicht dass uns noch jemand beobachtet.«

»Wie bei der Beerdigung?« Ich wartete darauf, dass sie etwas erwiderte. »Willst du mir nicht bald mal sagen, wer dieser Mann war?«

Doch statt zu antworten, wandte sich Carole der Eingangstür zu.

Piep! Piep! Piep!

»Die Alarmanlage!« Ich war schlagartig panisch. »Sie hat ausgelöst – und meinte Franklin nicht, niemand hätte den Code?«

»Franklin hat aber auch keinen Brief von Arthur gekriegt.« Carole riss mir das Handy aus der Hand und lief auf die Alarmanlage zu. Mir blieb gar nichts anderes übrig, als ihr zu folgen. Das Piepen drillte sich in meine Ohren, und ich biss die Zähne zusammen.

Piep! Piep! Piep!

»Carole!« Ich wollte sie schon aus dem Laden zerren, als sie in aller Seelenruhe eine Ziffernfolge in das Tastenfeld eingab. 120908.

Das Piepen verstummte.

»Dem Himmel sei Dank, das Getöse konnten wir verhindern.« Ich muss völlig verdattert dreingeblickt haben, weil sie sofort fortfuhr: »Als du den Baum hochgeklettert bist, um den Schlüssel zu holen, war mir plötzlich klar, dass sämtliche Hinweise, die wir brauchten, um in den Laden zu kommen, in Arthurs Brief standen. Es hätte ja auch wenig Sinn ergeben, uns bloß den Schlüssel zuzuspielen. Er hat dir den Verweis auf den Schlüssel und mir den Alarmcode mitgeteilt.«

Mit einem Nicken ermunterte ich sie weiterzureden.

»Die Ziffern«, erklärte Carole, »stehen für das Datum, an dem wir mit Freunden diesen wunderbaren Abend im Golden Bird in Hongkong hatten. Arthur hat ihn sogar in seinem letzten Anruf erwähnt: ›Weißt du noch, als wir 2008 in Hongkong deinen Geburtstag vier Tage zu früh gefeiert haben?‹ Ich bin echt gut darin, Arthurs Knobelaufgaben zu lösen, findest du nicht? So, und jetzt sehen wir uns um.«

Mir lief es eiskalt den Rücken hinunter. Ich war seit gut zwanzig Jahren nicht mehr hier gewesen, nicht seit ich nach London gezogen war. Meine Vergangenheit – die ich zwei Jahrzehnte lang verdrängt hatte – schien hier in jeder düsteren Ecke zu lauern. Ich ging auf die Treppe zu und blieb vor der untersten Stufe stehen. Womöglich war dies genau die Stelle, an der Arthur seinen letzten Atemzug getan hatte. Mein Blick blieb erst an einem dunklen Fleck auf dem Boden und dann an ein paar Blutstropfen auf den Stufen hängen. *Blut?* Ich hatte Gänsehaut und konnte mich mit einem Mal nicht mehr rühren.

Ich würde keinen einzigen Schritt weitergehen können.

Carole trat neben mich und rieb mir über die Arme, wie sie es früher getan hatte, wenn wir nach einem langen, frostigen Winterspaziergang nach Hause gekommen waren. »Komm. Ich zeige dir, was ich mit den Vasen meinte.« Sie gab mir das Handy zurück und zog mich hinter sich her durch die Dunkelheit. Auch das hatte sie früher immer gemacht.

Mitten im Laden blieb sie vor einem runden Mahagoniklapptisch stehen, auf dem zwei billige Kopien chinesischer Blau-Weiß-Vasen standen.

»Und du glaubst, die standen hier noch nicht vor Sonntagnacht?«, fragte ich.

»Es sind die falschen Vasen. Diese hier haben wir vor ein paar Jahren auf einem Flohmarkt gekauft. Arthur hat im Sommer immer Blumen hineingestellt und das Schaufenster damit dekoriert. Die dürften hier gar nicht stehen.« Carole drehte das kleine Preisschildchen um. »Und die hätte er auch niemals für dreitausend Pfund das Stück weiterverkauft.«

Ich nahm die zweite Vase hoch und musterte sie. Carole hatte recht: Es handelte sich um moderne Reproduktionen – und schlechte obendrein. »Die sind ziemlich neu. Guck mal, wie diese Figuren gemalt sind – einfach nur mit ein paar Pinselstrichen. Das Original war vermutlich kaiserliche Ware, allerdings wäre diese in der Manufaktur monatelang bearbeitet worden und der Detailreichtum meisterhaft gewesen.« Wie um zu beweisen, dass die letzten zwanzig Jahre, die ich in Museen verbracht hatte, nicht verschwendet gewesen waren, fügte ich hinzu: »Ein paar der schönsten Exemplare stehen in Londoner Museen. Dort könnte jeder den Unterschied sehen.«

»Sehr gut, du Schlaubergerin. Aber jetzt weißt du auch, dass ich recht hatte.«

Ich nickte. »Du glaubst, jemand ist in den Laden eingebrochen, um die Vasen zu stehlen – oder den Wally Bird, von dem Harry gesprochen hat –, und Arthur ist dabei zu Tode gekommen. Vielleicht weil er versucht hat, den Einbrecher zu stellen? Oder er wurde überrascht und ist deshalb die Treppe hinuntergestürzt? Und dann hat der Einbrecher es so arrangiert, als wäre alles wie immer und als wäre Arthurs Tod ein Unfall gewesen. Andererseits werden ständig Antiquitäten gestohlen, und die Täter kommen damit in der Regel davon. Warum also die Umstände?«

»Stimmt, warum sollte jemand hier einbrechen, ein paar Vasen stehlen und sich dann die Zeit nehmen, stattdessen andere Vasen dort hinzustellen?«

In Inspektor-Clouseau-Manier beugte Carole sich vor. Ich war mir sicher, sie hätte gern ein Cape getragen.

Ich ließ den Lichtkegel meines Handys durch den Laden schweifen, über Möbel, Vitrinen und Bücherregale. Alles stand immer noch genauso da wie in meiner Erinnerung, nur dass die weiße Holzvertäfelung vergilbt war und die Teppiche sehr viel fadenscheiniger wirkten.

»Franklin hat erwähnt, dass der Laden nicht gut lief, und er sieht wirklich ein bisschen heruntergekommen aus«, murmelte ich. »Vielleicht kam Arthur ja nicht mehr so gut über die Runden, wie alle geglaubt haben? Vielleicht wäre die naheliegendste Erklärung auch die beste: dass er die Vasen verkauft und stattdessen diese hier ausgestellt hat? Und dann versehentlich die Treppe runtergestürzt ist …« Doch schon als ich es aussprach, sagte mein Bauchgefühl etwas anderes.

Carole schüttelte den Kopf. »Ausgeschlossen. Arthur

hat ein Vermögen besessen. Frankieboy weiß nur nicht, wo es ist.« Ihr Blick huschte von den Vasen zur Ladentür. »Vielleicht standen die hier nur, um Leute zu täuschen, die durchs Fenster glotzen würden?«

Inzwischen hatte ich Blut geleckt. »Er hat die Schlösser ausgetauscht und den Alarmcode geändert, damit niemand näher hier rankam«, dachte ich laut nach. »Der Einbrecher wusste nicht, dass du den Unterschied erkennen würdest. Für den unbedarften Betrachter sah es durchs Fenster so aus, als wäre alles beim Alten.«

»Ganz genau.«

»Was, wenn sie gar nicht gestohlen wurden? Wenn jemand hier war und sie zerschlagen hat?« Ich sah mich unter dem Tischchen um, und auch Carole fing an, den Boden ringsum abzusuchen.

»Hier, unter seinem Schreibtisch!«, flüsterte sie aufgeregt, schnappte sich einen Bleistift und schnickte etwas unter den massiven Mahagonischubladen hervor. Als sie sich wieder aufrichtete, hielt sie mit dem Stolz einer olympischen Fackelträgerin eine zerklüftete weiße Porzellanscherbe hoch.

Ich richtete die Taschenlampe darauf. »Sieht aus wie blau-weißes Porzellan aus der Zeit der Chinesischen Republik. Siehst du das hier?« Ich zeigte auf eine Blumenranke. »Dieses Detail ist hochpräzise und meisterhaft ausgeführt.«

»Und was ist das?« Carole tippte auf ein blaues Tier.

»Ein Chilong-Drache, ein Drache ohne Hörner. Die sind recht weit verbreitet. Wenn du mich fragst, sehen sie fast aus wie Otter.« Ich drehte die handtellergroße Scherbe um. »Ich würde sagen, dass dreitausend Pfund für diese Vase sogar recht günstig gewesen wäre, erst recht, wenn sie unbeschädigt war – und obendrein als Paar!« Dann richtete ich meine Aufmerksamkeit wieder auf die Kopien vor uns auf dem Tisch. »Irgendwer hat die echte Vase kaputt gemacht – vielleicht sogar beide –, hinter sich aufgeräumt und sie durch diese Reproduktionen ersetzt, damit hoffentlich niemand, der durchs Fenster späht, den Unterschied erkennt.« Nach und nach fügte sich das Puzzle zusammen.

»Und weiter?«, forderte Carole mich fast schon vorfreudig auf.

»Du hattest recht: Hier ist etwas oberfaul. Und dem müssen wir auf den Grund gehen.«

11

» Wenn du nur ganz genau hinsiehst, findest du alles,
was du je finden wolltest. «

ARTHUR CROCKLEFORD

Vor den großen Ladenfenstern begann es leise zu prasseln.
Es war spät geworden, und in der Ferne war Donner zu
hören. Allmählich mussten wir uns beeilen.

»Schnell«, sagte ich, »wir sollten noch nachsehen, ob
wir den Martin-Brothers-Vogel finden können, den Harry
gesehen hat, oder dieses ›Objekt von enormem Wert‹, das
in Arthurs Brief erwähnt ist.«

»Unbedingt«, antwortete Carole, der unsere jüngste Entdeckung Auftrieb zu geben schien. »Vielleicht handelt es
sich dabei ja um ein und dasselbe?«

Das glaubte ich eher nicht. Ich machte mich auf die Suche.
Der Laden sah aus, als wäre hier die Zeit stehen geblieben:
Alles war fast so, wie ich es in Erinnerung gehabt hatte,
wenn auch ein wenig karger. Ich ging die Vitrinen ab. Die
Ausstellungsstücke waren lange nicht mehr abgestaubt wor-
den, allerdings konnte ich nirgends einen Martin-Brothers-
Vogel oder sonst einen wertvollen Gegenstand erkennen.
Die Schubladen in Arthurs Schreibtisch standen alle einen
Spaltbreit offen, und der viktorianische Mahagonibücher-

schrank voller Nachschlagewerke und Auktionskataloge schien systematisch geordnet zu sein. Allerdings entdeckte ich bei genauerem Hinsehen den einen oder anderen Katalog, der anscheinend herausgezogen und nicht wieder bündig zurückgestellt worden war.

Irgendwer hat hier nach etwas gesucht, genau wie wir.

Ich drehte mich nach Carole um, die einen großen Armlehnstuhl an seinen einstigen Platz am Ladenfenster gewuchtet und sich hingesetzt hatte. Sie hatte sich die Arme um den Leib geschlungen.

»Carole?«, flüsterte ich. »Ist alles in Ordnung? Vielleicht solltest du nicht so nah am Fenster sitzen.«

»Hier haben wir immer Tee oder Gin Tonic getrunken« – sie fuhr mit der Hand über den Teetisch –, »wenn wir im Winter unseren nächsten Wochenendausflug geplant haben. Erst vergangenen Monat hat Arthur davon geredet, dass er auf Antikreise nach Jordanien wollte.«

»Es tut mir so leid …« Ich ging auf sie zu und nahm ihre Hand, die sich kühl und knochig anfühlte. Kein Wunder, dass sie nach der Beerdigung in den Laden hatte einbrechen wollen: An einem Tag wie diesem suchte sie bestimmt erst recht nach Spuren von ihm. Sie brauchte dringend eine Art Abschluss, der aber Zeit erfordern würde.

Schweigend wartete ich ab, und irgendwann tätschelte Carole mir die Hand.

»Danke, Liebes.« Sie stand auf und strich ihr Kleid glatt.

Ich spähte durchs Fenster nach draußen, um sicherzugehen, dass wir nicht entdeckt worden waren. Der Nieselregen wuchs sich allmählich zu einem donnernden Platzregen aus. Riesige Tropfen platschten auf den Asphalt. Auf der anderen Straßenseite vor der Post schaukelten die Blumenampeln im Wind. Unwahrscheinlich, dass jemand jetzt einen Abendspaziergang machte, aber in solchen Ortschaften blieb nichts lange unentdeckt, und ich war nach wie vor besorgt wegen Arthurs Warnung und Mr Sonnenbrille.

»Wenn Arthur gewollt hat, dass wir – und zwar nur wir zwei – hier drinnen etwas aufspüren ... wo hätte er es versteckt?«

»Sehen wir uns oben um«, schlug Carole vor. »Meinte Harry nicht, Arthur hätte den Vogel nach oben getragen?«

Ich war ganz ihrer Meinung, und wir gingen auf die Treppe zu. In mir erwachte das lange vergessene Gefühl, eine Jagd zu eröffnen, und es war aufregend, diesem Gefühl stattzugeben.

Die Stufen knarzten und ächzten, als wir nach oben gingen, und kurz konnte ich an nichts anderes denken als daran, dass Arthur hier hinabgestürzt war. Ich schob den Gedanken beiseite und ging weiter. Vom oberen Treppenabsatz aus erstreckte sich über die komplette Breite des Hauses ein langer Flur, an dem ein kleines Bad, das Schlafzimmer, das Wohnzimmer und die Küche lagen.

Wir fingen im Wohnzimmer an. Wegen der stickigen Luft hätte ich am liebsten das Fenster aufgerissen, aber das hätte bemerkt werden können; stattdessen rieb ich mir über die Nase und versuchte, den muffigen Geruch zu ignorieren, der mich an all die Nachlasshäuser erinnerte, die Arthur und ich betreten hatten. Es war fast, als würden manche Häuser im selben Moment aufhören zu atmen, da ihr Besitzer starb.

Der ausgebleichte William-Morris-Polsterstoff über Arthurs Lieblingssessel war stellenweise verschlissen. Ich fuhr mit den Fingern darüber, hatte sofort einen Kloß im Hals und zog meine Hand eilig zurück.

Vor dem Sessel stand eine Kiefernholz-Deckentruhe aus

dem achtzehnten Jahrhundert, also nichts von historischem Wert. Trotzdem konnte ich den Blick nicht davon losreißen, weil mir wieder eingefallen war, dass Arthur gelernter Schreiner gewesen war und ein Faible für Geheimfächer gehabt hatte.

Ich stemmte die Truhe auf, und tatsächlich lagen Decken darin. Mit den Fingerspitzen fuhr ich über das wurmstichige Holz. Solche Truhen verwendeten die Leute heutzutage als Couchtisch, vor vielen Jahren jedoch hatte diese hier möglicherweise im Schlafzimmer einer viktorianischen Dame gestanden, die damit aus ihrem Elternhaus in die Ehe eingezogen war.

Ich nahm ein paar karierte Decken und weiße Leinentischtücher heraus und legte sie vorsichtig auf den mottenzerfressenen Perserteppich. Dann fuhr ich mit dem Taschenlampenlicht das Innere der Truhe ab. Alles sah harmlos aus, doch mein Instinkt sagte mir etwas anderes. Ich hatte wieder dieses untrügliche Gefühl, das mich immer dann beschlich, wenn an einer Antiquität irgendetwas nicht stimmte. Ich legte eine Hand flach auf den Truhenboden, die andere auf den Teppich – sie waren unterschiedlich hoch.

Ich war wie elektrisiert. Die Aussicht, dass ich gleich etwas Entscheidendes entdecken würde, feuerte mich bei der Suche an.

»Guck dir das an, Carole!«

Sie sah mir über die Schulter. »Liebling, ich spreche ja ungern das Offensichtliche aus, aber da ist nichts.«

»Du irrst dich.« Ich drückte ihr meine Handytaschenlampe in die Hand. »Wenn Arthur die Truhe bearbeitet hat, muss hier irgendwo ein kleines Loch sein, mit dem man den Boden anheben kann, oder ein Riegel …«

»Und?«, hakte Carole nach.

»Bin mir nicht sicher …« Ich war ratlos, aber guter Dinge. Genau solche Augenblicke hatte ich vor langer Zeit bei Ermittlungen geliebt – den Moment voller Möglichkeiten, ehe ich auf etwas Entscheidendes gestoßen war.

Carole richtete den Lichtkegel auf den Truhenboden, während ich mit der Hand darüberfuhr. Dann ertastete ich etwas Metallisches – einen kühlen, runden Knopf. Ich hielt inne und sah hoch zu Carole. Beide beugten wir uns über den Truhenrand. Der Knopf befand sich unmittelbar über dem Boden in der Seitenwand: Sofern man nicht gezielt danach suchte, entdeckte man ihn nicht.

»Arthur hat die Truhe umgebaut. In einem Laden wie diesem dürfte das am wenigsten wertvolle Objekt am wenigsten wahrscheinlich durchsucht werden.«

Mein Herz hämmerte wie wild, als ich mit dem Zeigefinger auf den Knopf drückte. Irgendwas klickte, doch sonst schien nichts zu passieren. Carole kam mit dem Licht näher heran, und mir schoss das Adrenalin durch die Adern. Der Boden war kaum merklich aufgesprungen. Ich schob die Finger darunter und zog daran. Die halbe Bodenplatte ließ sich an Scharnieren umklappen.

Carole klatschte in die Hände, und das Taschenlampenlicht wippte durch den Raum. »Liebling, du bist ein Genie!«

Ordentlich aufgereiht lagen auf dem Truhenboden sieben ledergebundene Bücher.

Ich nahm eins davon hoch. Das Leder fühlte sich kühl und weich an. Ich zog das Lederband ab, mit dem es umwickelt war. Alte Zeitungsausschnitte fielen mir entgegen und segelten ringsum zu Boden. Ich schob sie zusammen. Die würde ich mir zu Hause genauer ansehen.

»Das sind bloß alte Tagebücher …« Carole war die Enttäuschung anzuhören.

Mir selbst ging es ähnlich. »Und *die* sollten wir finden?«

Von der Straße hallte Gelächter durch den prasselnden Regen. Ich schaltete die Taschenlampe ab und huschte ans Wohnzimmerfenster, um die Vorhänge zuzuziehen. Unten schlenderte ein betrunkenes Pärchen eng umschlungen unter einem Regenschirm die Straße entlang.

Ich folgte ihnen mit dem Blick – und im nächsten Moment entdeckte ich noch etwas anderes: eine Bewegung im Schatten. Ich kniff die Augen zusammen. Vor der Fassade des Postamts zeichnete sich eine Silhouette ab. Ich beugte mich vor. Ja, jetzt war ich mir sicher: Irgendwer observierte den Laden.

Schlagartig war ich panisch. »Da ist jemand … und beobachtet uns.« War das wieder Mr Sonnenbrille? Ich hätte es nicht sagen können.

Ein Auto kam die Straße entlanggebrettert. Pfützenwasser spritzte über den Gehweg, und die Scheinwerfer huschten über eine große Gestalt in einem langen Mantel, ehe der Wagen rechts in die nächste Gasse einbog und in der Dunkelheit verschwand.

Ich erschauderte. »Wir müssen hier weg.«

Carole zeigte auf die Tagebücher. »Aber die nehmen wir mit.«

»Dann los.«

Ich sah mich nach einer Tasche um, in die ich die Bücher hätte legen können – vergebens. Kurzerhand knotete ich ein altes Baumwolltischtuch zu einem Beutel. Dann war ich bereit aufzubrechen.

Draußen kreischte eine Katze. Carole, die schon am oberen Ende der Treppe stand, fasste sich an die Brust und flüsterte mir zu: »Mach schon!«

Als wir das Erdgeschoss erreichten und in Richtung Flur

und Hintertür eilten, huschte ein Schatten über das Schaufenster.

Im nächsten Moment blieb eine groß gewachsene Person vor der Ladentür stehen.

Sie streckte sich nach der Klinke aus. Es klapperte.

Dann drückte die Person ihr Gesicht an die Scheibe, genau wie ich es zuvor getan hatte, allerdings war es zu dunkel, als dass ich sie hätte erkennen können.

Klopf, klopf.

Das Geräusch versetzte mich von Kopf bis Fuß in Panik – doch erneut setzten meine Instinkte ein. Jemand wollte uns zu verstehen geben, dass wir beobachtet wurden, und wenn dieser Jemand vor der Ladentür stand, hatten wir nicht mehr allzu viel Zeit, bis er ums Haus herumgehen und es bei der Hintertür probieren würde.

Wir tasteten uns zurück nach draußen, schlossen eilig hinter uns ab, und ich warf den Schlüssel in meine Handtasche. Die kopfsteingepflasterte Gasse hinter der Ladenzeile war immer noch menschenleer.

Mein Handy vibrierte in meiner Tasche, und ich zuckte kurz zusammen, aber statt nachzusehen, liefen wir los in Richtung Crown, zu unserem Auto – und schon nach wenigen Schritten geriet Carole auf dem unebenen, rutschigen Untergrund ins Straucheln.

Ich keuchte auf, half ihr mit zitternden Händen hoch, und wir nahmen die Beine in die Hand.

Ich musste mich gar nicht erst umsehen, um zu wissen, dass der Mann vom Laden hinter uns her war.

Inzwischen schüttete es, der Regen tropfte von meiner Nase und lief mir in die Augen, als wir das Ende der Gasse erreichten, die Straße überquerten und den schmalen Fußweg nahmen, der hinter ein paar Wohnhäusern im Zickzack zurück zum Parkplatz des Crown führte. Der Mann hatte garantiert zu uns aufgeschlossen, und ich hoffte inständig, dass er Little Meddington nicht so gut kannte wie wir. Wir liefen schneller, und Sekunden später kamen der Parkplatz und Caroles Wagen in Sicht. Bis auf die Knochen nass stiegen wir ein und verriegelten die Türen, Carole ließ den Wagen an, und wir rollten vom Parkplatz auf die Hauptstraße. Noch während wir davonfuhren, warf ich einen Blick durchs Rückfenster und konnte gerade noch einen dunklen Schemen auf den Parkplatz rennen sehen.

Fürs Erste waren wir in Sicherheit.

12

» Vergewissere dich, dass es einen Fluchtweg gibt. «

ARTHUR CROCKLEFORD

Zurück in der Alten Schmiede machte ich zuallererst Tee und überlegte dann fieberhaft, wie lange es dauern dürfte, bis unser Verfolger herausfand, wo meine Tante wohnte. Aber selbst wenn er uns aufspürte – ich hatte einen leichten Schlaf, und in meinen Fahnderinnentagen hatte ich eine Zeit lang Krav Maga gemacht. Wenn ich mich damals verteidigen konnte, dann war ich hoffentlich auch heute noch dazu imstande.

Eigentlich hätte ich verängstigt sein müssen, doch was mir derzeit durch die Adern pumpte, fühlte sich anders an. Ich war aufgeregt. Indem wir Arthurs erste Hinweise entschlüsselt hatten, hatten wir uns Zutritt zu seinem Laden verschafft und ein paar versteckte alte Tagebücher gefunden. Dies hier erwies sich als meine erste Jagd seit gut zwanzig Jahren, und bislang war sie erfolgreich verlaufen. Das beflügelte mich. Inzwischen war ich fest entschlossen herauszufinden, worin Arthur verwickelt gewesen war und was möglicherweise zu seinem Tod geführt hatte.

Ich legte die Tagebücher auf den Küchentisch.

Im selben Moment begann mein Handy erneut zu vib-

rieren. *Unterdrückte Nummer.* Ich ließ die Mailbox rangehen.

»Harley, schön aufpassen, hörst du?«, trug Carole unterdessen dem Hund auf. Harley schlug bei seinem Namen
zwar ein Auge auf, schlief dann aber in seinem Hundebett
neben dem Aga-Herd sofort wieder ein.

Carole streckte sich nach den Tagebüchern aus. »Hier
haben wir also sieben nummerierte Bücher ...« Sie blätterte sie nacheinander flüchtig durch. »Sechs davon enthal-
ten Listen mit Antiquitäten und so – nur das letzte nicht.
Nummer sieben ist leer. Was meinst du, was hat das zu
bedeuten?«

»Vielleicht hat Arthur es nicht mehr geschafft, seine Auf-
zeichnungen zu beenden?«

»Das ist ja komisch ...« Carole hielt mir das erste Buch
hin. Auf der Innenseite des dunkelbraunen Ledereinbands
stand *Dossier zur Antiquitätenjagd.* Darunter hatte Arthur
mit einem andersfarbigen Stift geschrieben: *z. H. Freya
Lockwood.*

Ich traute meinen Augen nicht. Mittlerweile wusste ich
zwar, dass Arthur gewollt hatte, dass ich in seinen Laden
ging und die Bücher fand, aber ich war nicht davon ausgegangen, dass diese ausdrücklich für mich bestimmt
waren.

Ich ließ mir von Carole das Buch geben, nahm es mit ins
Wohnzimmer und setzte mich damit aufs Sofa. Mit den Fingern fuhr ich über meinen Namen – und dann über das Wort
Antiquitätenjagd. Dieses Wort in direktem Zusammenhang
mit meinem Namen zu sehen, entzündete ein Flämmchen in
mir und erinnerte mich wieder an die mutige, entschlossene
Person, die ich früher gewesen war – diejenige, die noch
nicht zu James' Vorstellung einer perfekten, anspruchslosen

Ehefrau verkümmert war. James hatte mir immer weisgemacht, Jade brauche beide Eltern. *Wenn du mich verlässt*, hatte er mir gedroht, *wird deine geliebte Tochter ihre Mutter nicht wiedersehen.* Ich hatte keine Sekunde lang daran gezweifelt, dass es ihm ernst damit war. Immerhin hatte er genügend Geld, um sich die besten Anwälte zu leisten, und ich hatte so gut wie nichts. Womöglich musste ich sogar dankbar sein, dass er vor neun Jahren eine andere Frau kennengelernt hatte, die »umgänglicher« war, und dass mein Anwalt zumindest hatte durchsetzen können, dass ich bis zu Jades Volljährigkeit im Haus wohnen bleiben durfte.

Obwohl ich fast alles an unserer Ehe verwünschte, hatte ich sie nie vollends bereuen können – schließlich hatte sie mir Jade beschert. Aber wenn Arthur mich nicht aus der Antiquitätenermittlung hinausbugsiert hätte – wer weiß, was noch gekommen wäre? Was wäre aus mir geworden, wenn ich die vergangenen zwei Jahrzehnte weiter nach antikem Diebesgut gefahndet hätte?

Ich schloss die Augen. Arthur musste einiges Zutrauen in meine Fahnderinnenfähigkeiten gehabt haben, wenn er davon ausgegangen war, dass ich die Hinweise aus seinem Brief entschlüsseln würde. Fähigkeiten, die ich lange nicht mehr eingesetzt hatte. Vielleicht hatte er mehr an mich geglaubt als ich an mich selbst?

»Buch eins enthält Listen mit Kunstwerken und Antiquitäten«, berichtete Carole. »Vielleicht sind das ja all die Objekte, die Arthur über die Jahre aufgespürt hat? Oder er wollte, dass *du* losziehst und sie für ihn findest.«

Ich schlug das Buch auf – oder sollte ich es *Dossier* nennen, wie Arthur geschrieben hatte?

Die erste Seite war mit *Sammlung Copthorn Manor* überschrieben. Es folgte eine Liste mit Möbelstücken – und zwar nicht irgendwelchen: Es waren einige der feinsten Exemplare britischer Möbelkunst aufgeführt. Arthur hatte sogar Fotos eingeklebt und Beschreibungen ergänzt.

»Diese ganze Spalte hier enthält nur Gillows«, stellte ich fest und hielt Carole die Seite hin.

Sie zuckte mit den Schultern. Der Name sagte ihr nichts.

»Gillow war ein Hersteller von Qualitätsmöbeln aus dem achtzehnten und neunzehnten Jahrhundert. Ein paar schöne Stücke stehen im Victoria and Albert Museum. Hier, guck dir das an!« Ich zeigte auf einen Spieltisch, auf dem rund um ein eingelassenes Schachbrett Hartgestein, Fossilien und englischer Marmor angeordnet waren. »Der ist womöglich gute vierzigtausend Pfund wert.«

Neben das Foto hatte Arthur geschrieben: *Außergewöhnliches Stück, Gillows zugeschrieben – Meisterwerk!*

Zusehends ehrfürchtig fuhr ich mit dem Finger ein paar Seiten weit die Liste entlang. »Hier sind ein paar der bedeutendsten Möbelentwerfer des achtzehnten und neunzehnten Jahrhunderts aufgeführt – Chippendale, Hepplewhite …«

Es folge eine Leerseite, dann eine weitere Liste mit einer bunten Auswahl an Kleinkunst.

»Hier steht allerdings nirgends, ob das hier auch Teil der Copthorn-Manor-Sammlung ist«, murmelte ich und zeigte Carole Bilder eines Schnupftabaksdosen-Sets, eines Barometers aus dem achtzehnten Jahrhundert und einer niederländischen Tischuhr aus dem siebzehnten Jahrhundert. »Allerdings liegen diese Objekte samt und sonders im sechsstelligen Bereich und sind unfassbar selten.«

Neben jedem Foto befanden sich Arthurs handschriftliche Notizen sowie ein grüner oder roter Aufkleber.

»Was glaubst du, wofür die Farbe steht? Fast alle Möbelstücke haben rote Punkte«, bemerkte Carole.

»Im Laden stand ein roter Aufkleber immer für ›Touristenpreis‹, aber das ergibt hier keinen Sinn. Warum hat Arthur sich solche Mühe gemacht und diese Bücher versteckt? Das macht man doch nur, wenn man davon ausgeht, dass die Informationen darin wertvoll sind. Andererseits scheinen das doch nur Listen zu sein – und eine Liste an sich hat doch keinen Wert?«

Ich nahm einen der Zeitungsartikel zur Hand, die im Buchdeckel geklemmt hatten. Er stammte aus den frühen Zweitausenderjahren, und die Überschrift lautete: »Kunst- und Antiquitäten-Raubzüge durch die Home Counties: Fünf Dezernate fahnden nach Objekten im Wert von 80 Millionen Pfund«.

An die Zeit konnte ich mich noch gut erinnern. In ganz Südostengland war es auf zahlreichen Anwesen zu Einbrüchen gekommen. Dabei waren Antiquitäten und Kunst gestohlen worden. Nur die Hälfte der Kunstgegenstände war je wieder aufgetaucht. Ich hatte die Vorgänge damals aufmerksam verfolgt und mir immer gewünscht, ich hätte mit ermitteln können.

Ich überflog die übrigen Zeitungsartikel und blätterte dann weiter durch die Buchseiten. »Ein paar dieser Objekte gelten als verschollen, aber hier, im Mittelteil des Buches – hier stehen sie drin …«

»Was hat Arthur da nur getrieben?«, murmelte Carole.

»Bestimmt wussten die Täter bei manchen Gegenständen nicht, an wen sie sie verkaufen sollten«, überlegte ich laut. »Also haben sie sie irgendwo gelagert. Die wirklich wertvollen Objekte sind jedenfalls bis heute nicht wiederaufgetaucht.« Allmählich wagte ich mich an eine Schlussfolgerung. »Glaubst du, Arthur hat Jagd auf diese verschwundenen Antiquitäten gemacht? Bestimmt hatten diverse Versicherungsgesellschaften eine dicke Belohnung ausgelobt.« Ich sah mir die Erscheinungsdaten der Artikel an. »Ich habe den Fahnderjob im April 2002 an den Nagel gehängt. Das meiste hiervon ist also nach meiner Zeit passiert. Dieser Artikel hier stammt aus dem Jahr, nachdem ich bei James eingezogen war.« Ich hielt ihr einen weiteren Zeitungsausschnitt hin. »Ich weiß noch, dass damals Privatvermittler hinzugezogen wurden. Ich habe mich immer gefragt, ob Arthur vielleicht einer davon war.«

Carole zuckte mit den Schultern. »Möglich. Er hat diese Arbeit geliebt.«

Ich blätterte bis ans Ende des Buches und entdeckte im hinteren Buchdeckel eine Tasche. Als ich sie aufzog, steckten darin ein paar gefaltete Blätter.

Ich strich sie glatt. Es handelte sich um die Buchung eines Ferien-Cottages fürs kommende Wochenende. *Buchungsbestätigung*, stand da, und *Jahrestreffen der Antiquitätensammler und -liebhaber, Copthorn Manor. Freya Lockwood, Gutachterin.*

»In Copthorn Manor befindet sich die Sammlung aus diesem Buch.« Ich war mittlerweile Feuer und Flamme. »Und wie wir von Franklin gehört haben, hatte Arthur mich dafür vorgesehen, den Nachlass des verstorbenen Lords Metcalf zu prüfen. Das ist doch bestimmt kein Zufall? Copthorn Manor war garantiert im Besitz dieses Lords, und hiermit hat Arthur mir eine Inventarliste mit Gegenständen zugespielt, die wir dort vorfinden sollten. Wo hast du den Brief hingelegt? Den muss ich noch mal lesen!«

Carole zog ihn aus ihrer Handtasche.

Ich suchte nach dem entsprechenden Satz. »Hör mal, hier steht: *Mach dich auf die Suche nach Hinweisen, und du wirst eine Buchung finden. Nimm teil, aber sei vorsichtig.*

Die Person, die mich hinters Licht geführt hat, wird dich nicht aus den Augen lassen.«

»Arthurs Mörder könnte dort sein ...« Stirnrunzelnd überflog Carole die Buchungsbestätigung. Dann nahm sie das nächste Blatt zur Hand. »Guck dir das hier an, Liebes!«

PROGRAMM

Samstag, 25. Mai

15.00 Uhr	Check-in
18.00 Uhr	Sundowner
19.00 Uhr	Abendessen mit exotischen Fleischspezialitäten
21.00 Uhr	Ausklang mit Bauchtanzvorführung

Sonntag, 26. Mai

5.00 Uhr	Frühstück im Herrenhaus
9.00 Uhr	Antikmarkt Long Melford
12.00 Uhr	Antik-Talk: Viktorianische Keramik

»Bauchtanz?«, rief Carole. »Ach, so was fand ich immer schon toll!«

»Aber ein Abendessen mit exotischen Fleischspezialitäten?« Irgendetwas klingelte da bei mir, doch ich konnte die Formulierung nicht einordnen. »Hat Arthur dieses Programm zusammengestellt?«

»Keine Ahnung. Aber sein Brief hat uns Zutritt zu seinem Laden verschafft. Er wusste, du würdest dich daran erinnern, dass er ein Faible für Schreinerarbeiten und Geheimfächer hatte. Er wollte, dass wir diese Bücher und die Buchung finden. Derlei Zusammenkünfte von Antiquitätenfreunden haben ihm immer Spaß gemacht, und ich weiß auch, dass er an einigen als Gutachter teilgenommen und für Händler und Käufer die Echtheit von einzelnen Stücken bescheinigt hat. Vielleicht war dieses Treffen ja lange vor Lord Metcalfs Tod geplant, und jetzt sollst du bei der Gelegenheit gleich auch dessen Nachlass prüfen? Wir sollten einfach auf Arthur vertrauen und tun, was er sagt.«

Das Problem dabei war nur, dass ich Arthur kein bisschen vertraute ...

Mein Handy begann erneut zu vibrieren. *Unterdrückte Nummer.* Weil ich fürchtete, es könnte Jade sein, ging ich diesmal lieber ran.

»Freya!« Es war James, und mein Magen zog sich zusammen. Wenn er anrief, dann ganz gewiss nicht mit guten Nachrichten.

»Ja?« Ich versuchte, kontrolliert und abgeklärt zu klingen, aber irgendwie schaffte er es jedes Mal, dass ich mich klein und unbedeutend fühlte.

»Wir haben ein Angebot reinbekommen«, teilte er mir mit.

»Ich hab immer noch nicht Ja gesagt.« Ich streckte die Hand nach Carole aus.

»Ich habe zigmal versucht, dich anzurufen, und Nachrichten geschrieben, aber du hast weder geantwortet noch zurückgerufen«, blaffte er mich an. »Was stimmt nicht mit dir?«

Das war eine seiner Lieblingsfragen.

»Von welchem Telefon rufst du an?«, fragte ich, obwohl ich ahnte, dass es wahrscheinlich nur seine neue Nummer war.

Er überging meine Frage. »Der Makler sagt, ihm antwortest du auch nicht. Ich nehme an, du bist zu deiner durchgeknallten Tante geflüchtet und kriegst dort Tee und Trost. Kannst nicht mal ein paar Interessenten durchs Haus führen! Ist doch so!«

Ich dachte fieberhaft über eine schlagfertige Antwort nach, aber mir blieben die Worte im Hals stecken.

»Hallo?«, fauchte er, als ich nichts sagte. »Freya? Sprich mit dem Makler und hör endlich auf, so erbärmlich zu sein!« Dann legte er auf, und ich pfefferte mein Handy auf den Tisch.

Tief im Innern haderte ich mit mir, ob er möglicherweise recht haben könnte. Wenn ich nicht einmal mit ein paar Kaufinteressenten klarkam – wie kam ich dann darauf, dass ich einen Mord würde aufklären können?

*

Ich wachte in der Morgendämmerung auf, die durchs Wohnzimmerfenster hereinfiel. Ich musste auf dem Sofa eingeschlafen sein. Das Erste, was ich sah, war der Cricketschläger, der neben mir auf dem Fußboden lag.

Ich hatte am Vorabend nicht einschlafen können. Was James zu mir gesagt hatte, hatte meinem Selbstbewusstsein einen herben Schlag versetzt. Ich hatte mich abgelenkt, indem ich ein paar Bekannten in London schrieb und mich nach den Antiquitäten aus Arthurs Liste erkundigte. Später, als das Haus knarzte und die Fenster klapperten, holte ich den Cricketschläger aus dem Schuppen; Harley schlief zwar direkt neben mir, aber er war nun mal nicht der Wachhund, für den meine Tante ihn hielt.

Draußen in der Eiche fingen die Feldtauben an zu gurren. Das war der Klang meiner Kindheit. Ich wickelte mich in eine kuschelige Decke und öffnete die Doppeltür zum Garten. Das Telefonat mit James ging mir immer noch nach, doch die kühle, taufeuchte Luft wirkte Wunder. Ich schlüpfte in ein Paar Gartenschuhe, die am Gummistiefelständer hingen, und schlenderte den Gartenweg entlang in Richtung der Felder.

Die vier Apfelbäume, die die Grundstücksgrenze markierten, standen in voller Blüte, und ich blieb stehen, um die Bilderbuchaussicht zu genießen.

Nach einer Weile konnte ich Caroles Stimme hören. Als ich mich umdrehte, streifte sie in einem langen kastanienbraunen Samtmantel, mit dem sie auf einem Ball nicht underdressed gewesen wäre, durch den Garten, beugte sich über den Verschlag und fütterte ihre fluffigen Bantams.

»Ach, Marilyn, du brütendes Luder«, sagte sie, als ich näher kam, »los, runter von deinem Ei!«

Carole benannte ihre Hühner immer schon nach ihren Lieblings-Hollywoodschönheiten – und die weiße Henne mit den befiederten Füßen hieß Marilyn. Marilyn legte nicht viele Eier, aber Carole liebte sie heiß und innig. Alle paar Jahre wurde Marilyn vom Fuchs geholt oder fing sich irgendeine Krankheit ein und wurde durch die nächste Marilyn ersetzt. Außerdem gab es noch Jean, Bette, Lauren und Ava.

»Guten Morgen«, rief ich.

»Schätzchen! Hast du die ganze Nacht auf dem Sofa verbracht?«

»Alles gut.«

Sie drückte mir einen Weidenkorb mit vier kleinen Eiern in die Hand und ließ die Tür zum Hühnerverschlag offen stehen. »Na dann, lauft!«, sagte sie zu den Hühnern, aber keins davon rührte sich. Sie pickten bloß weiter Körner vom Boden.

Ich hakte mich bei Carole unter. Meine Selbstzweifel saßen immer noch tief. »Sollen wir wirklich zu diesem Treffen fahren? Vielleicht ist das gefährlich. Wir sind schon verfolgt worden, und Arthur hat uns in seinem Brief ausdrücklich gewarnt.«

Carole sah mir direkt in die Augen. »Jedes Mal, wenn du mit James gesprochen hast, wird das Funkeln in deinen Augen schwächer. Als Jade noch kleiner war, brauchtest du ihn in deinem Leben, aber Jade ist jetzt erwachsen, und sobald das Haus verkauft ist, brauchst du nie wieder mit ihm zu reden.«

»Es ist mein Zuhause«, brummte ich, wusste jedoch insgeheim, dass sie recht hatte.

Schweigend schlenderten wir zum Haus zurück.

»Komm, frühstücken wir, bevor wir unsere Koffer packen. Ich muss nur noch jemanden organisieren, der sich über Nacht um Harley kümmert.«

»Ich will dich aber keinem Risiko aussetzen«, wandte ich ein. »Vielleicht sollte ich allein fahren.«

»Nichts da, ich fahre mit!« Carole schlug die Eier in eine Schüssel und fing an, sie zu verkleppern. »Der Brief war an uns beide adressiert, und er beweist eindeutig, dass Arthur ermordet wurde. Alles deutet auf Copthorn Manor hin, und deshalb fahren wir beide dorthin.«

Sie hatte ja recht, und mir war ohnehin klar, dass ich meine Tante nicht vom Gegenteil überzeugen konnte. Wir würden beide nach Copthorn Manor fahren und einen Mörder zur Strecke bringen.

13

»Ein guter Nachlassverkauf ist der Traum jeden Händlers.«

ARTHUR CROCKLEFORD

Am frühen Nachmittag fuhren Carole und ich vor einem riesigen schwarzen schmiedeeisernen Tor vor, hinter dem sich eine schier endlose Auffahrt erstreckte. In die Torbogen war in golden lackierten Buchstaben, die mit der Zeit fleckig geworden waren, *Copthorn Manor* eingearbeitet. Ich stieg aus Caroles Mercedes-Oldtimer, und meine Sohlen knirschten über den löchrigen Asphalt, als ich das Mauerwerk nach einer Klingel oder einer anderen Möglichkeit absuchte, irgendwen von unserer Ankunft in Kenntnis zu setzen.

Ich drehte mich zu Carole um, die ihre Jackie-O-Sonnenbrille zurechtrückte. »Warum ist das Tor denn nicht offen? Werden wir gar nicht erwartet?«

»Sieht doch gar nicht abgeschlossen aus«, entgegnete Carole und zeigte auf einen großen runden Knauf in der Mitte. »Schieb das mal ein bisschen an, Schätzchen. Du weißt schon, mit dem Hintern.«

Ich trat auf das Tor zu – und zögerte. »Haben wir einen Plan?«

Sie schob sich die Brille in die Stirn, als wollte sie sich vergewissern, dass ich es ernst meinte. »Einen Plan? Was für eine fabelhafte Idee! Ich bin das absolute Planungsgenie! Womit sollen wir anfangen? Ha, ich hab's!« Sie schnickte ihr blondes Haar über die Schulter. »Zuallererst – ich heiße Marilyn. Aus gegebenem Anlass.«

»Weil du wie eine fluffige Bantam aussiehst?« Ich konnte es mir nicht verkneifen.

»Ach, ist ja kurios! Humor – von dir? Dich nennen wir dann also Deirdre – du weißt schon, wie die aus *Coronation Street.*« Sie sah wahnsinnig selbstzufrieden aus. Doch als ihr dämmerte, dass ihre Sticheleien an mir abprallten, fügte sie hinzu: »Früher hätten wir dich natürlich Lara Croft genannt, aber dann hast du dich so *James-ehefraulich* entwickelt.«

Ich seufzte. Dieses Thema wollte ich nun wirklich nicht weiter vertiefen. »Ich heiße Freya, aber du kannst dir gern aussuchen, welche Rolle du spielen willst … Nein, ich meine einen *richtigen Plan*, so etwas wie: herausfinden, was das hier für ein Ort ist und warum Arthur so sehr darauf gedrängt hat, dass wir an diesem Treffen teilnehmen.«

Ich drehte den Knauf, und tatsächlich schwang das Tor einen Spaltbreit auf.

»Ich würde vorschlagen, wir hören uns ein wenig zum Background der anderen Teilnehmer um. Wir müssen wissen, was sie in der Nacht von Sonntag auf Montag gemacht haben«, fuhr ich fort. »Zwischen … Was glauben wir eigentlich, wann Arthur gestorben ist?«

Carole hob schulmädchenhaft die Hand. »Das kann ich beantworten. Ich behaupte, zwischen elf Uhr abends und vier Uhr früh. Es muss mitten in der Nacht gewesen sein, sonst hätten die Nachbarn etwas gehört – dass er gestürzt ist oder die Vasen kaputtgingen. Und bevor du nachfragst: Als ich am Montagmorgen vor dem Laden stand, habe ich gehört, wie dieser unhöfliche Suffolk-Constabulary-Jüngling die Nachbarn befragt hat.« Carole klang beschwingt, allerdings war ihr der Schmerz über Arthurs Verlust deutlich anzusehen. Trotzdem versuchte sie immer noch, mir weiszumachen, dass es ihr gut ging. Als ich nicht reagierte, fuhr sie fort: »Ich habe mitbekommen, dass Arthurs Laden papierdünne Wände hat. Der alte Knabe rechts ist um zehn Uhr ins Bett gegangen, das Pärchen links ist um elf Uhr noch ausgegangen, und davor war angeblich nichts zu hören. Der Alte hat einen schlechten Schlaf und ist um vier Uhr nachts aufgewacht, hat aber bis zum Morgen keinen Mucks gehört. Ich mache das richtig gut, nicht wahr?«

»O ja. Keine Ahnung, warum Suffolk überhaupt noch eine Polizeibehörde braucht, wo es doch dich gibt.« Ich schob das Tor sperrangelweit auf, wartete, bis Carole hindurchgefahren war, und schob es hinter ihr wieder zu. »Dann setzen wir also genau dort an: Wir finden heraus, wer in dem betreffenden Zeitraum die Möglichkeit gehabt hätte, die Tat zu begehen.« Ich stieg wieder ein, und mein Puls beschleunigte sich leicht. Die nächste Jagd stand kurz bevor.

Kaum dass ich die verwilderten Äcker und überwucherten Hecken zu beiden Seiten der Auffahrt betrachtete, war mein Forscherdrang wieder erloschen, und mir kamen Zweifel. Allerdings gab es jetzt kein Zurück mehr. Am Ende seines Briefes hatte Arthur erwähnt, er habe mir *immer die Wahrheit über Kairo erzählen* wollen, *allerdings musste ich damals sicherstellen, dass du die Ermittlungsarbeit an den Nagel hängst. Es ist fast schicksalhaft, dass ich nicht mehr die Möglichkeit haben soll, all das wiedergutzumachen. Jetzt musst du die Wahrheit selbst herausfinden.*

Könnte meine Vergangenheit wirklich neu geschrieben werden, indem ich ein Treffen von Antiquitätensammlern besuchte? Und auf welche Wahrheit sollte ich in einem Herrenhaus stoßen, in dem ich zuvor nie gewesen war – und das einem Adeligen gehört hatte, den ich nie kennengelernt hatte?

»Sicher, dass wir das machen sollen?«, fragte ich Carole ein letztes Mal. »Dieser Typ von gestern Nacht könnte uns bis hierher verfolgen …«

Carole tätschelte mir das Knie. »Liebes, wir machen das hier für Arthur. Wir tun einfach so, als hätten wir den Spaß unseres Lebens und keinen Kummer der Welt, wiegen sie alle in Sicherheit und decken sämtliche Geheimnisse auf. Tu einfach, was immer ich tue.« Und damit trat sie das Gaspedal durch.

Der Mercedes tauchte in einen Tunnel aus Bäumen ein – genau wie vor jedem National-Trust-Herrenhaus, das ich je besichtigt hatte. Ich sah hoch zu den Baumwipfeln, während die Welt um uns herum schattig wurde und nur noch stellenweise Sonnenlicht durchs Laub sickerte. Doch die vereinzelten Strahlen wärmten hier unten nicht.

Als wir aus dem Tunnel auftauchten, kniff ich die Augen zusammen. Vor uns ragte ein düsteres Gebäude auf, und im nächsten Moment wurden wir von seinem Schatten verschluckt. Efeu kroch am Mauerwerk empor und schlängelte sich durch zerschlagene Fenster. Im zweiten Stock bewegte sich eine Gardine.

Ich fröstelte und griff zu meinem Schal.

Zur Linken entdeckte ich einen stillen tiefgrünen Weiher vor verwildertem Ackerland. Am gegenüberliegenden Ufer war jemand auf einem Aufsitzrasenmäher unterwegs, vermutlich der Gärtner des Anwesens.

»Das Haus sieht unbewohnt aus«, stellte ich fest.

Carole stellte den Motor ab. »Ich gehe mal nachsehen.«

Sie stieg aus, setzte sich ihren riesigen Strohhut auf und strich ihr blau gepunktetes Flatterkleid glatt. Als sie auf das Eingangsportal zuschlenderte, sah sie aus wie eine Schauspielerin aus den goldenen Jahren Hollywoods.

Der Eingang zum Herrenhaus war von zwei Säulen flankiert. Darüber erstreckten sich drei Fensterreihen und ein dreigiebliges Dach. Siebzehntes Jahrhundert, schätzungsweise. Sämtliche Vorhänge im zweiten und dritten Stock waren zugezogen. Aber hatte sich da nicht gerade wieder etwas bewegt?

Carole griff zu dem großen Messingklopfer und schlug ihn zweimal gegen das Holz. Ich schnallte mich ab, damit ich ihr, wenn nötig, zu Hilfe eilen konnte.

»Hallo?«, rief sie durch den Briefschlitz.

Mir war nicht wohl in meiner Haut. Dieses Treffen zu besuchen, hatte sich nach einer guten Idee angefühlt, solange die – undenkbare – Alternative gewesen war, nach London zurückzukehren und mich mit dem Makler herumzuschlagen. Doch jetzt, im Angesicht dieses Gruselhauses, fragte ich mich, ob ich meine alte, wenn auch immer noch rüstige Tante gerade ins Verderben laufen ließ. Mit einem Mal war mein Jagdfieber erkaltet.

Carole machte einen Schritt von der Tür weg und sah nach oben. »Hallo? Wir haben hier gebucht!«

Ich überlegte ernsthaft, ob ich ihr vorschlagen sollte, wieder abzureisen, als sich die rissige rote Eingangstür quietschend öffnete.

Ich hielt den Atem an.

Eine Frau Mitte vierzig tauchte im Türspalt auf, hinter ihr bloß Dunkelheit. Ihre Haare waren zu einem Dutt gebunden, und sie trug eine weiße Bluse, eine schwarze Caprihose und feste Schuhe. Sie sah nicht aus wie die Dame des Hauses – dem äußeren Anschein nach hätte dieser Titel eher Carole gebührt –, trotzdem hatte sie die Körperhaltung einer Autoritätsperson.

Ich konnte nicht hören, was die beiden sagten, und ärgerte mich jetzt, dass ich im Auto sitzen geblieben war. Dann nickte Carole der Frau zu und kam wieder auf mich zugeeilt.

»Wir sind hier richtig. Ich habe gerade mit der Haushälterin gesprochen, sie heißt Clare. Wir sind einfach nur ein bisschen früh dran. Die anderen kommen wohl erst abends, pünktlich zum Champagner-Empfang.« Sie legte ihren Sicherheitsgurt an und drehte den Schlüssel im Zündschloss. »Nur gut, dass ich ein Kleid für dich mitgenommen habe, stimmt's, Liebling?«

»Du hast für mich eins *deiner* Kleider mitgenommen?« Ich biss die Zähne aufeinander. Dieses Kleid wäre extravagant, schrill – und mir war nur allzu klar, dass Carole sich jede Sekunde lang, die ich es trüge, für ihre Auswahl selbst loben würde. »Was ist es für eins?«

»Ach, es wird dir *so gut* stehen!« Carole setzte zurück und steuerte den Wagen um das Herrenhaus herum auf eine Reihe kleinerer Nebengebäude zu. »Es ist ein kleines Schwarzes mit tiefem Ausschnitt, langen Ärmeln und Paillettenbündchen. Es wird an dir ganz fabelhaft aussehen! Damit bist du eine Erscheinung!« Carole strahlte mich an. Dann runzelte sie plötzlich die Stirn.

»Was ist?«, fragte ich.

»Clare, die mir die Tür aufgemacht hat, meinte, sie hätte

gewusst, dass *du* kommen würdest, als Sachverständige. Aber mit mir hat sie nicht gerechnet. Außerdem hat sie gefragt, ob du wüsstest, wann dieser Franklin Smith aufkreuzt.«

»Franklin kommt auch?« Dass er ebenfalls hier sein könnte, war mir gar nicht in den Sinn gekommen. Außerdem fragte ich mich, wer der Haushälterin meinen Namen genannt hatte. »Ich hatte das Gefühl, es wäre Franklin lieber, wenn ich *nicht* als Sachverständige einspringen würde ... Arthurs Brief hat uns in seinen Laden, zu den Büchern und der Buchung geführt – bestimmt um ganz sicherzugehen, dass wir herfahren.« Ich sah zurück in Richtung Herrenhaus. »Glauben wir, dass dieses Anwesen mit Arthurs Ermordung zu tun hat?«

Carole erschauderte. »Ich nehme es an. Ich hoffe nur, uns droht nicht das gleiche Schicksal.«

»Das lasse ich nicht zu«, versicherte ich ihr. Allerdings hatte ich keinen Schimmer, wie ich das anstellen sollte. Dann kam mir noch ein ganz anderer Gedanke. »Wie kam Arthur überhaupt darauf, dass ich als Sachverständige zur Verfügung stehen würde? Ich bin seit einer Ewigkeit nicht mehr im Geschäft. Da war sein Vertrauen aber gewaltig.«

Carole strich mir eine verirrte Locke hinters Ohr. »Und du solltest auch endlich wieder Vertrauen in dich selbst haben. Was ist mit deiner Leidenschaft für diesen alten Plunder, mit deiner Zielstrebigkeit und ... wie hat Arthur es gleich wieder genannt ... deinem Blick für Details?«

Ich ahnte, worauf Carole hinauswollte. Arthur hatte immer behauptet, ich hätte einen untrüglichen Instinkt für Antiquitäten und Antiken. »Aber ich bin nicht die Allround-Antiquitätenexpertin, wie Arthur einer war.« Mir zog sich der Magen zusammen. »Was, wenn sie hier etwas hervorzaubern, wovon ich keine Ahnung habe? Da komme ich mächtig ins Schlingern.«

»Du wirst diesen Gutachterjob ganz wunderbar hinkriegen – und außerdem ist er die perfekte Tarnung.« Carole parkte den Wagen vor mehreren Nebengebäuden mit hohen Bogentüren. »Sieht aus, als wären das früher die Stallungen gewesen und … Oh! Diese Kletterrosen! Das sind doch ›Étoiles de Hollande‹, oder nicht?«

Ich stieg aus. Die roten Rosen, die zu beiden Seiten der grünen Tür bis hoch zu den Fenstern im ersten Stock rankten, waren tatsächlich wunderschön. Die vier Gebäude waren überdies in weit besserem Zustand als das alte Haupthaus. Sie schienen kürzlich erst neu geweißelt worden zu sein, die doppelt verglasten Fenster standen offen, und auf den kleinen Terrassen standen weiße Metallbistrogarnituren.

»Sie haben Ihr Cottage also gefunden.« Eine Frau kam auf uns zu. »Ich bin Clare, die Haushälterin. Fühlen Sie sich wie zu Hause.« Sie zeigte auf das letzte Häuschen in der Reihe.

Ich staunte nicht schlecht, als ich den geschmackvoll eingerichteten Wohnbereich betrat: moderne Möbel vor altem Stallmauerstein. Im Vergleich hierzu sah mein Londoner Zuhause chaotisch und in die Jahre gekommen aus. An der Wand hingen mehrere japanische Ukiyo-e-Drucke mit Naturmotiven, links befand sich eine kleine, moderne offene Küche, rechts ein Esstisch, dahinter ein riesiges weißes Sofa vor einem Kaminofen. Ich muss gestehen, dass ein weißes Sofa für mich immer der Inbegriff von Luxus gewesen war. Jade wäre begeistert gewesen – und hätte prompt ihren Kaffee über der Lehne verkleckert.

Sofort hatte ich ein schlechtes Gewissen, weil ich ihr

gegenüber nicht erwähnt hatte, dass ich übers Wochenende weggefahren war. Wie gern hätte ich ihr von alldem hier erzählt. Ich schaute mich weiter um und entdeckte eine Treppe im rückwärtigen Teil, die vermutlich zu den Schlafzimmern führte.

»Das ist ja hinreißend!« Carole bedachte Clare mit ihrem strahlendsten Bühnenlächeln. »Hier werden wir uns *unglaublich* wohlfühlen!«

»Hier ist es auch viel schöner als in dem alten, zugigen Gemäuer.« Clare zeigte in Richtung Herrenhaus. »Das sollte man abreißen lassen.« Sie hatte einen leichten amerikanischen Akzent, allerdings wirkte es fast, als wollte sie ihn verbergen, oder aber sie war schon lange nicht mehr dort gewesen. Sie hielt einen Schlüsselbund in die Höhe. »Bitte sehr. Um sieben Uhr wird im Salon der Aperitif gereicht, und um acht gibt es Abendessen.« Sie nickte zum Abschied und zog die Cottage-Tür hinter sich zu.

Durchs Fenster sah ich, wie sie über den gepflasterten Hof zurück zum Herrenhaus eilte. An dessen Seitenfront befand sich eine Tür, die so alt aussah, dass die Scharniere bestimmt festgerostet waren. Clare rüttelte an der Klinke, versuchte, die Tür aufzuwuchten, und ballte frustriert die Fäuste. Dann schien sie sich kurz zu sammeln, rammte die Schulter dagegen, und die Tür ging gerade so weit auf, dass sie sich durch den Spalt zwängen konnte.

Mir standen die Haare zu Berge. Irgendetwas fühlte sich verkehrt an. Ich blickte auf. Im ersten Stock stand jemand am Fenster und beobachtete uns.

14

»Antiquitäten sind kostbar und inspirierend, aber sie machen dich nicht frei. Eine solche Macht haben sie nicht.«

ARTHUR CROCKLEFORD

Giles

Allein beim Anblick von Copthorn Manor war Giles schlagartig zu Tode erschöpft. Er war seit Jahrzehnten nicht mehr hier gewesen, und es war kein glückliches Wiedersehen. Er war nur froh, dass hier garantiert immer noch jede Menge Whisky lagerte.

Was Arthur zugestoßen war, wäre vermeidbar gewesen. Wenn er nur nicht so naiv gewesen wäre! Sein Tod setzte Giles überraschend schwer zu.

Arthur hatte ihm einen Brief geschickt und endlich verraten, wo sich der Martin-Brothers-Vogel befand. Daraufhin war Giles den langen, verschlungenen Weg hierhergefahren und hatte die ungezähmte Schönheit der Landschaft bewundert; das Herrenhaus lag so weitab vom Schuss, dass es das perfekte Versteck für all jene Kostbarkeiten abgab.

Er würde vorsichtig vorgehen und erst sehen müssen, wer an diesem Wochenende überhaupt auftauchte. In seinem Brief war Arthur zurückhaltend gewesen, und entsprechend war Giles zutiefst misstrauisch, hatte Vorsichtsmaßnahmen ergriffen, um seine Identität zu verschleiern, und sich sogar seinen geliebten Bart abrasiert – aber es gab nun mal diverse kriminelle Elemente, von denen er sich seit geraumer Zeit lieber ferngehalten hatte. Seine Schwester Amy würde ihn natürlich wiedererkennen, doch jedem anderen wollte er es so schwer wie nur möglich machen, ihn bei einer potenziellen Gegenüberstellung zu identifizieren, sofern an diesem Abend irgendwas schiefgehen sollte.

Durch das Fenster am Flur beobachtete er eine Frau, die auf den Haupteingang zuging, während eine zweite im Wagen sitzen blieb. Die Ältere – vielleicht Ende sechzig, Anfang siebzig – hätte besser an die französische Riviera gepasst. Die Jüngere – Ende vierzig wahrscheinlich – war weniger extravagant: dunkle Locken, knapp eins siebzig groß, Jeans, locker sitzendes T-Shirt.

Er wusste, wer die beiden waren.

Carole war er erstmals vor Jahren zusammen mit Arthur in einer merkwürdigen Bar in Hongkong begegnet, wo sie Caroles Geburtstag mit Schampus gefeiert hatten. Sie hatte bleibenden Eindruck hinterlassen – so eine Frau war sie.

Giles hatte sie auch später noch ein paarmal getroffen. Arthur und Carole waren oft zusammen verreist. Sie schien eine Art Tarnung für Arthur gewesen zu sein – gerade weil sie Aufmerksamkeit erregte. Ein ungemein cleverer Schachzug von Arthur! Aber warum war sie hier, obwohl Arthur doch gar nicht mehr unter ihnen weilte? Was hatte das zu bedeuten? Wusste Carole, was er eingefädelt hatte? Nahm sie jetzt seinen Platz ein? *Riskant* war das Wort, das Giles durch den Kopf schoss. *Überaus riskant.*

Er sah dem Auto nach, als es in Richtung der Cottages

weiterfuhr. Clare, die neue Haushälterin, lief hinterher, übergab die Schlüssel und zog sich sofort wieder zurück. Die jüngere Frau blieb am Fenster stehen, auf die konzentrierte er sich jetzt. Sah sie, dass er sie beobachtete? Irgendwas war da in ihrem Blick und in der leicht gerunzelten Stirn. Giles hatte intuitiv das Gefühl, dass dieser Frau rein gar nichts entging. Er würde sie im Auge behalten und herausfinden, was sie wusste. Was hatte Arthur ihr anvertraut? Wenn er ihr alles erzählt hatte … tja. Dann würde sie diesen Tag nicht überleben.

15

*»Der Auftakt zu einer Jagd ist immer der
aufregendste, zugleich aber auch der gefährlichste
Moment. Du musst dir immer erst einen Überblick
über das Jagdrevier verschaffen.«*

ARTHUR CROCKLEFORD

Freya

Ich schloss die Tür ab und setzte, statt auszupacken, erst
einmal Teewasser auf. Ich hatte nie recht verstanden, wieso
man seine Reisegarderobe erst in einen fremden Schrank
und kurze Zeit später zurück in den Koffer verfrachten
sollte. Meine Devise lautete seit jeher: Ausgehkleid aufhän-
gen, weitermachen mit dem Urlaub.

Carole hingegen hatte sich oben sofort ans Auspacken
gemacht, ihr Reisebügeleisen gezückt und stellte sicher, dass
ihre Kleidung makellos war.

Ich selbst starrte in den kalten Kamin.

Wann immer wir früher auf die Jagd nach einem gestohlenen Kunstwerk oder einer Antiquität gegangen waren –
sei es für eine Versicherung, ein Museum oder einen privaten Auftraggeber –, waren wir stets nach einem festen
Muster vorgegangen: Wir hatten uns zuallererst an Arthurs

Schreibtisch im Laden gesetzt, waren Befragungen und Zeugenaussagen durchgegangen und hatten überlegt, wo der Täter ein Objekt tendenziell hinbringen und verkaufen würde. Arthur hatte dann gern gefragt: »Was wissen wir *wirklich*? Was sind die unumstößlichen Fakten?«

Carole kam die Treppe nach unten geschwebt.

»Hast du kurz Zeit, um noch mal alles zu besprechen – alles, was wir *wirklich* wissen?«, fragte ich sie und musste mir widerwillig eingestehen, dass ich gerade genau wie Arthur klang.

Doch statt zu antworten, wandte Carole sich zur Küche.

»Ich habe schon Tee gemacht.« Ich hob die Kanne an und winkte sie zu mir.

»Ah, wunderbar. Dann kann es ja losgehen.« Sie machte es sich auf einem weichen Lehnstuhl am Fenster bequem.

Ich zog die Beine unter und vergegenwärtigte mir erneut all das, was in den vergangenen Tagen vorgefallen war. »In der Woche, bevor er gestorben ist, hat Arthur dich angerufen und erzählt, dass er einen alten Freund besuchen war, von dem wir glauben, dass es sich um Lord Metcalf gehandelt hat. Ich nehme an, dass dieser Lord Metcalf Arthur ein paar Geheimnisse anvertraut hat – und Arthur muss ihm gegenüber außerdem meinen Namen erwähnt haben, weil ich in seinem Testament als Ausweich-Sachverständige auftauche, und wer, wenn nicht Arthur, sollte mich ins Spiel gebracht haben? Drei Tage später, am Dienstag, ist Metcalf tot, und schon am folgenden Morgen, am Mittwoch, sucht Arthur diesen Franklin Smith auf, bietet seine Hilfe in Sachen Metcalf-Nachlass an und bringt mich für den Notfall als Gutachterin ins Spiel. Das hätte er nur getan, wenn er da schon gewusst hätte, dass es jemand auf ihn abgesehen hatte und dass er den Nachlass womöglich nicht mehr selbst prüfen würde. Außerdem will er, dass an Ort und Stelle sein Testament aufgesetzt wird. Er unterzeichnet es – mit Annabelle, der Sekretärin, als Zeugin ...«

»Und er hinterlässt dir die Brosche – das ist so aufregend!«, rief Carole.

Ich musste die Stirn angesichts der Unterbrechung gerunzelt haben, weil sie die internationale Geste für *Ich sag keinen Ton mehr* machte.

»Am darauffolgenden Freitag überreicht Arthur Agatha einen an uns adressierten Brief mit Hinweisen zum Ersatzschlüssel und zum Code für die Alarmanlage. Er wusste, dass wir uns in seinem Laden umsehen und nachschauen würden, ob etwas fehlt. Vielleicht hat Arthur die Vasen ja selbst zerschlagen, um uns einen weiteren Hinweis zuzuspielen, und jemand hat die Spuren verwischt?«

Carole nickte begeistert.

»Wo ist der Brief?«

»Den hab ich in deine Handtasche gesteckt«, antwortete sie. »Und du hast eine Frage gestellt – das heißt, dass ich wieder sprechen darf.« Sie sah in Richtung Herrenhaus. »Wir müssen herausfinden, was vorgefallen ist, was ist meinem lieben ...« Ihr versagte die Stimme, und ihre Augen füllten sich mit Tränen.

Ich tätschelte ihre Hand. »Ich gehe der Sache nach, Ehrenwort.«

Carole lächelte bekümmert. »Ich bin so froh, dass du da bist! Und solange wir hier sind, tun wir so, als wäre alles in bester Ordnung.«

»Wir gehen also davon aus«, fuhr ich fort, »dass Arthur spät in der Nacht oder am Montagmorgen gestorben ist. Was immer Lord Metcalf ihm erzählt hatte, hat ihn genötigt, Maßnahmen zu ergreifen, und er hat Hinweise zusammengestellt, die nur wir beide entschlüsseln konnten. Er sagt Franklin, ich würde als Sachverständige einspringen, sofern er selbst verhindert wäre. Das legt zwei Schlüsse nahe: Zum einen hat Arthur zumindest in Erwägung gezogen, dass er nicht mehr am Leben sein würde, um selbst zu erscheinen. Und zum anderen, dass er – in welcher Form auch immer – an der Organisation dieses Treffens beteiligt war.«

»So viele offene Fragen …«

Ich rief meine E-Mails ab, weil ich hoffte, dass sich zumindest eine meiner Mutmaßungen bestätigt hatte, und freute mich, als ich eine Antwort von einem der Auktionatoren vorfand, die ich am Vorabend kontaktiert hatte.

»Da schau sich einer dieses Lächeln an! Hat Jade doch beschlossen, im Sommer zurückzukommen?«, fragte Carole.

Ich schüttelte den Kopf. »Noch nicht …« Dann schob ich den Gedanken an Jade beiseite und konzentrierte mich wieder auf unsere Aufgabe. »Als ich gestern Abend nicht einschlafen konnte, habe ich einem Freund aus einem Auktionshaus gemailt und ihn gebeten, zwei Objekte aus dem zweiten Abschnitt des Dossiers in der Lost-Art-Datenbank abzufragen. Er hat soeben bestätigt, dass beide Objekte 2003 gestohlen wurden. Möglicherweise können wir davon ausgehen, dass die Antiquitäten aus dem zweiten Abschnitt alle vom Schwarzmarkt stammen.«

»Aufregend! Aber wie kamst du darauf?«

»Die Fotos der Antiquitäten sahen aus wie diejenigen, die wir immer von Versicherungsgesellschaften oder Museen bekommen haben, wenn wir nach gestohlenen Kunstschätzen fahnden sollten. Im ersten Abschnitt über die Sammlung Copthorn Manor sehen die Fotos professionell aus, während der mittlere Abschnitt eher so wirkt, als hätte jemand die Objekte heimlich fotografiert – manche aus einem komischen Winkel, andere aus einiger Entfernung, und der Gegenstand, um den es geht, ist darauf rot eingekringelt. Was meinst du, können wir davon ausgehen, dass sämtliche Antiquitäten aus Arthurs Buch hier sind? Das wäre eine ganze Menge!«

Eine Zeit lang saßen wir stumm beieinander und nippten an unserem Tee.

Ich nahm mir erneut Arthurs Brief vor. »Hier steht: *Ich habe mehr als zwanzig Jahre gebraucht, um ein bestimmtes Objekt von enormem Wert aufzuspüren. Ich weiß jetzt, wo es sich befindet, nur leider sieht es ganz danach aus, als könnte ich es nicht mehr an mich bringen. Hol du es dir, Freya, und du holst dir dein Leben und deine Berufung zurück. Entschuldige, dass ich nicht deutlicher werden kann. Jemand hat mit mir ein falsches Spiel gespielt, und ich darf nicht riskieren, dass dieser Jemand von diesem Brief Wind bekommt. Erzähl niemandem hiervon. Du darfst keinem mehr trauen. Mach dich auf die Suche nach Hinweisen, und du wirst eine Buchung finden. Nimm teil, aber sei vorsichtig. Die Person, die mich hinters Licht geführt hat, wird dich nicht aus den Augen lassen.*«

Caroles Augen blitzten. »Vielleicht hat Lord Metcalf Arthur ja verraten, dass sich das Objekt hier befindet, und dich als Gutachterin ins Spiel zu bringen, war seine Tarnung für dich, damit du es aufspüren kannst?«

»Damit dürftest du nicht ganz falschliegen ... Außerdem scheint Arthur geglaubt zu haben, wenn ich dieses Objekt an mich brächte, würde ich dafür einige Anerkennung ernten und könnte in meinen alten Beruf zurückkehren. Allerdings müssen wir sehr, sehr vorsichtig vorgehen. Ich bin mir nämlich sicher, dass wir beobachtet werden – und hinter jeder einzelnen Tür dieses Herrenhauses könnte ein Mörder auf der Lauer liegen. Wir müssen unsere Fragen heute Abend während des Umtrunks sehr dezent stellen.«

»Schätzchen, ich bin von Natur aus dezent.« Carole schob ihre klimpernden Armreifen zurecht.

»Du bist alles, nur nicht dezent. Du fällst überall auf.«

»Ach danke, mein Engel! Aber ich falle *dezent* auf, findest du nicht? Es ist dieser altweltliche Glamour, dem die Leute unweigerlich verfallen müssen!«

»Nachdem wir uns einig sind, dass du *nicht* dezent bist, gehen wir uns jetzt also ein bisschen umsehen.«

Carole trank ihren Tee aus. »Definitiv. Ich habe vorhin gesehen, dass außen an der Vorderseite Regenrinnen verlaufen. Daran könnten wir hochklettern und die Zimmer durchsuchen.«

Ich überging ihren absurden Vorschlag. »Ich dachte eher an einen Spaziergang über das Gelände – weil ich nämlich das hier entdeckt habe.« Ich schlug das Dossier auf und blätterte zum Beginn des zweiten Abschnitts. Dort hatte Arthur notiert:

WICHTIG: Copthorn Manor Folly, errichtet 1903 durch die ursprünglichen Besitzer, die Cravens. Schwierig zu finden, aber der beste Ort, um alles zu überblicken. Dürfte einer Dame aus dem viktorianischen Zeitalter bei ihrem täglichen Spaziergang einen wohligen Schauder beschert haben.

Carole griff zu ihrem leuchtend roten Lippenstift und zog sich die Lippen nach. »Ein Folly, Liebes, ist ein Schmuckbau, eine künstlich angelegte Ruine, ein Türmchen vielleicht, eine Grotte oder etwas anderes Dekoratives. Bestimmt ist es inzwischen verfallen, weil es nie einem anderen Zweck gedient hat als der reinen Zierde. Allerdings wäre es in dem Fall nicht geeignet, um ›alles zu überblicken‹.«

»Ganz deiner Meinung. Trotzdem finde ich, wir sollten uns auf die Suche machen. Vielleicht stoßen wir ja auf einen weiteren Hinweis? Und ein Spaziergang durch die Gartenanlagen ist doch wohl nicht verdächtig, oder?«

»Ich hole schnell meinen Mantel und meine kniehohen Wildlederstiefel, dann können die Brennnesseln mir nichts anhaben.«

Unter anderen Umständen hätte ich gegen den neuerlichen Outfitwechsel protestiert, aber mein Kopf war derzeit zu voll mit unbeantworteten Fragen. Allmählich hatte ich den Verdacht, dass Arthur jedes Wort in seinem Dossier aus einem bestimmten Grund geschrieben hatte.

»Wohin würde eine viktorianische Dame denn schlendern?«, fragte ich.

»Bestimmt um den Weiher herum – und dort könnte auch ein Folly stehen …«

Im selben Moment schlug draußen eine Autotür zu, und wir zuckten zusammen.

»Leute!« Carole riss aufgeregt die Augen auf. »Leute sind spannender als ein Spaziergang!«

Wir stürzten beide ans Küchenfenster.

Auf der Zufahrt stand ein silbergrauer, makellos sauberer Audi-SUV. Carole und ich wechselten einen Blick.

»Städter«, stellte sie fest.

»Colchester oder von weiter her?«

»Mein Bauch sagt, von weiter her.«

Wir nickten einander zu.

Ein Mann mittleren Alters in zerrissenen Jeans kam aus dem Herrenhaus gerannt und erreichte die Fahrertür gerade rechtzeitig, um sie für eine junge Frau aufzuziehen, die nach etwa Ende zwanzig aussah. Ihre dunklen Haare hatte sie zu einem Pferdeschwanz gebunden, und mit ihren engen Jeans, der sahneweißen Seidenbluse und den spitzen Pumps sah sie nach Londoner High Society aus.

Der Mann legte ihr seine Hand an den Ellenbogen, bemerkte jedoch nicht – oder es war ihm egal –, dass sie unter seiner Berührung zusammenzuckte.

Ich sah ihn mir genauer an. Er wirkte leicht zerfleddert – auf diese Art, wie es bloß betuchte Internatsschüler hinbekamen. Selbstsicher legte er seine Hand auf den unteren Rücken der Frau und schob sie vor sich her auf das Cottage am anderen Ende der Reihe zu.

Mit einem Mal dämmerte mir, dass Clare, die Haushälterin, gar nicht aufgetaucht war. Ich drehte mich zu Carole um. »Ich nehme an, ein weiterer Gast, der bereits eingecheckt hat?«

Als die beiden vor unserem Cottage vorbeigingen, sah die Frau sich um. Ihr Blick blieb an dem baufälligen Herrenhaus hängen. Sie schien zu erschaudern und zog sich ihren überdimensionierten Wollschal enger um die Schultern.

War eine dieser Personen Arthurs Mörder?

»Irgendwie sehen die aus, als würde ihnen das alles gehören«, flüsterte Carole. »Kommt er dir irgendwie bekannt vor?«

»Ich bin mir nicht sicher … Aber ich mag ihn nicht. Er sieht wie ein Fiesling aus. Und außerdem ist er zu alt für sie.«

Carole nickte. »Wir treffen sie bestimmt später beim Umtrunk. Aber jetzt gehen wir erst einmal ein bisschen schnüffeln.«

»Ich dachte, wir wollten es einen Spaziergang nennen?«

»Richtig. Wir gehen spazieren, aber mit weit offenen Augen.« Carole zwinkerte mir zu.

Kichernd griff ich zu meinem Mantel.

Das Herrenhaus jenseits der gepflasterten Auffahrt konnte sich jederzeit als tödliche Falle entpuppen; immerhin kam es einem Akt der Verzweiflung gleich, dass Arthur Carole und mich damit betraut hatte, etwas ans Licht zu bringen, worum er sich nicht mehr hatte kümmern können. Aber mittlerweile war ich im Jagdmodus, und nichts würde mich jetzt noch aufhalten.

16

»Ein talentierter Antiquitätenfahnder ist wie eine Katze. Er nimmt sein Opfer ins Visier, und das Opfer merkt nicht einmal, dass er überhaupt da ist.«

ARTHUR CROCKLEFORD

Ich schloss die Cottage-Tür ab und sah nach oben. Am Himmel hingen dunkle Regenwolken. Es war einer jener Mainachmittage, die einen in der Zeit zurückzuversetzen drohten – zurück zu Aprilwetter und kalten Schauern.

Ich knöpfte meinen Mantel zu und wickelte mir meinen Sixties-Hermès-Schal um den Hals. Carole, der das Wetter seit jeher gleichgültig war, eilte in ihren kniehohen Wildlederstiefeln und einem leuchtend blauen Seidenkimono mit wirbelndem Wellenmuster vor mir her.

»Und wenn es anfängt zu regnen?«, rief ich ihr nach.

»Mal ernsthaft – wo habe ich dich großgezogen? Das hier ist Suffolk, einer der trockensten Landstriche im ganzen Land! Und jetzt komm endlich!« Sie klatschte in die Hände und marschierte mit der Selbstsicherheit einer Meteorologin drauflos.

Wir überquerten die Zufahrt und gingen auf den stillen Weiher zu. Ehrfürchtig sah ich zu, wie Carole über ein

Mäuerchen sprang. Ich tat es ihr gleich und stellte überrascht fest, dass sich mein Körper an vergangene Bewegungen und Abenteuer zu erinnern schien, auch wenn mein Geist inzwischen eher darauf trainiert war, sich möglichst davon fernzuhalten. Doch die Erinnerung daran, wer ich einst gewesen war, bescherte mir neue Energie.

Der Geruch von frisch gemähtem Gras stieg mir in die Nase. Der Weg würde uns halb um den Weiher herumführen und dann in ein kleines Wäldchen hinein.

Die Aussicht war eine Augenweide: ausgedehnte Kartoffeläcker, ein paar Schweineställe, Begrenzungshecken. Wir erreichten den Waldrand, wo weiche Kiefernnadeln den Boden unter unseren Füßen bedeckten. Bei jedem Schritt wehte der Geruch von Mulch und Nadeln auf. Der Weiher lag nun zu unserer Rechten. Ich sah mich aufmerksam um, weil ich sicherstellen wollte, dass uns niemand folgte.

War es wirklich klug gewesen, durch dieses abgelegene Wäldchen zu gehen?

Hier könnte uns jemand auflauern.

Donner grollte in der Ferne.

»Das sieht nach Regen aus«, stellte Carole erschüttert fest.

»Dann schauen wir doch mal, wie weit wir kommen.« Ich schob die Panik beiseite, die in mir hochstieg, kaum dass ich mich daran erinnerte, wie wir zuletzt bis auf die Knochen nass geworden waren – bei der Flucht aus Arthurs Antiquitätenladen.

Je tiefer wir in den Wald eintauchten, umso lauter forderte mein Bauchgefühl kehrtzumachen.

Dann knackste ein Zweig. Wie erstarrt blieb ich stehen.

Da war jemand.

Ich verspürte etwas Altes, verloren Geglaubtes: gesteigerte Wachsamkeit, geschärfte Sinne. Ich ließ den Blick über die Bäume schweifen. Ein schwarzer Vogel flatterte im Geäst auf. Meine Haut prickelte.

»Wir gehen besser zurück«, flüsterte ich Carole zu, um deren Sicherheit ich fürchtete.

Irgendjemand verfolgt uns.

Doch mit meinem Vorschlag stieß ich bei Carole auf taube Ohren, und sie marschierte weiter entschlossenen Schrittes vorneweg und reckte die Nase in die Luft. »Ich bin mir sicher, dieser Weg führt einmal rund um den Weiher. Genau so wären die Damen im viktorianischen Zeitalter spazieren gegangen. Da sind wir doch im Handumdrehen zurück und kommen bestimmt auch an einer Ruine vorbei und können dort gleich nach *Hinweisen* suchen.«

»Da zieht ein Gewitter auf«, rief eine Männerstimme aus dem dichten Grün zu unserer Linken.

Ich riss den Arm hoch, um Carole zu beschützen. »Wenn er auf uns zukommt – lauf!«

»Sei nicht albern, ich habe einen schwarzen Gürtel in Taekwondo, und du hast inzwischen sogar Angst vor deinem eigenen Schatten! Bleib du hinter mir!« Wie eine Boxerin machte Carole mit erhobenen Fäusten einen Schritt vor.

Ich straffte die Schultern, bohrte die Absätze in den weichen Waldboden. Urplötzlich hatte ich meine verschütteten Krav-Maga-Kenntnisse wieder parat. *Erwecke einen starken, überlegenen Eindruck* – und zwar nicht in der Sporthalle, sondern im echten Leben. Ich war wieder *ich* – jene Person von einst hatte mich doch nicht gänzlich verlassen. Sie war lediglich in ihrer Hausfrau-und-Mutter-Welt aus dem Blick geraten.

Laub und Zweige raschelten.

Ich suchte einen sicheren Stand und sah mich nach einem

geeigneten Fluchtweg um, als im nächsten Moment eine groß gewachsene Gestalt aus dem Dickicht trat.

Ich war von Kopf bis Fuß angespannt.

Ich bin Freya Lockwood, rief ich mir ins Gedächtnis, *und ich habe Schlimmeres als das hier erlebt.*

Ein Mann trat vor uns auf den Weg. Ich musterte ihn und versuchte abzuschätzen, ob er uns angreifen würde. Er war gute fünfzig und breitschultrig, trug alte Jeans und eine zerschlissene gefütterte Jacke. Seine Haare waren silbergrau und akkurat frisiert. Einige meiner geschiedenen Freundinnen aus London hätten ihn als Silberfuchs bezeichnet. Seine alten Gummistiefel waren mit Schlamm überzogen. Vermutlich handelte es sich um denselben Mann, der uns bei unserer Ankunft von seinem Aufsitzrasenmäher aus beobachtet hatte.

»Sie sollten hier nicht herumlaufen.« Er sah uns streng an.

»Wir gehen nur ein bisschen spazieren«, erwiderte ich und machte einen Schritt zur Seite, damit er an uns vorbeigehen konnte.

»Das hier ist Privatgrund. Sie gehen jetzt besser.«

Er war Amerikaner. Breiter, weicher Akzent aus dem amerikanischen Süden, vom Gehabe her allerdings barsch und fordernd, wenn auch nicht annähernd so, wie James mit mir umgesprungen war.

Carole lächelte ihn warmherzig an. »Wir sind hier zu Gast. Dürfen sich Gäste denn nicht umsehen? Clare hat gar nichts dergleichen erwähnt.«

Interessiert neigte er den Kopf. »Dann sind Sie wegen der Antiquitäten hier?«

»Wegen des Antiquitätentreffens, ja«, sagte Carole. Im selben Moment fielen die ersten Regentropfen durchs Blätterdach. »Und Sie sind …?«

Er schien sich zu entspannen und hielt Carole die Hand hin. »Phil. Ich bin der Gärtner.«

Phil sah kein bisschen aus, wie man sich den Gärtner eines solchen Anwesens vorstellte. Zunächst einmal hatte er keinen Hund, dabei hatte jeder Gärtner, den ich je kennengelernt hatte, einen Hund bei sich gehabt.

Von oben war lautes Prasseln zu hören, und wir blickten empor zu den Baumkronen. Immer mehr Tropfen stahlen sich durchs Blätterdach. Ein eisiger Tropfen landete auf meiner Wange.

»Sie sehen nicht aus wie die normalen Besucher.« Phil machte einen Schritt auf uns zu. Ich blieb stockssteif stehen.

»Keine Ahnung, was das für normale Besucher sind«, schnaubte Carole. »Aber wer will schon wie alle anderen sein – mal abgesehen von Teenagern?«

»Sollte keine Beleidigung sein.«

»Ein Freund hat uns für das Treffen angemeldet.« Ich versuchte, entspannt zu klingen und als wäre ich in Plauderlaune. So hätte Arthur es gemacht, und hier waren wir nun mal in Arthurs Welt eingetaucht.

»Und wer ist dieser Freund?« Er verschränkte die Arme.

»Ach, ein ganz alter Bekannter – und wir freuen uns schon, heute Abend beim Essen alle anderen kennenzulernen.« Carole strahlte ihn an. »Ich nehme an, Sie arbeiten hier schon länger?«

Er antwortete nicht.

Ich versuchte es ein wenig direkter. »Wissen Sie zufällig, ob dieses Anwesen über eine nennenswerte Antiquitäten- und Kunstsammlung verfügt?«

Phil zuckte mit den Schultern und schob dann die Hände in die Jackentaschen. »Wie gesagt, Sie sollten jetzt besser gehen. *Normalerweise* bleiben Gäste im Haus. Hier draußen im Wald gibt es nichts zu sehen – und Sie kehren besser zurück in Ihr Cottage, bevor Sie in das Gewitter geraten.« Er blockierte uns immer noch den Weg.

»Wie schade«, flötete Carole. »Wir dachten, wir könnten in diesem Waldstück vielleicht eine alte Ruine finden.«

»So was gibt es hier nicht«, entgegnete er barsch.

Der Regen wurde stärker, ich schlug den Kragen meines Mantels hoch. Carole hingegen schien der Regen nicht im Geringsten zu stören, sie wischte sich einfach die Tropfen von der Nasenspitze.

»Wohnen Sie auch hier?«, fragte sie.

Phil runzelte die Stirn. »Ja …?«

»Dann sind Sie auch an den Wochenenden hier?«

»Ja, aber … Warum wollen Sie das wissen?«

Ich ging spontan dazwischen. »Haben Sie zufällig kürzlich am Wochenende Arthur Crockleford hier gesehen? Gute achtzig, meist im Anzug und mit knallbuntem Einstecktuch.«

»Sagt mir nichts. Aber ich bin auch nur Gärtner.« Ohne sich zu verabschieden, marschierte er an uns vorbei in Richtung Weiher.

Wir warteten noch ein paar Minuten ab, ehe auch wir weitergingen und seine Warnung in den Wind schlugen. Ich fuhr mit den Fingerspitzen über ein paar Kiefernzweige. In mir flimmerte ein Hochgefühl, das ich nicht mehr verspürt hatte, seit ich zu Hause die Schlösser ausgetauscht, James' Sachen gepackt, vor die Tür geworfen und ihm dann eine SMS nachgeschickt hatte: *Deine weltlichen Besitztümer liegen draußen. Es ist übrigens Regen vorhergesagt.*

»Er sieht ziemlich gut aus, ist aber echt komisch«, stellte Carole fest.

Ich nickte. »Und nur weil er behauptet, er hätte Arthur

nicht gesehen, heißt das noch lange nicht, dass das auch stimmt.«

Über uns donnerte es, und der Regen sickerte durchs Blätterdach. Zweige streckten ihre Klauen nach uns aus, Vögel stoben in alle Richtungen. Carole sah mich an, und wir wussten beide, dass das Wetter unseren Plan durchkreuzt hatte. Wir eilten den Weg zurück, den wir gekommen waren, bis wir den Waldrand erreichten und wieder freie Sicht auf das Herrenhaus hatten.

Erst jetzt war klar, dass wir bislang vor dem schlimmsten Regen verschont geblieben waren: Vor uns bäumte sich der dunkle Weiher unter den Schauern regelrecht auf.

»Dann nehmen wir wohl besser die Beine in die Hand«, murmelte Carole. »Und ich rufe Harry an, sobald wir im Trockenen sind, und frage ihn, ob alles in Ordnung ist. Bei Kälte braucht Harley vielleicht eine Wärmflasche.«

»Äh ... und wer ist Harry?«

»Hab ich das gar nicht erwähnt? Eigentlich sollte Mary von nebenan hundesitten, aber dann hat Harry, Arthurs Aushilfe, netterweise angeboten, auf Harley aufzupassen. Ich rufe ihn an, sobald wir im Cottage sind. Vielleicht sollte Harry den Samstagsschwimmausflug heute ausfallen lassen.«

Ich starrte in den Regen, und dann wechselten Carole und ich einen Blick. Wir wussten beide, dass wir uns in das Gewitter hinauswagen mussten, wenn wir rechtzeitig zum Umtrunk im Herrenhaus sein wollten – und schließlich mussten wir die anderen Gäste und die Antiquitäten in Augenschein nehmen.

»Bereit?« Ich stand in den Startlöchern.

»Bereit wie nie«, antwortete Carole.

17

» Manchmal, mein Lieber, musst du ein Objekt nur ein wenig genauer betrachten, und du erkennst, wie viel es wert ist. «

ARTHUR CROCKLEFORD

Harry

Harry war bis auf die Knochen nass. Der Regen strömte nur so über sein Gesicht, trotzdem konnte er den Blick nicht von Crockleford Antiques losreißen. Etwa eine Stunde zuvor hatte er beschlossen, mit Harley Gassi zu gehen; Caroles Haus hatte sich merkwürdig stickig angefühlt, anscheinend hatte sie die Heizung laufen lassen.

Schnell hatte ihm gedämmert, dass Harley kein großer Freund von Gassigängen war. Der Hund war aber auch alt und langsam.

Genau wie Arthur. Dann korrigierte er sich: *wie Arthur, als er noch lebte.*

Durch den strömenden Regen und die Windböen sah der Laden verlassen aus. Arthur hatte gern potenzielle Einbrecher abgeschreckt, indem er in seiner Abwesenheit im Obergeschoss das Licht angelassen hatte, doch nun brannte nicht einmal dort mehr Licht. Wie gern hätte Harry dem

Laden noch einen letzten Besuch abgestattet, bevor er Little Meddington verließ.

Als ein Pärchen an ihm vorüberlief, machte er einen Schritt zur Seite. Der Mann trug riesige grüne Gummistiefel, und bei dem Anblick musste Harry wieder an den Streit denken.

Es war selten vorgekommen, dass er zu früh zur Arbeit erschienen war, doch an jenem Tag hatte er schleunigst von zu Hause weggemusst: Die Freundin seines Mitbewohners war zu Besuch, und die Küche war einfach nicht groß genug für drei.

Als er ankam, konnte er den Wortwechsel schon durch die Ladentür hören und beschloss, stattdessen durch die Hintertür reinzugehen. Er hatte eigentlich vorgehabt hineinzuschlüpfen und Kaffee zu kochen, doch kaum dass er aufgeschlossen hatte, siegte die Neugier. Er musste sich anhören, worum es dort vorn gerade ging.

Im Durchgang zum Verkaufsraum blieb er stehen.

»Sie müssen jetzt gehen, meine Aushilfe kommt gleich«, sagte Arthur.

»Sagen Sie mir, wo er ist!«, forderte eine Männerstimme.

»Das braucht Sie nicht zu interessieren.« Arthur hatte die Stimme gesenkt und sagte eindringlich: »Sie halten sich da raus!«

Harry schlich näher, weil er sehen wollte, mit wem Arthur sprach.

»Aber Sie haben den Wally Bird gefunden?«

Die Stimme kam Harry vage bekannt vor, und er fragte sich, ob es sich um einen von Arthurs Stammkunden handelte.

»*Nein!*« Es folgte ein Knall, als hätte Arthur die Faust auf den Schreibtisch gedonnert. »Ich will, dass Sie jetzt verschwinden!«

So würde Arthur niemals mit einem Kunden sprechen.

Es folgte ein Flüstern, und Harry verstand nichts mehr, sodass er noch ein Stück näher heranschlich.

Im nächsten Moment schlug das Glöckchen über der Tür an. Wer immer mit Arthur gestritten hatte, war gegangen.

Harry wollte unbedingt wissen, wer der Mann gewesen war. Doch durchs Flurfenster konnte er nur noch jemanden in Gummistiefeln davonmarschieren sehen. Dann knarzte die Bodendiele, und Arthur blickte von seinem Schreibtisch auf. Mit einem Knall schlug er das Buch zu, das vor ihm lag. »Was machst du denn schon hier?«

»Ich … Ich hab nur …«, stammelte Harry.

»Tut mir leid, Junge. So früh hatte ich dich nicht erwartet.« Arthur holte tief Luft.

Er war immer schon sehr diskret damit gewesen, womit er sein Geld verdiente und wie er den Laden am Laufen hielt. Aber an diesem Morgen hatte seine Stimme einen Unterton gehabt, den Harry nicht mehr vergessen konnte. Arthur hatte verängstigt geklungen.

Harley riss an der Leine und holte Harry zurück ins Hier und Jetzt. Er warf einen letzten Blick auf den Laden. Ein Teil von ihm vermisste den Job dort bereits jetzt.

Als in der Ferne ein Donnerschlag zu hören war, machte er sich auf den Weg zurück zu Caroles Haus.

18

»Der Winter ist lang, doch der Frühling findet immer einen Weg, alles wiedergutzumachen.«

ARTHUR CROCKLEFORD

Phil

Der Weg zum Gärtnerhäuschen war vor neugierigen Blicken gut geschützt. Seit Lord Metcalf gestorben war, wussten nur noch seine Kinder, wo es stand. Das kleine Cottage hatte ein niedriges Dach, winzige Fenster, und stellenweise platzte der Putz von den Wänden. Britische Häuser sahen von außen ja gern mal charmant aus – aber wenn man Wärme und Licht brauchte, um bei geistiger Gesundheit zu bleiben, sollte man besser nicht darin wohnen, fand Phil. Er schloss die verzogene Tür auf und ging hinein.

Er musste sich dringend erneut die Fotos ansehen und sich vergewissern, dass er mit seiner Vermutung, wer diese Frauen waren, tatsächlich richtiglag.

Hat Arthur den beiden von mir erzählt?

Er zog die oberste Kommodenschublade auf, schob die Hand in den Hohlraum dahinter und tastete sich vor, bis seine Finger auf den DIN-A4-Umschlag stießen, den er an die Rückwand geklebt hatte.

Wenn Arthur die Frauen geschickt hatte, dann war er wirklich nicht mehr bei Trost gewesen. Nur war genau dies in letzter Zeit leider Arthurs hervorstechendster Charakterzug gewesen.

Er zog den Umschlag heraus und blätterte durch den Inhalt, bis er die Fotos fand. Das erste war ein Bild von Freya Lockwood. Es musste in einem Urlaub vor gut zwanzig Jahren entstanden sein: Sie saß auf einem Pferderücken vor einer endlosen Wüstenlandschaft. Freya war älter geworden, aber der feurige Blick, den sie ihm zugeworfen hatte, war der gleiche wie auf dem Foto.

Er wandte sich dem zweiten Foto zu, auf dessen Rückseite *Carole Lockwood* stand. Dieses Foto war deutlich jünger: Carole saß zusammen mit Arthur im Schaufenster von Crockleford Antiques beim Tee. Beide lachten.

Er schob die Fotos zurück in den Umschlag. Sie waren es also wirklich. Allerdings war ihm immer noch schleierhaft, was sie hier zu suchen hatten.

Sind sie im Besitz der Dossiers?

Das war die brennendste Frage. Für gewöhnlich nahm Phil an geselligen Trinkrunden nicht teil, doch diesmal würde er eine Ausnahme machen: Er würde sich mit ihnen bekannt machen und gewisse Informationen aus ihnen herauskitzeln.

Und woher wussten sie von dem Folly?

Letztlich musste er dem Wetter danken, das sie fürs Erste zum Rückzug gezwungen hatte, aber er musste die beiden unbedingt im Blick behalten.

Sechs Monate zuvor, eine Woche nach seiner Ankunft, hatte Phil Amy gefragt, ob sie von einem Folly wisse, und sie hatte geantwortet: »Das ist schon vor Jahren in sich zusammengefallen. Ich könnte Ihnen nicht einmal sagen, wo genau es stand.« Damals war Lord Metcalf bereits bettlägerig und auch sonst niemand da gewesen, der sich ausgekannt hätte, deshalb hatte er die kleine Klause für sicher erachtet ... zumindest fürs Erste.

Dass er die beiden Frauen nicht augenblicklich des Grundstücks verwiesen hatte, lag allein daran, dass Carole ihn nicht wiedererkannt zu haben schien, obwohl er mehrfach bei Arthur im Laden gewesen war. Wenn sich das ändern sollte, würde Phil improvisieren müssen, aber darin war er gut.

Wenn sie und Freya nach allem, was passiert war, an Arthurs Stelle gekommen waren, waren sie entweder unfassbar mutig oder unglaublich dumm. Aber wie auch immer – er würde wachsam sein müssen.

Er streifte die Stiefel und die nasse Jacke ab. Bis zum Umtrunk waren es noch ein paar Stündchen. Er hatte also genügend Zeit, warm zu duschen und sein Hemd zu bügeln. Er hätte außerdem zum Folly zurücklaufen wollen, noch einen Anruf tätigen und durchgeben, dass Arthurs Kollegin aufgetaucht war – diejenige, mit deren Hilfe er früher antike Kunstschätze in den Nahen Osten zurücküberführt hatte. Doch dafür war jetzt nicht der Zeitpunkt; das Wetter spielte gerade nicht mit, und auch das Tageslicht würde dafür nicht mehr ausreichen.

Sein kleines Wohnzimmer roch nach Holzrauch. Ein alter Lehnstuhl stand neben dem kalten Kamin. Phil seufzte. Sein Job war wirklich nicht leicht – aber wenigstens ließ sich der Stuhl leicht aufs Kreuz legen. Er hatte die Handgriffe trainiert. Der Bezugsstoff über dem Sitz ließ sich dank des Klettverschlusses, den er dort angebracht hatte, problemlos abziehen. Er griff hinein und zog die Tasche heraus.

Erst nahm er die schwarzen Lederhandschuhe, dann die Waffe zur Hand. Die musste gereinigt und einsatzbereit sein.

Dass diese Frauen hier mit dem Leben davonkommen, dürfte recht unwahrscheinlich sein.

19

»Eine weitere Art zu jagen wäre, das Opfer wie ein Hai zu umkreisen. Sieh dir den Job von allen Seiten an, bevor du deine Schlüsse ziehst.«

ARTHUR CROCKLEFORD

Freya

Wir waren bereits jetzt zu spät dran für den Umtrunk. Caroles »kurzer Sprung in die warme Wanne« hatte Stunden gedauert, und um die Zeit totzuschlagen, hatte ich den Kamin eingeheizt – und war dann versehentlich eingenickt.

Als ich aus dem Schlaf hochschreckte, war ich zunächst völlig desorientiert. Erst glaubte ich, ich läge auf meinem Sofa in London, und sah mich nach Jade um. Dann schlug die herzzerreißende Wahrheit über mir zusammen: Jade war erwachsen, Tausende Kilometer weit weg, und mein Londoner Zuhause würde bis zum Sommer vermutlich jemand anderem gehören. Aber ich wollte jetzt nicht in Verzweiflung versinken und konzentrierte mich auf das Rauschen des Föhns, das über die Kiefernholztreppe herunterwehte. Meine Schultern sackten nach unten, und ich war gerade aufgestanden, um zu Carole hochzugehen, als mein

Blick an der Eingangstür hängen blieb. Dort lag ein kleiner Umschlag.

Ich riss ihn auf und zog einen Zettel heraus, auf dem stand: »REISEN SIE SOFORT AB!«

Ohne nachzudenken, stürzte ich zum Fenster. Doch draußen war niemand zu sehen.

Unwillkürlich schoss mir eine von Arthurs alten Weisheiten durch den Kopf: *Kampf oder Flucht? Diese Frage kann über Leben und Tod entscheiden.*

»Carole?«, rief ich. »Das musst du dir ansehen!«

Sie kam die Treppe herunter, und ich zeigte ihr die Nachricht.

»Wir sind also auf der richtigen Spur«, sagte sie nur.

Ich fuhr über die Narbe in meiner Hand. »Ich will nicht, dass du in Gefahr gerätst.«

Carole berührte mich an der Schulter. »Wenn wir uns dumm stellen, hält uns keiner hier für eine Bedrohung. Außerdem – in meinem Alter kann der Tod sowieso hinter der nächsten Ecke lauern. Das da hält mich nicht auf.«

Ich antwortete nicht. Ich wollte nicht über das Alter meiner Tante nachdenken oder darüber, dass ihr etwas zustoßen könnte.

»Wenn wir nur den Hauch von Gefahr wittern, ziehen wir uns zurück, okay?«, bekniete ich sie.

Flucht ist die sicherere Antwort.

Carole zog die Stirn kraus. »Wir wussten doch von Anfang an, dass dies hier eine riskante Mission werden könnte. Arthur hat uns schließlich gewarnt.«

Da hatte sie natürlich recht. Ich griff zu Arthurs Dossier, blätterte abermals die Fotos durch, um mir sämtliche Objekte einzuprägen, damit ich sie im Ernstfall wiedererkannte, und fuhr mit dem Finger über die schönsten

Gillows- und Chippendale-Möbel. Die Copthorn-Manor-Liste schloss mit einem Kaffeeservice aus Silber mit feinem Repoussé-Dekor – einem von der Rückseite eingearbeiteten Relief –, das Reiher, Libellen und Fische darstellte. Das Service war exquisit, genau wie das Paar Meissener Papageien mit leuchtend grünem und rotem Gefieder, die auf weißen Baumstümpfen hockten und den Schnabel leicht geöffnet hatten, als würden sie sich unterhalten. Die Objekte auf der Liste waren von bester Qualität, und aller Wahrscheinlichkeit nach befanden sie sich in jenem Herrenhaus, das auf der anderen Seite der Zufahrt stand. Es kam einem privaten Museum gleich, und ich musste es mit eigenen Augen sehen, auch wenn irgendjemand uns eindeutig zu verstehen geben wollte, dass wir verschwinden sollten.

»Gehen wir?« Ich versteckte das Buch, so gut es ging, hinter dem Holzstapel am Kamin.

»Definitiv. Nehmen wir uns dieses Monster vor, das meinen lieben Arthur auf dem Gewissen hat«, antwortete Carole. »Ich werde schauspielerisch aus den Vollen schöpfen und die Vorstellung meines Lebens geben.« Die tiefen Sorgenfalten auf ihrer Stirn sprachen jedoch eine andere Sprache.

Ganz gleich, wie dringend ich die Sammlung sehen wollte – auch ich hatte Angst davor, was uns dort hinter der Eingangstür erwartete. Und angesichts des Zettels mit der Warnung dämmerte mir, dass wir auch in unserem Cottage nicht sicher waren. Hier lauerten Gefahren hinter jeder Ecke.

Ich holte tief Luft und schob, so gut ich konnte, meine Ängste beiseite.

*

Im Dämmerlicht gingen Carole und ich auf das Herrenhaus zu. Zwar hatte es aufgehört zu regnen, doch in den Schlaglöchern in der Auffahrt hatten sich Pfützen gebildet, und ein weiterer Regenguss schien kurz bevorzustehen. Ich sah gerade hinüber zum schillernden Weiher, als Carole mir auf den Arm tippte.

»Ich hab über den hübschen Gärtner nachgedacht.«

»Ich gehe auf kein Date mit ihm, falls du das vorschlagen willst.«

»Herzchen, so etwas käme mir nie in den Sinn.« Sie zwinkerte mir zu. »Ich wollte eigentlich nur sagen, dass er mir irgendwie bekannt vorkam. Eventuell hab ich ihn schon mal in der Gegend gesehen ...« Sie runzelte die Stirn, als würde sie gerade in ihrem imaginären Rolodex nach Phils Gesicht suchen. »Vielleicht hat er aber auch einfach nur ... ein Allerweltsgesicht?«

»Schon möglich.« Ich war mir alles andere als sicher. Höchstwahrscheinlich hatte Phil uns belogen, als er behauptet hatte, er hätte Arthur nicht gekannt. »Wenn man bedenkt, dass Arthur eine Verbindung zu Copthorn Manor und zu diesem Lord Metcalf hatte, hätte er hier gut und gern auch mit einem Gärtner in Kontakt kommen können. Wir sollten morgen in aller Früh raus und noch mal nach diesem Folly suchen.«

Caroles Blick flackerte aufgeregt. »Und da ist noch etwas, was mir in der Badewanne eingefallen ist. In der Wanne habe ich sowieso immer die besten Ideen.«

»Natürlich. Und?«

»Diese junge Frau, die mit dem Audi ankam – ich glaube, auch die hab ich schon mal getroffen. Vielleicht während eines Urlaubs mit Arthur? Aber auch sie kann ich nicht richtig einordnen ... Vielleicht hat sie ja eine neue Frisur?«

»Dann sprechen wir zuerst mit ihr. Wir finden heraus, wer sie ist und was sie an dem Wochenende getan hat, als Arthur gestorben ist.« Adrenalingetrieben ging ich schneller.

Als wir das Herrenhaus erreichten, hob ich die Hand, sah dann aber, dass die Tür nur angelehnt war.

»Hallo?«

Meine Stimme hallte in der Eingangshalle von den Wänden wider.

Ich wollte nicht einfach so eintreten, doch Carole hatte diesbezüglich keine Bedenken: Sie schob die Tür weit auf, drängelte sich an mir vorbei und rauschte in die himmelhohe Eingangshalle. Ihre Absätze klapperten über den Steinboden. Ich selbst blieb ein gutes Stück hinter ihr und sah mich nach alternativen Ausgängen um – nur für den Fall, dass wir sie noch benötigten. Links von uns befand sich ein riesiger gemauerter Kamin, in dem ein Feuer loderte, und ein Stück dahinter stand eine große Mahagonitür halb offen. Warmes Licht schimmerte durch den Spalt, und von der anderen Seite waren Stimmen zu hören.

Carole zwinkerte mir zu. »Dann mal los!«

Sie war eindeutig bereit, jeden hier um den Finger zu wickeln, ging auf das Licht zu wie eine Sopranistin, die gleich ihre erste Arie trällern würde, und trat durch die Tür in einen Raum voller Fremder.

Ich war nicht annähernd so selbstsicher. Ich zupfte das Kleid zurecht, das Carole mir geliehen hatte; der enge Schnitt und die schwarzen Plastikperlen und Pailletten an den Bündchen behagten mir nicht sonderlich. Ich hatte so viele Jahre ein unauffälliges Leben geführt. Nach Kairo, nachdem meine Karriere ein jähes Ende genommen und James mir einen Heiratsantrag gemacht hatte, hatte ich mich förmlich darauf gestürzt, ein neues Leben als Ehefrau und Mutter zu führen, und hätte im Traum nicht geglaubt, dass so ein Leben auch Nachteile hätte. Doch jetzt, da ich das Gelächter aus dem Salon hörte, ahnte ich, wie klein meine Welt geworden war. Wäre ich meiner Karriere als Antiquitätenfahnderin weiterhin nachgegangen und hätte ich einen Weg gefunden, ohne Arthurs Mentorenschaft weiterzumachen – und hätte ich James' Bedenken beiseitegewischt –, hätte ich den Salon ganz sicher hocherhobenen Hauptes betreten. Hatte ich wirklich so viel eingebüßt, indem ich mich von allem zurückgezogen hatte?

Ich machte einen Schritt auf die Tür zu, und letztlich bescherte mir meine Neugier den Mut, den ich brauchte – genau wie früher. Es war definitiv an der Zeit für mich, auch den Rest der Fähigkeiten, die ich in meinen Zwanzigern entwickelt hatte, zu neuem Leben zu erwecken. Ich musste herausfinden, ob in mir noch eine Antikenjägerin schlummerte. Und es gab nur eine Möglichkeit, dies in Erfahrung zu bringen.

Caroles Bühnenlachen hallte mir entgegen. Ich hörte, wie sie sich reihum vorstellte und mit hauchiger Stimme die Namen der anderen wiederholte. Ich atmete tief durch.

Es ist so weit.

Dann trat ich durch die Tür, auch wenn »REISEN SIE SOFORT AB!« immer noch in meinem Kopf widerhallte.

20

»Zuallererst hören wir auf unseren Instinkt, erst danach auf unser Wissen.«

ARTHUR CROCKLEFORD

Der Salon hatte hohe Decken und schien sich über die komplette Tiefe des Herrenhauses zu erstrecken. Kastanienbraune Samtvorhänge rahmten jede der drei Terrassentüren. Der riesige Raum war in unterschiedliche Bereiche aufgeteilt worden: Vor den vordersten Terrassentüren waren zwei viktorianische Armlehnstühle und eine Chaiselongue zu einer Sitzgruppe arrangiert worden, bei deren Anblick ich sofort an lange Sommerabende bei weit offenen Türen dachte, durch die eine laue Brise süßen Blütendufts aus dem Rosengarten hereinwehte. Im mittleren Bereich stand ein runder Tisch, der perfekt für einen Afternoon Tea oder für abendliche Kanapees geeignet war. Auf dem Tisch standen ein verzierter silberner Weinkühler aus dem neunzehnten Jahrhundert mit einer geöffneten Flasche Champagner darin und daneben Champagnerkelche, die nach den Fünfzigerjahren aussahen. Ein Kelch hatte einen Chip am Rand, was schade war, weil das den Wert des ganzen Sets minderte.

Statt direkt auf Carole und die anderen Gäste am Getränketisch zuzugehen, wollte ich mir das Grüppchen erst ansehen. Welche Marotten oder Ticks würde ich wohl entdecken, wenn sie sich unbeobachtet fühlten? So hätte ich es früher auch schon gemacht.

Ich huschte auf ein Bücherregal zu, das teils von der offenen Salontür verdeckt war – der beste Beobachtungsposten, den ich in dem großen, offenen Raum entdecken konnte. Carole stand am Getränketisch in der Mitte des Raumes, Phil zu ihrer Rechten, eine mir bislang fremde, elegante Frau zu ihrer Linken. Ihr gegenüber, mit dem Rücken zu mir, stand der Mann, den wir zuvor auf dem Weg zu seinem Cottage gesehen hatten. Er war groß, sportlich, hatte grau meliertes Haar und trug Poloshirt und Jeans. Er stand neben jener jüngeren Frau, von der ich annahm, dass sie seine Freundin war; allerdings behagte mir nicht, wie er besitzergreifend seinen Arm um ihre Taille gelegt hatte.

Ich tat kurz so, als würde ich die ledergebundenen Bücher, die Glas- und Porzellanobjekte im Regal mustern. Dank Carole, die sich ins Rampenlicht gerückt hatte und die anderen Gäste mit einer ihrer Anekdoten unterhielt, war ich bislang unentdeckt geblieben und konnte mich nach den Gegenständen aus Arthurs Copthorn-Manor-Liste umsehen.

Gleich links von mir unter dem Fenster zum Weiher stand ein Beistelltisch, der auf den ersten Blick ein Gillows zu sein schien. Doch irgendetwas daran sah verkehrt aus. Ich machte ein paar lautlose Schritte darauf zu, fuhr wie beiläufig mit dem Finger darüber – und er *fühlte* sich überdies verkehrt an. Ein einziger weiterer Blick genügte: Nach der Verarbeitung zu urteilen konnte es sich unter gar keinen Umständen um ein Meisterwerk handeln. Dieser Beistelltisch war eindeutig eine billige Kopie.

Der Klang einer vertrauten Stimme hinter mir setzte meiner Verwirrung ein jähes Ende.

»Giles, lange ist's her!«, tönte Franklin, der soeben den Raum betrat.

Ich huschte an der Wand entlang zurück in mein Versteck hinter der Salontür und hoffte, Franklin würde mich nicht bemerken. Und tatsächlich ging er schnurgerade auf den großen, athletischen Mann namens Giles zu, der sich bei seinen Gesprächspartnern entschuldigte und Franklin die Hand schüttelte.

Ich zog ein Buch aus dem Regal – die dicke Staubschicht darauf sprach nicht gerade für Clares haushälterische Fähigkeiten – und spitzte die Ohren.

Hat er Carole bereits entdeckt?

»Es tut mir wahnsinnig leid, dass ich Sie erst wegen Ihres Vaters und dann auch noch über Arthurs Ableben informieren musste«, sagte Franklin gerade. »Arthur hatte erwähnt, dass er und Sie sich kannten.«

Giles ist Lord Metcalfs Sohn? Das erklärt natürlich, weshalb er hier ist. Aber warum übernachtet er dann in einem der Cottages? Ist er jetzt nicht der rechtmäßige Besitzer des Anwesens?

Aus den Augenwinkeln konnte ich sehen, wie sich Giles' beachtlicher Bizeps anspannte. Er holte tief Luft und nestelte an einem Siegelring am kleinen Finger. Das Wappen auf der Ringplatte war sicher das Familienwappen, allerdings stand ich zu weit weg, um es sehen zu können.

»Ich kannte Arthur nur entfernt, aber nach allem, was man hört, war er ein Prachtkerl.« Giles versuchte sich an einem Lächeln, allerdings reichte es nicht bis zu den Augen.

»Ich bin froh, dass Arthur mich noch vergangenen Sonntag im Crown auf Sie hingewiesen hat«, fuhr Franklin fort,

»sonst hätte ich Sie heute gar nicht erkannt. Ihr Vater hatte angedeutet, Sie und Ihre Schwester kämen nicht allzu gut klar, deshalb war ich ein bisschen überrascht, Sie zusammen beim Abendessen zu sehen.« Er hatte einen beiläufigen Plauderton angeschlagen, trotzdem konnte ich aus seinen Worten einen Anflug von Schärfe heraushören.

»Ich hole mir noch etwas zu trinken«, presste Giles durch die zusammengebissenen Zähne hervor. »Wenn Sie mich bitte entschuldigen würden?«

Er ging zum Getränketisch und füllte sein Glas bis zum Rand mit Rotwein.

Im nächsten Moment kam Carole mit zwei Gläsern Champagner auf mich zu. Franklin erstarrte bei ihrem Anblick – und seine Schultern verspannten sich. Er kniff die Augen zusammen, allerdings machte er keinerlei Anstalten, meine Tante zu begrüßen. Stattdessen kehrte er ihr den Rücken zu und folgte Giles zum Getränketisch.

»Was für eine Gesellschaft!« Carole drückte mir eins der Gläser in die Hand. »Gerade ist Franklin gekommen – und er hat nicht mal Hallo gesagt!«

»Ich hab mitbekommen, dass er Giles und dessen Schwester am Sonntag in Little Meddington im Crown gesehen hat – am Abend, bevor Arthur gestorben ist. Vielleicht ist einer der beiden ja nach dem Essen im Dorf geblieben und war später im Laden? Aber wer ist die Schwester?«

Carole packte mich am Arm. »Schätzchen, du bist eine Wucht! Aber das heißt natürlich, dass Franklin ebenfalls da war ...«

Wir sahen uns mit großen Augen an.

»Ich habe meinen Namen gehört. Guten Abend, die Damen.« Franklin trat auf uns zu. »Ich bin überrascht, Sie hier zu sehen. Ich dachte, wir wären uns einig gewesen, dass Sie *nicht* kommen würden?« Er nahm einen großen Schluck Wein.

»Wann hätten wir uns denn darauf geeinigt?«, erwiderte ich. »Ich habe lediglich erwähnt, dass ich länger nicht mehr als Sachverständige tätig war. Aber nun hat Arthur Sie ausdrücklich darum gebeten, meine Dienste in Anspruch zu nehmen, und deshalb übernehme ich den Auftrag, aus Respekt für unseren verstorbenen Freund.«

Das sollte reichen.

»Sie wollen wirklich all diese Antiquitäten schätzen?« Er machte eine Geste durch den Raum.

Ich spähte erneut zu der Gillows-Kopie. Allem Anschein nach hatte Franklin von Antiquitäten keinen Schimmer. »Ganz genau.«

»Aber Sie *wollten* nicht kommen«, beharrte er und ballte die rechte Faust.

»Wir haben uns im letzten Moment umentschieden.« Ich nahm ein weiteres ledergebundenes Buch aus dem Regal. »War nett, mit Ihnen zu plaudern. Wenn Sie mich jetzt bitte entschuldigen – ich müsste diese Bücher sichten.«

Kopfschüttelnd stapfte Franklin davon, während ich demonstrativ durch die ersten Seiten blätterte. Auf den ersten Blick sah das Buch viktorianisch oder edwardianisch aus – und es stammte aus Deutschland. Ich zog ein drittes Buch aus dem Regal, dann ein viertes und fünftes. Sie waren alle auf Deutsch, und das letzte sah, nach den Bildern zu urteilen, aus wie ein Haushaltsratgeber.

Ich senkte die Stimme, damit nur Carole mich hörte. »Ich bin schon einmal in so einem Zimmer gewesen. Damals hatte sich irgendein Banker ein altes Landhaus gekauft und wollte, dass es authentisch aussah. Dem war es völlig egal, was in den Büchern stand, Hauptsache, sie sahen alt aus.«

Ich fuhr mit den Fingern über die Buchrücken. »Sofern Lord Metcalf kein Deutscher war, stehen diese Bücher hier nur, damit es nach einer Bibliothek aus dem neunzehnten Jahrhundert aussieht. Aber warum?«

Carole runzelte die Stirn. »Arthur hat eine riesige Sammlung aufgelistet. Ich dachte, das hier wäre sie ...«

Arthur wusste, dass nichts hier echt war, und er wollte, dass auch ich es sehe.

»Mein Bauch sagt mir, dass hier irgendetwas nicht stimmt«, flüsterte ich. »Wo sind die echten Antiquitäten?«

Doch noch ehe Carole ihre Meinung kundtun konnte, kam die elegante Dame, die ich zuvor schon gesehen hatte, auf uns zugerauscht. Sie war Ende fünfzig und trug, wie ich auf einen Blick erkannte, Joseff-of-Hollywood-Schmuck.

»Ich bin Amy Metcalf.« Sie gab erst Carole und dann mir die Hand. *Die Schwester.* Sie war groß und dünn, trug eine schwarze Seidenbluse, schwarze Chinos und rote High Heels. Um ihren Stil und ihr Selbstvertrauen beneidete ich sie. »Willkommen in meinem bescheidenen Zuhause. Clare, meine Haushälterin, hat erwähnt, dass Sie an Arthurs Stelle teilnehmen. Wie spannend!« Sie hielt inne und musterte mich aus ihren dunkelbraunen Augen – und stutzte bei den schwarzen Plastikperlen und -pailletten an den Bündchen meines Kleides. Dann fing sie sich wieder und fuhr fort: »Ich weiß, mein Vater hat die exzentrische Art, wie Arthur seine sogenannten Klausuren abhielt, über die Maßen geschätzt. Trotzdem hoffe ich sehr, dass wir diesmal auf das Chichi verzichten und morgen früh direkt mit der Begutachtung beginnen können. Leider müssen wir nämlich gleich im Anschluss die Tore zu diesem Familiensitz schließen.«

»Sie verkaufen?«, hakte ich nach.

»Verkaufen? Gott, nein, wir ... Wir motten bloß alles

ein.« Sie machte eine weit ausholende Geste. »Bis wir wieder zurück sind.«

»Was haben Sie denn vor?«

Kurz huschte Verärgerung über Amys Gesicht, doch dann setzte sie wieder ihr Lächeln auf. »Ich liebe es zu verreisen, und jetzt, da mein Vater verstorben ist, gibt es für mich keinen Grund mehr hierzubleiben.«

»Natürlich. Mein herzliches Beileid«, legte ich eilig nach.

»Wenn Sie mich entschuldigen würden? Ich muss nachfragen, ob das Abendessen fertig ist.« Und damit schwebte Amy aus dem Raum.

Carole nickte in Richtung des Getränketischs, an dem die junge Frau, die den Audi gefahren hatte, soeben ihr Glas neu befüllte, und mir fiel wieder ein, dass wir uns sie als Erste hatten vornehmen wollen. Eine knappe Kopfbewegung, und Carole hatte den Wink verstanden. Binnen Sekunden hatte sie mich zu der jungen Frau geführt.

»Bella, Schätzchen, Sie müssen *unbedingt* meine hinreißende Nichte kennenlernen! Ich habe Bella schon erzählt, was für ein Engel du bist, weil du bereit warst, in letzter Minute für Arthur einzuspringen.«

Ich wusste nicht, was ich sagen sollte.

»Sie ist sehr bescheiden.« Carole zeigte auf mein schwarzes Kleid mit den Paillettenbündchen. »Das habe *ich* ihr geliehen!«

»Ach«, erwiderte Bella, ohne Blickkontakt aufzunehmen. Sie hatte die Schultern leicht hochgezogen, und ihre Haare verdeckten ihr Gesicht.

Ich streckte die Hand aus. »Freya Lockwood.«

Sie sah immer noch nicht hoch.

Giles gesellte sich zu uns, und in einer einzigen raschen Bewegung hatte er erneut den Arm um Bellas Taille gelegt.

Seine Finger schienen sich ihr in die Seite zu bohren, als wollte er sie sich von meiner Tante zurückholen.

Ich nestelte an dem schwarzen Plastikgewirr an meinen Handgelenken; was ich da vor mir sah, war mir so unangenehm, dass ich das Bedürfnis hatte, Bella zu retten.

Ein Nackenschlag wäre vielleicht nicht schlecht …

Ich war erschrocken über den Gedanken. Verwandelte ich mich gerade in mein altes Ich zurück?

»Wir müssen mit meiner Schwester reden«, sagte Giles. »Schönen Abend noch.« Dann zerrte er Bella am Arm hinter sich her.

Doch davon ließ Carole sich nicht beeindrucken. »Schön, schön, gehen Sie nur!« Sie nahm Bellas anderen Arm und bedeutete Giles mit einer Geste, dass er sich entfernen möge.

Ich hatte fast das Gefühl, als machte Carole sich gerade bereit für eine Art Tauziehen.

Giles beäugte erst Carole, dann mich – und wir wussten alle, dass er nicht nur ein Tauziehen für sich entscheiden würde. Aber zu unserer Überraschung ließ er von Bella ab, sagte nur: »Passen Sie gut auf sie auf«, und verzog sich.

Wir atmeten allesamt auf. Bella richtete sich ein wenig auf, und dann sah sie mich erstmals an. Sie war groß wie ein Model und sah mit ihrem dunklen Teint und den dunklen Haaren aus, als stammte sie aus dem Mittelmeerraum.

»Ich bin Freya«, stellte ich mich noch mal vor.

»Ich bin Bella …« Sie hielt inne. »Tut mir sehr leid, in Gegenwart seiner Familie kann er ein bisschen ruppig sein.«

Herzlich schüttelte sie mir die Hand – eine schlichte, beiläufige Geste, aber sie machte mir etwas Entscheidendes deutlich: Neue Leute kennenzulernen war nicht annähernd so schwer, wie ich mir eingeredet hatte.

»Höre ich bei Ihnen einen Hauch London heraus?«, fragte ich, und Bella nickte.

»Ich bin an den Green Lanes in Tottenham aufgewachsen, in der dortigen türkischen Community – meine Mutter war Türkin. Aber seit ich mit Giles zusammen bin, sind wir mal hier, mal dort.« Sie sah ihm nach. Er stand an der Tür und war in eine Unterhaltung mit Amy vertieft.

Obwohl ich mit Giles bislang nur ein paar wenige Worte gewechselt hatte, hatte ich hören können, dass er eindeutig kein Londoner war, eher … Internatsschüler aus dem Südwesten. Gerade flüsterte er Amy etwas zu. Sonderlich ähnlich sahen die beiden sich nicht.

»Amy und Giles sind also Geschwister, habe ich das richtig verstanden?«

Bella nickte. »Und Lord Metcalf, der Besitzer dieses Anwesens, war ihr Vater. Wahrscheinlich war es nicht besonders klug, es ihnen beiden zu vermachen, wo sie einander nicht ausstehen können und beide das Haus ganz grässlich finden.«

»Aber sie scheinen doch gut miteinander auszukommen?«, erwiderte ich und erzählte, dass Franklin eben erst erwähnt habe, er habe sie zusammen zu Abend essen gesehen.

Mit einem vagen Lächeln nippte sie an ihrem Champagner. »Von einem Abendessen weiß ich nichts. Aber in diesem Sommer lassen wir alles hier hinter uns und wollen uns den Drehort dieses Indiana-Jones-Films ansehen – Sie wissen, welchen ich meine? Arthur hat mal erwähnt, dort sei es atemberaubend schön.«

Bei der Erwähnung seines Namens verspannte ich mich, versuchte jedoch, mir nichts anmerken zu lassen.

»Sie meinen Petra? Dort wollte ich auch immer hin«,

flunkerte ich. Ich war stets gut damit gefahren, die drei Jahre in meinen Zwanzigern, in denen ich als Antiquitätenfahnderin durch die Welt gereist war – auch durch Jordanien –, mit keiner Silbe zu erwähnen. So vermied ich unliebsame Nachfragen. »Dann kannten Sie Arthur?«

»Petra, richtig.« Bella klatschte in die Hände. »Arthur hat mir im letzten Winter viel von dort erzählt und meinte, Giles und ich müssten dort unbedingt hin. Leider ist Giles immer wahnsinnig beschäftigt, deshalb bin ich oft allein verreist.« Sie nickte Carole zu. »Außer natürlich, Sie waren ebenfalls dabei.«

Carole strahlte sie an. »Richtig, Liebes – ich wusste doch, dass wir uns schon mal begegnet sind! In diesem schottischen Schloss, nicht wahr? Es war Ceilidh, wir haben getanzt – und *wie* wir getanzt haben!« Carole wirbelte herum, dass ihre Armreifen klimperten.

»Ich muss zugeben, ich war leicht beschwipst ...« Bella lachte. Dann sah sie, wie Giles in ihre Richtung den Kopf schüttelte. Sie hüstelte und schluckte ihr Kichern hinunter.

»Und heute Abend tanzen wir wieder, nicht wahr? Anscheinend ist nach dem Essen Bauchtanz geplant.« Carole griff nach Bellas Händen. »Wir machen ihn betrunken, und dann amüsieren wir uns!«

»Wenn es nur so einfach wäre ... Allerdings war diese Sache mit dem Programm wohl nur ein Scherz, den sich Arthur erlaubt hat. Niemand hier rechnet damit, dass wirklich irgendetwas davon stattfindet.«

Ich hatte recht gehabt mit meiner Vermutung: Arthur hatte das Programm zusammengestellt.

Carole war die Enttäuschung deutlich anzusehen. »Dann gibt es keinen Bauchtanz?«

Bella sah aus, als wäre sie drauf und dran, erneut loszulachen, doch sie riss sich zusammen. »Nein, ganz sicher nicht.«

Es war seltsam, wie sehr sie sich zu beherrschen schien. Vielleicht war sie es gewohnt, ihre Gefühle in Giles' Anwesenheit zu unterdrücken?

Vom Getränketisch wehte Gelächter herüber, und ich drehte mich um. Phil, der Gärtner, Giles und Franklin schienen sich miteinander recht wohlzufühlen. Phils Hemd saß so eng, dass sich seine starken Arme darunter abzeichneten. Unwillkürlich schoss mir durch den Kopf, dass an ihm etwas faul sein musste, wenn ich ihn attraktiv fand; nach der eindeutig missglückten Entscheidung, James zu heiraten, war ich mir sicher, dass ich meinem Männergeschmack nicht mehr trauen konnte. War *er* vielleicht Arthurs Mörder?

Carole bedachte mich mit einem Lächeln. Dann zog sie weiter, um sich der fröhlichen Runde anzuschließen, und ließ mich mit Bella allein zurück.

»Ist sie nicht wunderbar?« Bella nickte Carole hinterher. »Und sie scheint halbwegs mit Arthurs Tod klarzukommen.«

»Sie hat eine enorme Leidensfähigkeit.«

Bella nahm noch einen Schluck Champagner. »Franklin hat erwähnt, dass Arthur Ihnen und Carole den Laden vermacht hat und dass Sie morgen den hiesigen Nachlass begutachten?« Sie sah sich flüchtig um und flüsterte dann: »Normalerweise sind bei diesen Treffen wesentlich mehr Leute anwesend. Sie wissen schon – Drinks, Geplauder, Verhandlungen während des Dinners, und dann werden am nächsten Morgen die Objekte gehandelt, deren Echtheit Arthur zuvor bestätigt und deren Wert er geschätzt hat.« Sie hob ihren Sektkelch an. »Aber das scheint diesmal ja nicht der Fall zu sein?«

Sie lächelte unschuldig, doch ich hatte verstanden, was sie mir sagen wollte: Dieses Wochenende würde anders verlaufen als vorige, bei denen Arthur seine Finger im Spiel gehabt hatte. Aber waren das illegale Aktivitäten gewesen? Oder einfach nur etwas, was diskret abgewickelt wurde? Mir schwirrte der Kopf: Wo waren die Möbel aus Arthurs Dossier? War Arthurs Mörder wirklich hier? Und wer hatte die »REISEN SIE SOFORT AB!«-Nachricht geschrieben?

»Da kommt mein Freund.« Bella lächelte gezwungen, als sich auch schon jemand grob an mir vorbeischob und bei uns stehen blieb. Giles.

»Worüber haben Sie gerade geredet?«

Betont gelassen erwiderte ich seinen bohrenden Blick. »Wir sind beide aus London, und da ist es ja immer schön, sich auszutauschen, nicht wahr?«

»Manchmal.« Er nahm einen großen Schluck Wein, beäugte mich von Kopf bis Fuß – und auch sein Blick blieb an meinen Glitzerbündchen hängen. Ich zog mir den rechten Ärmel über die Hand und über die Narbe in meiner Handfläche.

Ich mochte diesen Giles nicht. Trotz des markanten Kinns und des teuren Landausflug-Outfits war er kein bisschen ansprechend. Und wenn in diesem Herrenhaus irgendetwas Ungutes vor sich ging, dann hätte ich wetten können, dass dieser Oberschichtenschnösel darin verwickelt war.

Noch während ich mich entschuldigte, um mich zu Carole zu gesellen, erhaschte ich einen Blick auf eine klägliche Kopie eines Chippendale-Stuhls in der hinteren Ecke des Raumes. Innerhalb kürzester Zeit schon der dritte solche Gegenstand …

Ich musterte einen Gast nach dem anderen. Franklin. Giles. Bella. Amy. Phil. Und irgendwo in der Küche war auch noch Clare. An jedem von ihnen kam mir etwas merkwürdig vor – genau wie an jenem Stuhl. Arthur hatte uns zu Recht aufgefordert aufzupassen. Nichts hier auf Copthorn Manor schien zu sein, was es vorgab, und jeder Einzelne in diesem Raum konnte gut und gern Arthurs Mörder sein.

21

»Du musst Objekte aus der Vergangenheit
wertschätzen, Amy, weil sie manchmal alles sind,
was uns von unseren Lieben bleibt.«

ARTHUR CROCKLEFORD

Amy

Amy betrat die riesige Küche von Copthorn Manor. Clare
hatte sich als erbärmliche Köchin erwiesen, und Amy fragte
sich, warum Franklin ausgerechnet sie für dieses Wochenende empfohlen hatte. In dem Topf mit Brunnenkresse-
suppe blubberte es wie in dem Hexenkessel aus *Macbeth.*
Vielleicht war Clare ja hier, um sie zu vergiften und um all
den Schmuck zu stehlen, den Amy mehr als alles auf der
Welt liebte?

Von draußen war das Ploppen eines Champagnerkor-
kens zu hören. Am liebsten wäre Amy zurückgegangen und
hätte die fürsorgliche Gastgeberin gespielt – eine ihrer Lieb-
lingsrollen.

»Aber diesmal kann man alles essen, oder?«, fragte sie
Clare. Hastig zog sie die Ofentür auf und vergewisserte sich
mit einem prüfenden Blick, dass die Lasagne noch nicht
verbrannt war.

Clare ging über die Beleidigung hinweg und fing an, die Suppe auf Teller zu verteilen.

»Nicht!«, kreischte Amy. »Erst müssen die Gäste ihre Plätze einnehmen! Sonst ist die Suppe bis dahin doch kalt! Mal ehrlich, haben Sie gar keine Ahnung?«

»Tut mir leid«, murmelte Clare. »Sie ist fertig, deshalb ...«

»Ja, ja. Ich rufe alle zu Tisch.«

Amy eilte aus der Küche und über den Flur zum Salon.

Warum in aller Welt hat Franklin diese Clare angeheuert?

Als sie die Tür zum Salon aufschob, sah sie Carole auf eine Weise lachen, die sie an Arthur erinnerte. Er hatte kein Recht gehabt, Freya als Sachverständige zu bestellen – und Franklin war ein Idiot, dass er ihr erlaubt hatte, hier aufzukreuzen.

Amy blieb in der Tür stehen und beobachtete, wie Freya an den Ärmeln ihres grässlichen Kleides zupfte. Sie wirkte so ... schlicht, trotzdem machte die Art, wie sie jeden Gegenstand im Salon eindringlich studierte, Amy leicht nervös.

Sie sieht Dinge, die andere nicht sehen.

Amy verfluchte Franklin erneut. Sie hatte auch so schon genug um die Ohren und konnte nicht alles im Blick behalten. Andererseits war sie sich sicher, dass sie für sämtliche Eventualitäten gewappnet war.

»Das Essen ist fertig. Wenn Sie mir bitte folgen«, rief sie in den Raum.

Carole eilte sofort auf sie zu. Ihr Parfüm weckte eine unwillkommene Erinnerung. Eine Woche zuvor war Amy nach Little Meddington gefahren, um Arthur aufzusuchen. Sie hatte vor dem Postamt – gegenüber von seinem Laden – im Wagen gesessen und ewig gewartet. Es hatte geschlagene zwei Stunden und fünfundzwanzig Minuten gedauert, bis

Arthur und Carole, die auf Lehnstühlen am Fenster gesessen und Tee getrunken hatten, fertig waren und Carole sich endlich verabschiedet hatte.

Als Amy den Laden betrat, hatte es dort immer noch nach Chanel N° 5 gerochen. Sie musste Caroles Auftreten und Selbstsicherheit wirklich Tribut zollen. Beides war fast so gut einstudiert wie bei Amy selbst.

Arthur hatte hinter seinem Schreibtisch gesessen.

»Arthur, mein Lieber«, rief sie und machte die Tür hinter sich zu. »Wie geht es Ihnen?«

Er sprang sofort auf. »Amy, wie schön, dass Sie vorbeischauen.«

»Sie waren bei meinem Vater.« Amy lächelte ihn lieblich an.

Arthur versuchte, das Lächeln zu erwidern. »Nur auf einen Plausch zwischen alten Männern. Er war sehr besonnen.«

»Er stirbt, Arthur, und dann erbe ich alles, was er besitzt.« Sie wusste, er würde genau verstehen, was sie damit meinte. »Ich übernehme jetzt. Mein Vater hat darauf bestanden, dass Sie für ihn arbeiten, und deshalb bestehe ich jetzt darauf, dass Sie für mich arbeiten.« Sie fuhr mit der Hand über den Schreibtisch und nahm eine kleine Vase hoch, an der ein Rankenfußkrebs haftete. »Ist das ein Wrackfund?«

Arthur erstarrte. »Ich gehe in den Ruhestand. Und bitte, nehmen Sie die nicht in die Hand.«

»Sie lieben Ihre Arbeit viel zu sehr, als dass Sie in Rente gehen könnten. Und ich sorge dafür, dass es sich für Sie lohnt: Ich zahle mehr, als mein Vater gezahlt hat.«

Sie wusste genau, dass dieses Argument ziehen würde, und war höchst zufrieden, als sein Blick aufflackerte. Amy war der festen Überzeugung, dass jeder Mensch käuflich war, es war lediglich eine Frage des Preises.

Sie umrundete den Schreibtisch und ging ganz dicht an den alten Mann heran. In seinem Atem lag ein Hauch von Pfefferminze. »Arthur, mein Lieber. Jeder weiß, dass Sie der Beste in der Branche sind, und ich arbeite ausschließlich mit den Besten zusammen. Sie denken doch darüber nach, ja?« Dann schenkte sie ihm ein flüchtiges Lächeln und küsste ihn auf die Wange.

»Natürlich.« Sein Blick war unstet gewesen.

Hier und jetzt im Salon sah Amy, wie Freya auf sie zukam.

Ist sie wirklich Gutachterin? Denn wenn ja, könnte sie vielleicht nützlich sein …

22

»Es gibt immer einen Hinweis, dem man nachgehen kann, selbst wenn es nicht derjenige ist, nach dem man gerade sucht.«

ARTHUR CROCKLEFORD

Freya

Carole und ich folgten Amy aus dem Salon durch den rückwärtigen Teil der Eingangshalle. Dämmriges Licht fiel durch die großen Fenster auf den Steinboden. Ich nahm an, dass wir gerade in Richtung des Flügels unterwegs waren, der den Cottages zugewandt war.

Ich stupste Carole an. »Wir wissen mittlerweile, dass die meisten der Gäste in der Nacht von Arthurs Tod in Suffolk waren. Nur Phil haben wir noch nicht dazu befragt. Aber konzentrieren wir uns jetzt besser darauf, wer ein Problem mit Arthur hatte.«

Carole rieb sich die Hände. »Noch vor dem Unterhaltungsprogramm – auf das ich mich besonders freue, du nicht? – hab ich ihnen all ihre schmutzigen Geheimnisse entlockt, jedes noch so schlüpfrige Detail, verlass dich drauf!«

»Du liebes bisschen«, murmelte ich in mich hinein.

Caroles Version der Spanischen Inquisition war nun wirklich das Letzte, was ich gebrauchen konnte.

»Das hab ich gehört. Aber du weißt, dass in diesen alten Knochen immer noch jede Menge Glitzer und Showbiz steckt?« Carole reckte ihr Kinn vor. »Arthur wusste, dass ich seiner Einladung hierher folgen würde. Er hat dies alles eingefädelt und auch für die Tanzeinlage gesorgt, genau wie damals in Schottland.«

»Ich meinte die Befragung der Leute«, erwiderte ich. Es hätte keinen Zweck, Carole erneut zu erklären, dass das Unterhaltungsprogramm nicht stattfinden würde. Sie hörte ohnehin nur das, was sie hören wollte.

»Sieh mir zu und lerne, Herzchen.« Carole schloss zu Amy auf, die vor uns den Flur entlangschritt. Sie hakte sich bei ihr unter und flüsterte ihr etwas ins Ohr.

Dicht hinter mir hörte ich Schritte.

»Sie hätten nicht herkommen dürfen«, raunte Franklin mir zu.

Ich bemühte mich, ruhig zu bleiben. »Ich habe es mir eben anders überlegt. Ich kann gern alles begutachten, was Sie wollen. Wie hoch dotiert ist denn der Auftrag?«

Franklin funkelte mich finster an.

Ich spähte über seine Schulter. Hinter uns verließen soeben Phil und Giles den Salon. Bella war nirgends zu sehen, aber wahrscheinlich hielt sie sich in Giles' Kielwasser.

Giles selbst drehte den Kopf hin und her und schien die Eingangshalle zu kontrollieren – und kurz war ich wie erstarrt. Da war etwas an seiner Haltung – sein Gesicht lag im Schatten, trotzdem erkannte ich ihn in diesem Moment wieder: Er war Mr Sonnenbrille von Arthurs Beerdigung. Er trug vielleicht keinen Bart mehr wie noch vergangene Woche, aber er war es, definitiv.

Ich wischte meine feuchten Hände an meinem Kleid ab. Warum hatte er bei Arthurs Beerdigung Ausschau nach Carole gehalten? Konnte er auch derjenige gewesen sein, der uns aus dem Laden vertrieben und dann verfolgt hatte? Ich erschauderte – dies war gerade eine zutiefst beunruhigende Entdeckung.

»Hören Sie mir überhaupt zu?« Franklin packte mich am Arm. Dann sah er sich flüchtig nach Phil und Giles um und redete hektisch weiter auf mich ein: »Hier liegt ein Missverständnis vor. Sie müssen nicht hier sein, ich habe alles im Griff. Das hatte ich Arthur auch schon gesagt.«

Ich musste an die Warnung denken, die jemand uns unter der Tür durchgeschoben hatte. Hatte Franklin uns schon früher am Tag entdeckt, den Zettel geschrieben und später beim Umtrunk seine Überraschung, uns hier zu sehen, lediglich vorgetäuscht?

»Und was hat Arthur geantwortet?«, konterte ich, weil mir nur allzu klar war, dass Arthur sich im Leben nicht hätte vorschreiben lassen, was er zu tun und zu lassen hatte.

Franklin kniff die Augen zusammen. »Er hätte nie …«

»Ich nehme an, er hat darauf bestanden«, fiel ich ihm ins Wort. »Allerdings schien er davon auszugehen, dass Sie mich nicht informieren würden. Deshalb hat er einen Weg gefunden, mir die Information selbst zuzuspielen.«

Franklin seufzte. »Sie können hier ohnehin nichts ausrichten. Ich habe den Auftrag, morgen ein paar Sachen zusammenzutragen und sie an diverse … *Interessenten* zu verschicken. Diese Personen haben darauf bestanden, dass die Objekte von Arthur Crockleford authentifiziert würden. Von Arthur und niemand anderem. Sie dürfen also wieder abreisen.«

»Sie haben diesbezüglich nicht zufällig eine Nachricht unter meiner Tür hindurchgeschoben?«

»Was denn für eine Nachricht?« Franklin runzelte die Stirn. »Also, da habe ich wirklich Besseres zu tun.«

Seine Reaktion wirkte aufrichtig, und ich war geneigt, ihm zu glauben. Was aber nicht bedeutete, dass er kein Mörder war.

*

In der Mitte des Speisesaals stand eine lange Tafel. An einem Ende des Raums brannte ein Feuer im Kamin, der zu beiden Seiten von Bücherschränken flankiert war. Die Regalfächer waren allesamt leer, was mir einen Schauder über den Rücken jagte. Dieser Raum war vermutlich einst die Bibliothek gewesen, dann aber in einen Speisesaal umgewidmet worden, weil er an einem feuchtkalten Frühlingsabend halbwegs gut zu beheizen war.

Mattes Mondlicht fiel über die Tafel. In ein paar kleineren und einem großen Kerzenleuchter flackerten Kerzen, von denen im Luftzug Wachs auf das Tischtuch getropft war. Das einzige übrige Licht stammte von einer modernen Lampe auf einem Beistelltisch. Ich konnte mich nicht recht entscheiden, ob die Atmosphäre eher romantisch oder gruselig war.

Als Phil den Raum betrat, kreuzten sich unsere Blicke. Ich setzte dem unbehaglichen Moment ein Ende, indem ich aufs Fenster zuging, um die Vorhänge zuzuziehen – eine alte Gewohnheit: James hatte immer darauf bestanden, dass wir die Vorhänge in der Dämmerung schlossen. Für einen Augenblick konnte ich Licht in unserem Cottage auf der anderen Seite der Auffahrt erahnen.

Der marineblaue Teppich am Boden war von Motten zer-fressen. Ich rieb mit dem Fuß darüber, als mir mit einem Mal ein Gedanke kam: Hier im Herrenhaus ergab so eini-ges keinen Sinn. Bevor wir hergefahren waren, hatte ich es gegoogelt und unter anderem gelesen, dass es vor fünfund-dreißig Jahren für ein Vermögen den Besitzer gewechselt hatte. Leute mit so viel Geld hatten doch gewiss auch hin-reichend Mittel für den Unterhalt? Das Haus sah kein biss-chen aus wie ein Zuhause. Trotzdem hatte hier jahrzehn-telang eine Familie gewohnt – wenn auch nicht sonderlich glücklich, wie mir schien.

Ich bekam mit, wie Amy Giles ansprach: »Warum setzt du dich nicht ans Tischende, Shanks?«

Giles biss die Zähne zusammen, und Amy – sichtlich zufrieden mit sich – verließ den Saal, ohne auf seine Reak-tion zu warten.

Aber »Shanks« war nun auch nicht gerade ein sympathi-scher Spitzname. Bezeichnete *shank* nicht den menschlichen Unterschenkel? Warum sollte man jemanden so nennen? Außer … Vor langer Zeit, als wir noch die notorischsten Kunst- und Antiquitätendiebe der Welt quer über mehrere Kontinente verfolgten, hatten sie alle irgendwelche Spitz- oder Decknamen gehabt. Mir lief es eiskalt den Rücken hin-unter. Womöglich bekam jemand den Spitznamen Shanks, weil er anderen gern das Schienbein zertrümmerte? Oder …

Auch eine selbst gebaute Knastwaffe wird shank *genannt …*

Wie gefährlich war Giles wirklich? Worauf spielte seine Schwester an?

Noch ehe Giles das Kopfende des Tisches erreicht hatte, saß Franklin bereits dort. Ich fragte mich, wie er sich solche Freiheiten erlauben konnte. Prompt starrte Giles Franklin finster an, während der sich gänzlich ungerührt die Papierserviette auf den Schoß legte.

Auch Carole musste die Anspannung im Raum gespürt haben. Sie zog Giles auf den Platz neben sich und mir gegenüber. »Wissen Sie vielleicht, wann die Tänzerinnen kommen?«

Giles schüttelte den Kopf, doch seine Kiefer entspannten sich. »Das war doch nur ein oller Scherz von Arthur.«

»Oh, Arthur hatte einen fabelhaften Sinn für Humor!«

Carole tätschelte ihm den Arm, und als er sich von ihr losmachte, entdeckte ich eine Narbe in seiner rechten Handfläche. Sie sah anders aus als meine. Meine war eine Brandnarbe. Seine sah aus, als hätte ihm jemand mit etwas Scharfem, Zerklüftetem den Handteller aufgeschlitzt.

Ich hüstelte, um Caroles Aufmerksamkeit zu erregen, während Bella sich rechts von mir niederließ.

»Ist alles in Ordnung?«

»Alles bestens, danke«, antwortete ich. »Ich brauche nur einen Schluck Wasser.«

Gegenüber konzentrierte Carole sich ganz und gar auf Giles.

»Haben Sie sich verletzt?«, fragte sie ihn.

»Ein Unfall, ist schon lange her.« Ich ballte die Faust um meine Narbe, und für einen kurzen Moment hatte ich mit ihm Mitgefühl – manche Narben wurde man einfach nicht los.

Amy und Clare kamen mit der Suppe, doch Giles schob seine von sich weg und wandte sich zu Franklin um. »Erklären Sie uns, warum wir in diesem Augenblick nicht die Depots sichten. Ich könnte darauf bestehen, dass Sie sie für uns öffnen.«

Stille.

Alle starrten Franklin an, der unbehaglich auf seinem Stuhl herumrutschte.

»Wie schon gesagt: Sie erhalten morgen früh Zutritt zu den Räumlichkeiten, sobald der Transporter vorfährt. Ihr Vater hat mir diesbezüglich klare Anweisungen gegeben.« Franklin griff zu seinem Suppenlöffel. »Ich habe die Schlüssel an sicherer Stelle verwahrt. Wenn mir irgendetwas zustoßen sollte, werden Sie sie nie finden.«

»Es gibt zig Wege, jemandem Informationen zu entlocken«, grollte Giles. »Hängen Sie an Ihren Fingernägeln?«

Ich riss die Augen auf und starrte Carole an. Sie saß direkt neben dem Mann, und so viel war klar: Er war gefährlich.

»Es reicht«, fuhr Amy ihn an. »Warum musst du immer so ungehobelt sein? Wir kümmern uns morgen um die Depots, und damit ist dieses Thema beendet.«

Von welchen Depots war hier gerade die Rede? Lagerten dort die Gegenstände aus Arthurs Dossier? *Wenn all diese Möbel dort stehen, dann müssen die ja riesig sein!*

»Depots! Wie spannend! Und dort wird meine liebe Nichte als Sachverständige gebraucht? In geheimen Depots! Das ist ja aufregend! Stimmt doch, Schätzchen?« Carole zwinkerte mir zu, sodass die komplette Gesellschaft es sehen konnte. »Aber natürlich müssen wir erst die *exotischen Fleischspezialitäten* vertilgen, die im Programm erwähnt sind.«

Depots? Exotische Fleischspezialitäten?

Im selben Moment fiel mir etwas ein – der Fall Picasso! Wusste ich es doch, dass dieser Teil des Programms, das Arthur erstellt hatte, irgendwie vage bekannt geklungen hatte. War dies etwa ein weiterer Hinweis?

18.00 Uhr	Sundowner
19.00 Uhr	Abendessen mit exotischen
	Fleischspezialitäten

Der Fall Picasso war einer meiner Lieblingsaufträge gewesen. Während jenes Auftrags hatten sich nach zwei Jahren der Jagd auf gestohlene Antiquitäten meine Ausbildung und Erfahrung vollends ausgezahlt.

Wir waren auf Le Coucher de Soleil – französisch für »Sonnenuntergang« – angekommen, einem Anwesen im Département Charente im Westen Frankreichs. Als wir gerade eintraten, stellte sich uns aus heiterem Himmel eine ältere Haushälterin in den Weg, die uns mit einem Besenstiel drohte und rief: »Raus, Roastbeef, raus!« Arthur war angesichts der Beschimpfung beleidigt und antwortete: »Werte Dame, wenn Sie mich schon mit einem Tier vergleichen, dürfte es gern etwas Besonderes sein, vielleicht ein Flamingo oder ein Löwe.« Im Nu hatte er sie um den Finger gewickelt und für uns je eine Tasse Kaffee erbeten.

Später hatten wir darüber gescherzt, dass er ein exotisches Stück Fleisch sein sollte; aber warum hatte er mich an jenen Fall erinnern wollen?

Ich zermarterte mir den Kopf. Im Fall Picasso war eine Originalskizze aus einem griechischen Museum gestohlen und hinter einem modernen Druck derselben Skizze versteckt worden. Letztlich hatte ich das Original zusammen mit anderen unschätzbar wertvollen Kunstwerken in einer Kiste im Keller des Anwesens gefunden. Und endlich fiel bei mir der Groschen: Die Depots mussten sich im Keller befinden – und vielleicht standen dort auch die übrigen, die *echten* Antiquitäten.

Clever, Arthur!

Mit einem Räuspern riss Franklin mich aus meinen Überlegungen. Er lächelte Phil an, der ihm gegenüber am anderen Kopfende saß. »Sie arbeiten also hier?«, fragte ich. »Dann kennen Sie sich auf dem Gelände sicherlich gut aus?«

Phil schien sich zu winden. »Ich bin noch nicht lange hier. Arbeite mich noch ein.« Er drehte sich zu Carole um. »Ich bin froh, dass Sie beide heute Nachmittag gerade noch ins Trockene gekommen sind.«

»Sind wir, mein Lieber, wirklich. Und danke für Ihre Besorgnis. Sie sind wirklich ein Schatz!«

Phil nickte höflich. »Wo ich herkomme, stellen wir sicher, dass eine Dame unversehrt nach Hause kommt. Nur ist das nicht immer leicht, wenn die Damen so dickköpfig sind wie Sie und Ihre Nichte.«

»Ach, meine Nichte ist hinreißend – und Single!« Carole wackelte mit den Augenbrauen, und ich rutschte auf meinem Stuhl ein Stück tiefer. War ihr nicht klar, dass sie mich möglicherweise gerade mit einem Mörder verkuppeln wollte?

»Verstehen Sie, was hier passiert?«, flüsterte Bella mir zu, und ich sah sie verwirrt an. Versuchte sie, mir irgendetwas zu sagen? Sie ließ den Blick durch die Runde schweifen – bis er an den leeren Bücherschränken hängen blieb. »Ich dachte, wir würden hier jede Menge Familienporträts in hübschen versilberten Rahmen zu sehen bekommen …«, murmelte sie, allerdings so laut, dass es die ganze Tischgesellschaft hören konnte, und zeigte auf die leeren Fächer des Bücherschranks am Fenster.

»Still jetzt!«, fauchte Giles sie an, und Bella starrte in ihre Suppe.

Mir schwirrte der Kopf. Bella hatte recht: Ich hatte auf Copthorn Manor bislang nicht einen einzigen persönlichen Gegenstand entdeckt und fühlte mich an einen alten Landsitz erinnert, der irgendwann verarmt und in dem alles von Wert verscherbelt und durch billige Replikationen ersetzt worden war. Wie etwa die Gillows-Möbel im Salon … Es kam mir fast vor, als würden wir uns hier in einer Filmkulisse bewegen. Bei genauerer Betrachtung mochte hier im Haus annähernd alles billig ersteigert und binnen weniger Tage flüchtig arrangiert worden sein. Es war genau wie im Fall Picasso. Jetzt musste ich nur die echten Objekte hinter den Kopien finden.

»Was wollten Sie gerade sagen?«, fragte ich Bella. »Irgendwas über Familienporträts?«

»Beachten Sie mich nicht. Ich gehe dorthin, wo Giles mich haben will, und trinke den kostenlosen Wein.« Sie kippte ihren halben Weißwein in sich hinein; Giles indessen durchbohrte mich mit seinem Blick wie mit einem Dolch. »Aber ich freue mich schon auf Petra. Waren Sie schon einmal im Nahen Osten?«

Giles murmelte Franklin etwas zu, der schlagartig kreidebleich wurde. Sein Löffel fiel klappernd auf den Teller.

»Sind alle fertig?«, rief Amy wie auf Kommando.

»Ich schon«, antwortete Carole.

»Das wird schön, wieder Urlaub zu machen«, fuhr Bella fort. »Giles ist da zwar jedes Mal schwer beschäftigt, aber ich kann in der Zwischenzeit Sachen erkunden.«

Ich nickte – und sah, wie Giles sich abermals zu Franklin hinüberbeugte. Diesmal hörte ich, was er sagte: »Vielleicht brauchen wir ja einen neuen Anwalt?«

Den nächsten Kommentar hörte ich nicht mehr, weil Bella weiter auf mich einplauderte, doch Franklin schob seinen Stuhl jäh zurück und verließ ohne ein weiteres Wort den Speisesaal.

»Und ich möchte endlich die Pyramiden sehen«, fuhr

Bella fort. Sie schien Franklins überhastete Flucht gar nicht bemerkt zu haben. »Dort wollte ich immer schon hin – und auf eins dieser Boote, die über den Nil fahren.«

Mir dämmerte, dass sie eine Antwort von mir erwartete. Ohne nachzudenken, sagte ich: »Also, da sollten Sie zunächst nach Kairo fliegen und die Pyramiden besichtigen. Dann reisen Sie weiter nach Luxor und gehen an Bord eines Nildampfers. Wenn Sie nicht gerade in der Nebensaison dort sind, sind dort Touristenmassen unterwegs – trotzdem ist es ein magisches Erlebnis.«

Noch während ich sprach, erwachten Erinnerungen an jene Abenteuer zum Leben – an eine Zeit, in der ich mich wahrhaft lebendig, draufgängerisch und frei gefühlt hatte, so wie man sich nur fühlte, wenn man noch jung und ungebunden war.

Vielleicht gab Bella sich deshalb mit Giles ab? Hatte sie sich nach einer schlimmen Erfahrung in ein abwechslungsreicheres Leben geflüchtet? Ein wenig fühlte ich mich an Jade, meine Tochter, erinnert, an ihr neues, aufregendes Universitätsleben. Die Leere, die sie bei ihrer Abreise hinterlassen hatte, drohte mich zu verschlingen.

»Dann waren Sie schon mal in Ägypten?«, fragte Bella mit großen Augen. »Sie müssen mir alles darüber erzählen. Mit wem waren Sie dort?«

Ich nahm einen großen Schluck Wein und versuchte, mich auf die schlechten Reproduktionen der Kerzenleuchter auf dem Tisch zu konzentrieren. »Das ist sehr lange her, und mein Gedächtnis ist nicht das allerbeste …«

Ich durfte jetzt nicht an Kairo denken. In Kairo hatte ich Asim verloren. Schlagartig hatte ich einen Kloß im Hals. Asim … Der einzige Mensch auf der Welt, der sich aus freien Stücken für mich entschieden hatte. Bereits am Tag unserer ersten Begegnung hatten wir im Café gesessen, endlos geredet, und doch hatte er mich nie auf meine Narbe angesprochen …

Ich fuhr mit dem Zeigefinger über meine versehrte Handfläche, so wie er es einst getan hatte. Er hatte alles über mich wissen wollen, welche Antiquitäten ich mochte und warum … Doch diese Erinnerungen durfte ich jetzt nicht zulassen. Ich hatte sie weggesperrt und verfluchte Bella dafür, dass sie daran gerüttelt hatte.

»Freya, ist alles in Ordnung?« Sie berührte mich am Arm, und ich zuckte zusammen.

»Mir geht es gut.«

Ich sah mich erneut unter den anderen Gästen um, und wieder kam mir Arthurs Brief in den Sinn.

Ich habe mehr als zwanzig Jahre gebraucht, um ein bestimmtes Objekt von enormem Wert aufzuspüren. Ich weiß jetzt, wo es sich befindet, nur leider sieht es ganz danach aus, als könnte ich es nicht mehr an mich bringen. Hol du es dir, Freya, und du holst dir dein Leben und deine Berufung zurück.

Wie sollte ich mir mein Leben zurückholen, wenn ich Asim nicht zurückbringen konnte? Ich hatte Arthur nie verziehen, dass er ihn einem solchen Risiko ausgesetzt hatte. Wenn Arthur jetzt hier gewesen wäre, hätte ich ihn gezwungen, mir alles zu erzählen, statt mir nur verrätselte Hinweise zu hinterlassen.

Wen von euch in diesem Speisesaal hat Arthur gemeint?, fragte ich mich und sah die anderen reihum an. *Wer von euch hat ein falsches Spiel mit ihm gespielt? Wer hat ihn umgebracht und damit verhindert, dass ich die Antworten bekomme, die ich brauche?*

23

»Liebes Kind, du hast solches Talent und eine so fantastische Zukunft vor dir! Verschwende sie nicht!«

ARTHUR CROCKLEFORD

Bella

Bella beobachtete Giles, der ihr gegenüber in ein Gespräch mit Carole vertieft war. Hatte Carole ihn wirklich nicht wiedererkannt? Er sah ohne Bart aber auch verändert aus.

Bella war gerade erst wenige Wochen mit Giles zusammen gewesen, als er sie im vergangenen Frühling in ein fantastisches schottisches Schloss außerhalb von Edinburgh mitgenommen hatte. Dort war Arthur schnurgerade auf sie zugestürmt und hatte sich ihnen vorgestellt. Später am selben Abend, während Giles geschäftliche Dinge besprochen hatte, hatte Arthur ihr nahegelegt, Giles zu verlassen – weil »kein Geld der Welt es wert ist, sich mit so einem Mann abzugeben«.

Doch anscheinend hatte Arthur vergessen, wie es sich anfühlte, allein zu sein. Er hatte Carole, seinen Laden und all seine Freunde aus dem Dorf. Sie selbst hatte nichts dergleichen.

Carole erzählte Giles soeben die Geschichte eines bekannten Musikers, und Giles schmunzelte in sich hinein. Hass loderte in Bella herauf, doch sie schluckte ihn hinunter. Wenn er den Zorn in ihrem Blick sähe, würde seine Rache nicht lange auf sich warten lassen.

Kurz nachdem Bella am Herrenhaus angekommen war, hatte sie gehört, wie Amy und Giles über Arthurs Dossiers gesprochen hatten. Wenn Arthur alles niedergeschrieben hätte, enthielten diese Dossiers kostbare Informationen. Giles hatte vor, irgendeine wertvolle Antiquität von hier mitzunehmen, mehr nicht, aber er konnte unberechenbar sein. Carole sollte besser vorsichtig sein.

Bella sah erneut zu Freya. Wusste sie, wo sich die Dossiers befanden? Und ihr kam noch eine andere Frage in den Sinn: Hatte Arthur gelogen, als er behauptet hatte, er habe seit gut zwanzig Jahren nicht mehr mit Freya gesprochen?

Bella hatte versucht, Freya einen Köder in Form der Familienfotos hinzuwerfen. Sie hatte sogar in die Richtung der leeren Schublade gezeigt, die sie zuvor ein Stück weit aufgezogen hatte. Aber Freya schien nicht verstanden zu haben, was Bella hatte andeuten wollen. Sie hatte überdies versucht, ihr ein paar Antworten zu entlocken, indem sie Freya auf den Nahen Osten und insbesondere Jordanien und Kairo angesprochen hatte. Bei der Erwähnung Ägyptens war Freya zusammengezuckt, hatte die Deckung jedoch nicht heruntergelassen.

Arthur hatte Bella ausführlich erzählt, was damals an jenem Wochenende in Kairo vor zwanzig Jahren passiert war. Die Leute glaubten immer, sie würde nicht zuhören, doch das tat sie sehr wohl.

Freya war anders, als Arthur sie beschrieben hatte, und daher auch nicht so, wie Bella erwartet hatte. Sie hatte sich jemanden in Cargohosen und in einem engen weißen T-Shirt vorgestellt, eine, die den Kopf hocherhoben trug und der die Entschlossenheit ins Gesicht geschrieben stand – eine, die für alles gewappnet war. Stattdessen saß neben ihr eine Frau mittleren Alters in einem altmodischen schwarzen Samtkleid mit grässlichen Pailletten und Perlen an den Ärmeln und starrte mit leerem Blick einen Kerzenleuchter an. Wenn Freya tatsächlich Arthurs Rolle einnehmen und die Antiquitäten authentifizieren sollte, dann war es Bellas Ansicht nach überaus merkwürdig, dass sie sich bislang mit keiner Silbe nach der Copthorn-Manor-Sammlung erkundigt hatte.

Nichts an diesem Aufenthalt hier fühlte sich richtig an. Sie hätte im Grunde nicht zusagen dürfen. Doch Giles etwas abzuschlagen, war ein Ding der Unmöglichkeit. Er war, was ihre Mutter einen »Freifahrtschein« genannt hätte, und Bella würde sich so lange an ihn halten, bis sie bekommen hätte, was sie wollte.

Sie wandte sich wieder Freya zu. »In solchen alten Herrenhäusern kriege ich immer eine Gänsehaut. All dieser alte Plunder an den Wänden ...« Sie nickte in Richtung der Wandleuchter. »All die schicken Kerzenständer und das Mobiliar ...«

»Sieht alles aus wie Fake«, entgegnete Freya, und ihre Mundwinkel verzogen sich zu einem vagen Lächeln. »Komisch für ein Antiquitätentreffen, oder?« Dann sah sie Bella in die Augen.

Bella zuckte mit den Schultern. Die Lüge kam ihr leicht über die Lippen: »Ich würde gar nicht erkennen, ob etwas echt ist oder nicht.«

Freya ist schlau, dachte sie. *Genau wie Arthur. Vielleicht kommt sie ja doch noch darauf.*

Sie spähte erneut zu Giles und sah dann auf die Uhr. Gleich würde die Show beginnen ...

24

*»Freya, du musst über das Offensichtliche hinweg-
sehen, um zu erkennen, was sich dahinter verbirgt.«*

ARTHUR CROCKLEFORD

Freya

Clare fing an, die leeren Suppenteller aufeinanderzustapeln.
Sie klapperten unter ihrem ungeschickten Griff.

»Wo ist eigentlich Amy?«, wollte Giles wissen.

Clare nahm den Stapel Teller hoch und sah ihn an. »In
der Küche, um mir Anweisungen zu geben.«

Sie wandte sich zum Gehen und stieß in der Tür beinahe
mit Franklin zusammen. Kurz tänzelten sie ungeschickt
umeinander herum. Ich nahm an, dass Franklin an den
Tisch zurückkehren wollte, doch stattdessen flüsterten sie
einander etwas zu, und dann folgte er Clare hinaus auf
den Flur.

Carole und ich wechselten einen Blick. Irgendetwas an
dieser Szene hatte merkwürdig gewirkt. Fand Clare ihn
etwa attraktiv?

Sekunden später kam Amy hereingeschlendert und
stützte sich mit beiden Händen auf die Rückenlehne ihres
Stuhls. »Ich sage es besser geradeheraus. Jeder hier kannte

Arthur, deshalb … Weiß irgendwer von Ihnen, wo Arthur die Dossiers aufbewahrt hat? Er hatte meinem Vater davon erzählt, und der hatte darum gebeten, die Bücher zurückzubekommen, weil die hiesigen Antiquitäten darin aufgeführt sind. Allerdings hat Arthur sein Wort nicht gehalten und die Bücher nie zurückgebracht.«

Caroles Augenbrauen wanderten fast bis hoch zu ihrem Haaransatz. Sie hätte gar nicht verdächtiger aussehen können, selbst wenn sie es versucht hätte. Amy musterte erst Bella, dann mich und blickte so einmal rund um den Tisch alle an.

Stille.

Ich schüttelte den Kopf und wusste nicht, was ich sagen sollte. Jeder hier schien verdattert zu sein, aber nach ihrem Mienenspiel zu urteilen schienen alle genau zu wissen, wovon Amy sprach. Damit war Arthurs Dossier, das ich im Cottage versteckt hatte, dort nicht mehr sicher. Wie weit würden diese Leute wohl gehen, um es an sich zu bringen? Giles hatte Franklin bereits wegen irgendwelcher Schlüssel gedroht …

War Arthur wegen der Bücher ermordet worden? Und jetzt, da sie in Caroles und meinem Besitz waren, wären wir die Nächsten? Ich rieb mir den Schweiß von den Handflächen und musste dem Impuls widerstehen, mir Carole zu schnappen und die Flucht zu ergreifen.

»Nein? Na gut. Dann gebe ich Clare Bescheid, dass sie sich mit dem Hauptgang ein bisschen beeilen soll.« Und damit verschwand Amy wieder.

Draußen prasselte Regen gegen die Fenster, Efeu peitschte über die Scheiben, und ich zuckte zusammen. Ich war zu zittrig, um ruhig sitzen zu bleiben, daher stand ich auf, trat ans Fenster und tat so, als wollte ich die Vorhänge zurechtziehen. Erst da bemerkte ich, dass eins der Schubfächer unter den Bücherregalen, auf die Bella zuvor gezeigt hatte, nicht ganz zugeschoben war. Und darin lagen Fotos. Hatte das auch schon so ausgesehen, als ich die Vorhänge zuvor zugezogen hatte? Ich glaubte nicht.

Worauf hatte Bella mit ihrer Frage nach den Familienfotos angespielt?

Ich wartete, bis niemand hersah, und zog die Schublade ein Stück weiter auf. Darin lagen ein paar ungerahmte Familienfotos – ein Babybild, ein altes Hochzeitsfoto. Ich nahm das nächstbeste zur Hand. Es war hier im Speisesaal aufgenommen worden.

Ich weiß, wer das ist. Ich hielt den Atem an. *Den habe ich vor einer Ewigkeit gekannt …*

Ich sah genauer hin. Inzwischen war mir egal, wer mich ertappte. Nach der Kleidung zu urteilen war das Foto vor rund zwanzig Jahren aufgenommen worden: ein Mann in den Fünfzigern an seinem Schreibtisch. Ich drehte die Aufnahme um. In der oberen rechten Ecke stand mit schwarzer Tinte geschrieben: *Lord Mark Metcalf.* Ich hatte Amys und Giles' Vater vor mir, Lord Metcalf – und bei der Erkenntnis zog sich in mir alles zusammen. Denn ich hatte ihn zwanzig Jahre zuvor als Mark Maben kennengelernt.

Mit einem Mal richteten sich die Härchen in meinem Nacken auf. Als ich mich wieder umdrehte, stand Amy mit einem großen Tablett am Tischende, um Lasagne zu servieren. Clare stand mit den Tellern neben ihr. Der Geruch von Hackfleisch und Käse füllte den Saal.

Amy erstarrte, als sie das Foto in meiner Hand entdeckte.

»Clare, tragen Sie auf«, sagte sie.

Ihr leichtfüßiger Charme von zuvor wies tiefe Risse auf. Dann huschte ihr Blick zu einer Stelle in meinem

Rücken, doch als ich mich umdrehte, waren dort nur die Vorhänge.

»Sie haben Salz und Pfeffer vergessen. Ich gehe sie holen.« Eilig verließ sie den Speisesaal.

Ich starrte erneut auf das Foto hinab.

Genau dieser Mark hatte Arthur und mich vor Jahren damit beauftragt, einen gestohlenen Martin-Brothers-Vogel wiederzufinden, von dem er annahm, dass er nach Kairo geschmuggelt worden war, wo eine Kopie davon hergestellt werden sollte. Woher er das wusste, hatte er nie erwähnt, doch er bezahlte uns fürstlich dafür, dass wir ihm den Vogel zurückbrächten.

Grundsätzlich nahmen wir nur ungern Aufträge von Privatpersonen an und arbeiteten lieber für Museen, Galerien oder Versicherungsgesellschaften, doch Arthur war damals notorisch klamm und musste den Laden über Wasser halten. Hier und jetzt war ich mir sicher, dass auf dem Foto derselbe Mann abgebildet war, der damals zu uns in den Laden gekommen war.

Es muss einen Zusammenhang geben zwischen dem, was in Kairo, und dem, was vergangene Woche mit Arthur passiert ist. Warum sonst hätte er mich hierherschicken sollen?

Ich rief mir den »Vogel in einer Kiste«-Hinweis in Erinnerung, der uns zu dem Vogelhäuschen mit dem Ladenschlüssel geführt hatte. Was, wenn er außerdem auf einen Martin-Brothers-Vogel verwies? Allerdings wäre dann die Frage, welcher Vogel gemeint war – jener, den Harry im Laden gesehen hatte? Oder der Vogel aus Kairo?

Was hatte Arthur im Sinn gehabt, als er Carole und mich hierhergelockt hatte? Ich sah zu Giles und ballte unwillkürlich die Fäuste. Er musste das Ungeheuer sein, mit dem alles ins Rollen gekommen war. Er war der Dieb.

Ich zwang mich, wieder auf das Foto zu blicken, weil ich fürchtete, sonst etwas zu sagen, was uns zusätzlich in Gefahr brachte.

Im Regal hinter Lord Metcalfs großem viktorianischem Kontorschreibtisch stand eine dunkle, schmale Statuette. Ich konnte gerade so die Klauen ausmachen. *Der Martin-Brothers-Vogel.*

Eine Erinnerung an Asim drängte an die Oberfläche – und mir schnürte sich der Hals zusammen. Das kühle, stille Ägyptische Museum in Kairo. Ich hatte den Kopf in den Nacken gelegt, um die hohe Decke zu bestaunen. Asim nahm meine vernarbte Hand und zog mich weiter durch die Ausstellungsräume. »Ich will dir etwas zeigen. Du bist die einzige Frau, bei der ich mir ganz sicher bin: Du wirst es ebenfalls lieben.« Ich hatte ihm in die dunkelbraunen Augen gesehen und …

Ich bohrte die Fingernägel in meine Handfläche, um die Erinnerung zu vertreiben.

»Freya?«, sprach meine Tante mich an, doch ich war immer noch gefangen in einer Mischung aus Zorn und Schmerz. »Freya?«

Ich schob die Bilder von damals weit von mir weg und blickte auf. Die anderen am Tisch starrten mich an.

»Nachdem es anscheinend doch kein Unterhaltungsprogramm geben soll, schlage ich vor, wir sorgen selbst dafür. Wie wäre es mit *Wer bin ich?* – Sie wissen schon: Jeder klebt sich einen Zettel an die Stirn, und dann wird reihum geraten, was draufsteht. Ich wäre Marilyn Monroe!« Sie klatschte übertrieben begeistert in die Hände; sie schauspielerte wieder und versuchte, die Aufmerksamkeit der anderen von mir wegzulenken.

Als es plötzlich klirrte, zuckte ich so heftig zusammen,

dass mir das Foto aus der Hand glitt. Clare hatte beim Auftragen zwei Teller gegeneinandergeschlagen.

Und wo ist Franklin?

»So, der Hauptgang wäre so weit.« Clare deutete nachdrücklich auf meinen Sitzplatz. »Bevor das Essen kalt wird!«

Ich suchte den Fußboden ab. Wo war das Foto hingesegelt? Doch ich durfte jetzt nicht noch mehr Aufmerksamkeit erregen. Ich würde später so tun, als hätte ich hier etwas verloren. Noch während ich an meinen Platz zurückkehrte, nestelte ich einen Ohrring heraus, damit ich später behaupten könnte, ich müsste ihn suchen.

Der Wind rüttelte an den Fenstern, und der Efeu kratzte an den Scheiben.

»Klingt schon wieder nach Gewitter«, murmelte Bella, als ich neben ihr Platz nahm.

»Sollten wir nicht auf Franklin warten?«, fragte ich Clare. »Und wo ist eigentlich Amy?«

»Sie sind gleich wieder da«, antwortete Clare und verließ ebenfalls den Saal, sodass nur noch fünf von uns übrig waren: Giles, Phil, Bella, Carole und ich.

»Aber ein Gewitter kann doch toll sein, finden Sie nicht?«, wandte sich Carole an Giles.

Giles sah aus, als wäre er mit den Gedanken meilenweit weg. »Das Problem an solchen Anwesen ist ja, dass die Straßen und Zufahrten überschwemmt werden und Bäume umkippen ...«

»Jetzt sind Sie aber ein bisschen dramatisch. Wir haben hier immer mal wieder heftige Stürme – aber die sind doch bloß ein guter Grund, ein Feuerchen im Kamin zu machen und eine Duftkerze anzuzünden. Stimmt's, Freya?« Carole war immer noch bemüht, die Stimmung aufzulockern.

Ich lächelte meine Tante an. »Du hast vollkommen recht.«

Ein Windstoß fegte den Kamin hinter Carole herab und fachte das Feuer zu neuem Leben an, sodass es knackte und zischte.

»Am besten legen wir gleich noch ein paar Scheite nach.« Carole streckte die Hand nach Bella aus, wie um ihr zu versichern, dass das Hinterland nicht annähernd so furchterregend war, wie sie womöglich glaubte.

Giles sprang auf. »Ich gehe ein paar aus der Eingangshalle holen.« Und damit verließ er den Speisesaal ebenfalls.

Die Lampe auf dem Beistelltisch flackerte, und draußen grollte der Donner. Phil goss Bella, Carole und mir Wein nach. Unterdessen warf Carole das letzte Scheit ins Feuer, sodass die Funken sprühten und ein goldener Schimmer auf ihrem Gesicht lag.

Bella beugte sich zu mir herüber. »Sie sollten nicht hier sein«, flüsterte sie und fuhr laut fort: »In diesem Haus kriege ich jedes Mal eine Gänsehaut. Ich glaube, ich muss meinen Mantel holen.« Sie verließ als Nächste den Raum.

Wenige Sekunden später ging das Licht aus.

Die Kerzen auf dem Tisch flackerten wild. Als ich aufblickte, sah Phil mich an, und mir fiel wie Schuppen von den Augen, dass Carole und ich jetzt mit ihm allein waren.

Wo waren die anderen alle hin?

Irgendwo ging eine Tür auf, feuchte Luft fegte in den Speisesaal ... und blies die Kerzen aus.

Dunkelheit senkte sich auf uns herab. Das Feuer im Kamin war inzwischen die einzige Lichtquelle.

Stille.

»Carole?«, flüsterte ich.

In der Finsternis schrie jemand.

Dann herrschte Stille.

25

*»In einer brenzligen Lage einen kühlen Kopf zu
bewahren, ist ein unschätzbares Talent.«*

ARTHUR CROCKLEFORD

Ich sprang auf, und mein Stuhl fiel krachend zu Boden.

»Wer hat da geschrien?«, fragte Carole an Phil gewandt.
»Das klang wie eine Frau.«

Phil legte seine Serviette beiseite. Nach seinem Verhalten
zu urteilen, schien dies für ihn ein völlig normaler Abend
zu sein. Es war fast, als hätte er Erfahrung mit solchen Situ-
ationen. »Ich gehe mal nachsehen.« Vollkommen gelassen
stand er auf und schlenderte auf die Tür zu. »Nur kann ich
leider so gut wie nichts sehen …«

Franklin und Clare kamen an ihm vorbei durch die Tür
gestürmt.

»Na, wer von Ihnen hat Angst im Dunkeln?« Clare sah
Carole und mich abwechselnd an.

»Das waren wir nicht, Liebes. Das kam von draußen.
Aber dann waren Sie es auch nicht?«

Clare schüttelte den Kopf.

Giles kam mit den Armen voller Holzscheite zurück und
warf sie nacheinander ins Feuer. Beim Klappern der Scheite
zuckten wir alle zusammen. Ganz so, als wäre rein gar

nichts passiert, setzte er sich und widmete sich wieder seiner Lasagne.

Ein Streichholz flammte auf und tauchte Phils Gesicht in einen orangefarbenen Schein. In aller Seelenruhe beugte er sich über die Tischmitte und zündete die Kerzen wieder an.

Niemand sagte ein Wort.

Bella kam zurück in den Speisesaal, richtete meinen Stuhl wieder auf und setzte sich auf ihren Platz.

»Geht es Ihnen gut?«, fragte ich, weil bestimmt sie diejenige gewesen war, die geschrien hatte – immerhin war sie die Nervöseste in der Gruppe.

»Mir geht es bestens. Warum fragen Sie?« Doch an ihrer Schläfe lief ein Schweißtropfen herab, als wäre sie gerannt.

Die Einzige, die noch nicht wieder zurück war, war Amy.

»Wenn keiner von uns geschrien hat, dann muss es Amy gewesen sein«, stellte ich fest. »Vielleicht ist sie verletzt?«

Carole griff nach ihrem Messer und streckte es vor sich aus. »Gut, dann gehen wir jetzt nachsehen, was da passiert ist.« Sie schnalzte mit der Zunge in Giles' Richtung, der sich jedoch nicht vom Fleck bewegte. »Sind Sie Mann oder Memme? Freya glaubt, der Schrei gerade – das war Ihre Schwester.«

Giles nahm einen großen Schluck Wein. »Sie haben keine Ahnung, was ich bin …« Er wischte sich über die Lippen.

»Ich gehe nachsehen«, sagte ich an Carole gewandt, bevor sie Giles noch einen Vortrag hielt, was es mit dem Begriff »Gentleman« auf sich hatte.

Ich schnappte mir einen Kerzenleuchter. Die Vorstellung, was mich jenseits des Speisesaals erwarten könnte, jagte meinen Puls in die Höhe. Wenn Arthurs Mörder sich derzeit auf Copthorn Manor aufhielt, hatte er ja vielleicht erneut zugeschlagen …

Sowie Carole und ich die Initiative ergriffen, nahm sich auch Phil einen der Fake-Kerzenleuchter vom Tisch. »*Ich gehe jetzt nachsehen.*«

»Wunderbar. Dann gehen wir alle zusammen«, sagte Carole, doch ich schüttelte den Kopf und ließ demonstrativ den Blick durch die Runde am Tisch schweifen. Sie schien zu verstehen, was ich ihr damit sagen wollte – *Behalt diese Leute im Blick!* –, nickte und schlenderte hinüber zu meinem Platz zwischen Bella und Franklin.

Ich holte tief Luft, fasste mir ein Herz und trat hinaus auf den Flur. Dann warf ich Carole einen letzten Blick zu. Nach der Art und Weise zu urteilen, wie sie die Haare zurückwarf, würde sie jetzt eine ihrer Geschichten erzählen – meine Tante brillierte wirklich in jeder Rolle. Ich wünschte mir, ich könnte meine alte Antikjägerinnenselbstsicherheit ebenso schnell anknipsen wie sie ihre einstige Bühnenpräsenz.

Phil war bereits vorausgegangen, und ich musste mich beeilen, um zu ihm aufzuschließen. Das Metall in meiner Hand fühlte sich kühl an, und weil die helle Flamme so nah vor mir war, konnte ich alles dahinter nur schwer erkennen. Ich schirmte die Flamme ab, und endlich sah ich den entfernten Schimmer von Phils Kerzen ein Stück voraus. Er war vor der letzten Tür am Flur stehen geblieben. Das Flackern der Kerzen in dem großen Kandelaber warf tanzende Schatten über den Fußboden hinter ihm.

»Die Küche«, murmelte er und schob die weiße Tür auf, die in ihren Scharnieren in beide Richtungen schwingen konnte. Phil drehte sich zu mir um. »Bleiben Sie auf Abstand. Ich komme hier allein klar. Wahrscheinlich hat sie nur etwas fallen lassen.«

Dunkelheit hüllte mich ein, und meine Hände zitterten bei der Erinnerung an eine andere Küche. Würde ich zusammenbrechen, falls ich gleich – zwanzig Jahre später – erneut eine Leiche in einer Küche entdeckte? Wahrscheinlich. Ich hatte alles getan, um zu vergessen, doch seit Arthurs Tod hatten sich die schmerzhaften Einzelheiten all dessen, was in Kairo geschehen war, wieder in mein Bewusstsein geschlichen. Und auch das Foto von Lord Mark Metcalf stand mir noch deutlich vor Augen. Was war die Verbindung zwischen Kairo, Metcalfs Tod und Arthurs fatalem Sturz die Treppe hinunter?

Ich musste herausfinden, was hier vor sich ging.

»Sicher, dass Sie nicht zu Ihrer Tante zurückgehen wollen?« Phil musterte mich und runzelte besorgt die Stirn.

»Erst wenn ich weiß, dass es Amy gut geht.«

Ich zwang mich, den nächsten Schritt zu gehen, wollte mich wieder an die Person erinnern, die ich einst gewesen war, und tun, was sie in meiner Lage getan hätte.

Während ich über die Schwelle trat, hielt ich den Atem an und wappnete mich für das Grauen, das mich möglicherweise erwartete. Allerdings konnte ich in der riesigen Küche kaum etwas erkennen. Nur der Feuermelder an der Decke und unsere Kerzen verbreiteten schwaches Licht.

Ich verstärkte den Griff um den Kerzenleuchter. Diesmal würde ich ausschließlich auf meine Instinkte hören. Diesmal würde ich eine andere Entscheidung treffen. Diesmal würde das Ergebnis ein anderes sein ...

Doch dann blitzten abermals Erinnerungen auf: an Asim, der leblos auf dem Fußboden einer Restaurantküche lag; an die schwüle ägyptische Hitze, die einem das Atmen erschwerte. An Keramikscherben, die in einer Blutlache lagen ...

Es ist nicht dieselbe Küche, redete ich mir gut zu. *Es kann gar nicht dieselbe Küche sein.*

Ein Hauch feuchter Luft wehte mir um den Nacken. Stand hier ein Fenster offen? Unsere Kerzen flackerten wie wild.

»Hallo?«, rief ich.

Ich kniff die Augen zusammen und suchte den Fliesenboden nach einer Leiche ab.

Nichts.

Ich atmete durch.

Phil schwenkte seinen Leuchter herum. »Hier ist niemand.«

Die Hintertür – mit der Clare bei unserer Ankunft Schwierigkeiten gehabt hatte – stand offen, und der Spalt war gerade breit genug, dass jemand dort hätte hindurchschlüpfen können.

»Glauben Sie, es geht Amy gut?«, fragte ich.

»Sie ist bestimmt nur nach draußen zum Sicherungskasten gegangen.« Phil stellte seinen Kerzenleuchter auf die Kücheninsel.

Natürlich, so musste es gewesen sein. Vielleicht war der Schrei auch einer aus Frustration gewesen, als der Strom ausgefallen war.

»Wir sehen uns besser nach Taschenlampen um«, sagte Phil. »Hier müssen doch irgendwo welche sein.«

Ich lief in der Küche auf und ab und suchte nach einem Hinweis, dass jemand sich verletzt haben könnte – irgendwas, was erklärt hätte, warum Amy derart geschrien hatte.

Mir fiel das Durcheinander aus Töpfen und Pfannen auf, die Suppenteller, die sich in der Spüle stapelten, die benutzten Messer auf dem Schneidebrett. Clare war wirklich die schlampigste Haushälterin, die ich je erlebt hatte …

Ist sie überhaupt eine?

Erneut zog es durch die offene Hintertür. Als ich darauf

zuging, entdeckte ich eine Pfütze auf den Fliesen. Ich spähte nach draußen. Es donnerte und blitzte, und während es kurz gleißend hell war, sah ich aus den Augenwinkeln etwas auf dem Fußboden glitzern.

»Hier.« Phil hielt zwei Taschenlampen in die Höhe, schaltete sie nacheinander an und drückte mir eine davon in die Hand. »Am besten gehen Sie und Ihre Tante zurück in Ihr Cottage. Bei diesem Wetter ist es hier nicht sicher.«

Ich stellte meinen Kerzenleuchter auf der nächstbesten Ablage ab und richtete die Taschenlampe auf den Türspalt. Im selben Moment schepperte etwas hinter mir, und ich zuckte heftig zusammen. Clare war in die Küche gekommen, um sich um das schmutzige Geschirr zu kümmern, und die Teller in der Spüle waren verrutscht.

»Gehen wir«, forderte Phil mich auf und nahm den großen Kerzenleuchter hoch. Seine Taschenlampe drückte er Clare in die Hand. »Kommen Sie hier klar?«

»Natürlich. Aber ohne Strom muss ich all das hier …« – sie machte eine ausholende Geste – »bis morgen liegen lassen.«

»Ich mache die Tür zu«, sagte ich über die Schulter zu den beiden. Dann hörte ich, wie Clare und Phil einander etwas zuraunten. Was hatte Clare vor? Doch schon eine Sekunde später hatten sie aufgehört zu flüstern, Clare hatte Phil den Rücken zugekehrt und befüllte den Geschirrspüler.

So viel zum Thema Stehenlassen.

Ich drehte mich wieder zur Hintertür um, versuchte, sie zuzuziehen, aber die Tür war verzogen und die Scharniere annähernd festgerostet. Der Wind peitschte mir meine Haare ins Gesicht, und der Regen trieb mich wieder nach drinnen.

»Haben *Sie* die Tür aufgemacht?«, fragte ich Clare.

»Nein. Den Fehler habe ich früher am Tag schon mal gemacht. Sie wieder zuzukriegen war ein Albtraum.«

Dann musste Amy sie geöffnet haben. Ich konnte mir allerdings nicht erklären, warum sie das getan haben sollte.

Ich stieß mit der Fußspitze gegen etwas und richtete die Taschenlampe nach unten. Das Licht spiegelte sich in einem regennassen Handy. Eine Ecke des Displays war gesprungen. Ich nahm es hoch und drückte den Anschaltknopf.

Am oberen Rand leuchtete kurz der Anfang einer Textnachricht auf: *Uns läuft die Zeit davon. MACH ES JETZT! Durchsuch end...*

Mehr konnte ich nicht lesen, ohne das Handy zu entsperren, und die Nummer, von der die Nachricht gekommen war, war nicht mit einem Namen verknüpft.

»Amy?«, rief ich, bekam aber keine Antwort – außer dem Heulen des Windes und dem Kläffen eines Hundes irgendwo in der Ferne.

Und im selben Moment, in der Dunkelheit, drängte die Erinnerung, die ich für so lange Zeit tief in mir vergraben hatte, mit ungebremster Wucht in mir hoch.

26

» Wir sind die Besten in der Branche. Wir können
alles aufspüren. Und jetzt bekommen wir dafür
obendrein die verdiente Anerkennung.«

ARTHUR CROCKLEFORD

Als ich Asim kennenlernte, war ich zweiundzwanzig, seit
einem Jahr Antiquitätenfahnderin und zu spät dran für
eine Vorlesung im British Museum, in der es darum gehen
sollte, wie Artefakte aus dem Nahen Osten als Ausgangs-
punkt für eine Geschichtsdebatte und für weitere Nach-
forschungen herangezogen werden konnten. Die Rednerin
prüfte ihr Mikrofon, aber noch flüsterten die zahlreichen
Zuhörerinnen und Zuhörer miteinander. Nirgends war
mehr Platz.

Dann entdeckte ich einen freien Stuhl, aber dort käme
ich nur hin, indem ich die ganze Reihe störte. Ich sah mich
weiter um. Meine Hände waren schweißnass. Am Ende der
Reihe sah ein junger Mann zu mir hoch, und mir schoss die
Röte in die Wangen.

»Meine Freundin ist gerade gekommen – wären Sie so
gut …?«, forderte er seine Sitznachbarn auf, damit sie alle
einen Platz aufrückten.

»Guten Tag, meine sehr verehrten Damen und Herren.«

Das Gemurmel verstummte.

»Danke!«, flüsterte ich ihm zu.

»Kein Problem«, sagte er. »Ich heiße Asim.«

»Freya.«

»Ich bin mir sicher, das hier wird einer ihrer besten Vorträge«, flüsterte er und nickte in Richtung der Rednerin.

Hinterher redeten wir stundenlang. Asim war ungemein charmant. Sein breites Wissen über Kunstobjekte überstieg meines um Längen, trotzdem hatte ich nie das Gefühl, ihm unterlegen zu sein. Die Art und Weise, wie er mir in die Augen blickte, gab mir das Gefühl, ein seltenes Fundstück zu sein – ähnlich wie die Objekte, die er so sehr liebte. So etwas hatte ich noch nie erlebt.

Asim studierte in Kairo und war in Großbritannien, um sich weiterzubilden, um Vorlesungen und Museen zu besuchen. Er brachte mir alles über das Alte Ägypten bei, während ich ihn in die Wunderwelt der Londoner Museen, Galerien und Theater einführte. Ich bewunderte ihn für seine Kenntnisse, so wie ich Arthur bewunderte. Ich war schlichtweg wie verzaubert.

Wir verbrachten die Nacht in seinem kleinen Bed and Breakfast in Paddington. Am folgenden Morgen wachten wir eng umschlungen auf.

»Ich erzähle dir alles über mich, dann steht nichts mehr zwischen uns, allerdings ist dies dann auch der Punkt, an dem wir uns am meisten unterscheiden«, sagte er und zog uns beiden die Decke über den Kopf.

»Also gut. Ich fertige exakte Reproduktionen von echten Antiquitäten an. Das echte Objekt bleibt an seinem rechtmäßigen Ort, und die Kopie wird verkauft.«

Ich war wie vor den Kopf geschlagen. »Du bist *Fälscher*?« Asim war eine der Personen, nach denen wir fahndeten – jemand auf der falschen Seite des Gesetzes. Trotzdem hatte ich mich Hals über Kopf in ihn verliebt.

»In deinen Augen, meine Liebe, nicht in meinen«, gab er leise zurück.

Ich war enttäuscht. Wütend. Er verbrachte den gesamten darauffolgenden Abend damit, sich zu verteidigen und mir seine Beweggründe darzulegen. Er glaubte, mit der illegalen Anfertigung von Fälschungen in der Werkstatt seiner Familie dem Westen all das zu geben, was dieser begehrte, sodass im Nahen Osten verbleiben konnte, was rechtmäßig dort hingehörte. Mit seiner Leidenschaft ließ Asim in mir die Überzeugung reifen, dass kulturgeschichtlich wertvolle Werke notwendigerweise in ihrer Herkunftskultur verbleiben sollten. Er war unverrückbar der Ansicht, dass Menschen jederzeit Zugang zu diesen Werken haben sollten und der Wert von Antiken nicht allein danach bemessen werden durfte, was jemand dafür zu zahlen bereit war. Sie hatten darüber hinaus einen unschätzbaren ideellen Wert.

Asim nahm mir das Versprechen ab, niemandem von seinem illegalen Verdienst zu erzählen, und ich willigte ein. Allerdings war ich zutiefst beunruhigt, was Arthur wohl täte, wenn er es herausbekäme.

Wir verbrachten so viel Zeit miteinander wie nur irgend möglich – hauptsächlich in London, aber manchmal auch in Kairo. Sobald wir voneinander getrennt waren, wuchs meine Sehnsucht ins Unermessliche.

Ich hatte Asim seit knapp zwei Monaten nicht mehr gesehen, als Arthur mir von seinem Auftrag erzählte, für Mark einen gestohlenen Martin-Brothers-Vogel aus Kairo zurückzuholen.

Ich traute diesem Mark Maben nicht und holte Informationen ein. Eine Woche nachdem er Arthur beauftragt hatte, fuhr ich im Laden vorbei und sprach ihn auf seinen Auftraggeber an. »Es gibt Gerüchte, dass er Geldwäscher ist und ein Teil seiner Sammlung vom Schwarzmarkt stammt.«

»Du bist nun wirklich nicht in der Position, ein Urteil über andere zu fällen«, entgegnete Arthur.

»Was willst du damit andeuten?« In mir stieg Panik auf. Sprach er von Asim? Ich drehte mich weg und ging in die Küche, um den Wasserkocher anzuschalten.

»Ich weiß, was dein Freund treibt«, rief Arthur mir nach. »Du bist nicht die Einzige, die recherchieren kann. Wenn ich es nicht hätte herausfinden sollen, hättest du mir gegenüber nicht den Namen der Werkstatt und den Standort erwähnen dürfen.«

Mir war angst und bange. Ich hatte ihm tatsächlich den Namen der Werkstatt genannt – A. A. M. Egypt –, noch ehe ich überhaupt selbst gewusst hatte, was sie dort in Wahrheit produzierten.

»Du kannst ihn treffen, wenn du mitfährst. Mark übernimmt sämtliche Spesen. Ich möchte ihn gern kennenlernen.«

Wenn ich nur den Mund gehalten hätte, hätte Arthur niemals eins und eins zusammengezählt und herausgefunden, dass A. A. M. Egypt genau jene große Fälscherwerkstatt betrieb, nach der alle suchten.

Meine Schultern waren komplett verspannt, und meine Fingernägel bohrten sich in die Narbe in meiner Hand. »Ich habe nicht vor, ihn dir vorzustellen. Was willst du denn machen? Ihn der Polizei übergeben oder ihn zu deinem Informanten machen? Bitte, lass Asim bei alledem, was wir tun, außen vor – tu's für mich.«

Doch Arthur hatte ein Nein noch nie akzeptiert. Er hatte dieses Talent, mich davon zu überzeugen, dass seine Pläne stets die besten wären, und nach einem Treffen mit Mark war er überzeugt davon, dass der Dieb jenes Martin-Brothers-Vogels vorhaben dürfte, eine Kopie davon herstellen zu lassen. Arthur wollte »Asim nur ein paar Fragen stellen«, daher willigte ich letztlich ein, die beiden übers Telefon miteinander bekannt zu machen. Was sich als weiterer Fehler erwies.

Ich bestand darauf, während des Telefonats anwesend zu sein, das zunächst ganz unschuldig damit anfing, dass Arthur den Martin-Brothers-Vogel beschrieb. Doch dann erwähnte Asim, dass genau so einer erst Tage zuvor in die Werkstatt gebracht worden sei. Arthur schaltete augenblicklich den Lautsprecher aus und fing an, einen Schlachtplan zu schmieden – bei dem ich keinerlei Rolle mehr spielte. Mir dämmerte erst sehr viel später, dass ich auch aus anderen Gesprächen rund um jene Kairo-Reise herausgehalten worden war.

In der darauffolgenden Woche löcherte ich Asim wiederholt und fragte ihn, was er in Arthurs Auftrag in Kairo für uns arrangieren solle. Seine vagen Antworten machten mir Angst. Aber er beschwichtigte mich. *Arthur hat den bestmöglichen Deal für uns alle herausgehandelt.* Also ging ich zu Arthur – und zwar gleich mehrmals – und erkundigte mich nach besagtem Deal. Doch er winkte jedes Mal ab und sagte immer nur: »Du kriegst deinen Freund zu sehen« und: »Ist es nicht toll, bald wieder in Ägypten zu sein?« und: »Den Vogel zurückzuholen, wird ein Husarenstück«.

Die einzige Möglichkeit, die mir blieb, um herauszufinden, was da vor sich ging, und um Asim zu beschützen, war also, mit auf Reisen zu gehen.

Eine Woche später saß ich neben Arthur im Flieger nach Kairo.

*

Noch vor Tagesanbruch verließen Arthur und ich unser Apartment in der Kairoer Innenstadt und eilten durch eine staubige Straße nach der anderen, um Asim in einem Café in der Nähe des Talaat-Harb-Platzes zu treffen. Die kühle Morgenluft war eine willkommene Erleichterung, und bis auf die eine oder andere streunende Katze waren die Straßen verwaist. Ich hatte Asim zu dem Zeitpunkt seit gut zwei Monaten nicht mehr gesehen, und er fehlte mir sehr.

Arthur hatte an dem Morgen gute Laune. »Meine Liebe, mit der Hilfe deines Freundes könnten wir eine einflussreiche britische Hehlerbande hochnehmen. Der Vogel hat ihm den entscheidenden Hinweis geliefert, wer der Kopf dieses internationalen Hehlernetzwerks ist.«

Mit jedem Schritt wurde meine Angst größer. »*Das* habt ihr hinter meinem Rücken vereinbart?« Mein Puls beschleunigte sich. »Obwohl ich dich gebeten habe, ihn aus allem rauszuhalten?«

Ich blieb stehen, und Arthur klopfte mir auf die Schulter, um mich zum Weitergehen zu bewegen.

»Ich wusste ja, dass ihr beide mir etwas verheimlicht, aber das hier … Das bringt Asim in Gefahr!« Ich packte ihn am Arm. »Hör mir jetzt zu! Ich habe Asim angerufen, bevor wir abgeflogen sind, und er klang komisch. Er hatte das Gefühl, verfolgt zu werden.«

»Das hier war Asims Idee, meine Liebe. Die Werkstatt selbst ist nie mit dem Kopf der Bande, für die sie arbeiten, in Kontakt gekommen. Erst als jemand im Haus von Asims Vater auftauchte und sich nach dem Vogel erkundigte, hat der kluge Junge ein Foto gemacht und ist für uns zurück in die Werkstatt gelaufen, um den Vogel zu sichern.«

»Warum hat er mir das nicht erzählt?« Mir krampfte

sich das Herz zusammen. »Warum hast *du* mir das nicht erzählt?«

Doch Arthur war zu aufgekratzt, um mir zuzuhören. Bei der Jagd war er immer so. »Er übergibt uns den Vogel, zeigt uns, wer der Kopf der Hehlerbande ist, und dann kriegt er von mir das Geld, das er braucht, um ein neues Leben zu beginnen.« Er lachte. »Wer bitte schön ist so verrückt und kopiert einen *dieser* Vögel?«

Das Café lag an einer Kreuzung zu einer schmalen Gasse. Der Besitzer war ein alter Schulfreund von Asim und hatte eigens für uns früh aufgemacht. Wir schoben die Mahagonitür auf, und über uns klingelte ein kleines Messingglöckchen.

»Bist du dir wirklich sicher?«, flüsterte ich Arthur zu. »Das Ganze gefällt mir nicht.«

»Es ist eine Win-win-Situation, Liebes. Du wirst schon sehen. Ich stelle sicher, dass das Dezernat für Kunstverbrechen des FBI ihn für seine Informationen gebührend bezahlt – und dann kann er endlich seinen Abschluss in Archäologie am University College London machen, so wie er es sich wünscht.«

Mir war klar, dass Asim für so einen Plan Feuer und Flamme wäre. Ich war es nicht – es fühlte sich grundverkehrt an.

»Und Mark kriegt seinen geliebten Martin-Brothers-Vogel zurück.« Arthur sah sich in dem kleinen Café um. Die Stühle standen immer noch auf den Tischen. Kein Duft frischen Kaffees in der Luft. Nicht mal die Lichter über dem Tresen brannten.

Ich fand die Stille im Café alarmierend. Und nach Arthurs Gesichtsausdruck zu urteilen, ging es ihm inzwischen ähnlich.

Er legte den Zeigefinger an die Lippen und gab mir mit einer Geste zu verstehen, dass er in die Küche durchgehen würde, während ich im vorderen Bereich warten sollte. »Wenn du mich rufen hörst, dann lauf. Du kennst die Regeln.«

Weil mir allmählich warm wurde, nahm ich meinen Schal ab und lockerte meine Haare im Nacken.

Arthur verschwand in der Küche, während ich aus dem Caféfenster spähte und nach Asim Ausschau hielt. Immer mal wieder schlenderte jemand vorbei, aber niemand schien zu bemerken, dass wir hier drin waren. Ich sah auf die Uhr. Es war gerade sechs. Wir waren pünktlich. Ich fuhr mit der Hand über die seidenen Vorhänge.

Wo steckt Asim nur?

Minuten verstrichen. Nach einer Viertelstunde war Arthur immer noch nicht zurück.

»Arthur?«, flüsterte ich.

Keine Reaktion.

Ich schlich in Richtung Küche und legte das Ohr ans Türblatt. Dahinter war kein Mucks zu hören. Ich schob die Tür auf. Die Küche war ein einziges Durcheinander, Töpfe und Pfannen lagen auf dem Boden, und Eier waren auf der Edelstahlarbeitsplatte zerschlagen.

»Arthur?«, rief ich nun ein wenig lauter.

Im selben Moment kam Arthur durch einen Hintereingang gehetzt. »Verschwinde! Nimm den nächstbesten Flieger raus aus Kairo!«, presste er hervor.

Ich trat auf ihn zu.

»Nicht!«, rief er noch, aber es war schon zu spät.

Hinter der Edelstahlkücheninsel lag Asim auf dem Rücken. Seine Augen waren weit aufgerissen und starrten blicklos zur Decke.

Tot.

Mir drehte sich der Magen um. Ich konnte nicht glauben, was ich da vor mir sah. Ich schlug die Hand vor den Mund, weil in mir bittere Galle emporstieg. Dann streckte ich mich nach Asim aus, berührte ihn vorsichtig am Arm. Er war ganz kalt. Er rührte sich nicht.

Und sein Hals war blutüberströmt.

Ich taumelte rückwärts gegen die Kücheninsel. Biss mir auf die Lippe, und in meinem Mund breitete sich der metallische Geschmack von Blut aus.

»Was ist passiert?«, hauchte ich.

Ich sah mich nach Arthur um, doch der war verschwunden. Ich stürzte auf die Hintertür zu, wo er gerade noch gestanden hatte, doch auch die düstere Gasse hinter dem Gebäude war leer.

Meine Knie wurden weich.

Wer war das?

Wohin ist Arthur verschwunden?

Ich suchte das ganze Café ab, aber es war sonst niemand da.

Sosehr ich Asim helfen wollte, wusste ich doch, dass ich nichts mehr für ihn tun konnte und dass die ägyptische Polizei mich hier nicht antreffen durfte. Ich war als Touristin eingereist, die die Pyramiden besichtigen wollte, und kannte unseren Fluchtplan – ich hatte ihn zuvor auch schon in Jordanien angewendet.

Ich rannte, so schnell ich nur konnte und mit tief ins Gesicht gezogener Kapuze, zurück zu unserem Apartment. Als ich dort ankam, winkte ich flüchtig dem Concierge und stürmte an ihm vorbei zum Aufzug. Ich musste Arthur finden.

Das Zwei-Zimmer-Apartment sah immer noch genauso aus, wie wir es verlassen hatten, und doch war nichts mehr wie zuvor.

Das Bild von Asim ging mir nicht mehr aus dem Kopf, und das Adrenalin, das mich zurück zu dem Apartment gebracht hatte, das durch meine Adern geschossen und meine Beine angetrieben hatte, machte aus mir ein zitterndes Wrack.

Dann klopfte es. Ich rannte in Arthurs Schlafzimmer und suchte nach der Waffe, die er unter der Matratze versteckt hatte. Sie war nicht mehr da. Hatte er sie am Morgen mitgenommen? Ich hatte im Café keinen Schuss gehört und konnte auch nicht glauben, dass Arthur zu so etwas imstande wäre …

»Miss Freya? Ist alles in Ordnung?« Die Stimme des Concierge. »Mr Arthur hat angerufen und mich gebeten, nach Ihnen zu sehen. Ich habe in seinem Auftrag ein Taxi gerufen, das Sie zum Flughafen bringen soll.«

Ich schob die lächerliche Sicherheitskette an der Tür zurück und zog vorsichtig die Tür auf.

Der Concierge fragte erneut: »Ist alles in Ordnung?«

»Ja. Es geht mir gut, danke.« Dabei ging es mir alles andere als gut.

Wer hat Asim umgebracht?

Ich war mir sicher, Arthur war es nicht gewesen; trotzdem war er für Asims Tod verantwortlich. Er hatte hinter meinem Rücken etwas eingefädelt, was Asim das Leben gekostet hatte. Arthurs Gier hatte mir Asim geraubt.

»Bitte sagen Sie dem Taxifahrer, er soll kurz warten, bis ich fertig gepackt habe.«

Asim … Mein großzügiger, lustiger, kluger Asim, der drei Sprachen sprach, seine Familie liebte und derart warmherzig und liebevoll von seinen Schwestern erzählte. Er hatte so viele Antiquitäten für Ägypten retten und so viel mehr von der Welt sehen wollen, wir hatten die Welt zusammen bereisen wollen ... und jetzt war er mir entrissen worden, seiner Familie, und dann auch noch auf diese brutale Weise ...

Ich hatte nur eine Möglichkeit gesehen, mit seinem Verlust klarzukommen: Ich hatte Kairo aus meinem Gedächtnis löschen müssen.

Und plötzlich waren da all diese Hinweise von Arthur, diese Querverbindungen zur Vergangenheit, und jener Tag brach abermals über mich herein ...

27

» Wenn jemand verdächtig wirkt – lauf!«

ARTHUR CROCKLEFORD

Das Prasseln des Regens jenseits der offenen Tür rief mich ins Hier und Jetzt zurück. Ich hob die Hand an mein Gesicht und ertastete Tränen – ich hatte tonlos vor mich hin geschluchzt. Dann blickte ich auf das Handy in meiner anderen Hand, und die Realität hatte mich wieder.

Wenn ich mein Handy verloren hätte, wäre mir das sicher bald aufgefallen, und ich hätte mich auf die Suche danach gemacht. War das hier wirklich Amys Handy?

Phil schob die Küchentür auf. »Kommen Sie? Allmählich sollten wir zu den anderen zurückgehen.«

»Ja.« Ohne nachzudenken, schob ich das Handy in meine Handtasche. »Ich hab mich nur gefragt, ob Amy wirklich da rausgelaufen ist.«

Irgendwas war hier doch faul. Ich wollte nicht zu den anderen zurück – ich wollte mich im Herrenhaus umsehen und Amy finden.

Als Phil sah, dass ich zögerte, sagte er: »Niemand benutzt diese Tür. Ich habe sie ausprobiert, als ich frisch angekommen war, und sie ist fast aus den Angeln gekracht.«

»Wie gesagt, ich habe den gleichen Fehler heute auch schon gemacht.« Clare klapperte mit dem Besteck.

»Warum hätte Amy sie dann aufmachen sollen?«, gab ich zurück.

»Vielleicht wollte sie eine Abkürzung nehmen? Und hat sie dann nicht mehr zubekommen?«

»Mag sein.« Ich war nicht überzeugt. Auf mich wirkte es eher so, als hätte irgendetwas Amy erschreckt. Als hätte sie die Küche fluchtartig verlassen.

Mit der Taschenlampe in der einen und dem Kerzenleuchter in der anderen Hand folgte ich Phil zurück in den Speisesaal.

Kaum dass ich über die Schwelle trat, eilte Carole mir entgegen. Sie versuchte, die Besorgnis in ihrem Blick mit einem Lächeln zu überspielen.

»Wie gut, dass du zurück bist! Ich habe den anderen gerade erzählt, dass ich in meinem Alter schrecklich schnell müde werde.« Sie spähte unauffällig zu Giles.

Es sah meiner Tante nicht ähnlich, so früh zu Bett gehen zu wollen, trotzdem machte ich mir deswegen keine Gedanken. Ich machte mir immer noch Sorgen um Amy.

Ich drehte mich zu den anderen um. »Glauben Sie, wir sollten eine Art Suchtrupp für Amy bilden?«

»Kein Grund zur Sorge, meine Schwester kommt schon klar«, sagte Giles.

»Aber wo ist sie denn hin?«, hakte ich nach.

Niemand antwortete.

Bella zitterte und sah mich auf eine Art an, die besagte, dass Caroles Vorschlag eine gute Idee gewesen war. Ich fasste einen Entschluss: Ich würde Carole ins Cottage bringen, mich vergewissern, dass sie dort sicher war, und dann ins Herrenhaus zurückkehren und nach Amy suchen.

»Unsere Mäntel hängen noch im Salon. Soll ich sie holen gehen?«, schlug ich an Carole gewandt vor. Dann fielen mir die Fotos von Lord Metcalf und seiner Familie ein. Die musste ich zuvor an mich nehmen. Ich zupfte an meinem Ohrläppchen. »Oh, ich muss meinen Ohrring verloren haben ... Moment ...«

Mit der Taschenlampe fuhr ich unter dem Tisch, rund um die Vorhänge und die offene Schublade entlang. Das Foto war verschwunden.

Carole hakte sich bei mir unter. »Komm, gehen wir.«

Ich erhob keine Einwände. »Wir gehen zurück ins Cottage, zünden den Kamin an und machen es uns gemütlich«, sagte ich in Richtung der Tischgesellschaft.

Bella stand auf. »Dann gute Nacht.« Sie umarmte mich und flüsterte mir zu: »Schließen Sie hinter sich ab!«

»Gute Nacht«, erwiderte ich nur. Carole und ich traten hinaus auf den Flur. »Holen wir unsere Mäntel und verschwinden von hier.« Dann hielt ich inne, weil mir noch etwas einfiel. »Ein Windstoß hat die Kerzen ausgeblasen, nicht wahr? Aber das konnte nur passieren, wenn die Küchentür lange genug offen stand, dass die Luft den ganzen Weg bis in den Speisesaal wehen konnte. Ich glaube, jemand hat die Tür aufgehalten. Aber warum?«

»Als ich den Schrei gehört habe, waren nur wir zwei und Phil im Speisesaal. Jeder von den anderen hätte Amy etwas antun können. Außerdem ...« Carole schlug den Blick nieder. »Wenn wir im Cottage sind, muss ich dir etwas gestehen.« Sie eilte voraus in Richtung Salon.

»Und was?« Ich lief ihr hinterher. Es wäre sicher nichts Erfreuliches. Carole war einer der offensten, direktesten Menschen, die ich kannte. Ein *Geständnis* konnte nur bedeuten, dass es etwas gab, was sie sich in Hörweite der anderen nicht auszusprechen traute.

Der Salon war nur noch von einer Handvoll Duftkerzen auf dem Tisch erleuchtet. Die Vorhänge wehten leicht im Luftzug der Terrassentüren.

Carole schlüpfte in ihren Mantel. »Ich kenne diesen Giles. Ich hab ihn ein paarmal zusammen mit Arthur getroffen, einmal auf einem Kreuzfahrtschiff und dann in dieser Bar in Hongkong. Keine Ahnung, was genau er macht – er war diesbezüglich immer sehr vage. Aber Arthur und Giles hatten kein gutes Verhältnis. Sie haben sich in der Gesellschaft des jeweils anderen nie wohlgefühlt.«

»Willst du damit andeuten, dass Giles Dreck am Stecken hat? Im Sinne von … in Hehlereien involviert ist?«

Ein Stück den Flur entlang hustete jemand.

»*Psst!*« Carole krallte sich in meinen Arm. »Gehen wir zurück ins Cottage und reden dort weiter – nicht hier! Ich weiß, was du gleich sagen wirst: Du glaubst, Arthur wäre ebenfalls in krumme Geschäfte verwickelt gewesen – aber das war nur dieser eine Job in Kairo! Ausgerechnet du solltest wissen, wie verzweifelt jemand sein kann, wenn er drauf und dran ist, alles zu verlieren. Du würdest doch auch alles tun, um dein Haus zu retten. Bist du nicht deshalb mit zu Franklin Smith gegangen? Weil du insgeheim damit gerechnet hast, du könntest das Geschäft eines Mannes erben, den du vermeintlich gehasst hast?«

Sie zog die Augenbrauen hoch, und ich drehte mich weg und tat so, als wollte ich bloß meinen Mantel holen und nicht meine Scham überspielen.

Im selben Moment entdeckte ich hinter den Terrassentüren in einiger Entfernung das Licht von Rückleuchten.

»Da fährt jemand weg!« Ich eilte auf die Türen zu, um besser sehen zu können. Ich nahm an, dass der Wagen gerade durch den Tunnel aus Bäumen auf das Eingangstor zufuhr.

Carole trat neben mich. »Glaubst du, das ist Amy?«

»Es kann nur Amy sein. Alle anderen sind schließlich noch da, oder?«

Die roten Leuchten schienen zu flackern, als der Wagen durch die Allee fuhr.

»Dann ist sie jetzt wohl weg.« Carole schüttelte den Kopf und wandte sich ab. »Merkwürdig, sie hat gar nicht erwähnt, dass sie los muss.«

Der Wagen hielt.

»Carole?« Ich winkte sie zurück. »Guck mal. Haben die angehalten, um das Tor zu öffnen?«

»Hat das Tor gar nicht offen gestanden?« Carole kniff die Augen zusammen. »Ich kann nichts erkennen … Es ist zu dunkel und zu weit weg.«

Hinter uns waren Schritte zu hören.

»Ist alles in Ordnung?«, fragte Phil, der soeben den Salon betrat und seine Barbour-Jacke von der Stuhllehne nahm.

»Alles bestens«, antwortete Carole.

Ich zog meinen Mantel über und schlug den Kragen hoch, um gegen das Unwetter draußen gewappnet zu sein. »Hast du alles?«, fragte ich Carole.

»Ich nehme an, Sie gehen mit zur Antikmesse morgen Vormittag?«, erkundigte sich Phil.

Ich hatte in der Aufregung vergessen, was anstand. Ich zückte mein Handy und rief das Foto auf, das ich von der Programmübersicht gemacht hatte.

5.00 Uhr	Frühstück im Herrenhaus
9.00 Uhr	Antikmarkt Long Melford
12.00 Uhr	Antik-Talk: Viktorianische Keramik

Das Frühstück schien mir eindeutig zu früh angesetzt worden zu sein. Was hatte Arthur damit bezweckt? Der Vortrag zum Thema »*Viktorianische Keramik*« spielte unter Garantie auf Martin-Brothers-Vögel an – vielleicht weil Lord Metcalf seinen so sehr geliebt hatte? Aber was hatte Arthur damit bezweckt, einen Antikmarkt in das Programm aufzunehmen?

»Vielleicht hat er ausgerechnet dieses Wochenende ausgesucht, gerade weil es mit dem Markt zusammenfiel? Es ist das erste Mal, dass eine Antikmesse Teil des Programms sein soll«, sagte Phil.

»Meinten Sie nicht, Sie hätten Arthur gar nicht gekannt?« Ich wartete auf eine Erklärung.

»Habe ich das behauptet?« Phil trat von einem Bein aufs andere.

Lügner!

»Ja, als wir uns erstmals begegnet sind.«

Phil seufzte. »Ich hab ihn nur ein einziges Mal getroffen. Vor ein paar Wochen, an einem Samstag, glaube ich. Er hat an die Tür des Herrenhauses geklopft, aber es war niemand da. Ich bin hingegangen und hab gefragt, ob ich ihm weiterhelfen könnte.«

Diesmal war ich mir sicher, dass er uns belog, weil Franklin erwähnt hatte, dass Arthur an jenem Tag bei Lord Metcalf zu Besuch gewesen war. Und Carole war der Ansicht, dass Arthur sie angerufen hatte, nachdem er in Copthorn Manor gewesen war.

»Hatten Sie ihm aufgelauert?«, hakte ich nach.

»Überhaupt nicht!« Phil sah auf die Uhr. »Es ist schon spät, und ich ahne, wie müde Sie sein müssen. Gute Nacht.« Er zog sich eilig zurück.

»Was war das denn gerade?«, fragte Carole.

»Er lügt. Aber ich glaube, diese Antikmesse sollten wir besuchen. Arthur hat sie aus einem bestimmten Grund ins Programm aufgenommen. Vielleicht finden wir dort den nächsten Hinweis?«

»Oder sein Mörder ist anwesend?«

»Wenn es dort irgendetwas gibt, was wir finden sollen, dann werden wir es auch finden«, sagte ich. »Morgen ist der letzte Tag dieses Treffens, und wir müssen allmählich Gas geben, sonst finden wir nie heraus, wer Arthur umgebracht hat.«

28

*»Früher oder später unterläuft jedem ein Fehler.
Es ist schwierig, etwas geheim zu halten, und die
Menschen sind neugierig.«*

ARTHUR CROCKLEFORD

Inzwischen schienen die anderen ebenfalls beschlossen zu haben, sich in ihre Unterkünfte zurückzuziehen. Ich warf noch einen letzten Blick in die Küche und in den Speisesaal, doch alle waren gegangen.

Wind und Regen peitschten um uns herum, als wir über die Zufahrt hinüber zum Cottage liefen. Äste krachten aufeinander, Laub raschelte, und in der Ferne flammte ein Blitz auf.

Ich verspürte ein Kribbeln im Nacken. Wurden wir schon wieder beobachtet? Ich ließ den Blick durch die Dunkelheit schweifen, konnte aber niemanden sehen.

Ich schloss die Tür zu unserem Cottage auf und wischte mir die nassen Locken aus dem Gesicht. Das Erste, was mir auffiel, war der umgekippte Lehnstuhl am Kamin. Außerdem war die »REISEN SIE SOFORT AB!«-Nachricht aus dem Umschlag genommen und mitten auf den Couchtisch gelegt worden.

Jemand hat das Cottage durchwühlt, und wir werden schon wieder gewarnt ...

Carole und ich wechselten einen Blick. Hatten sie das Buch gefunden?

Ich stürzte auf den Holzstapel zu. Was, wenn das Buch verschwunden war? Arthurs Liste war womöglich das einzige Verzeichnis der Sammlung Copthorn Manor und enthielt Fotos gestohlener Antiquitäten, die nach deren Diebstahl entstanden waren. Was, wenn ich alles vermasselt hatte, indem ich nicht besser darauf aufgepasst hatte?

Mir schoss durch den Kopf, was Arthur gern gesagt hatte: *Im Zweifel verstecke Objekte von echtem Wert – denn die wollen andere sich nehmen.*

»Ist es noch da?«, flüsterte Carole.

Mit zitternden Händen zog ich die Holzscheite weg und hob das Zeitungspapier an, das darunter lag. Mein Blick fiel auf das Buch, und ich war zutiefst erleichtert. »Ja.«

Wir durchsuchten das ganze Cottage, aber es schien nichts weiter zu fehlen. Am Ende ließ ich mich erschöpft auf das Sofa fallen, und Carole machte Feuer im Kamin. Ich zitterte, doch nicht einmal das behagliche Knistern und Knacken der Flammen verschaffte mir Erleichterung; ich wusste nicht, ob es das Adrenalin oder die Angst war, was mich so sehr in Mitleidenschaft nahm.

»Das Cottage ist professionell durchsucht worden«, bemerkte Carole, als sie wenig später mit einer Kanne Tee und zwei Tassen auf mich zutrat. »Zum Glück hat derjenige nicht sämtliche Scheite beiseitegeräumt.« Sie zeigte auf das Buch auf meinem Schoß. »Wir müssen ab sofort vorsichtiger sein.«

»Sehe ich auch so. Sollen wir noch einmal alles rekapitulieren?«, fragte ich, weil ich meine wirren Gedanken sortieren musste. »Und anschließend erzählst du mir, was du über Giles weißt. Keine weiteren Geheimnisse.«

Carole nickte ernst.

»Ich habe heute Abend im Speisesaal das Foto eines Mannes entdeckt«, fing ich an. »Ich hab ihn wiedererkannt – es war Mark, derselbe Mann, der Arthur und mich vor zwanzig Jahren mit der Suche nach einem gestohlenen Martin-Brothers-Vogel beauftragt hat. Erst durch das Foto ist mir klar geworden, dass das Lord Metcalf war – Giles' und Amys Vater.«

»Harry hat Arthur einen Tag vor dessen Tod mit einem Martin-Brothers-Vogel in seinem Laden gesehen«, sagte Carole. »Das hängt alles miteinander zusammen.«

»Ja, so muss es sein«, erwiderte ich. »Allerdings glaube ich nicht, dass es derselbe Vogel war – es gibt zig Wally Birds auf der Welt. Ein Händler hat mir einmal erzählt, dass der Bruder, der die Manufaktur betrieb, seine Lieblingsvögel immer außer Sicht aufbewahrte und nur den Sammlern zeigte, die ihm sympathisch waren oder die am meisten dafür bezahlten. Diese Vögel schienen irgendwas in Sammlern auszulösen … und Lord Metcalf war fast schon hysterisch, als er zu Arthur kam und ihn anflehte, ihm seinen Vogel zurückzubringen. Irgendwann hat er erwähnt, der Vogel sei ihm von seinem Sohn entwendet worden, mit dem er sich entzweit habe.«

»Von *Giles*?«

»Giles hat seinem Vater den Vogel geklaut und ihn nach Ägypten geschickt – oder persönlich dort hingebracht, keine Ahnung –, damit in einer der besten Fälscherwerkstätten der Branche eine Fälschung erstellt werden sollte.«

»Und in dieser Werkstatt hat dein damaliger Freund gearbeitet?«, hakte Carole nach.

»Ja, Asim, der den Vogel aus der Werkstatt entwendete, um ihn uns zu übergeben. Tags darauf wurde er ermordet … und ich habe nie herausgefunden, wer der Täter war.«

Ich konzentrierte mich auf das tanzende Licht des Kaminfeuers. Ich wollte nicht das Mitleid im Blick meiner Tante sehen.

»Als Arthur und ich ohne den Vogel zurückkehrten, ist Mark vor Wut beinahe durchgedreht. Ich bin überrascht, dass Arthur anschließend weiterhin mit ihm in Kontakt blieb.«

»Ich wusste, dass der Auftrag in Kairo schiefgegangen war und dass dein Freund dabei ums Leben kam.« Carole sah aus dem Fenster in Richtung Herrenhaus. »Dann hat also alles hier angefangen …«

»Und geht vielleicht hier zu Ende.« Ich seufzte. »Arthur wusste, wie alles zusammenging. Allerdings haben *wir* immer noch nicht alle Puzzleteile beisammen.«

»Du schaffst das schon.« Carole tätschelte mir das Knie. »Was glaubst du, wer vorhin in dem Auto saß? Die Bauchtänzerinnen waren es jedenfalls nicht, so viel ist klar.« Sie zwinkerte mir zu und goss uns Tee ein.

»Überlegen wir erst mal, warum alle hier sind. Es fühlt sich fast an, als hätte Arthur alles gezielt eingefädelt. Wir wissen von Franklin, dass Antiquitäten in Metcalfs Depots gelagert werden, die für bestimmte *Interessenten* bestimmt sind. Was an sich schon merkwürdig ist. Nach Metcalfs Tod hat Franklin den Schlüssel zu den Räumlichkeiten erhalten … aber wie?«

»Ich kann gerade nicht folgen«, sagte Carole.

»Ich glaube, Metcalf hat den Schlüssel Arthur übergeben, als der ihn vorletzte Woche besuchen kam. Vielleicht wollte er nicht, dass seine Kinder die Depots betreten? Und damit können wir wohl davon ausgehen, dass es nur ein Exemplar dieses Schlüssels gibt. Ich nehme an, Arthur hat Franklin bei ihrem Treffen den Schlüssel überreicht. Aber was steht in diesem Depot, was Giles so dringend haben will? Gewisse Leute brennen darauf, dort morgen hineinzukommen … nur Bella nicht. Die scheint lediglich hier zu sein, weil Giles hier ist. Und dann Amy – eine merkwürdige Person. Sie wusste von den Büchern, hat die versammelte Gesellschaft freiheraus nach Arthurs *Dossiers* gefragt – und ist jetzt verschwunden.« Ich legte eine Pause ein.

Carole lächelte mich an. »Ich wusste, dass du Feuer fangen würdest.«

»Mir scheint fast, dass bislang nur eine Sache klar ist: Arthur hatte recht, wir dürfen hier niemandem trauen. Sein Programm führt übrigens Frühstück um fünf Uhr morgens auf. Ist das nicht sehr früh? Ich glaube ja, dass um fünf Uhr irgendetwas passieren soll, und er wollte, dass wir es mitbekommen.«

Meine Gedanken wanderten zurück zu Arthurs letzter Nacht. Ich wusste aus meinen Fahnderinnentagen, dass ein Auftrags-Antiquitätendiebstahl stets Wochen im Voraus geplant wurde, und diese Art Raubzug war leicht zu erkennen, weil hinterher nur einige ausgewählte Gegenstände fehlten. Ungeplantes Reinspazieren und Mitnehmen, was nicht niet- und nagelfest war, bei dem auch der letzte nach Silber aussehende Teelöffel gestohlen wurde, wirkte im Vergleich chaotisch. Bei Arthur im Laden hatte kein Chaos geherrscht, das Ganze hatte wie eine Inszenierung gewirkt, genau wie hier im Herrenhaus. Üblicherweise sahen sich Fahnder bei ersterer Art von Verbrechen zunächst immer an, wer in den Wochen vor dem Diebstahl vor Ort gewesen war; bei Profidiebstählen ging es eher um die Tage unmittelbar zuvor. Würde das auch für unseren Fall zutreffen?

»Bevor Arthur starb, war er doch recht umtriebig, hat all diese gestohlenen Antiquitäten aufgelistet und Reisen geplant«, sagte ich. »Dann hatte er eine Unterredung mit Metcalf – und plötzlich wird es hektisch. Amy hat sich nach den Dossiers erkundigt – was, wenn die Informationen darin der Familie schaden oder jemandes illegale Geschäfte offenlegen könnten? Damit hätte dieser Jemand ein gesteigertes Interesse daran, die Bücher zu finden. Aber wäre das Franklin? Oder Giles und Bella? Amy? Oder Clare?«

»Oder dieser gut aussehende Gärtner, Phil. Nur weil er ein Sahneschnittchen ist, heißt das noch lange nicht, dass er kein Mörder ist.«

Carole strahlte mich an, und ich beschloss, über den neuerlichen Verkupplungsversuch hinwegzugehen.

»Können wir denn davon ausgehen, dass sowohl Amy als auch Clare und Phil am Tag von Arthurs Besuch hier waren? Franklin könnte natürlich ebenfalls vor Ort gewesen sein.«

Mir schwirrten allerhand Fragen durch den Kopf, doch ich brauchte Fakten. Ich rief den Kalender in meinem Handy auf.

»Arthur starb in der Nacht vom Sonntag, den 19. Mai, auf Montagfrüh. Arbeiten wir uns rückwärts: Eine gute Woche zuvor, am Samstag, den 11. Mai, besucht er Metcalf, und sie unterhalten sich. Am Mittwoch, den 15. Mai, sucht Arthur Franklin auf, um sein Testament aufzusetzen. Er erzählt Franklin, Metcalf habe die Anweisung erteilt, nach seinem Tod die Depots zu öffnen, und übergibt Franklin den Schlüssel. Ich glaube, somit können wir davon ausgehen, dass Arthur über den Inhalt von Metcalfs Testament Bescheid wusste. Arthur hilft Franklin bei der Buchung des Transports für dieses Wochenende, und die Beteiligten werden informiert. Allerdings vertraut Arthur nicht darauf, dass Franklin uns von alledem erzählt, deshalb schreibt er uns am Freitag, den 17., einen Brief. Zu diesem Zeitpunkt befürchtet Arthur bereits, dass ihn jemand im Visier hat, und übergibt den Brief heimlich an Agatha. Mir ist nur immer noch nicht klar, warum er ihn nicht einfach per Post geschickt hat.«

Carole holte tief Luft. »Der Brief war eine Art Rückversicherung, *falls* ihm etwas zustoßen würde. Wenn am Ende alles gut gegangen wäre, dann wäre er zu Agatha gegangen und hätte sich den Brief zurückgeholt. Wenn er ihn per Post geschickt hätte, wäre das unmöglich gewesen.«

»Clever.«

»Ach, Herzchen, er war einfach der Beste!« Carole seufzte tief auf.

»Wir wissen trotzdem immer noch nicht, was in der Nacht, in der er ums Leben kam, passiert ist«, sagte ich. »Amy und Giles waren im Crown, Franklin ebenfalls ...«

Carole reckte den Zeigefinger. »Sie waren *alle* beteiligt! Amy, Giles, Franklin, Phil und Bella – sie haben *alle miteinander* meinen lieben Arthur auf dem Gewissen, und jetzt rächen wir uns an ihnen!«

»Wirklich?« Damit schien sie mir ein bisschen weit zu gehen. »Arthur war auch im Crown. Und wo Phil war, wissen wir nicht. Bella hat erwähnt, sie sei in London gewesen, aber ob das wirklich stimmt ...«

»Wir sind einfach richtig, richtig gut, Liebling! Findest du nicht?« Meine Tante war wie immer sehr bescheiden.

Ich verschränkte die Arme. »Also dann, ich will alles über Giles hören.«

»Ich habe ihn vor vielen Jahren kennengelernt.« Carole lehnte sich auf dem Sofa zurück. »Wie du weißt, habe ich Arthur immer gern auf seinen exotischen Geschäftsreisen begleitet, und bei einer Gelegenheit war auch Giles dabei.

Er schien eingeladen worden zu sein, genau wie Arthur. Es hat heute Abend ein bisschen gedauert, bis ich ihn wiedererkannt habe, weil er damals wesentlich weltmännischer aussah – mit diesem schicken Vollbart, blank polierten Schuhen und alledem. Vielleicht geht es ihm ja finanziell nicht mehr ganz so gut ...«

»Hast du ihn auch bei der Beerdigung gesehen?«, wollte ich von ihr wissen.

»Na ja ... Ich war mir nicht sicher, ob er es war. Und ich dachte, ich sollte Arthurs ... Geschäftskontakte besser nicht erwähnen.« Sie nahm einen Schluck Tee und wich meinem Blick aus.

»Was hat Arthur von ihm gehalten?«, bohrte ich nach.

»Arthur hat ihn kaum je erwähnt, aber ich wusste von ihm, dass Giles' Vater Antiquitätensammler war, in schmutzigem Geld badete und dass Giles derjenige war, der ihm die Antiquitäten beschaffte. Außerdem hat Giles Arthur wohl Infos zu anderen zwielichtigen Geschäften zugespielt, sofern er so lästige Konkurrenten aus dem Weg räumen konnte.«

Das ergab Sinn. »Arthur hat immer schon Informanten gehabt. So etwas ist enorm hilfreich, wenn man nach gestohlenen Antiquitäten sucht. Aber warum sollte Arthur etwas mit einem Mann zu tun haben wollen, der seinem eigenen Vater einen Martin-Brothers-Vogel entwendet?«, überlegte ich laut. »Besonders nachdem dieser Auftrag so ... übel ausgegangen war.«

»2003 hat Arthur in mehreren Fällen von Herrenhausdiebstählen ermittelt, und Giles lief ihm erneut über den Weg«, sagte Carole.

»Die Diebstähle, die in den Zeitungsartikeln aus den Dossiers erwähnt waren? Da war ich zwar schon nicht mehr

Fahnderin, kann mich aber noch daran erinnern. Vielleicht war Giles ja einer der Diebe?«

»Das weiß ich wirklich nicht. Das war während der Wirtschaftskrise, und der Laden war am Ende. Giles kam vorbei und versuchte wohl, Arthur ein gestohlenes Objekt zu verkaufen. Arthur sah sofort, worum es sich handelte, kaufte es ihm ab und sicherte sich so die Belohnung der Versicherung. Giles kam mit einem weiteren Objekt, und ich glaube, die beiden vereinbarten einen Deal. Arthur hat mal erwähnt, dass Giles diesbezüglich eine Marktlücke entdeckt habe, von der sie beide profitieren konnten. Arthur hat wirklich bloß versucht, den Laden zu retten …«

Allmählich ahnte ich, was da gelaufen war, und ich seufzte tief auf. »Die Versicherungsgesellschaften waren nicht daran interessiert, die Täter dingfest zu machen. Die wollten bloß die Objekte zurück, damit sie die Versicherungssumme nicht auszahlen mussten. Was Arthur und Giles da eingefädelt haben, klingt nach Betrug im großen Stil.«

Carole ließ den Kopf hängen. »Es war einfach eine andere Form der Antiquitätenjagd …«

Meine Faust ballte sich um meine Narbe. »Wenn Arthur dieses Spielchen mitgespielt hat – und wenn dies alles *nach* Ägypten war –, dann hat er nie damit aufgehört, obwohl er es versprochen hatte.« Die Wut beschleunigte meinen Puls, und ich holte tief Luft, um ruhig zu bleiben. »Arthur hat die Fronten gewechselt und war im Schwarzhandel mit Antiquitäten aktiv … Er hat sich von Verbrechern einspannen lassen und gestohlene Antiquitäten gehandelt.« Ich stand auf. »Das hast du mir nie erzählt.« Und ich wusste nur zu gut, warum: Wir hatten eine unausgesprochene Übereinkunft gehabt, nicht mehr über Arthur zu reden, dabei hatte Carole immer den Wunsch gehabt, dass Arthur und ich uns versöhnen würden. »In dieser Welt ist ein Menschenleben nichts wert. Leute sterben …«

Ich nahm meine Teetasse und brachte sie in die Küche. Ich brauchte Abstand von meiner Tante und ihren Versuchen, Arthurs krumme Geschäfte zu rechtfertigen.

»Aber die Leute haben ihre gestohlenen Sachen doch zurückbekommen? Und er hat auch offizielle Ermittlungen betrieben, nachdem du aufgehört hattest …«

Ich wirbelte zu ihr herum. Ich war kurz davor zu explodieren und ihr zu erzählen, was Arthur in Kairo und auch seither alles falsch gemacht hatte … als der Sturm heulend an der Eingangstür rüttelte.

Regen prasselte gegen die Fenster. Weil ich um unsere Sicherheit besorgt war, eilte ich zur Tür und vergewisserte mich, dass abgeschlossen war.

Carole kam mir nach und sah aus dem Fenster.

»Du liebe Güte, Schätzchen, was ist denn das?«, fragte sie und zeigte nach draußen.

Wollte sie etwa das Thema wechseln? Ich legte die Hände an die Augen und spähte hinaus.

Im Herrenhaus wanderte der Lichtkegel einer Taschenlampe auf und ab.

»Da ist jemand«, flüsterte Carole.

Unser Streit war fürs Erste vergessen. »Vielleicht ist das Amy?«

Ich machte einen Schritt zurück, wollte am Fenster nicht gesehen werden, obwohl das Herrenhaus in sicherer Entfernung stand – und erhaschte einen Blick auf mein Spiegelbild in der Scheibe. Ich hatte die Augen weit aufgerissen und die Lippen entschlossen zusammengepresst, die Haare zurückgebunden – ich sah höchst professionell aus, *agil*, schoss es mir spontan durch den Kopf. Zum ersten Mal seit Langem sah ich *agil* aus. Ich straffte die Schultern und holte tief Luft. *Du hast mir gefehlt*, flüsterte ich der Frau zu, die ich einst gewesen war.

Im nächsten Moment flackerte Licht im Erdgeschoss des Herrenhauses. »Das ist in der Küche!«

Das Handy! Vielleicht war Amy zurückgekommen, um nach ihrem Handy zu suchen?

Licht fiel durch den Spalt in der Hintertür.

»Arthur hat geschrieben, er habe nach etwas gesucht, das er unbedingt habe an sich nehmen wollen. Als er zu dem Schluss kam, dass er das wohl nicht mehr schaffen würde, hat er uns so viele Hinweise wie nur möglich hinterlassen …« Ich sah, wie sich das Licht drüben im Herrenhaus entfernte. »Ich sollte herausfinden, was da los ist.«

»Herzchen, das ist aber keine gute Idee. Das Wetter wird immer schlimmer.« Carole legte im Kamin Holz nach.

Ich wollte mich schon zu ihr setzen – wenn Amy zurück wäre und nach ihrem Handy suchte, hätte das Ganze bestimmt Zeit bis zum folgenden Morgen –, als ich eine große, schlanke Frau über den Zufahrtsweg auf das Herrenhaus zulaufen sah.

»Was macht Bella denn da?«, fragte ich.

Ohne Caroles Einwände abzuwarten, schlüpfte ich in meinen Mantel, in dessen Tasche noch immer Amys Handy lag, zog meine Sportschuhe an und schloss die Cottage-Tür auf.

»Wo willst du denn hin?«, rief Carole.

»Ich gehe rüber.« Mit einem Blick brachte ich sie zum Schweigen. »Ich habe so etwas schon öfter gemacht.« Ich griff in meine Handtasche und nahm ein paar Haarnadeln heraus, die ich mir in die Manteltasche schob, weil ich hoffte, dass mir wieder einfallen würde, wie man damit, wenn nötig, ein Schloss entriegelte.

Leise zog ich die Cottage-Tür hinter mir zu und vergewisserte mich, dass niemand in der Nähe war. Ich fluchte, als ich in eine Pfütze trat und meine Schuhe nass wurden, aber ich war *agil*, oder etwa nicht? Ich wollte nur kurz nachsehen gehen, ob Amy wiederaufgetaucht war, ihr das Handy zurückgeben und womöglich herausfinden, was Bella vorhatte.

Ich atmete tief durch und rannte auf das Herrenhaus zu.

29

»Jetzt hat unsere Stunde geschlagen, mein Lieber,
um die Fehler der Vergangenheit geradezurücken.«

ARTHUR CROCKLEFORD

Giles

Giles war der Letzte, der sich noch im Herrenhaus befand.
Genauso hatte er es geplant – er hatte Bella ins Bett geschickt
und sogar sichergestellt, dass dieser neugierige Gärtner, Phil,
über die Terrasse im Salon nach Hause gegangen war, und
er hatte zugesehen, wie diese anderen Frauen zurück in ihr
Cottage geeilt waren.

Als er auf Copthorn Manor angekommen war, hatte
Giles kurz das Gefühl gehabt, dass er Phil von irgend-
woher kannte – aber das konnte doch wohl nicht sein?
Trotzdem war er misstrauisch. Irgendwas stimmte mit
dem nicht.

Dagegen war es vergnüglich gewesen, Carole wieder
zu begegnen. Arthur hatte sie vor zig Jahren irgendwo in
Asien miteinander bekannt gemacht, und seither waren sie
sich bei den unterschiedlichsten Gelegenheiten überall auf
der Welt über den Weg gelaufen. Sie war wie immer charmant, im Gegensatz zu ihrer Nichte, die … uncharmant war.

Um Freya Lockwood würde er sich kümmern müssen, sie wusste eindeutig zu viel.

Er kehrte in den Speisesaal zurück, um sich das alte Foto zu holen. Er zog es aus seinem Versteck unter dem Tischtuch und stopfte es sich in die Brusttasche. Als Freya es entdeckt hatte, hatte sie wie gebannt darauf hinabgestarrt, und das gab ihm zu denken. Deshalb hatte er es auch schnellstmöglich an sich nehmen wollen.

Er hoffte, sie hatte nicht alles und jeden darauf wiedererkannt. Er wusste nicht, woher das Foto stammte. Er war der Ansicht gewesen, er hätte sämtliche Bilder weggeworfen, auf denen der alte Martin-Brothers-Vogel seines Vaters zu sehen gewesen war. Auf diesem Vogel lag ein Fluch.

Als Nächstes eilte er nach oben, um Amy aufzusuchen. Sie sollte ihm endlich sagen, wo sich der neue Zugang zu den Depots befand. Früher hatte eine alte Treppe aus der Küche nach unten geführt, doch die war inzwischen zugemauert. Seinem Lieblingskind hätte der alte Mann doch sicher erzählt, wo alles stand – und Giles würde es seiner Schwester entlocken.

In seiner Nachricht war Arthur sehr deutlich gewesen – *das Objekt liegt sicher verstaut im Depot, das am Sonntag, den 26. Mai, um zehn Uhr geöffnet wird, sobald der Transporter vorfährt.*

Der Martin-Brothers-Vogel hatte Giles annähernd sein gesamtes Erwachsenenleben lang verfolgt, und das wäre auch weiterhin der Fall – bis er vernichtet wäre. Arthur hatte verstanden, wie wichtig es war, dass er ihn an sich nahm. Der Vogel mochte einst sechzigtausend Pfund wert gewesen sein, womöglich mehr – aber wenn es nach Giles ging, war das nicht wichtig. Sein immaterieller Wert war unschätzbar. Seit Kairo war er auf der Suche nach dem verdammten Ding.

Arthur war der Einzige, der sich wirklich für die Antiquitäten interessiert zu haben schien. Jeder andere hier war nur auf das Geld aus, das sie möglicherweise erzielten. Arthur war Sachverständiger gewesen, er hatte feststellen können, ob irgendwas echt war oder Fake. Für einen so ehrbaren Mann wie ihn musste es hart gewesen sein, die Echtheit gestohlener Antiquitäten für die kriminelle Unterwelt zu zertifizieren – doch Arthur hatte das Geld gebraucht, und er hatte keine andere Wahl gehabt.

Giles tastete sich durch den pechschwarzen Flur voran. Er hoffte, dass Amy einen eigenen Schlüssel zu den Depots hatte. Wenn ja, hätte er ihn schon bald in der Hand.

Er erreichte die Küchentür und schob sie mit dem Fuß auf. Die großen Scharniere wollten die schwere Tür gleich wieder zurück in Position bringen. Er ließ den Lichtkegel seiner Taschenlampe schweifen. Von der Hintertür, die einen Spaltbreit offen stand, zog es kalt herein.

»Hallo?«, rief er in den Raum hinein. »Amy? Ich will nur nachsehen, ob alles in Ordnung ist.«

Vom Stockwerk über ihm war ein Knarzen zu hören.

»Ich hab dieses Haus schon immer gehasst«, murmelte Giles in sich hinein. »Aber du musstest mich ja zwingen zurückzukehren.«

Er ballte die linke Hand, und sein Daumen strich über den Siegelring, den er an seinem kleinen Finger trug. Zum hundertsten Mal wünschte er sich, seine Mutter hätte ihm das Ding nie gegeben.

Wenn Amy noch im Haus war, dachte er, dann hatte sie sich garantiert in ihr Schlafzimmer zurückgezogen.

Giles lief am Kamin in der Eingangshalle vorüber und nahm im Vorbeigehen einen Schürhaken mit. Das niederbrennende Feuer erhellte für einen Moment sein Gesicht.

Er drehte das kühle Metall in der Hand. Das würde reichen.

Die großen Flügeltüren, die zu dem breiten Treppenaufgang führten, standen sperrangelweit offen. Giles legte die Hand aufs Geländer, das er als Kind immer hinuntergerutscht war, während seine Mutter unten gestanden und ihn aufgefangen hatte. Dann schaltete er die Taschenlampe aus und schlich nach oben. Auf der Galerie blieb er stehen. Sein Herz hämmerte, und seine Lunge kreischte nach Luft. Er war bei Weitem nicht mehr so gut in Form wie früher.

Er spitzte die Ohren.

Wartete ab.

Stille.

Das einzige Licht schien unter Amys Schlafzimmertür durchzuschimmern.

Dann ist sie da drin.

Als er am frühen Abend Hafermilch für Bella holen gegangen war, war Amy am Telefon gewesen. Sie hatte die Person am anderen Ende der Leitung angebrüllt und ihr nahegelegt, sich zu beeilen und zum Herrenhaus zu kommen – sie könne »das alles unmöglich allein durchziehen«. Er war davon ausgegangen, dass sie die Organisation dieses Treffens gemeint hatte, aber jetzt …

Giles schlich auf ihre Schlafzimmertür zu und streckte sich nach dem Messingknauf aus. Er war eiskalt. Er drehte ihn langsam herum und versuchte, kein Geräusch zu machen. Er wollte das Überraschungsmoment auf seiner Seite.

Klick.

Verärgert über sich selbst stieß er die Tür auf. Sie krachte gegen die Wand.

Der Raum war von Kerzen und ein paar Campingleuchten erhellt. Amy durchwühlte gerade eine Kommode und wirbelte zu ihm herum.

»Was willst du?«, fragte sie, straffte die Schultern und durchbohrte ihn mit dem Blick.

Giles stellte sich breitbeinig auf den alten marineblauen Teppich. »Die Gäste haben sich gefragt, ob bei dir alles in Ordnung ist. Du warst plötzlich weg. Ich dachte, ich komme mal nachsehen.« Er versuchte, besorgt zu klingen.

»Du dachtest, du schleichst mal im Dunkeln herum – so war's doch eher? Was willst du hier, Shanks? Suchst die Depots, was? Dad hat den Zugang verlegen lassen. Das muss man sich mal auf der Zunge zergehen lassen – dieser Riesenaufwand, nur damit der eigene Sohn sich keinen Zutritt verschafft.«

»Nenn mich nicht Shanks.« Sein Griff um den Schürhaken verstärkte sich. »Mir gehört hier die Hälfte.« Sein Blick blieb an dem Verband an ihrer Hand hängen.

Amy blickte kurz darauf hinab und zuckte nur mit den Schultern. »Bloß ein kleiner Schnitt.« Sie zog den Ärmel ihres Pullovers über den Verband. »Hast du irgendwo ein Handy herumliegen sehen? Ich kann meins nirgends finden.«

»Nein.« Giles sah sich in dem Zimmer um, das abgesehen von ein paar Umzugskisten leer war. Auf dem Boden verstreut lagen ein paar Klamotten und auf dem Bett etwas, was nach dem Inhalt einer Handtasche aussah.

»Na dann. Wie du sehen kannst, bin ich wohlauf.« Amy zeigte zur Tür. »Und jetzt gehe ich schlafen. Ich bin mir sicher, du weißt noch, wie du wieder nach draußen findest und wo am Flur dein altes Zimmer liegt.«

Bei der Erwähnung seines alten Zimmers erschauderte er. Er wollte hier weg – aber nicht ohne den Vogel. »Hast du den Schlüssel zu den Depots? Ich will mir holen, was mir gehört. Meine Schuld ist beglichen.«

Amy lächelte ihn mitleidig an. »Ich habe keine Ahnung, wovon du sprichst. Wie gesagt, ich gehe jetzt ins Bett.« Sie beäugte den Schürhaken in seiner Hand, sagte aber nichts dazu. »Morgen wird hier dichtgemacht, und dann ist das alles Geschichte.«

Giles wusste, sie wäre ihm nicht gewachsen; er war größer als sie, breiter gebaut, ein einziger Schwung mit dem Arm, und er käme an ihr vorbei. Trotzdem zögerte er. Es hatte keinen Zweck, seine Karten zu früh auszuspielen. Sowie er den Vogel in seinem Besitz hätte, würden die Karten neu gemischt. Doch eine Frage nagte an ihm: Wie war Arthur darauf gekommen, dass der Vogel hier war? Sein Vater hätte ihn doch gewiss irgendwo auf fremdem Boden, weit, weit weg von hier versteckt?

Er hatte das vage Gefühl, dass jemand sie belauschte, und spähte den Flur entlang, während er immer noch mit einem Fuß die Tür blockierte, damit Amy sie ihm nicht vor der Nase zuschlagen konnte. Er brauchte Antworten, und allmählich lief ihm die Zeit davon.

30

»Sei immer darauf gefasst, dass der Wind sich dreht.«

ARTHUR CROCKLEFORD

Freya

Ich betrat das Herrenhaus durch die Vordertür. Die Eingangshalle war zwar noch halbwegs vom Glimmen des Kamins erhellt, aber die offenen Türen zu allen Seiten sahen aus wie klaffende schwarze Löcher. Ich richtete meine Taschenlampe in Richtung der Dunkelheit und machte mich auf die Suche nach Amy und Bella.

Gefahr, sagten mir meine sämtlichen Sinne. *Sei vorsichtig!*

Von oben war Gemurmel zu hören, und ich eilte auf die große Freitreppe zu, blieb dann aber noch vor der ersten Stufe stehen. Oben brannte nirgends Licht. Ich hielt inne und lauschte.

Bildete ich mir das nur ein? Da knarzten doch Dielen?

Dreh um. Die Angst pulsierte in mir. *Geh einfach wieder.*

Doch das tat ich nicht. Stattdessen rief ich mir all die Häuser in Erinnerung, in die ich zusammen mit Arthur eingedrungen war. Ich hatte auch damals nie kehrtgemacht, und mit jedem Schritt, den ich die Treppe in Copthorn Manor hinaufstieg, kehrte die alte Courage zu mir zurück. Ich war davon ausgegangen, dass der Mut mich komplett verlassen hätte, aber so war es nicht: Er war nur von der Trauer verschluckt worden. Doch jetzt tauchte ich daraus wieder auf.

Inzwischen war mir klar, worauf Arthur hinausgewollt hatte, als er mir die Fuchsbrosche geschickt hatte: Ich sollte nicht nur erneut auf Jagd gehen, sondern auch losziehen und jenes Mädchen in mir wiederfinden, das die Antiquitätenjagd einst heiß geliebt hatte; jene Achtzehnjährige, die in Paris vor Léa Steins Tür gestanden und alles über Schmuckherstellung hatte wissen wollen; die junge Frau, die ein Leben voller Abenteuer vor sich gehabt hatte und hungrig nach Antworten gewesen war.

Bis zum heutigen Tag war mir nicht vollends klar, wie das Feuer, das meine Eltern umgebracht hatte, derart hatte wüten können, doch es gab zig andere Fragen, die ich beantworten konnte. In der Hoffnung, dass ich dem Impuls, die Wahrheit ans Licht zu bringen, nicht würde widerstehen können, hatte Arthur mir nun diese Hinweise hinterlassen – und ich hätte deswegen stinkwütend sein können, weil er auch hier die Finger mit im Spiel hatte. Aber das war nicht der Fall, denn erst jetzt, da Arthur weg war, kehrten die ersten schönen Erinnerungen an jene Person, die ich einst gewesen war, zu mir zurück. Arthur hatte dazu beigetragen, mich zu derjenigen zu machen, die ich heute war – und dafür konnte ich ihn doch nicht hassen?

Langsam und lautlos setzte ich – ganz wie früher – einen Fuß vor den anderen, und Adrenalin rauschte durch meine Adern. Ich würde mich umsehen und wäre längst wieder verschwunden, noch ehe irgendwer etwas bemerkte.

Am oberen Treppenabsatz konnte ich das Licht einer Taschenlampe über den Flur huschen sehen. Vielleicht suchte Bella ja ebenfalls nach Amy?

Wenn es Amy selbst wäre, würde ich fragen, ob sie den Stromausfall gemeldet habe, und ihr das Handy zurückgeben. Wenn es Bella wäre ... würde ich sagen, dass ich nach Amy suchte.

Vom Treppenabsatz aus waren die Stimmen, die ich zuvor schon gehört hatte, klarer; es waren ein Mann und eine Frau – was keinen Sinn ergab. Ich zog meinen Ärmel über die Taschenlampe, um das Licht zu dimmen, und hielt mich dicht an der Wand. Den ganzen Flur entlang – nicht ein einziges Tischchen mit Bilderrahmen oder Kunstgegenständen, kein Gemälde, nichts.

Ich huschte an einem Fenster vorbei, und mir dämmerte, dass ich mich anscheinend im rückwärtigen Teil des Hauses befand. Hier hingen nicht einmal Vorhänge.

Meine Intuition hatte mich nicht getäuscht. Die Räumlichkeiten unten waren für die Veranstaltung dekoriert worden: Lediglich dort, wo Gäste empfangen wurden, standen Möbel, die dem Haus so etwas wie alten Flair verleihen sollten. Der Rest des Anwesens war mehr oder weniger leer.

Aus einer offenen Tür ein Stück vor mir fiel warmes Kerzenlicht. Ich schaltete die Taschenlampe aus und schlich näher, tastete mich an der Wand entlang. Meine nassen Sportschuhe quietschten, und ich schickte ein Stoßgebet gen Himmel, dass es außer mir niemand gehört hatte.

In der Tür stand ein Mann.

»Der Vogel gehört mir!«

Giles.

»Ich hab ihn damals *für meine Mutter* gestohlen.«

Ich hielt den Atem an. Suchte Giles nach dem Martin-Brothers-Vogel, den Harry bei Arthur gesehen hatte?

»Erst Arthur, der eins der Depots betreten will, in dem er gar nichts verloren hat – und jetzt du?« Die zweite Person war Amy. »Was bitte schön ist so speziell an Depot vier?«

Depot vier also.

Giles antwortete nicht.

»Ich habe nie verstanden, was euch daran lag. Der Vogel war doch potthässlich! Ausgerechnet diesen Vogel in die beste Werkstatt zu schicken, war nun wirklich kein kluger Zug. Du hättest wissen müssen, dass Arthur ihn dort aufspüren würde!«

»Halt endlich dein Schandmaul!«

Ich konnte sehen, wie Giles den Rücken anspannte und sein Bizeps zuckte. Er hielt einen Schürhaken in der Hand.

»Dads Preziosen – das war doch nur zusammengezimmertes Holz und Dreck in Vasenform! Ich werde nie kapieren, warum Leute dumm genug sind, für so etwas gutes Geld zu bezahlen.«

»Es geht doch nicht nur um Geld!« Giles machte einen Schritt vor.

»Ach, ich weiß, ich weiß«, höhnte Amy. »Es geht darum, dass Mummy sie geliebt hat, und Mummy war nun mal die Einzige, die den armen kleinen Shanks geliebt hat. Nur gut, dass sie nicht mehr gesehen hat, was aus dir geworden ist!«

»Zumindest hat *mich* jemand geliebt! Also – wie komme ich zu den Depots?« Giles hob den Schürhaken an.

»Arthur hätte sie nie erwähnen dürfen.« Amy schmetterte die Tür gegen Giles' Fuß.

Er rührte sich nicht von der Stelle, allerdings hatte er den Schürhaken inzwischen so hoch erhoben, als wollte er Amy damit eins über den Schädel ziehen.

Amy wich einen Schritt zurück.

Ich machte mich bereit, Giles von hinten anzugreifen, doch im selben Moment nahm er den Schürhaken wieder herunter.

Er wollte ihr nur drohen.

Ich entspannte mich wieder und zog mich zurück in die Dunkelheit.

»Wir sehen uns morgen früh. Ich meine, Arthur hätte den Transporter für zehn Uhr bestellt. Dann hat dieser Zirkus endlich ein Ende«, verkündete Giles.

Er trat zurück auf den Flur, und ich geriet in Panik, strauchelte rückwärts auf den nächstbesten angrenzenden Raum zu und schlüpfte hinein. Leise schob ich die Tür zu und war zutiefst erleichtert, dass ich in Sicherheit war. In der klammen Dunkelheit konnte ich kaum etwas sehen, doch abgesehen von einem verstaubten Spielzeugzug auf dem Fensterbrett schien das Zimmer leer zu sein.

Giles' Schritte verhallten über den Flur, und ich dachte kurz darüber nach, bei Amy zu klopfen und zu fragen, ob alles in Ordnung war – als ich im nächsten Moment hörte, wie etwas Schweres über den Boden gerückt wurde. Amy schien sich in ihrem Zimmer zu verbarrikadieren. Anscheinend hatte sie – ganz zu Recht – Angst vor Giles.

Ich musste zurück zu Carole und ihr erzählen, was ich mit angehört hatte. Ich spähte durch den Türspalt, vergewisserte mich, dass wirklich niemand mehr da war, und eilte dann über den Flur.

Draußen schlug eine Autotür zu, und Reifen spritzten durch eine Pfütze.

War das derselbe Wagen wie zuvor, oder war jemand Neues gekommen? Oder fuhr schon wieder jemand ab?

Ich lief die Treppe hinunter, und mein Puls raste, als ich

hinter jeder Biegung Licht befürchtete. Unten angekommen knarzte hinter mir eine Diele.

Gefahr!

Ich wollte schon loslaufen, als jemand mich packte und zur Seite riss. Die Taschenlampe fiel mir aus der Hand, und alle Luft entwich aus meiner Lunge, als ich gegen eine kalte, muffige Wand gestoßen wurde. Mein Arm tat höllisch weh.

»Lassen Sie mich los!«, versuchte ich zu schreien, allerdings brachte ich nur ein atemloses Wimmern zustande.

Die Person drückte mich mit ihrem Körper gegen die Wand.

»Leise!«, sagte Giles ganz nah an meinem Ohr, und der Geruch abgestandenen Kaffees schlug mir entgegen.

»Wir müssen reden.«

»Nehmen Sie Ihre dreckigen Finger weg, bevor ich um Hilfe schreie!«, winselte ich.

»Keinen Mucks mehr! Und jetzt tun Sie, was ich sage. Haben Sie das kapiert?«

Ich nickte kläglich.

Er ließ mich los und hob meine Taschenlampe auf. Den Schürhaken musste er weggelegt haben.

»Was machen Sie hier?«, fragte ich und straffte die Schultern. Ich durfte ihm nicht zeigen, wie viel Angst ich hatte.

Ich hab schon Schlimmeres erlebt, rief ich mir ins Gedächtnis.

»Ich? Und was ist mit Ihnen? Das hier ist nun wirklich nicht der Ort, an dem man schnüffeln geht! Hat Arthur Ihnen nicht gesagt, was Sie hier erwartet?«

Giles schien fast schockiert zu sein, dass ausgerechnet ich vor ihm stand, und ich fragte mich, wen er stattdessen erwartet hatte.

»Ich hab nicht …« Ich sprach den Satz nicht zu Ende. Ich

traute ihm immer noch nicht über den Weg. »Sie waren bei Arthurs Beerdigung.«

»Ich habe ihm die letzte Ehre erwiesen. Arthur war ein alter Freund.« Er spähte die Treppe empor.

Als ich ihn bei Arthurs Beerdigung gesehen hatte, hatte er einen anderen Eindruck erweckt, allerdings behielt ich das lieber für mich. Stattdessen rieb ich mir den schmerzenden Arm. »Wie können Sie nur eine Frau derart gegen die Wand schleudern ...«

»Sie haben geschnüffelt! Und Sie hätten jeder sein können.« Er sah sich abermals um. »Wir müssen reden.«

»Aber nicht hier.« Ich wollte keine Sekunde länger hier in der Dunkelheit stehen. Ich musste zurück zu Carole. »Ich gehe zurück ins Cottage – es sei denn, Sie wollen mich aufhalten ...?«

Ich machte einen Schritt auf ihn zu und versuchte, unerschrocken zu wirken.

Giles nahm die Hände hoch. »Natürlich nicht. Ich bringe Sie zurück.« Es klang nach einem Befehl, nicht nach einem Angebot, und ich wollte nicht mit ihm streiten.

Er gab mir mit einer Geste zu verstehen, dass ich vorgehen sollte, und zog dann die Eingangstür hinter uns zu. Draußen war das Unwetter weitergezogen. Ich sah mich nach dem neu angekommenen Wagen um, doch auf der Auffahrt war keiner zu sehen. Vielleicht hatte ich es mir nur eingebildet? Aber wo war Bella? Ich hatte sie auf das Herrenhaus zulaufen, aber nicht wieder gehen sehen – war sie noch drinnen?

Und noch jemand war wie vom Erdboden verschluckt: Clare. Sie war in der Küche gewesen, als ich das Handy gefunden hatte. Doch seither hatte ich sie nicht mehr gesehen.

31

»Es gibt nichts Aufregenderes, als etwas verloren
Geglaubtes wiederzufinden, sei es eine Zehn-Pfund-
Note oder eine verschwundene Ming-Vase.«

ARTHUR CROCKLEFORD

Als ich das Cottage betrat, war klar, dass wir immer noch
keinen Strom hatten. Carole lag mit einem Roman in der
einen und einer Taschenlampe in der anderen Hand gemütlich auf dem Sofa. Das Kaminfeuer hatte für ordentlich
Wärme gesorgt, trotzdem hatte sie sich eine Decke genommen. Sie kam auf die Beine und legte sich die Hand auf die
Brust. »Gott sei Dank, du bist wieder da, mein Schatz! Ich
dachte schon, ich müsste die ...« Sie verstummte, als sie
Giles hinter mir entdeckte.

Giles streifte seinen Mantel ab und lächelte Carole an.
»Ich bin froh, dass wir ungestört reden können.«

Carole nickte beifällig, setzte allerdings nicht ihr übliches
freundliches Lächeln auf.

»Macht es Ihnen etwas aus, wenn wir uns kurz setzen?«,
fragte Giles und ließ sich, ohne eine Antwort abzuwarten,
auf dem Sofa nieder.

Ich schob die Cottage-Tür zu, schloss diesmal aber nicht
ab.

»Das hier erfordert wahrscheinlich Tee.« Carole huschte in die Küche, befüllte den Kessel mit Wasser und zündete den Gasherd an.

Ich stand immer noch an der Eingangstür. Giles sah aus, als würde er viel Zeit im Kraftraum verbringen, und angesichts seiner Muskeln zog sich mir der Magen zusammen. Es wäre einiges nötig, um sich ihm in den Weg zu stellen.

Mit steifem Rücken setzte ich mich ihm gegenüber. Ich konnte mich in Anwesenheit eines Mannes, der mich gerade erst mit einer so eintrainierten und schnellen Bewegung gegen eine Wand geschleudert hatte, nicht entspannen. Löffel klapperten in der Küche.

»Alles in Ordnung?«, rief ich Carole zu.

»Ja, Liebes, aber wenn du mir bitte helfen und die Kanne tragen könntest?«

Ich eilte hinüber und nahm die dampfende Teekanne hoch. Carole zog eine Schublade auf, nahm ein Obstmesser heraus und schob es in ein Geschirrtuch, das sie an den Rand der Arbeitsplatte legte, am nächsten zu unserer Sitzecke. Vielsagend nickte sie mir zu.

Sobald wir alle saßen, sagte ich: »Giles ist mit mir zusammengestoßen, als ich gerade die Treppe herunterkam. Und er hat darauf bestanden, dass wir uns unterhalten.« Ich wartete darauf, dass er es uns endlich erklärte.

»Ich wusste nicht, dass Ihre Nichte mir nachgeschlichen war. Ich dachte, es wäre …«

»Ich bin Ihnen nicht nachgeschlichen. Ich habe drüben im Herrenhaus eine Taschenlampe gesehen und dachte, vielleicht ist Amy wieder da. Ich wollte sicherstellen, dass es ihr gut ging.« Fast hätte ich erzählt, dass ich Amy eigentlich ihr Handy hatte zurückgeben wollen, überlegte es mir dann aber anders, weil Giles nicht mehr erfahren musste als unbedingt nötig.

Carole schenkte uns Tee ein und musterte Giles streng. »Ich finde, so langsam sollten Sie uns erzählen, was so wichtig ist, dass Sie so spät noch bei uns reinplatzen.«

»Sie mischen sich in Dinge ein, die Sie nicht verstehen – und Sie müssen wieder abreisen. Ich warne Sie – und das tue ich für Arthur. Allerdings ist dies meine erste und letzte Warnung.«

»Arthur war mein bester Freund, Herzchen«, sagte Carole und lächelte Giles an. »Ich bin mit ihm überall hingereist, wie Sie sehr wohl wissen.« Sie legte eine ihrer berühmten Kunstpausen ein. »Arthur hat mir immer *alles* erzählt.«

Giles neigte den Kopf. Es war nicht zu übersehen, dass er überlegte, ob er ihr glauben sollte oder nicht. Ich selbst fragte mich, ob sie gerade schauspielerte oder nicht.

»Warum sind Sie hier?«, wollte Giles wissen.

»Arthur hat uns hierherbeordert, weil wir die Antiquitäten aus dem Nachlass begutachten sollen«, erklärte Carole.

Er zog die Stirn kraus. »Das glaube ich nicht.«

»Allerdings wussten wir nicht, dass die Antiquitäten alle in gesicherten Depots stehen würden, nicht wahr, Freya?«

Ich nahm den Ball auf. Vielleicht würde ich Giles ja aufs Glatteis führen. »Ich nehme an, es ist Depot vier, das wir begutachten sollen?«

»Da steht nur Eigentum der Familie«, erklärte Giles, »dort haben Sie nichts verloren. Mein Vater war so dumm, Amy den Schlüssel zu überlassen, aber anscheinend ist er gerade noch rechtzeitig wieder zu Sinnen gekommen, hat noch vor seinem Tod das Schloss ausgetauscht und den Schlüssel bei Arthur hinterlegt.«

Ich nickte. Damit hatte Giles soeben bestätigt, dass die Copthorn-Manor-Möbel in den Depots eingelagert waren und im Herrenhaus selbst nur Fälschungen standen. Und ich konnte mich noch an etwas anderes erinnern. »Arthur hat aber erwähnt, dass in Depot vier eine beträchtliche Sammlung lagert.«

»Hat er nicht.« Giles verspannte sichtlich die Schultern.

Ich war zu weit gegangen.

»Er hat uns *alles* erzählt, mein Lieber«, flunkerte Carole. »Und wir sind vertrauenswürdig.«

Es gab Momente, da meine Tante gut und gern als übergeschnappt bezeichnet werden konnte, doch dieser Moment war keiner davon – sie war einfach fantastisch, wenn sie wollte.

»Na ja …« Giles schien sich wieder zu entspannen. »Ich nehme an, wenn Arthur Ihnen alles erzählt hat, dann wissen Sie auch, wer ich bin?«

Das ist ein Test, schoss es mir durch den Kopf. *Was wird Carole jetzt sagen?*

»Natürlich. Sie sind der kluge Kopf in der Familie. Das wissen die anderen nur noch nicht.«

Natürlich! Bei einem Spitznamen wie Shanks war er vermutlich genau das Gegenteil, doch Carole versuchte, sein Ego zu streicheln.

»Da haben Sie verdammt recht. Meine Schwester hat keine Ahnung, was ich getan habe, um das Geschäft am Laufen zu halten. Während sie eine gute Zeit an der Uni hatte, habe ich das Geschäft am Laufen gehalten, als es unserem Vater immer schlechter ging. Dann kommt sie vor einem Jahr oder so hierher zurück und meint, alles abgreifen zu können.«

Wir schweiften ab.

»Was befindet sich in den Depots, was Ihnen so wichtig ist?«, fragte ich.

»Was befindet sich in den Depots, was *Ihnen* so wichtig ist?«, äffte er mich nach. Als ich nicht antwortete, zuckte er bloß mit den Schultern. »Etwas, was meinem Vater gehört hat. Und jetzt, da er nicht mehr da ist, gehört es nun mal mir. Arthur hat mir erzählt, dass es dort ist – und ich will es mir holen, ehe mir jemand zuvorkommt.« Er ballte die Fäuste. »Wissen Sie vielleicht, wo die Depots sind? Anscheinend hat er sie verlegen lassen.«

»Nein, das wissen wir nicht, Schätzchen. *So viel* hat Arthur uns auch wieder nicht erzählt«, sagte Carole. »Allerdings dachten wir, *Sie* wüssten es.«

»Dann nützen Sie mir nichts.« Er sah uns beide finster an. Die Stille hing schwer in der Luft.

Ich nahm meine Teetasse und tat so, als wollte ich sie in die Küche bringen, während ich in Wahrheit näher an das Messer heranwollte.

Umständlich stand Giles auf und knackte mit seinen Fingerknöcheln. »Sie müssen abreisen. Sofort.«

Dann machte er auf dem Absatz kehrt und ging.

Carole schloss hinter ihm ab, und wir atmeten zittrig auf. »Gott sei Dank ist er endlich weg! Wir können wohl davon ausgehen, dass er uns die Warnung geschickt hat.«

»Ich glaube nicht, dass Briefeschreiben sein Ding ist«, wandte ich ein. »Er scheint eher ein Mann der Tat zu sein.« Ich ließ mich wieder in den Lehnstuhl fallen. »Bevor er mich abgepasst hatte, habe ich ihn mit Amy reden hören. Ich glaube, er sucht den Martin-Brothers-Vogel aus Kairo, und es muss einen Grund geben, warum Lord Metcalf ihn weggesperrt hat. Wir müssen in dieses Depot vier gelangen. Giles hat Amy gegenüber erwähnt, dass morgen um zehn Uhr der Transporter kommt. Bestimmt soll Franklin die Depots da öffnen. Allerdings hat Arthur fürs Frühstück fünf Uhr verzeichnet. Ich stelle mir den Wecker auf Viertel vor fünf und lege mich auf die Lauer.«

Carole tätschelte mir den Arm. »Und dann gehen wir der ganzen Sache endlich auf den Grund.«

*

Bevor ich ins Bett ging, stand ich in der Badezimmertür, weil »hier drin nicht Platz genug für zwei ist, Schätzchen«, und sah Carole bei ihrer abendlichen Schönheitsroutine zu.

»Glaubst du wirklich, dass Giles Arthur umgebracht hat?«, fragte sie und griff zu ihrer Feuchtigkeitscreme. »Diese Creme kostet ein Vermögen – da muss Gold drin sein oder so.« Sie cremte sich ein und griff zu einem Jade-Roller. »Und das hier verhindert, dass man aufgequollen aussieht.« Der Roller quietschte leise über ihren Hals und die Wangen. »Arthur muss Giles von den Depots erzählt haben – und das bedeutet doch, dass er ihm vertraut hat.«

»Giles scheint verzweifelt darauf aus zu sein, an den Schlüssel zu kommen und in Erfahrung zu bringen, wo die Räume sich inzwischen befinden. Und wenn wir bedenken, dass Lord Metcalf den Schlüssel nur Arthur anvertrauen wollte ... Vielleicht war Giles Sonntagnacht ja im Laden, um Arthur den Schlüssel abzunehmen?«

Es war eine gruselige Vorstellung. Umso dankbarer war ich, dass Giles freiwillig gegangen war.

»Giles hat definitiv Dreck am Stecken – und er hat obendrein einen schrecklichen Spitznamen. Allerdings können wir nur spekulieren, wo er den herhat.« Carole nahm ihre Zahnbürste zur Hand.

»Können wir zur Abwechslung mal offen und ehrlich über Arthur reden?«, brummte ich sie an. »Arthur hatte ebenfalls Dreck am Stecken. Und nach allem, was wir wissen, dürfte *er* die gestohlenen Kunstobjekte aus dem Dossier auf dem Schwarzmarkt gehandelt haben. Wenn man sich mit Verbrechern einlässt, darf man sich nicht wundern …«

Carole sah mich böse an, und mir war klar, dass ich damit zu weit gegangen war. Ich hatte unsere unausgesprochene Regel gebrochen. Auf diese Weise redeten wir nicht über Arthur.

Sie wischte sich mit dem Handtuch über den Mund und ließ es einfach fallen. »Das höre ich mir nicht an. Nur weil er Giles kannte, heißt das noch lange nicht, dass er genau wie Giles *war*. Arthur war einer von den Guten.«

Sie warf ihre Zahnbürste ins nächstbeste Glas, schob sich an mir vorbei und schnappte sich eine Taschenlampe. Sie tolerierte wirklich nicht ein einziges kritisches Wort über Arthur, doch diesmal durfte ich nicht klein beigeben. Ich folgte ihr ins Schlafzimmer, wo sie Lavendelduft auf ihren Kissen versprühte.

»Lavendel entspannt.« Sie sprühte auch ein bisschen in meine Richtung.

Ich musste niesen. Carole sah höchst zufrieden aus.

»Mir geht's übrigens gut«, röchelte ich.

»Wunderbar. Und jetzt lege ich mich schlafen.«

»Nein, du hörst mir jetzt zu. Eine mögliche Erklärung für die Liste gestohlener Antiquitäten in Arthurs Buch ist nun mal, dass es sich dabei um eine Inventarliste für den Verkauf handelt – und ein Antiquitätenladen wäre dafür doch das perfekte Deckmäntelchen. Als ich Giles und Amy belauscht habe, hat er behauptet, er hätte den Martin-Brothers-Vogel für seine Mutter gestohlen. Der Martin-Brothers-Vogel, den

Arthur und ich in Kairo gesucht haben, war aber nie rechtmäßig in Lord Metcalfs Besitz.« Ich setzte Carole über alles ins Bild, was ich Giles hatte sagen hören und was er Amy angedroht hatte. Kaum dass ich damit fertig war, kam mir ein weiterer Gedanke. »Warte … Eine Frage haben wir uns noch gar nicht gestellt – und zwar dieselbe Frage, die ich mir auch in Kairo nie gestellt habe, weil ich dermaßen durch den Wind war.«

Carole schob die Kappe auf ihr Duftfläschchen und wartete auf eine Fortsetzung.

»Wie konnte Giles überhaupt wissen, dass er den Vogel an Asim schicken sollte? Woher wusste er, dass Asim und seine Familie zu den Besten in der Branche gehörten, wenn diese Information doch ein sorgsam gehütetes Geheimnis war?« Ich rief mir alles in Erinnerung, was an jenem Tag, an dem Asim gestorben war, vorgefallen war.

Carole sah mich verwirrt an. »Rede weiter.«

»Arthur meinte damals, indem wir den Vogel abholen und mit Asim reden würden, könnten wir ein einflussreiches Hehlernetzwerk auffliegen lassen – und das wiederum würde uns einen Ruf als die besten Ermittler der Branche einbringen. Wenn aber ein Martin-Brothers-Vogel einen Hehlerring enttarnen sollte, dann doch nur, wenn auch gesichert war, dass dieser Hehlerring überhaupt existierte … und wenn Lord Metcalf der Drahtzieher dahinter wäre …«

»Dann kannte Giles die Kairoer Fälscherwerkstatt von seinem Vater«, schlussfolgerte Carole. Die Aufregung war ihr deutlich anzusehen. »Dann hat Giles den Vogel ohne Lord Metcalfs Wissen dort hingebracht.«

Ich schüttelte den Kopf. Wir waren keinen Schritt weiter gekommen. »Wie hängt all das mit Arthurs Tod zusammen – und warum hat er uns hergeschickt?«

»Mein lieber Arthur war wahnsinnig clever. Er muss einen guten Grund gehabt haben.« Carole richtete die Taschenlampe auf mich. »Und nur damit das hier klar ist, Schätzchen: Arthur hat diesen Auftrag für Lord Metcalf nur ausgeführt, um seinen Laden zu retten. Als dann aber dieser arme junge Mann …«

»Asim war die Liebe meines Lebens!« Wut loderte in mir auf.

»Es tut mir unendlich leid, dass du ihn verloren hast, und das weißt du auch. Aber nachdem dein armer Freund gestorben war, hat Arthur nie wieder etwas Vergleichbares getan.« Sie nickte, und damit war das Thema beendet.

Es war schon sehr, sehr lange her, dass wir zuletzt darüber geredet hatten, was Asim in Kairo zugestoßen war. Trotzdem war schlagartig das gleiche Elendsgefühl zurück, diese alles überlagernde Trauer, als wäre all das erst gestern passiert.

Und erstmals überhaupt war ich meiner Tante gegenüber schonungslos ehrlich. »Die Wahrheit ist doch: Arthur hätte selbst zu der Fälscherwerkstatt gehen müssen, um den Martin-Brothers-Vogel zurückzuholen. Er hätte nicht Asim damit beauftragen dürfen. Wir haben Asim tot in der Küche dieses Cafés gefunden, weil jemand herausgefunden hatte, dass er die Hehler an uns verraten hatte – nur deshalb wurde er umgebracht!« Ich versuchte, meine Stimme ruhig zu halten, aber es gelang mir nicht.

»Wir können uns nicht unterhalten, solange du dermaßen wütend bist.« Carole drehte sich von mir weg und knipste die Taschenlampe aus. Schlagartig war alles stockdunkel. »Gute Nacht. Und mach die Tür zu, ja?«

Ich wischte mir eine Zornesträne weg.

Arthur war tot.

Asim war tot.

Lord Metcalf war tot.

All das stand in einem Zusammenhang, nur verstand ich noch immer nicht, auf welche Weise.

Ich zog Caroles Schlafzimmertür zu und ging wieder nach unten. Die Anspannung in meinen Muskeln sorgte dafür, dass ich fester um das Geländer griff als nötig.

Das Kaminfeuer war heruntergebrannt und glühte nur noch vor sich hin. Ich wollte kein Scheit mehr nachlegen, deshalb wickelte ich mich in die Decke und griff zu dem Dossier, das ich unter die Sofakissen geschoben hatte. Arthurs Brief flatterte heraus, und ich las ihn von Neuem durch.

Ich wollte dir immer die Wahrheit über Kairo erzählen, allerdings musste ich damals sicherstellen, dass du die Ermittlungsarbeit an den Nagel hängst. Es ist fast schicksalhaft, dass ich nicht mehr die Möglichkeit haben soll, all das wiedergutzumachen. Jetzt musst du die Wahrheit selbst herausfinden, und ich hoffe, indem du in Erfahrung bringst, was damals wirklich passiert ist, kannst du mir die Entscheidungen verzeihen, die ich treffen musste.

Hier dein erster Hinweis: Besser ein Vogel in einer Kiste als der Spatz in der Hand.

Ich hatte immer geglaubt, ich wüsste Bescheid über alles, was in Kairo passiert war, aber wenn ich dem Brief Glauben schenken konnte, gab es diverse Dinge, die er mir nie erzählt hatte. Wir hatten kurz nach meiner Rückkehr am Telefon eine heftige Auseinandersetzung gehabt. »Es ist alles deine Schuld«, hatte ich ihn angeschrien.

»Du warst mit einem Verbrecher zusammen«, hatte

Arthur entgegnet. »Egal wie nett er war – ihm waren die Risiken bekannt. Ich habe nie gewollt, dass …«

»Dass er stirbt? Das hast du zu verantworten!«

»Aber ich war es nicht! Wie kommst du darauf? Es war *Asims* Idee, es war *sein* Plan … seine Maßnahme, um dich wiederzusehen. Du hast für diesen Mann dein Leben und deine Karriere aufs Spiel gesetzt, und wenn du das nicht erkennst, dann solltest du nicht mehr als Fahnderin arbeiten. Du solltest überhaupt nie mehr arbeiten!«

Ich hatte aufgelegt. Und dann hatte ich Arthurs Einwände wörtlich genommen. Wir hatten nie wieder miteinander gesprochen.

Aber hat er das alles wirklich nur gesagt, damit ich aufhöre? Schlagartig hatte ich einen Kloß im Hals.

Ich las den Brief noch einmal. Ich war damals so wütend und verletzt gewesen, dass ich das ganze Drama nie tiefer durchleuchtet hatte. Ohne meinen Fahnderinnenjob bei Arthur und ohne die Möglichkeit, nach Little Meddington und zu Carole zu fliehen, war Überleben nunmehr oberste Priorität. Als mir irgendwann das Gas abgestellt wurde, war weinend im Bett zu liegen auch keine Option mehr. Ich suchte mir einen Job in einem kleinen Café am Ende der Straße; Kaffee und Sandwiches zuzubereiten und mein Viertel nicht mehr zu verlassen, wurde zur neuen Normalität. Die Kunden im Café wurden zu Freunden, James wurde – ohne dass ich groß darüber nachgedacht hätte – vom Kunden zum Freund, zum Liebhaber, zum Ehemann. Ich hatte die Liebe meines Lebens verloren. Aber mit Asim hätte ohnehin niemand mithalten können, also entschied ich mich für denjenigen, der da war.

Bei dem Versuch, die Vergangenheit zu vergessen, spielte ich fortan bereitwillig die Rolle der unausgebildeten, bedürftigen Ehefrau. Ein paar Jahre später, als mein wahres Ich wieder an die Oberfläche zu drängen begann – als ich Jade dazu ermunterte, auf den höchsten Baum zu klettern oder dem Mobber in der Schule die Stirn zu bieten –, taten sich die ersten Risse in meiner Ehe auf.

Wenn ich mich nur darauf konzentriert hätte herauszufinden, wer Asim umgebracht hatte, statt in meinem Schmerz vor alledem zu fliehen. Wenn ich damals schon Antworten eingefordert hätte, hätte ich womöglich einiges anders gemacht. Aber die vergangene Woche hatte mir aufgezeigt, dass doch noch nicht alles verloren war. Ich mochte gut zwanzig Jahre nicht mehr gefahndet haben, aber das bedeutete nicht, dass ich mich an meine Kenntnisse von damals nicht mehr erinnern konnte.

Ich starrte auf das Dossier auf meinem Schoß hinab.

Was hattest du wirklich im Sinn, Arthur?

Ich überflog die Seiten, wollte verzweifelt erfahren, wo all diese kostbaren Gegenstände sich derzeit befanden. Ich sah hinüber zum Herrenhaus. Hatte Arthur eine Art Wiedergutmachung angestrebt, indem er mir dies hier hinterlassen hatte – und womöglich den entscheidenden Hinweis auf jenen Ort, an dem all diese Antiquitäten und Kunstschätze lagerten?

In meiner Tasche vibrierte mein Handy.

»Hallo?«

»Ich hab zigmal versucht, dich zu erreichen«, sagte Jade, und schlagartig war ich wieder im Hier und Jetzt.

»Jade, wie geht es dir, Liebling? Wie läuft's in L. A.?«

»Ich bin so sauer auf Dad! Er hat gerade erzählt, dass er kurz davor ist, irgend so ein Angebot für das Haus anzunehmen. Du verhinderst das doch, oder? *Mom*, in diesem Haus bin ich *aufgewachsen*!«

Ich war drauf und dran, dieselben Dinge zu sagen, die ich sonst immer sagte: *Nur über meine Leiche, er hat mir so viel genommen, das Haus kriegt er nicht auch noch.* Doch dann wurde mir klar, dass ich seit Tagen nicht mehr über James oder das Haus nachgedacht hatte. »Ich bin mir sicher, es wird alles gut.«

»Machst du *Witze*?! Geht es dir nicht gut? Was ist los mit dir? Du machst mir Angst, und du weißt, dass das nicht gut für mich ist.«

»Mir geht es bestens. Es ist doch nur ein Haus.«

»*OMG!* Es geht dir *gar nicht* gut! Ich rufe Tante Carole an. Sie soll sofort zu dir nach London fahren!«

Sie zögerte, und mir fiel wieder ein, dass ich Jade gar nicht gesagt hatte, wo ich war.

»Ich meine ... Am liebsten würde ich ja selbst kommen, aber Izzie – meine neue Freundin, du wirst sie lieben! – und ich, wir fahren im Juli aufs Lollapalooza. Wir haben schon Tickets und alles. Das wird unsere erste gemeinsame Reise.«

»Jade, es ist gerade erst Mai!«

»Na, immerhin weißt du noch, welchen Monat wir haben. Dann geht es dir doch nicht so schlecht.« Jade atmete hörbar aus.

»Liebling, es ist schon spät. Und ich bin auf Mörderjagd.« Ich kicherte in mich hinein. Ich konnte nicht anders, als sie ein klein wenig aufzuziehen.

»Was? Mom? *Mom!* Hat Dad dich jetzt vollends um den Verstand gebracht?«

»Es geht mir gut. Ich ruf dich morgen Abend an. Und – Jade? Mach dir wegen des Hauses keine Gedanken ... oder meinetwegen. Alles wird gut.« Und zum ersten Mal seit Jahren klangen diese Beteuerungen nicht mal gelogen.

Ich hörte Geplapper im Hintergrund am anderen Ende der Leitung.

»Okay, gut. Aber du solltest mir wirklich nicht so einen Schrecken einjagen. Wir hören uns. Hab dich lieb!«

Dann war sie weg, trotzdem konnte ich das Handy nicht aus der Hand legen. Jades Abwesenheit hatte ein klaffendes Loch in meinem Leben hinterlassen. Es fühlte sich an, als hätte sich mit ihrer Abreise mein kompletter Lebenszweck verflüchtigt. James war immer viel gereist, deshalb war sie bei allem meine Partnerin gewesen: Sie war die kleine Hand gewesen, die ich hielt, um die Straße zu überqueren, die Umarmung am Schultor, das Teilen eines Eises, sobald die Sonne herauskam. Sie war der Teenager, mit dem ich an einem Montagabend ins Kino ging, wenn sie keine anderen Pläne hatte. Ich war immer entschlossen gewesen, sie zu einer unabhängigen, starken Frau zu erziehen, weil ich felsenfest überzeugt war, dass sie es mit der ganzen Welt aufnehmen konnte. Ich war stolz darauf, ihre Mutter zu sein, allerdings hatte ich nie auch nur darüber nachgedacht, wer *ich* wäre, wenn sie sich allein in die Welt hinauswagte.

Ich zog mir die Decke über und schlug erneut die erste Seite von Arthurs Dossier auf. Es war an der Zeit, dass ich mich auf das vorbereitete, was ich morgen im Depot zu sehen bekäme. Ich prägte mir jeden einzelnen Gegenstand ein.

32

» Wie heißt es gleich wieder? Halt deine Freunde
nah bei dir, aber die Feinde noch näher. Und –
Giles? Sie haben mehr Feinde als Freunde. «

ARTHUR CROCKLEFORD

Giles

Kaum dass Giles in seinem Cottage die Schlafzimmertür
aufschob, war ihm klar, dass es Streit geben würde. Bella
war an diesem Wochenende irgendwie fremd, weniger aufmerksam. Er konnte es sich nicht erklären. Er wusste nur,
dass er keinen Streit dulden würde.

Erst mit Amy und dann mit diesen Frauen zu sprechen,
hatte die Wut in ihm befeuert. Er war stolz auf sich, dass
er die Ruhe bewahrt hatte, doch der brodelnde Zorn ließe
sich nicht mehr lange beherrschen – das Gift, wie er es gern
nannte. Dass er zurück auf Copthorn Manor war, wühlte
alles wieder auf.

»Kannst du mir jetzt bitte mal genau sagen, wieso du
da draußen herumgeschlichen bist?«, fauchte er Bella an.
»Was hattest du mitten in der Nacht dort drüben zu suchen?
Wenn sie herausfindet, dass du etwas weißt, ist doch klar,
was passiert.«

Bella zog den Kopf ein. »Ich hab doch gar nichts gemacht ... Ich wollte mir nur etwas zu essen holen.«

»Nach dem Abendessen?« Giles runzelte die Stirn. »Ich habe gesehen, wie du mit diesen Frauen gesprochen hast. Hast du irgendetwas über die Dossiers oder das Depot herausgefunden?«

»Nein. Sie haben anscheinend keine Ahnung.« Sie schlug den Blick nieder.

»Du hast heute Abend eine Menge geredet – und konntest ihnen nicht mal das entlocken?« Er machte einen Schritt auf sie zu.

»Du hast mich gebeten, mich mit ihnen bekannt zu machen und herauszufinden, was sie wissen. Nichts anderes habe ich getan, Ehrenwort!« Sie hatte diese beschwichtigende Stimme aufgelegt, wie immer, wenn es kurz davor war, eklig zu werden.

»Hast du *irgendwelche* nützlichen Infos aus ihnen herausbekommen?«

Bella antwortete nicht.

»Nein. Hast du nicht. Ich musste selbst hingehen und sie konfrontieren. Diese Idiotinnen – dass sie überhaupt hierhergekommen sind! Und Arthur, dieser Schwachkopf – dass er ausgerechnet Franklin den Schlüssel zu den Depots gegeben hat!«

Giles musste einen kühlen Kopf bewahren, bis er den Vogel und sein Erbe kassiert hatte. Anschließend wäre Franklin fällig. Und Giles würde sich endlich selbst einen Namen machen.

»Wie lange bleiben wir eigentlich noch?«, wollte Bella wissen.

»Wir reisen ab, wenn ich es sage.« Giles ließ sich aufs Bett fallen.

»Und hat Amy oder eine der Frauen *dir* etwas Nützliches erzählt?«

»Von den Depots hatten sie keine Ahnung, allerdings bin ich mir sicher, dass sie über die Dossiers Bescheid wussten. Amy hat sie beim Abendessen erwähnt, und wenn Amy sie will, dann will ich sie auch.«

»Freya hat nichts von einem Dossier erwähnt. Warum hat sie überhaupt zugesagt, Arthurs Job zu übernehmen? Hat Franklin ihr etwa erzählt, dass dein Vater sie in seinem Testament als Arthurs Ersatz benannt hat?«

»Vielleicht will Franklin ja, dass ihnen irgendwas zustößt, damit er selbst irgendwie von Arthurs Laden profitiert. Schmierig genug ist er ja.«

Bella stand auf und ging auf die Treppe zu. »Willst du deinen Whisky?«

Giles nickte und entspannte sich ein wenig. »Dass Freya Lockwood hier ist, ist wirklich ein Problem.«

»Du willst ihnen aber nicht wehtun?«, fragte sie.

Die Frage blieb unbeantwortet, aber Freya wäre nicht die erste Frau, der er Gewalt antat.

Bella setzte der Stille ein Ende, wie sie es immer tat. Nervig – so hatte Amy sie genannt. »Freya hat keine Ahnung. Sie ist mit der Situation überfordert und gehört hier nicht her.«

»Spielt keine Rolle, sie muss trotzdem weg.« Er schloss die Augen. Diese Unterhaltung wurde allmählich langweilig. »Bring mir meinen Absacker.«

»Glaubst du, es gibt Ärger, wenn wir morgen früh die Depots betreten?«, fragte Bella. »Das dürfte ein Hauen und Stechen werden ... Du bist doch vorsichtig, oder?«

Sie stellte zu viele Fragen. Er setzte sich auf und sah sie misstrauisch an. »Geh jetzt und hol mir meinen Absacker.«

Endlich verließ sie das Zimmer. Giles war froh, dass sein Laptop noch Saft hatte und er sich wieder seiner Arbeit widmen konnte.

»Du machst dich abfahrbereit, sobald ich ein Signal gebe«, rief er ihr hinterher, fragte sich aber, ob er sie überhaupt noch brauchte; vielleicht war ja der Moment gekommen, mit einer seiner anderen Frauen weiterzumachen.

»Natürlich, mein Schatz«, rief Bella zurück.

33

»Ein Wolf im Schafspelz ist immer noch ein Wolf.«

ARTHUR CROCKLEFORD

Franklin

Der Morgenchor zwitscherte bereits im Geäst, als Franklin aufwachte und sich eilig anzog. Seine Wochenendtasche war schon gepackt und stand neben der Tür. Sein Job war fast erledigt, bald wäre er frei. Es war an der Zeit für ein neues Leben an einem anderen Ort. Er hatte die Nase von alledem hier gestrichen voll.

Ein kalter Dosenkaffee wäre ihm an diesem Morgen gut zupassgekommen, aber er hatte vergessen, welchen einzukaufen. Der Strom schien wieder da zu sein, allerdings hatte er jetzt keine Zeit mehr, richtigen Kaffee zu kochen. Er sah durchs Schlafzimmerfenster zum Herrenhaus und dann auf die Uhr. Es war fünf Uhr morgens.

Er zog seinen Regenmantel an und wickelte sich einen Seidenschal um den Hals. Hätte Metcalf nicht darauf bestanden, dass Franklin die Öffnung der Depots beaufsichtigte, hätte er Giles vielleicht einfach den Schlüssel übergeben können, allerdings hatte Arthur diese Frauen womöglich geschickt, um ihm auf die Finger zu schauen.

Eigentlich hatte Franklin mit Metcalfs Erbschaft überhaupt nichts zu tun haben wollen. Er wusste genau, dass damit einiges nicht in Ordnung war, aber gewisse Dinge zu hinterfragen, wäre zu riskant gewesen. Als Arthur ihn gebeten hatte, sein Testament aufzusetzen, waren sie darüber sogar in einen Streit geraten. Es hätte Arthurs Aufgabe sein sollen, die Depots abzuwickeln, aber stur wie ein Esel hatte er darauf beharrt, dass Franklin gemäß Metcalfs testamentarischen Vorgaben die Öffnung der Depots beaufsichtigen sollte. Widerwillig hatte er zugestimmt.

Binnen weniger Tage würde er Suffolk und seinen Bewohnern den Rücken kehren. Er war kein großer Freund des Landlebens, das war ihm schon eine Woche nach seinem Umzug klar geworden – zu viel Grün und zu viel Geschwätz, mit dem einen oder anderen Seitenhieb als Zugabe. Er bevorzugte die Stadt, die ständige Bewegung, die Wachsamkeit. Diese mittelalterlichen Dörfer von Dedham Vale bis Long Melford und Lavenham waren zwar malerisch, aber die Ruhe hier machte ihn wahnsinnig. John Constable mochte die Gegend geliebt haben – doch Franklin Smith mochte weder Constables Gemälde noch die Orte, die er einst besucht hatte. Franklin würde mit dem Nachlass ein stattliches Sümmchen verdienen, sich damit woanders niederlassen und noch einmal von vorn anfangen. Vielleicht an einem wärmeren Ort.

Wie klug von Arthur, dafür zu sorgen, dass der Lieferwagen so viel früher ankam – während noch alle schliefen. Franklin wusste nur zu gut, wie anstrengend die Sichtung eines Nachlasses sein konnte, insbesondere wenn ein kriminelles Element im Spiel war. Er war nicht gern in Schießereien oder Morde verwickelt.

Draußen quietschten Bremsen. Sie waren da. Franklin

nahm seine Tasche, schloss hinter sich ab und warf den Schlüssel durch den Briefschlitz. Dann hielt er kurz inne, um sicherzustellen, dass in den anderen Cottages alles ruhig war.

Niemand zu sehen.

Die Morgenluft war taufeucht, die ersten Sonnenstrahlen fielen gerade erst durch die Baumkronen. Franklin hätte auf Sonne verzichten können. Am Vorabend, bevor er in sein Cottage zurückgekehrt war, hatte er in der Küche noch eine hübsche Flasche Whisky gefunden und ein wenig zu tief ins Glas geblickt. Sein Magen rumorte, und hinter den Augen pochte es gewaltig.

Vor dem Herrenhaus war ein großer Umzugstransporter vorgefahren. Franklin ging darauf zu. Die Türen zum Führerhaus schlugen auf, und zwei stämmige Männer sprangen heraus. Der ältere hieß Jim, den jüngeren kannte er nicht.

»Dann nehmen wir alles mit, wie Arthur gesagt hat?« Jim nickte in Richtung Haupteingang.

»Alles aus den Räumen eins und zwei.« Franklin wollte gerade losgehen, um ihnen den Weg zu weisen, als ihm etwas einfiel. »Haben Sie Taschenlampen dabei? Wir hatten hier gestern einen Stromausfall. In den Cottages brennt zwar wieder Licht, aber beim Herrenhaus bin ich mir nicht sicher.«

»Klar, wir haben ein paar Stirnlampen vorn in der Kabine. Moment, ich gehe eine holen«, sagte Jim und machte wieder kehrt.

Der zweite Mann war etwas kleiner als Jim, aber breiter gebaut. »Ist doch komisch. Ich hätte gedacht, dass hier dann überall der Strom ausfallen würde …«

»Was meinen Sie?« Franklin sah ihn scharf an.

»Wir waren gestern Abend unten im Dorfpub. Dort hatten sie Licht. Ist hier vielleicht ein Baum umgestürzt?«

»Möglich«, murmelte Franklin betont beiläufig.

Er führte die beiden Männer durch die Eingangshalle und zum Salon. Metcalf hatte Arthur gezeigt, wo sich der neue Zugang zu den Depots befand und wie man ihn öffnete – und dann hatte Franklin Arthur nötigen müssen, es ihm ebenfalls zu erzählen. Amy wusste, wo sich der Zugang befand, aber nicht, wie man ihn aufbekam, weil Metcalf die Schlösser auf Arthurs Anraten hin hatte auswechseln lassen. Schlösser auszuwechseln, schien Arthur zuletzt schwer beschäftigt zu haben. Die Schlüssel hatte Franklin die ganze Zeit bei sich gehabt.

Er betrat den Salon, vergewisserte sich, dass sämtliche Vorhänge zugezogen waren, angelte seine Taschenlampe aus der Manteltasche und schaltete sie an.

Die Holzvertäfelung ließ sich problemlos von der Wand wegklappen, und ein weißes Tastenfeld leuchtete auf. Franklin tippte den Code ein, und die Geheimtür schwang auf – eine Tür, mit der niemand hier gerechnet hätte. Sie war daumendick und stahlverstärkt. Dahinter befand sich ein schmaler Absatz und dann ein offener Aufzug – gerade breit genug für jemanden, der im Rollstuhl saß.

»Ohne Strom können wir den vergessen«, bemerkte Jim in Richtung seines Kollegen. »Das hier wird ein brutaler Job, Ben, glaub mir.«

Ben schnaubte, und Franklin spannte die Schultern an. Er brauchte hier Profis, die nicht ständig murrten und meckerten wie ein Klempner beim Anblick einer Küchenspüle, die ein anderer eingebaut hatte.

Irritiert drückte er auf den roten Knopf an der Seite, erwartete allerdings nicht, dass er funktionierte.

Doch der Aufzug ruckte an.

»Dann ist ja wieder Strom da …« Ben schob den Sicherheitsbügel auf und betrat die Kabine.

Jim mit seiner Stirnlampe sah sich zu allen Seiten um und entdeckte einen weiteren Schalter. »Dann wollen wir es hier auch hell haben.«

Das Licht ging im Vorraum zum Aufzug an, und Franklin zog die Stahltür hinter ihnen zu. »Wenn wir die Fähre kriegen wollen, müssen wir uns beeilen. Und könnten Sie bitte leise sein?«

Der Aufzug fuhr nach unten und kam mit einem Ruck zum Stehen. Franklin schob die Tür in der Rückseite auf. »In Ordnung. Alles, was umgezogen wird, ist fertig verpackt und liegt in den Räumen eins und zwei.« Von dem langen Flur gingen zu beiden Seiten je zwei mit Ziffern markierte Metalltüren ab.

Franklin trat auf die erste Tür zur Rechten zu, die mit einer Zwei versehen war. Er schob den Messingschlüssel ins Schloss, hörte es klicken, und die Tür schwang auf. Er lächelte in sich hinein. So weit, so gut. Es würde vielleicht eine Stunde dauern, sämtliche Kisten zu verladen. Anschließend könnte er aufbrechen. Auftrag ausgeführt.

»Seien Sie bitte so leise wie nur möglich. Am besten, wir schaffen so viel, wie nur geht, bevor die Familie hellhörig wird.«

Die drei Männer betraten den Raum.

»Sieht aber aus, als wären die Kisten geöffnet worden«, bemerkte Jim vom rückwärtigen Ende. »Das sollten Sie sich mal ansehen. Ich will mit niemandem Ärger kriegen – nicht dass jemand denkt, *ich* hätte die Kisten durchwühlt.«

Franklins Magen rumorte abermals, und diesmal hatte es nichts mit dem Whisky zu tun. Jemand war hier gewesen, und dieser Jemand hatte die Kisten durchsucht.

Da werden Köpfe rollen, dachte er. *Ich sehe besser zu, dass meiner nicht dazugehört.*

34

»Angst zu haben, ist eine bewusste Entscheidung.
Entscheide dich für Mut.«

ARTHUR CROCKLEFORD

Freya

Ich war vom Piepen meines Weckers aufgewacht, hatte mich angezogen und wartete bereits am Fenster, als ein großer Umzugswagen mit abgeschaltetem Scheinwerferlicht draußen vorfuhr. Franklin marschierte darauf zu und sprach mit den Männern, die ausgestiegen waren. Dann betraten sie gemeinsam das Herrenhaus.

Wolltest du, dass ich das hier *mitkriege, Arthur?*

Ich sah auf die Uhr. Es war fünf nach fünf.

Haben die anderen nicht gesagt, der Transporter kommt erst um zehn Uhr? Ich hatte recht – Arthur hat sich mit den Zeitangaben auf dem Programm nicht vertan, er hat mir mitteilen wollen, dass um fünf ein Lkw kommt.

Ich musste herausfinden, was dort vor sich ging, und wenn Franklin jetzt die Depots öffnen würde, dann musste ich dort hinein.

Ich rannte zu Caroles Zimmer, erwartete eigentlich, dass sie bereits wach und angezogen wäre, aber sie schlief tief und fest. Ihre Leopardenschlafbrille bedeckte das halbe Gesicht.

»Carole? Hast du dir nicht den Wecker gestellt? Bist du wach?«

»Schätzchen, ich habe gestern Abend beschlossen, dass ich zu einer so unchristlichen Zeit nicht aufstehen kann.«

»Aber da draußen passiert etwas! Arthur hat uns einen weiteren Hinweis zugespielt! Ein Umzugswagen ist aufgetaucht – und zwar wesentlich früher als geplant. Franklin Smith hat die Umzugsleute gerade begrüßt, als hätte er gewusst, dass sie kommen. Ich glaube, sie öffnen jetzt die Depots!« Ich war von Kopf bis Fuß aufgeregt.

Carole zog eine Seite ihrer Schlafbrille hoch. »Bist du dir sicher? Ich stehe, wie du weißt, nur ungern vor neun Uhr auf. Wenn ich früher geweckt werde, sehe ich zerknittert aus, und eine zerknitterte Version seiner selbst mag kein Mensch.«

»Ich weiß.« Ich hob die Hand, um zu verhindern, dass sie mir einen Vortrag darüber hielt, dass man immer bestmöglich aussehen sollte. »Es braucht seine Zeit, um großartig auszusehen. Aber manchmal bleibt dafür eben keine Zeit. Wir müssen jetzt großartig *handeln*.« Das Gleiche hatte ich zigmal zu Jade gesagt, wenn sie als Teenager zu spät zur Schule zu kommen drohte.

Carole schlug ihre Decke zurück und nahm die Schlafbrille ab. »Na gut, wenn du dir sicher bist … Guck mal, hier.« Sie wühlte durch ihre Handtasche und zog ein Fernglas heraus, mit dem sie sonst Vögel beobachtete. »Behalt sie durchs Fenster im Blick, und ich gehe duschen. Ruf mich, wenn etwas Spannendes passiert!« Und damit verschwand sie im Bad.

Ungeduldig suchte ich die Umgebung mit dem Fernglas ab, als ich plötzlich eine Bewegung im Herrenhaus erhaschte. Jemand ging an einem Fenster vorbei, ich stellte die Schärfe ein – irgendwer war ganz in Schwarz gekleidet, hatte sich die Kapuze tief ins Gesicht gezogen und trug Handschuhe. Wenn ich wartete, bis meine Tante ihre Schönheitsroutine abgeschlossen hätte, hätte ich das Nachsehen – und ein kleiner Teil von mir ärgerte sich immer noch, dass Carole am Vorabend wieder einmal Partei für Arthur ergriffen hatte.

Ich konnte nicht länger warten.

»Carole, ich gehe jetzt da rüber«, rief ich durch die Badezimmertür. Dann zog ich meine Sportschuhe und meinen Mantel an und lief los.

Die Hintertür zur Herrenhausküche stand noch immer einen Spaltbreit auf.

In der Küche roch es nach kaltem Fett, und die Morgendämmerung sickerte durch das schmutzige Erkerfenster. Vom Flur waren gedämpfte Stimmen zu hören. Auch wenn sie leise sprachen, würden die Neuankömmlinge nicht lange unentdeckt bleiben.

Adrenalin schoss mir durch die Adern, als ich zum Flur hinausspähte. Zwei Männer trugen eine große Kiste aus dem Salon.

Was ist da drin?

Sobald sie durch den Haupteingang verschwunden waren, rannte ich hinüber in den Salon.

Dort war alles verwaist.

Vielleicht hatte ich mich ja getäuscht? Ich wollte schon die anderen Räumlichkeiten absuchen, als eine Männerstimme sagte: »Wie viele sind es noch?« Dann stampften schwere Schuhe über die Steinfliesen in der Eingangshalle und kamen in meine Richtung.

Verstecken!

Ich hechtete hinter das Sofa im hinteren Bereich des Raums – und stieß dort mit jemandem zusammen.

Bella?!

»Was zum …«

Was macht sie denn hier?

»Psst!« Sie schüttelte mit einem Ausdruck der Verzweiflung den Kopf, der mich an Jade als Teenager erinnerte. »Gehen Sie *bitte* zurück ins Bett!«

»Was haben Sie vor?«, flüsterte ich. Ich versuchte, zwei Bilder zu einem Ganzen zusammenzufügen: die Bella vom vergangenen Abend, die die Schultern hochgezogen und eine Piepsstimme gehabt hatte, und jene, die jetzt ganz in Schwarz vor mir kauerte und aussah, als würde sie wie ein Jaguar jeden Moment losspringen. Sie hatte den Kopf leicht geneigt, damit ihr ja kein Geräusch entging.

Wer ist diese schwarz gekleidete Bella mit ihren Lederhandschuhen?

»Ich habe Sie gestern Nacht herumschleichen sehen – was haben Sie hier gemacht?«, fragte ich.

Sie öffnete die Faust. Darin lag ein Bund mit neu schimmernden Schlüsseln. Sie funkelte mich finster an. »Kommen Sie mir nicht in die Quere!«

Dann hörte sie etwas, zog den Kopf ein und gab mir zu verstehen, dass ich das Gleiche tun sollte.

»Los, Jungs, wir müssen uns beeilen. Ich will endlich von hier verschwinden«, sagte Franklin.

Ich hörte ein Klicken, und meine Neugier nahm überhand: Ich spähte über die Sofalehne. Die Männer standen vor der vertäfelten Wand direkt neben uns. Und kaum dass ich hinsah, sprang die Vertäfelung auf.

Eine Geheimtür zu den Depots!

Bella zog mich nach unten, und mein Ellenbogen knallte unsanft aufs Parkett. Der Schmerz schoss mir den Arm herauf. Sie sah mich finster an.

»Sind da die Depots?«, hauchte ich ihr zu. Das Herz schlug mir bis zum Hals.

Sie presste die Lippen zusammen. Einen Augenblick später stand sie plötzlich auf. »Sie bleiben hier!«

Panik rollte über mich hinweg. »Was machen Sie denn?« Ich suchte den Raum nach Franklin und den anderen ab, aber sie waren verschwunden, und die Geheimtür hatte sich wieder in eine Wandvertäfelung verwandelt.

»Hören Sie nicht den Aufzug? Die sind auf dem Weg nach unten.« Ohne auf meine Reaktion zu warten, rannte sie auf die vertäfelte Stelle zu. Ihre Finger tasteten nach einem Schalter. Ich wollte mich schon zu ihr gesellen, als durch die Wand das Rattern von Zahnrädern und ein metallisches Klappern zu hören waren und Bella erneut hinter dem Sofa in Deckung ging.

»Was hat Arthur nur in Ihnen gesehen?«, fragte sie mich und starrte mich an, während die Männer wieder nach oben kamen.

In derselben Sekunde, da sie den Salon verließen, rannte sie erneut zu der Geheimtür, ehe die sich wieder schließen konnte. Sie ging ein enormes Risiko ein: Vom Flur waren die Schritte der Männer immer noch zu hören.

Ich bewunderte sie für ihre Schnelligkeit und Wendigkeit. Es war lange her, dass ich jemanden um seine Fähigkeiten beneidet hatte. Die letzte Person war Arthur gewesen …

Doch Bella war nicht die Einzige, die schnell sein konnte, wenn sie wollte.

Sie war drauf und dran, die Geheimtür hinter sich zuzuziehen, als ich quer durch den Raum sprintete und meinen Fuß in den Spalt stellte.

Der Moment war gekommen – endlich würde ich erfahren, was Arthur mir in diesen Depots hatte zeigen wollen.

35

»Sieh immer über die Schulter.«

ARTHUR CROCKLEFORD

Hinter der Geheimtür befand sich ein kleiner Absatz.
Dahinter stand Bella auf einer Metallplattform. Ich trat
neben sie, und sie zog den windigen Metallbügel hinter uns
zu. Sie sah wenig überrascht aus, dass ich ihr gefolgt war.

»Sie müssen schneller werden«, sagte sie und drückte auf
einen roten Knopf. Die Plattform ruckte an.

Der Aufzugschacht bestand aus unverputztem Klinker-
stein, und Lämpchen erhellten den Weg. Je weiter wir nach
unten fuhren, umso kühler wurde es. Ich musterte Bella.
Sie war ganz anders als die schüchterne Frau, die ich am
Vorabend kennengelernt hatte – da war sie angesichts von
Giles' Dominanz fast in sich zusammengefallen. An diesem
Morgen bewegte sie sich mit geschmeidiger, kontrollierter
Selbstsicherheit und stand hocherhobenen Hauptes auf der
Plattform. Es war fast, als würde ich eine jüngere Version
meiner selbst betrachten, und ich sehnte mich danach, wie-
der jene Person zu sein. Vielleicht war es dafür doch noch
nicht zu spät.

»Ich meine es ernst: Kommen Sie mir nicht in die Quere.
Das hier habe ich *ein Jahr lang* geplant.« Sie seufzte.

»Arthur hat mich gebeten, Ihnen zu helfen, aber nachdem ich Sie kennengelernt hatte, habe ich beschlossen, mir nicht die Mühe zu machen.«

»Danke, sehr freundlich.« Ich biss die Zähne zusammen.

»War nicht böse gemeint«, erwiderte Bella. »Sie sehen einfach ein bisschen zu alt aus für diese Art Business.«

»Ich hab Erfahrung«, fauchte ich zurück.

Der Aufzug ruckte, und mein Griff um den Handlauf verstärkte sich. Ich fühlte mich nicht so alt, wie ich aussah, und mir war egal, was Bella für einen Eindruck von mir hatte. Ich war wieder zurück im Geschäft – dafür hatte Arthur gesorgt.

»Ein bisschen empfindlich, ich sehe schon«, murmelte Bella.

»Ihr wahres Ich ist wirklich überaus charmant«, entgegnete ich.

Der Aufzug hatte angehalten, und ich drängte mich an ihr vorbei auf einen Gang mit Ziegelboden, ehe Bella mich abermals beleidigen konnte. Ich würde mir holen, weshalb ich gekommen war – das Objekt von enormem Wert, das Arthur in seinem Brief erwähnt hatte.

Um mich herum sah es aus wie in einer Art Weinkeller; die Luft roch muffig, mit einem Hauch von frischem Holz, was vermutlich von den Sperrholzkisten herrührte, die die Männer aus dem Herrenhaus trugen.

»Wer sind Sie wirklich?«, fragte ich Bella. Ich sah den langen Aufzugschacht empor bis zu der geschlossenen Geheimtür und fragte mich, wie viel Zeit uns blieb, ehe Franklin und die Männer zurück wären. Ich hätte nicht sagen können, ob ich mich vor Franklin würde verstecken oder ihn um Hilfe würde anflehen müssen.

»Wer ich bin, geht Sie nichts an. Aber hat Arthur Ihnen

denn gar nichts erzählt?« Bella drückte auf die Taste, die den Fahrstuhl wieder nach oben schickte. »Wenn Sie hier erwischt werden, gehen wir beide dabei drauf.«

Sie lauschte auf Schritte, während der Aufzug auf Höhe des Salons hielt.

»Ich wette, Franklin ist heilfroh, dass der Strom wieder da ist«, fuhr sie fort. »Ich musste ihn nur für eine Weile abschalten, um Sie alle abzulenken.«

»*Sie* haben den Strom abgestellt?« Im selben Moment dämmerte mir, dass Bella nicht dabei gewesen war, als wir am Vorabend in den Speisesaal übergewechselt waren. »Aber wie? Und warum?« Vermutlich hatte sie rund um diese Zeit irgendetwas eingefädelt und die Sicherungen manipuliert.

»Ich hab ein Telefonat meines hinreißenden Freundes mit angehört und wusste, dass ich mich beeilen musste. Ich musste mich umsehen, und zwar ohne dass die anderen hier im Herrenhaus herumlungern würden. Außerdem dachte ich mir, dass sich die Geheimtür ohne Strom vielleicht öffnen ließe – aber das war nicht der Fall. Daher Plan B. Diese alten elektrischen Leitungen zu manipulieren, war nicht schwer. Ich habe einfach in einem leeren Zimmer ein paar Geräte auf Timer gestellt. Sie sind angegangen – und die Lichter gingen aus.« Sie erklärte es nicht genauer, sondern marschierte los über den Flur. »Würden Sie sich bitte beeilen?« Sie winkte mich hinter sich her.

Ich blieb wie angewurzelt stehen. Ich durfte niemandem vertrauen, und wenn Bella ihre wahre Identität verschleiern konnte, dann konnten es die anderen auch.

»Wenn ich Sie hätte umbringen wollen, hätte ich Ihnen keine Warnung geschickt. Ich hätte Sie einfach umgelegt, während das Licht aus war, und keiner hätte irgendwas geahnt.«

Sie ging an den einander gegenüberliegenden Lagern eins und zwei vorbei und blieb vor der Tür mit der Nummer vier stehen, schob einen Schlüssel ins Schloss und drehte ihn herum.

»Wenn Sie schon hier sind, dann machen Sie sich gefälligst nützlich!«

Ich stand immer noch wie erstarrt da. »*Sie* haben uns geschrieben, dass wir abreisen sollen?«

»Ich weiß, das war primitiv. Aber ich habe nur versucht, mein Versprechen gegenüber Arthur zu halten und Ihnen zu helfen.«

»Und wie haben Sie das anstellen wollen?«

»Einfach indem ich Sie aus einer Lage befreie, die Sie nicht durchschauen.« Bella schien mit ihrer eigenen Logik überaus zufrieden zu sein, und ich bohrte nicht weiter nach. Ich war vielmehr interessiert daran, herauszufinden, was das ominöse Objekt von enormem Wert war.

Ich stiefelte an der offenen Tür mit der Nummer eins vorbei – und meine Neugier ließ sich nicht mehr im Zaum halten: Ich warf einen Blick hinein. Es waren noch drei Kisten übrig, und obenauf konnte ich gerade so angeklebte Fotos erkennen – bestimmt Fotos des Inhalts. Auf der kleinsten Kiste direkt neben der Tür klebten vier Fotos von Keilschrifttafeln unterschiedlicher Form und Größe. Ich erkannte sie sofort wieder: Sie waren im hinteren Teil von Arthurs Dossier aufgeführt.

Die Kiste zog mich magisch an. Es handelte sich um die Art von Kunstschätzen, in die er und ich beide vernarrt waren – Kulturgüter aus einer vergessenen Zeit. Unschätzbar wertvolle Artefakte.

Ich griff in die Kiste und zog etwas heraus, was sich wie ein handtellergroßer Stein anfühlte, der zum Schutz in ein Tuch gewickelt war. Es handelte sich um eine terrakottafarbene Tontafel, in die keilförmige Symbole eingraviert waren. Die Keilschrift war von sumerischen Schreibern im heutigen Irak entwickelt worden und galt als das älteste bekannte Schriftsystem. Die Tafeln hatten hauptsächlich der Buchführung oder Ähnlichem gedient, es gab jedoch auch Keilschrifttafeln mit Darstellungen astronomischer Berechnungen. Derlei Tafeln sollten nicht in einem Depot versteckt, sondern in Museen im Vorderen Orient ausgestellt werden – oder gehörten zumindest in die Hände von Experten. Arthur war immer derselben Ansicht gewesen.

Doch irgendetwas an der Art und Weise, wie sich die Tafel in meiner Hand anfühlte, schien nicht richtig zu sein; ich musste einen genaueren Blick darauf werfen.

»Was machen Sie denn noch?«, flüsterte Bella vom Flur.

Ich verglich die Tafel mit den Fotos auf dem Deckel der Kiste, bis ich eine Entsprechung fand. Allerdings war es nicht dieselbe Tafel – Farbe und Text unterschieden sich marginal.

»Das sind Fälschungen«, flüsterte ich in mich hinein. »Arthur muss das gewusst haben.«

In Arthurs Eintragungen hatten rote Klebepunkte diverse Fotos des Mobiliars und auch die Fotos dieser Tafeln markiert. Damit war klar, was die roten Punkte bedeuteten: Das ursprüngliche Objekt war durch eine Fälschung ersetzt worden. Oder zumindest war die Authentizität nicht gesichert. Ein Tourist in Arthurs Ladengeschäft hätte den Unterschied bestimmt nicht erkannt, ein Experte jedoch sehr wohl. Ich verspürte ein vertrautes Prickeln. Ich wollte gerade nach der nächsten Tafel greifen, als Bella mich von der Kiste wegzog.

»Halt, ich muss das hier …«

Noch während sie mich aus dem Raum zerrte, bemerkte ich ein Häuflein Polaroids in der Ecke des Depots. Doch bevor ich mich danach ausstrecken konnte, sagte Bella: »Dafür haben wir jetzt keine Zeit.«

Sie zog mich auf die hinterste Stahltür zu. Sie war mit der Nummer vier überschrieben, und die Tür stand offen. »Nach Ihnen.«

Zaudernd blieb ich auf der Schwelle stehen und sah zurück zu Depot eins. Die ursprünglichen Tafeln mussten wahnsinnig kostbar sein, schoss es mir durch den Kopf, wenn irgendwer sich die Mühe gemacht hatte, Kopien davon anzufertigen.

Bella stupste mich an. »Sie sind gleich zurück, und wenn sie kommen, müssen wir uns hier drin verstecken.«

Ich folgte ihr in das geklinkerte Gewölbe, das über und über mit Kisten vollgestellt war. Lagerten hier weitere gefälschte Tafeln – oder die Originale aus der Copthorn-Manor-Sammlung?

Ich sah auf die Schlüssel in Bellas Hand hinab. »Und die haben Sie gestohlen, als die Lichter ausgingen?«

Sie schloss die Tür hinter uns, und das Klappern des Aufzugs verriet uns, dass Franklin und seine Leute erneut nach unten kamen. »Ach was. Da bin ich weitsichtiger. Ich war vergangene Woche in Franklins Büro. Ich hab die Schlüssel nachmachen lassen und seinen Schlüsselbund zurückgebracht, damit er nichts merkt.«

Die Luft im Depot war trocken und abgestanden. Die schwere Stahltür war alt, sah aber massiv aus.

»Wie können Sie sich sicher sein, dass Franklin hier nicht reinwill?«, erkundigte ich mich.

»Er leert die Räume eins und zwei – diejenigen, in denen diverse kriminelle Elemente ihre illegal erworbenen Kunstwerke und Antiquitäten eingelagert haben. Weiter den Flur entlang muss er gar nicht gehen.«

Aber nach allem, was ich gesehen habe, hat jemand die Originale, die Arthur fotografiert hatte, durch Fälschungen ersetzt.

Allerdings würde ich das Bella nicht sagen. Ich hatte schließlich immer noch keine Ahnung, wer sie wirklich war.

»Arthur wusste genau«, hob Bella an, »dass nach Lord Metcalfs Tod gewisse *Interessenten* dem Nachfolger gegenüber misstrauisch wären. Niemand mag Veränderungen, nicht wahr?« Ich konnte am Blitzen in ihren Augen sehen, dass Bella Arthur verehrt hatte. »Aber dieser Raum hier war Lord Metcalfs Privatlager – bis er krank wurde. Und natürlich war er auch kein echter Lord, er war früher mal Immobilienmakler in East London.«

»Dann war all das hier nur vorgetäuscht?«

»Ja.« Ich bekam nur mit Mühe mit, was sie als Nächstes flüsterte: »Das ganze Leben ist eine einzige Täuschung …« Irgendetwas huschte über ihr Gesicht. War es Trauer – oder Reue?

»Was ist passiert, als er krank wurde?«, hakte ich nach.

»Amy erfuhr, dass es ihm schlecht ging, und beschloss, nach Hause zurückzukehren … nur dass sie sich als nicht besonders geeignete Pflegerin erwiesen hat, schließlich ging es ihm zusehends schlechter. Irgendwann war er dann bettlägerig.«

Es klang fast, als wollte Bella in Wahrheit etwas ganz anderes sagen, und ich ahnte, worauf sie hinauswollte. »Lassen Sie mich raten: Die Silberrahmen verschwanden zuerst. Dann die Möbel, die Gemälde und so weiter.«

»Sie sind klüger, als Sie aussehen.«

»Und die einzige Person, die zur Hand war, um eine Fälschung vom Original zu unterscheiden ...« Allmählich ergab alles Sinn.

Bella sprach meinen Satz zu Ende: »... war Arthur. Ich nehme an, er war nicht gerade begeistert von dem, was er hier mitansehen musste, und beschloss, alles zu katalogisieren. Ich gehe davon aus, dass er bei seinem letzten Besuch Lord Metcalf von seinem Dossier erzählt hat. Sie wissen nicht zufällig, wo es sich befindet? Es dürfte eine Menge brisanter Informationen drinstehen.« Ihre Augen blitzten mich an.

Weiß sie, dass wir die Bücher haben?

»Keine Ahnung«, antwortete ich.

Bella sah wenig überzeugt aus.

Wir hörten Metall klappern, als der Aufzug abermals im Keller hielt, und Bella legte den Zeigefinger an die Lippen. Dann streckte sie sich nach dem Lichtschalter neben der Tür aus und hüllte uns in Dunkelheit.

»Und jetzt müssten Sie bitte schön die *echten* Artefakte für mich finden«, flüsterte sie mir zu. Dann zog sie eine schlanke Taschenlampe aus der Tasche und steckte sie sich zwischen die Zähne.

Leise zog ich eine Kiste nach der anderen auf, und beim Anblick des Inhalts wurde die Falte in ihrer Stirn immer tiefer. Sie nahm die Taschenlampe aus dem Mund. »Das hier sind bloß alte Dokumente, Fotos und alter Plunder ... Keine Ahnung, warum die hier bei den Antiquitäten liegen.«

Männerstimmen wurden lauter. Ich trat von der Tür weg und presste mich an die Wand.

»Erzählen Sie mir, wonach Sie suchen?«, fragte ich, doch Bella war zu sehr damit beschäftigt, durch die Kisten zu wühlen. »Warum hat Arthur Sie gebeten, mir zu helfen?«

Sie wandte sich dem rückwärtigen Teil des Lagerraums zu und versuchte, eine weitere Kiste zu öffnen. Der Deckel ließ sich nicht öffnen. Ich eilte hinüber, aber sie drehte sich von mir weg – und die Kiste scheppterte zu Boden.

»Wer ist da?«, rief einer der Männer vom Flur. »Ich bin bewaffnet!«

Bella schaltete die Taschenlampe aus.

Ich erstarrte. *Was, wenn sie uns hier entdecken?*

Im Lichtstreifen unter der Tür tauchte ein Schatten auf. Jemand rüttelte an der Klinke, doch die Tür war verschlossen. Ich hatte gar nicht mitbekommen, dass Bella hinter uns abgeschlossen hatte, und so langsam dämmerte mir, *wie* gut ausgebildet sie tatsächlich war. Genau wie ich früher.

Ein Poltern vom Flur.

»Sie verdammter Idiot!«, schimpfte Franklin.

Der Schatten verschwand wieder.

Ich holte tief Luft und versuchte, meine zitternden Hände zu beruhigen.

»Sie sind Privatermittlerin und auf der Suche nach gestohlenen Kunstschätzen«, flüsterte ich. »Genau wie Arthur, nicht wahr?«

Sie lachte tonlos in sich hinein. Dann schaltete sie ihre Taschenlampe wieder an und zupfte ihre Lederhandschuhe zurecht. »Arthur und ich, wir sind uns immer wieder mal über den Weg gelaufen – und mitunter hatten wir die gleichen Absichten. Und wenn … Sagen wir es so: Der Feind meines Feindes ist mein Freund.« Sie schien hinter mir etwas entdeckt zu haben und richtete die Taschenlampe auf eine Kiste. »Das ist sie.«

Vorsichtig und leise hob sie die Kiste aus dem Regal, stellte sie auf den Ziegelboden und zog den Deckel auf.

Der Karton war gefüllt mit Papierschnipseln, und Bella

schob die Hände hinein wie in einen Topf mit Losen auf dem Jahrmarkt – und ihre Finger schlossen sich um einen Samtbeutel.

Als sie ihn aufzog, konnte ich trotz des schwachen Taschenlampenlichts ihre Augen leuchten sehen.

»Was können Sie mir über diese Artefakte sagen?«

Wenn jemand mich das vor ein paar Tagen gefragt hätte, hätte ich tief in meiner Erinnerung nach alledem kramen müssen, was Arthur mir einst beigebracht hatte. Doch nachdem ich den Vorabend damit verbracht hatte, mir die Objekte aus seinem Dossier einzuprägen, wusste ich, dass wir neben den Keilschrifttafeln weitere Fundstücke aus dem heutigen Iran und Irak vor uns hatten. Archäologie war Arthurs große Leidenschaft gewesen – und meine früher auch.

»Ein bisschen weiß ich wohl … Aber wie wäre es, wenn *Sie mir* erst ein paar Dinge erklärten?«

»Arthur war der Ansicht, Sie wüssten alles. Also: Ist das hier echt oder nicht?« Bella drückte mir einen rundlichen Terrakottagegenstand in die Hand, der mit Linien und Markierungen übersät war.

Im selben Moment, da ich darauf hinabblickte, wusste ich, was in dem anderen Lagerraum vor sich ging. »In dem Raum, den Franklin gerade räumen lässt, stand eine Kiste mit Fotos genau solcher Keilschrifttafeln.«

»Stimmt«, sagte Bella.

»Das waren Fälschungen – und die echten sind hier«, schlussfolgerte ich.

»Wirklich unfassbar clever, das muss man den Metcalfs lassen.«

Sie zog weitere Tafeln aus der Kiste, und mir fiel wieder ein, was Arthur mal gesagt hatte: *Die Werkstatt selbst ist nie mit dem Kopf der Bande, für die sie dort arbeiten, in Kontakt gekommen. Erst als jemand im Haus von Asims Vater auftauchte und sich nach dem Vogel erkundigte, hat der kluge Junge ein Foto gemacht und ist für uns zurück in die Werkstatt gelaufen, um den Vogel zu sichern.*

Ich sah auf die Tafel in meiner Hand hinab. Sie sah denjenigen, von denen Asim Duplikate erstellt hatte, verblüffend ähnlich. Wenn man nicht gerade Experte war – oder den direkten Vergleich hatte –, dann konnte ich mir vorstellen, wie leicht man auf derlei Fälschungen hereinfallen konnte. »Dieses Artefakt stammt aus Mesopotamien – der frühesten Zivilisation der Welt und dem heutigen Irak.« Ich drehte die Tafel um. »Es ist zwischen 2000 und 500 vor Christus entstanden. Solche Objekte hat Arthur besonders geliebt. Archäologie war seine Passion.«

Der Nahe Osten war in den frühen Zweitausenderjahren, was Kulturschätze anging, regelrecht ausgeblutet.

»Wie kamen diese Tafeln nach Großbritannien? Und was haben Sie damit vor?« Mein Griff um das Artefakt verstärkte sich. Ich war mir absolut sicher, dass es echt und somit unbezahlbar war.

Bella lächelte mich an. »Was diese Objekte anging, waren Arthur und ich ausnahmsweise einer Meinung. Derlei Kulturgüter müssen an ihren Entstehungsort zurückgeführt werden. Arthur zufolge stammen diese hier aus Irisaĝrig – einer sagenumwobenen, untergegangenen Stadt. Die Welt hat überhaupt erst von ihr erfahren, weil sie auf einigen Tafeln erwähnt war, die 2003 an der jordanischen Grenze sichergestellt wurden, während Tausende weitere auf internationalen Antikmessen auftauchten … und außerdem hier.«

»2003«, wiederholte ich. Im Jahr, nachdem Arthur und

ich uns entzweit hatten. »Warum hat er sie nicht einfach selbst zurückgegeben?«

»Lord M hatte irgendwas gegen ihn in der Hand. Arthur musste nach seiner Pfeife tanzen.« Bella wühlte weiter durch die Kiste.

»Was soll das heißen?«

Bella antwortete nicht. Sie war zu sehr auf die Suche konzentriert. Nach einer Weile fragte sie: »Sind das die originalen Objekte, von denen Arthur erzählt hat? Können Sie mir die Echtheit bestätigen?«

»Sie sehen jedenfalls weitaus echter aus als die aus Depot eins.« Es war aufregend, dass ich meine Kenntnisse von vor so vielen Jahren mit einem Mal wieder einsetzen konnte.

Bella zauberte einen dünnen faltbaren Rucksack aus ihrer Tasche. »Das reicht mir schon mal. Womöglich haben Sie wirklich ein Auge für solche Dinge, genau wie Arthur gesagt hat.« Dann begann sie, die unterschiedlich großen Samtbeutel mitsamt den Artefakten und einigem Papier in ihren Rucksack zu legen.

Sofort beschleunigte sich mein Puls. »Halt – das können Sie doch nicht machen! Die sind wahnsinnig empfindlich und unfassbar selten! Wir müssen die Polizei informieren!«

»Warum sollte ich? Ich würde wahrscheinlich nicht mal eine Belohnung dafür kriegen. Und keine Sorge, so etwas mache ich gerade nicht zum ersten Mal. Irgendwas zu zerbrechen, würde mich teuer zu stehen kommen.« Bella tastete über den Boden der Kiste, bis sie sich sicher sein konnte, dass sie alles eingepackt hatte. »Hören Sie – Giles glaubt, dass ich ein Dummerchen wäre.« Sie funkelte mich an. »Aber das ist nur ein Trick – ich kann mir nämlich jede Einzelheit merken. Er ist in all das verwickelt, was hier vor sich geht, und ich brauche nun wirklich nicht mit ihm in

Verbindung gebracht zu werden, wenn er auffliegt.« Ich muss sie verwirrt angesehen haben, weil sie fortfuhr: »In dieser sogenannten Bank hier – mitsamt ihren Schließfächern oder Depots – lagert die Kreditsicherheit gewisser Leute: Goldbarren, Edelsteine, Kunst – und Antiquitäten. Alles, womit Kriminelle handeln, wenn kein Geld fließen darf. Geld lässt sich nachverfolgen, diese Gegenstände hingegen kaum. Einige davon werden also hier aufbewahrt. Sobald diese Leute Geschäfte miteinander machen, wird die Ware verschoben; manchmal verbleibt sie in der Bank und wird nur von einem Depot zum anderen gebracht – oder sie kommt in eine andere Bank, nach Schottland oder irgendwo ganz anders hin. Genau dafür dienen diese sogenannten Antikklausuren. Die Depots werden nicht allzu oft aufgemacht, deshalb organisieren sie Zusammenkünfte für relevante Akteure und machen eine Party daraus. Arthur war dabei, um zu bestätigen, dass alles seine Ordnung hatte – sprich: dass sich keine Fälschungen eingeschlichen hatten.«

Ich sah zu, wie sie noch ein paar mehr Kisten öffnete und samtene Schmuckschatullen herausnahm. Aus einer davon zog sie eine Diamantkette und stopfte sie in ihre Tasche.

»Was machen Sie denn da?!«

Sie lächelte süßlich. »Wenn wir schon mal dabei sind ... «

»Damit sind Sie doch nichts weiter als eine Diebin!« Ich versuchte noch, mir die Kette zu schnappen, aber sie hatte sie bereits sicher verstaut.

Sie sah mich missmutig an. »Diese Sachen sind bereits gestohlen worden, lange bevor ich hierherkam. Die Besitzer haben dafür wahrscheinlich längst die Versicherungssumme kassiert.« Sie sah auf die Tafel in meiner Hand hinab.

Ich verstärkte den Griff darum – und im nächsten

Moment blickte ich in den Lauf einer kleinen schwarzen Pistole.

»Geben Sie die her«, forderte sie mich auf.

Mit wild hämmerndem Herzen hielt ich die Tafel fest umklammert.

»Wie schon gesagt, ich hätte Sie längst kaltmachen können, aber wo wäre dabei der Spaß gewesen? Wenn Sie wirklich Arthurs Geschäft übernehmen, wie Franklin mir erzählt hat …« Draußen waren schwere Schritte auf dem Ziegelboden zu hören. »Ich muss langsam los.« Sie stand inzwischen direkt an der Tür und zog sich eine schwarze Sturmhaube über. »Sie sollten sich diese Dokumente ansehen. Da war ein Foto von Ihnen dabei. Bestimmt wollte Arthur, dass Sie genau diese Sachen an sich nehmen.« Sie zog die Tür auf und spähte hinaus. »Tut mir leid, aber ich kann nicht zulassen, dass Sie mich aufhalten.«

Dann schlüpfte sie durch die Tür und schloss hinter sich ab.

Ich saß hier fest – und zwar allein.

36

»Bella, meine Liebe, es würde dir wirklich nicht schaden, wenn du immer mal wieder Leuten helfen würdest.«

ARTHUR CROCKLEFORD

Bella

Bella hatte sich wirklich alle Mühe gegeben, Freya Lockwood unsympathisch zu finden – dummerweise vergebens. Sie hatte sehen können, dass unter der reichlich unscheinbaren Oberfläche Intelligenz und Mut schlummerten, zwei Eigenschaften, die Bella über alle Maßen schätzte – neben selbst erarbeitetem Reichtum natürlich. Und sie mochte Freya tatsächlich so gern, dass sie am Ende doch tat, worum Arthur sie bei ihrem letzten Treffen gebeten hatte.

Freya war erstaunlich pfiffig für jemanden, der mit langen Schritten auf die fünfzig zuging. Bella war sehr darauf bedacht gewesen, dass niemand sie beobachtete – darin war sie regelrecht Expertin –, und doch war Freya ihr bis ins Depot gefolgt. Als sie im Salon so unvermittelt hinter dem Sofa aufgetaucht war, hatte Bella feststellen müssen, dass es gar nicht so übel war, zur Abwechslung in den eigenen Überzeugungen herausgefordert zu werden – das Leben wurde schlichtweg langweilig, wenn man schon alles zu wissen glaubte.

Es war nicht allzu schwer, den Keller und die Depots hinter sich zu lassen. Frank und seinen Männern schien es mittlerweile egal zu sein, ob jemand sie entdeckte. Sie wollten einfach nur noch weg – und dieses Gefühl kannte Bella gut. Es war an der Zeit, in wärmere Gefilde zu reisen, und die Tasche voller Preziosen, die sie jetzt bei sich trug, würde sie bequem über die nächsten Monate bringen. Sobald sie die Artefakte an den Irak zurückgegeben hätte, wäre ihr Karmakonto ausgeglichen. Das war mitunter wichtig, als Ausgleich zum Im-Schwarzhandel-Suhlen. Das hatte Arthur ihr beigebracht.

Sie durchquerte die Eingangshalle und spähte durch die Vorhänge. Draußen luden die Männer gerade den letzten Sperrholzkasten auf. Sie konnte das Wort *Tee* heraushören. Es spielte keine Rolle, ob ein Umzugshelfer ein Klavier zu einem neuen Besitzer brachte oder gestohlene Kunst und Antiquitäten zum nächsten geheimen Umschlagplatz: Jedes Mal wollten sie zur Belohnung einen Tee und dazu Kekse.

»Sie können Ihren Tee unterwegs trinken«, sagte Franklin und marschierte an dem Fenster vorbei, hinter dem Bella sich versteckte.

»Aber es heißt doch: *Don't drink and drive*«, röhrte einer der Umzugsleute.

Bella wartete weiter ab. Nach einer Viertelstunde kletterten die Männer in den Transporter und fuhren davon. Noch während der Fahrer Gas gab, kam Amy aus der Eingangstür geschossen, kreischte dem Wagen nach und stürmte dann auf Franklin zu. Als Nächstes kam Carole aus ihrem Cottage und kam auf das Herrenhaus zugelaufen – bestimmt auf der Suche nach Freya.

Bellas Magen zog sich leicht zusammen, als sie an die eingesperrte Freya dachte, und sie konnte es sich nicht recht erklären. Sie redete sich ein, dass all dies nun mal Teil jener Welt war, in der sie lebte. Da war nur die eigene Sicherheit wichtig.

Allmählich musste sie los – nicht dass irgendwer sie hier entdeckte. Solange die anderen draußen abgelenkt waren, flüchtete sie in Richtung Küche, durch die kaputte Hintertür und dann weiter auf Giles' Audi zu, in dem bereits ihr Koffer lag. Dass ihre Zeit mit Giles sich dem Ende zuneigte, war eine große Erleichterung. Ihm war wirklich nicht mehr zu helfen.

Gut ein Jahr zuvor hatte Arthur ihr von einigen seltenen Keilschrifttafeln erzählt, die in einer jener ominösen Banken lagerten – und es hatte nicht allzu lange gedauert, bis sie einen Plan geschmiedet hatte. Eigentlich hatte sie vorgehabt, sich mit Amy anzufreunden und sich von ihr auf eine ihrer Partys einladen zu lassen, doch dann hatte sie eines angetrunkenen Abends Giles kennengelernt und … der Rest war Geschichte. Sie hatte immer schon einen schlechten Männergeschmack gehabt. Binnen einer Woche hatte ihr gedämmert, welche Herausforderung es für sie würde, seine bessere Hälfte zu spielen. Doch sie biss die Zähne zusammen, verbrachte einfach so wenig Zeit mit ihm wie nur möglich, ermunterte ihn aktiv zu seinen Geschäften, während sie gleichzeitig möglichst viel über seine Familie und über Copthorn Manor in Erfahrung brachte.

Es erforderte jedes bisschen Willenskraft, ihm nicht zigmal am Tag den Drink zu vergiften. Trotzdem machte es auch irgendwie Spaß, die Sanftmütige, Unterwürfige zu spielen – weil sie jederzeit eine Waffe in Reichweite hatte, falls er je darüber nachdenken sollte, die Hand gegen sie zu erheben. Das hatte er mit seiner vorherigen Freundin getan, und als klar war, dass sie Giles brauchte, um an die gestohlenen Artefakte zu kommen, hatte Bella das Mädchen diskret aus dem Haus getrieben und weit weg gebracht.

Der Kofferraum klickte auf, und sie spähte hinüber zu Giles' Cottage. Kein Hinweis darauf, dass er bereits wach war. Sie hatte ihm Schlaftabletten verabreicht, wie so oft, aber manchmal war wirklich die Dosis für einen Elefanten nötig, um ihn auszuknocken.

Ein Stück entfernt kam ein schwarzer Wagen mit getönten Scheiben vom Eingangstor heraufgebrettert und wich den zahlreichen Schlaglöchern aus. Er hielt im Schatten des Baumtunnels, und auch dieser Kofferraum ging auf. Bella beeilte sich, nicht dass Freyas empörte Einwände sie noch von ihrem Plan abbrachten. Sie rannte auf den Wagen zu, legte vorsichtig den Rucksack mit den Keilschrifttafeln hinein und klopfte zweimal aufs Dach, um dem Fahrer zu signalisieren, dass er losfahren konnte. Auftrag ausgeführt. Arthur wäre stolz auf sie gewesen.

37

»Die Antwort schlummert bereits in uns, wir brauchen nur auf das zu vertrauen, was wir gelernt haben.«

ARTHUR CROCKLEFORD

Freya

Ich rüttelte an der Klinke, doch die Tür ging nicht auf.

Bella hatte mich eingesperrt.

»Bella?« Ich hämmerte mit der Faust gegen die Tür. »Hallo?« Inzwischen war mir egal, wer mich hörte. Ich musste hier raus. Meine Hände waren inzwischen brandrot und schmerzten, doch ich war zu wütend, als dass mir das noch etwas ausmachte. »Franklin?«

Bella hatte die »REISEN SIE SOFORT AB!«-Warnung geschickt, und als wir nicht abgereist waren, war dies hier womöglich ihr Plan B gewesen.

Ich suchte die Gewölbewände ab und berührte die Decke mit den Fingerspitzen ... Würde dies hier mein Grab werden?

Mir schnürte sich der Hals zusammen, und Panik pulsierte durch meine Adern.

Wie lange würde der Sauerstoff reichen? Gab es hier eine Belüftung?

Werde ich qualvoll ersticken?

Ich konnte nirgends eine Lüftung sehen.

Der Raum kam einem Verlies gleich.

Ich griff in meine Tasche und zückte mein Handy, nur um festzustellen, dass es nicht mein Handy war. Das Gerät in meiner Hand gehörte Amy. Ich rief die Notfallnummer auf.

Kein Netz.

Ich hämmerte abermals gegen die Tür und rief mit gepresster Stimme: »Bella, lassen Sie mich hier raus!« Dann lauschte ich auf eine Reaktion.

Nichts.

Ich setzte mich auf die nächstbeste Kiste und versuchte, ein paar Atemübungen zu machen, wie beim Yoga. Einatmen, bis vier zählen, ausatmen.

Aber es funktionierte nicht. Außerdem würde ich so den Sauerstoff vielleicht sogar schneller verbrauchen. Ich rang die zitternden Hände und presste den Daumen in meine Narbe.

Jade!

Ich hämmerte erneut an die kalte Metalltür, bis meine Fingerknöchel wund waren.

Jade!

Allmählich nahm die Verzweiflung überhand. Ich würde meine Tochter nie wiedersehen – und Carole ebenso wenig. Ich hatte versagt. Gerade als ich geglaubt hatte, das Objekt von enormem Wert zu finden – gerade als ich Arthurs Mörder auf die Schliche zu kommen hoffte ... war ich aufs Abstellgleis befördert worden.

Carole weiß, dass ich die Depots finden wollte. Sie wird Hilfe holen, oder etwa nicht? Dann fiel mir ein: Sowohl Giles als auch Amy rechneten mit der Öffnung der Depots

nicht vor zehn Uhr. Allerdings war dies nur ein Täuschungs-
manöver von Franklin gewesen, sodass er die Räume betreten konnte, ohne dass sie dabei wären.

Ich suchte erneut die Wände ab.

Bella – warum?

Ich ließ mich zu Boden sinken und schlug die Hände vors
Gesicht. Wie würde ich hier je wieder rauskommen? Sämtliche Anwesenden hatten Arthur gekannt und ihm womöglich den Tod gewünscht; trotzdem kannte ich noch immer
nicht all ihre Motive und konnte unmöglich beweisen, dass
einer von ihnen in der Nacht, als Arthur gestorben war, in
dessen Laden eingedrungen war.

Arthur hatte mich auf eine aussichtslose Mission geschickt,
und diese Mission wäre nun mein Ende.

Am Rande meines Bewusstseins nagte etwas an mir.
Wenn ich wirklich glaubte, dass Arthur Bella gebeten
hatte, mir den Zugang zum Depot zu ermöglichen … dann
musste es einen Grund dafür gegeben haben. Der komplette Keller stand voller Objekte – warum also ausgerechnet dieser Raum? Antiken waren Arthurs Leidenschaft
gewesen, aber ich konnte nicht glauben, dass er wirklich
in den Handel mit Diebesgut verwickelt gewesen war, ganz
im Gegenteil, er war immer darauf bedacht gewesen, Kulturgüter an ihren rechtmäßigen Ort zurückzuführen. Dies
war auch der Hauptgrund dafür gewesen, warum er jeden
Nahost-Job angenommen hatte, der ihm angetragen worden war. Wenn er gewollt hätte, dass *ich* die Keilschrifttafeln fand – warum hatte er dann *Bella* erzählt, wo sie zu
finden wären?

Es musste also noch etwas anderes geben, das ich aufspüren sollte. Arthur hatte gewusst, dass Bella anwesend wäre,
um mich zum entscheidenden Ort zu bringen.

Was hat Bella gleich wieder über die Kisten gesagt? Dass darin ein Foto von mir liegt?

Ich hob den Deckel der ersten Kiste an, die Bella aufgemacht hatte. Sie war voll mit alten Ordnern, die mit unterschiedlichen Namen beschriftet waren. Mein Name war nicht darunter. Ich sah ein paar Ordner durch, entdeckte aber nur alten Papierkram – alte Kontoauszüge und Firmenbilanzen.

Ich verspürte eine Mischung aus Verwirrung und Frustration und war allmählich den Tränen nahe. Ich ließ den Blick weiter schweifen. War Arthur ermordet worden, weil er gewusst hatte, dass hier gestohlene Objekte lagerten? Indem er jeden Gegenstand aus dem Herrenhaus und den Lagerräumen fotografiert und beschrieben hatte, hatte er dafür gesorgt, dass die Objekte nachverfolgbar wären, und nachdem ich selbst einmal Fahnderin gewesen war, war ich mir recht sicher, dass es eine Menge Leute gäbe, die auf eine Liste gestohlener oder illegal gehandelter Kunstgegenstände, Antiquitäten und Antiken scharf wären. Kein Dieb und kein Hehler wollte, dass seine Handelsware identifizierbar war; dass einer von Franklins *Interessenten* dafür einen Mord beging, war daher nicht ganz unwahrscheinlich. Ich wusste schließlich aus eigener Erfahrung, dass solche Leute auch für weniger töten konnten.

Irgendwann konnte ich nicht weiter herumsitzen und darauf warten, dass mir die Luft ausging; ich brauchte eine Beschäftigung.

Was hat Bella in den Kisten gesehen?

Ich zog eine weitere Kiste auf, dann die nächste – überall das Gleiche.

Bei der letzten jedoch hielt ich inne. Auf die Vorderseite hatte jemand *A. A. M. Egypt* geschrieben.

A. A. M. war die ägyptische Fälscherwerkstatt, die Asims Familie gehört und in der auch er gearbeitet hatte. In der Kiste lagen zwei schwarze Zugbeutel. Der erste war schwer, und als ich ihn hochnahm, klang es, als würden darin Teller aneinanderklappern. Ich zog den Beutel auf. Darin steckte eine große Ziplock-Tüte. Mein Blick fiel auf zerklüftete Federn.

Das kann doch nicht wahr sein. Nicht hier, nicht nach all dieser Zeit.

Ich zippte die Tüte auf und schob meine zitternde Hand hinein, als hätte sich in der Ecke der Tüte eine giftige Viper eingerollt. Trotzdem musste ich sichergehen, dass ich mich täuschte.

Meine Finger schlossen sich um eine kalte Keramikscherbe. Eine halbe Vogelklaue.

Eine eindeutig wiedererkennbare Vogelklaue.

Die Klaue des Martin-Brothers-Vogels …

Die Spitze war rötlich-rostfarben überzogen – mit Asims Blut. Da war ich mir sicher.

Galle stieg mir in die Kehle. Der Raum schien zu schwanken wie ein Schiff auf hoher See, bis ich begriff, dass ich diejenige war, die schwankte, und ich mich an einem Regal festhielt.

Meine Atmung ging flach und unkontrolliert. Ich warf die abgebrochene Klaue zurück in die Tüte und zog den Beutel wieder zu.

Giles war auf der Suche nach dem zerbrochenen Martin-Brothers-Vogel aus Kairo.

Mit dem nächsten Beutel zögerte ich, allerdings konnte wohl kaum etwas noch schlimmer sein, als diesen kaputten Vogel vor mir zu sehen. Der zweite Beutel war weitaus leichter – vielleicht war er leer?

Darin lag ein Stück Stoff. Und noch ehe ich ihn herausnahm, wusste ich instinktiv, was ich gleich vor mir sehen würde. Erneut krampfte sich mein Magen zusammen.

Es war ein Schal. Und zwar nicht irgendein Schal. Es war *mein* Schal – und er lag in derselben Kiste wie der kaputte Martin-Brothers-Vogel. Er sah genauso aus wie jener, den ich mir am Kairoer Flughafen gekauft hatte, um bei Bedarf meinen Kopf zu bedecken. Ich hatte geglaubt, ich hätte ihn verloren, als ich an jenem Tag aus dem Café geflüchtet war …

Kairo und Copthorn Manor standen in einem Zusammenhang, und das Bindeglied war Asims Tod. Arthur hatte das gewusst, und nur deshalb hatte er mich hierhergeschickt.

Ich schüttelte den Beutel aus. Auch der Schal wies einen rostbraunen Fleck auf. War er in Asims Blut gefallen, als ich mich über ihn gebeugt hatte, um nachzusehen, ob er noch atmete? Ich konnte mich nicht mehr erinnern.

Ich stopfte den Schal zurück in den Beutel und mit ihm die Erinnerung an jenen Tag.

Ich fuhr mit der Hand an den Seiten der Kiste entlang, um sicherzustellen, dass sonst nichts darin lag. Ich streifte etwas mit dem Fingernagel. Irgendwas steckte im Rand der Kiste fest. Waren das Karten?

Ich nahm sie heraus und hielt sie ins Licht.

Es handelte sich um drei Schwarz-Weiß-Fotos, deren Kanten sich mit der Zeit eingerollt hatten. Auf dem ersten war ein junger Mann mit Bart und Baseballkappe zu sehen, die er sich tief ins Gesicht gezogen hatte. Er rannte eine Gasse entlang, und seine Hände sahen fleckig aus.

Ich nahm mir das nächste Foto vor.

Das bin ich.

Ich erkannte mich kaum wieder. Das Foto war in Kairo geschossen worden, als ich gerade das Café betrat, um Asim zu treffen. Arthur ging vor mir her, allerdings war er auf dem Bild nur von hinten zu sehen.

Auf dem dritten Foto rannte ich aus dem Café. Das Entsetzen war mir deutlich anzusehen.

Wer hatte diese Fotos geschossen?

Irgendwer war zur gleichen Zeit wie wir in Kairo gewesen und hatte das Café observiert. Hatte dieser Jemand gesehen, wer Asim umgebracht hatte? Oder war er es selbst gewesen?

Allmählich ergab alles in Arthurs Brief einen Sinn. Ich zog ihn aus der Tasche und überflog ihn erneut.

Freya, ich weiß, dass du eine harte Zeit durchgemacht hast. Das tut mir wahnsinnig leid. Aber ich habe einen Weg gefunden, wie du wieder aufgreifen kannst, wozu du immer bestimmt warst. Damit das klappt, musst du jedoch erst zu Ende bringen, was ich angefangen habe. Ich habe mehr als zwanzig Jahre gebraucht, um ein bestimmtes Objekt von enormem Wert aufzuspüren. Ich weiß jetzt, wo es sich befindet, nur leider sieht es ganz danach aus, als könnte ich es nicht mehr an mich bringen. Hol du es dir, Freya, und du holst dir dein Leben und deine Berufung zurück. Entschuldige, dass ich nicht deutlicher werden kann. Jemand hat mit mir ein falsches Spiel gespielt, und ich darf nicht riskieren, dass dieser Jemand von diesem Brief Wind bekommt. Erzähl niemandem hiervon. Du darfst keinem mehr trauen. Mach dich auf die Suche nach Hinweisen, und du wirst eine Buchung finden. Nimm teil, aber sei vorsichtig. Die Person, die mich hinters Licht geführt hat, wird dich nicht aus den Augen lassen.

Ich wollte dir immer die Wahrheit über Kairo erzählen, allerdings musste ich damals sicherstellen, dass du die Ermittlungsarbeit an den Nagel hängst. Es ist fast schicksalhaft, dass ich nicht mehr die Möglichkeit haben soll, all das wiedergutzumachen. Jetzt musst du die Wahrheit selbst herausfinden, und ich hoffe, indem du in Erfahrung bringst, was damals wirklich passiert ist, kannst du mir die Entscheidungen verzeihen, die ich treffen musste.

Hier dein erster Hinweis: Besser ein Vogel in einer Kiste als der Spatz in der Hand.

Von Herzen

Arthur

Arthur hatte nicht nur nach gestohlenen Antiquitäten gefahndet. Er hatte auch den kaputten Martin-Brothers-Vogel und meinen blutigen Schal aufgespürt. Aber weshalb waren diese Gegenstände in Lord Metcalfs Besitz gewesen?

Es fühlte sich an, als würde ein Messer in meinem Bauch herumgedreht, als es mir wie Schuppen von den Augen fiel. *Erpressung.*

Mit einem Mal passte alles zusammen. Und mit der Erkenntnis kam die Scham. Arthur hatte dafür gesorgt, dass ich nie wieder auf Antiquitätenjagd gehen wollte: Er hatte mir an den Kopf geworfen, er hätte sich geirrt, ich hätte nicht das Zeug dazu, und nach Kairo würde mich sowieso niemand mehr beauftragen wollen. Er hatte meinen Traum zum Platzen gebracht – weil Metcalf über Indizien verfügt hatte, die mich mit Asims Ermordung in Verbindung gebracht hätten. Arthur hatte mich nur deshalb aus dem Geschäft gedrängt, damit ich nicht würde erpresst werden können. Damit ich nicht gezwungen wäre, für Metcalf zu arbeiten. Er hatte die alleinige Verantwortung für die Geschehnisse in Kairo übernommen. Arthur hatte mich nicht aus Herablassung, sondern aus Liebe von seinen Geschäften ferngehalten. Ich hatte mich auf ganzer Linie geirrt. Und Arthur hatte dafür gesorgt, dass ich nichts hinterfragte.

Meine Augen brannten.

Ich wischte die Schuldgefühle beiseite.

Konzentrier dich jetzt.

Ich dachte noch mal über alles nach, was ich hier unten in Erfahrung gebracht hatte, blieb vor jeder leeren Kiste stehen, in der Bella echte Keilschrifttafeln gefunden hatte – und endlich war klar, was passiert war.

»Es tut mir so leid, Arthur«, flüsterte ich. »Ich lag falsch. Wie kann ich dich noch um Verzeihung bitten, wenn du jetzt nicht mehr unter uns bist?«

Ich musste Carole erzählen, was ich herausgefunden hatte, mich für unseren Streit vom Vorabend entschuldigen und dafür, dass ich Arthur falsch eingeschätzt hatte. Ich brauchte sie, ich brauchte ihren Trost, sie musste mir versichern, dass ich nie eine andere Wahl gehabt hatte – auch wenn das nicht stimmte. Ich ließ mich auf den Boden sinken und legte die Stirn auf die Knie, schloss die Augen, um die Vergangenheit auszublenden, und ballte die Faust um meine Narbe. Und zu meinem Entsetzen standen mir plötzlich Bilder eines anderen Lebens vor Augen – eines Lebens, in dem ich keine Sekunde daran gezweifelt hatte, dass Arthur nichts mit Asims Tod zu tun hatte, und in dem ich alles tat, um herauszufinden, wer ihn tatsächlich auf dem Gewissen hatte. Ein Leben, in dem ich fest entschlossen war, einen Beruf auszuüben, den ich liebte, und die Erinnerungen an einen Mann zu ehren, den ich ebenfalls geliebt hatte, indem ich weiterhin Kunstschätze an ihren rechtmäßigen

Ort zurücküberführte. Ein Leben, in dem ich in Angst lebte, dass mich der Nächste, den ich liebte, verließ.

Ich konnte die vergangenen zwanzig Jahre nicht ungeschehen machen, und auch wenn es ein Fehler gewesen sein mochte, mich auf James einzulassen, war das Ergebnis dieser Verbindung meine bildschöne, furchtlose Tochter. Jetzt, da Jade erwachsen und immer weniger auf mich angewiesen war, hatte ich einige Entscheidungen zu treffen.

Ich holte tief Luft, und diesmal nahm ich all meine Kraft beisammen – ich würde in diesem Kellerverlies nicht umkommen. Meine Tochter brauchte ihre Mutter, meine Tante brauchte ihre Nichte, und ich brauchte mein Leben zurück. Ich hatte so viele Antworten in diesem Depot gefunden, doch sie nutzten mir alle nichts, wenn ich hier nicht mehr wegkäme.

Ich legte die Hände an die Tür. »Hallo?«, rief ich ein letztes Mal und donnerte dann die Fäuste gegen das Türblatt. »Hilfe!«

Doch es war klar, dass niemand kommen würde. Franklin hatte sicher mitsamt dem Umzugstransporter das Gelände verlassen, er war der Einzige, der den Code zum Aufzug kannte und die Schlüssel zu den Depots hatte. Ich war mutterseelenallein. Und meine geliebte Tante mochte irgendwo dort oben einem Mörder in die Arme laufen.

38

»Als Erwachsene können wir uns unsere eigene Familie aussuchen – und diese Wahl ist eine gewichtige.«

ARTHUR CROCKLEFORD

Carole

Carole stand an der Tür und machte sich Sorgen um Freya. Sie hatte Franklin dabei zugesehen, wie er die Türen des Transporters geschlossen und die beiden Männer ins Führerhaus gescheucht hatte. Im selben Moment, da der Motor aufgeheult hatte, war Amy aus der Eingangstür des Herrenhauses geschossen und hatte Franklin angeschrien: »Halten Sie den Transporter auf! Halten Sie ihn auf!«

Die Reifen drehten auf der Zufahrt durch, und der Wagen schoss in Richtung des Tunnels aus Bäumen.

Als der Transporter nicht hielt, wirbelte Amy zu Franklin herum.

Franklin verspannte sich sichtlich, als Amy auf ihn zustapfte, auch wenn er dem verschwindenden Transporter mit einem Anflug von Schadenfreude im Blick nachsah. Carole fragte sich, ob sie hingehen und ihm zur Seite stehen sollte, doch die Sorge um ihre Nichte wog schwerer.

Wo steckt Freya nur?

Und mit einem Mal hatte sie schreckliche Angst. Sie schnappte sich ihren Mantel und marschierte zum Herrenhaus.

Amy und Franklin schienen leise miteinander zu streiten.

»Und hat Freya die Echtheit der Sachen bescheinigt?«, fauchte Amy Franklin gerade an. Sie stand breitbeinig vor ihm, hatte die Hände in die Hüften gestemmt, und Misstrauen furchte ihre Stirn.

»Es tut mir sehr leid, dass ich Ihr Plauderstündchen unterbrechen muss, aber haben Sie vielleicht meine Nichte gesehen?«

Amy starrte Carole finster an. Der Charme der Gastgeberin hatte sich in der Morgensonne in Wohlgefallen aufgelöst.

»Nein, nicht mehr seit gestern Abend«, antwortete Franklin und ging in Richtung seines Autos. »Sie war jedenfalls nicht im Herrenhaus.«

Wenn Freya nicht im Herrenhaus war, schlussfolgerte Carole, dann hatte sie sich bestimmt auf die Suche nach dem Folly gemacht. Allmählich schien sie es sich zur Gewohnheit zu machen, Carole aus ihren Abenteuern herauszuhalten – allerdings, gestand Carole sich besorgt ein, mochte dies vielleicht auch mit ihrem Streit am Vorabend zu tun haben.

»Wo ist Phil?«, fragte sie Amy.

Amy zeigte zur den Cottages entgegengesetzten Seite auf ein paar Bäume linker Hand des Herrenhauses. »Mein Vater hat ihm das Gärtnerhäuschen zugewiesen, aber er ist nie da, wenn ich nachsehen gehe. Ich nehme an, er wurde als eine Art Bodyguard angestellt, zu gärtnern scheint er jedenfalls nicht viel.« Dann wandte sie sich wieder zu Franklin um. »Und ich verstehe ehrlich gesagt nicht, warum ich ihn nicht feuern kann, ganz gleich, was mein Vater sich dabei gedacht hat.«

»Ich folge nur meinen Anweisungen.« Franklin machte noch ein paar Schritte weiter von ihr weg. »Ich gehe dann wohl mal und packe meine Sachen.« Doch dann hielt er stattdessen auf sein Auto zu.

»O nein.« Amy packte ihn am Arm. »Wir haben noch Erbangelegenheiten zu besprechen.« Sie schleifte Franklin regelrecht hinter sich her auf die Tür des Herrenhauses zu. Carole hätte versuchen können, ihm beizustehen, aber sie hatte Anwälte noch nie leiden können. Sie schienen sich ohnehin aus jeder Lebenslage herauswinden zu können.

Wenn er wirklich Hilfe braucht, dann helfe ich ihm später.

Im Augenblick hatte sie ein dringenderes Problem. *Freya, wo bist du hineingeraten? Konntest du wirklich nicht warten, bis ich ein bisschen Lippenstift aufgetragen hätte? Musstest du einfach loslaufen?*

Sie eilte in die Richtung, in die Amy sie verwiesen hatte, und es dauerte ein paar Minuten, ehe sie einen Pfad entdeckte, der zwischen den Bäumen hindurchführte. Sie erwartete, ein kleines Zuckerbäckerhäuschen vorzufinden, doch das Gärtnerhaus war eher ein heruntergekommener Bungalow, der kaum noch bewohnbar aussah. Carole ging auf die einst leuchtend rote Tür zu, von der Farbe abblätterte, und klopfte laut an.

»Phil, sind Sie da?«, rief sie durch den Briefschlitz. »Wir haben einen Notfall!«

Keine Reaktion.

»Hallo?«

»Ja, ja, ich komme ja schon«, antwortete eine schläfrige Stimme von drinnen.

Carole spähte durch den Briefschlitz. »Ich kann Sie aber gar nicht kommen sehen, Schätzchen!«

Einen Augenblick später kam Phil an die Tür geeilt und wickelte sich ein Handtuch um die Hüften. Carole bewunderte seinen durchtrainierten Körper. Dass er morgens um halb sieben noch geschlafen haben könnte, war ihr gar nicht in den Sinn gekommen.

»Könnten Sie sich vielleicht etwas Anständiges anziehen? Da läuft eine alte Dame ja rot an!«

Trotzdem kauerte Carole noch immer vor dem Briefschlitz, als Phil die Tür aufmachte. Jedem anderen wäre es peinlich gewesen – Carole hingegen nicht. Sie hielt nur die Hand in die Höhe, wie die Queen es gegenüber einer Bediensteten getan hätte.

»Ich bin nicht mehr ganz so beweglich wie früher. Würden Sie mir bitte hochhelfen?«

Seufzend zog Phil sie auf die Füße. »Was machen Sie hier?«

»Freya ist verschwunden.« Sie nickte in Richtung Herrenhaus. »Und ich brauche jemanden, der die Gegend kennt und weiß, wo dieses Folly ist.«

»Wie bitte?« Phil wartete gar nicht erst auf eine Erklärung. Er sprang in Jeans und T-Shirt, schnappte sich sein Handy und schrieb eilig eine Textnachricht. »Gehen wir sie suchen, bevor die anderen wach werden.« Er stieg in seine Gummistiefel. »Warum sind Sie beide überhaupt immer noch hier?«

Carole ging über die Frage hinweg, was ihre übliche Vorgehensweise war, wenn sie irgendetwas nicht hören wollte. So war sie im Leben recht weit gekommen. Stattdessen legte sie ihr charmantestes Lächeln auf. »Sie sind ein Schatz, dass Sie mir helfen!« Ohne auf ihn zu warten, stiefelte sie los –

auch wenn sie keine Ahnung hatte, wo sich ihre Nichte befand oder wie sie ihr zur Hilfe eilen sollte.

Im Laufschritt schloss Phil zu ihr auf. »Wenn das hier erledigt ist, müssen wir uns unterhalten. Aber fürs Erste gehen Sie jetzt bitte in mein Haus und warten dort auf mich. Ich gehe unterdessen Ihre Nichte suchen.«

»Ich habe noch nie auf einen Mann gewartet, Darling. Das ist gegen meine Natur.« Carole ging schneller, um ihre Aussage zu unterstreichen. »Ich nehme an, Freya ist auf der Suche nach den Depots – oder nach dem Folly. Erzählen Sie mir endlich, wo sich das befindet? Immerhin sind Sie doch hier der Gärtner.«

Phil schüttelte den Kopf. »Sie müssen sich da raushalten …«

»Okay.« Carole war sekündlich angespannter. »Wenn Sie mir nicht zeigen wollen, wo dieses Folly ist, dann können Sie mir stattdessen ja vielleicht die Depots zeigen? Ich habe das Gefühl, Sie wissen so einiges über das Herrenhaus.«

Als Phil am Ende des Pfades innehielt und aussah, als wollte er direkt wieder kehrtmachen, blieb Carole nichts anderes übrig, als deutlich zu werden. »Ich will ganz ehrlich mit Ihnen sein. Mein lieber Arthur ist tot, und meine Nichte ist alles, was mir auf der Welt noch geblieben ist. Ich flehe Sie an: Helfen Sie mir. Arthur hat Franklin erzählt, dass Freya hier als Sachverständige für die Antiquitäten eingesetzt werden soll. Er hat versucht, sie zurück in die Branche zu holen, die sie früher geliebt hat, und jetzt schwebt sie in Lebensgefahr. Da lege ich ganz sicher nicht die Hände in den Schoß. Ich suche weiter, ob nun mit oder ohne Ihre Hilfe.«

Carole wusste, dass sie ein Risiko einging, indem sie sich Phil anvertraute, aber irgendwas sagte ihr, dass er kein Mörder war. Ein kaltschnäuziger Killer konnte einfach keine so herrlichen rauchblauen Augen haben. Trotzdem hatte Phil etwas zu verbergen, und er wusste eindeutig, wo das Folly stand – aber das würde sie ihm später entlocken.

Sie hatten jetzt keine Zeit mehr zu verlieren. Kurz entschlossen marschierte Carole auf das Herrenhaus zu und hoffte, Phil käme nach – denn wenn ja, hieß das doch, dass er wusste, wo die Depots lagen. Wenn nicht, würde sie Freya auch anders finden, selbst wenn sie sich dafür jeden einzelnen Gast auf Copthorn Manor einzeln vornehmen müsste – einschließlich Arthurs Mörder.

39

»Nostalgie ist das bittersüße Anerkennen all dessen, was wir waren und was wir nie wieder sein werden.«

ARTHUR CROCKLEFORD

Freya

Ich setzte mich auf den Boden und starrte die beiden schwarzen Zugbeutel und die drei Schwarz-Weiß-Fotografien an. Der Schal hätte mich mit Asims Tod in Verbindung gebracht; davor hatte Arthur mich bewahrt.

Meine Schuldgefühle waren kaum zu ertragen. Allerdings war mir auch klar, wenn ich jetzt nicht einen Weg fände, mein schlechtes Gewissen beiseitezuschieben, würde ich nie herausfinden, was mit Arthur geschehen war. Ich lenkte mich ab, indem ich abermals alles durchging, was ich bislang herausgefunden hatte. Arthur hatte zwanzig Jahre gebraucht, um diese Gegenstände aufzuspüren, und er hatte gewusst, dass jemand damit ein Druckmittel in der Hand hatte. Die Suche hatte ihn an die kriminelle Unterwelt gebunden – und all das nur, weil ich so dumm gewesen war und diesen Schal verloren hatte. Ich nahm an, dass Lord Metcalf Arthur auf dem Sterbebett gestanden hatte, wo sich die Gegenstände befanden, und Arthur den Zugang dazu ermöglicht hatte.

Aber warum hat er nach so langer Zeit einfach die Schlüssel übergeben?

Tags zuvor hatte Amy die Tischgesellschaft gefragt, ob jemand wisse, wo sich die Dossiers befanden; sie hatte überdies gesagt, dass ihr Vater sie zurückgefordert habe. Allmählich war klar, dass Arthur mit dem sterbenden Lord Metcalf einen Deal ausgehandelt hatte: die Gegenstände, die mich in Misskredit gebracht hätten, gegen die Listen – Listen, die den Metcalfs einigen Ärger bescheren würden, wenn sie der Polizei in die Hände fielen.

Doch Arthur hat sie Lord Metcalf nicht übergeben – er hat sie für mich versteckt.

Arthur war erpresst worden, damit er niemandem von den gestohlenen Antiken erzählte, und doch hatte er angefangen, alles niederzuschreiben, und er hatte jenes Objekt von enormem Wert lokalisiert – den Schal, der mich mit der Schattenseite der Antiquitätenwelt verband. Er hatte nur auf den Tag gewartet, an dem er uns beide vom Gängelband der Erpresser befreien und alles wiedergutmachen konnte.

Ich sah mir erneut das Foto des bärtigen Mannes mit der Baseballkappe an, der das Café verließ. Das musste Asims Mörder sein. Ich nahm es mit zu einer helleren Stelle an der Wand. Das Gesicht des Mannes war überwiegend verdeckt, deshalb studierte ich andere Einzelheiten des Bildes.

Was kann ich sonst noch erkennen?

Dann atmete ich scharf ein. Die rechte Faust war geballt – und sie war in etwas eingewickelt, möglicherweise in eine Serviette aus dem Café – die fleckig war. Fleckig von Asims Blut. Oder hatte der Mann sich verletzt?

Ich hielt das Foto erneut ins Licht. Am Rand der Bandage

blitzte etwas Metallisches auf. Ich kniff die Augen zusammen. Ein Siegelring. Erneut musterte ich das teils verdeckte Gesicht. *Wenn ich die Augenpartie um zwanzig Jahre altern ließe ... und wenn der Bart weg wäre ...* Ich verdeckte den Bart mit dem Finger.

Giles Metcalf.

Ich sah zur Tür.

Giles hatte Asim umgebracht. Und jetzt war er irgendwo dort oben – genau wie meine Tante.

Eilig wischte ich die Tränen weg, die drohten, mir über die Wangen zu laufen.

Ich bin so blind gewesen.

Ich lauschte auf Stimmen oder Schritte, aber da war niemand; ich wusste, für den Moment müsste ich die Vergangenheit beiseiteschieben, genau wie ich es über die letzten Jahrzehnte gelernt hatte. Die Zeit würde kommen, da ich mich hinsetzen und darüber nachgrübeln könnte, wie falsch ich Arthur eingeschätzt hatte. Aber jetzt war dafür nicht der geeignete Moment.

Ich musste hier raus und sicherstellen, dass Giles für den Mord an Asim zur Rechenschaft gezogen wurde. Hatte er auch Arthur auf dem Gewissen? Höchstwahrscheinlich. Und wenn meine Tante die Nächste wäre?

Ich schob die Fotos in meine Manteltasche, und meine Finger wischten über etwas Kaltes, Metallisches. Die Haarnadeln, die ich in der vergangenen Nacht eingesteckt hatte!

Wusste ich noch, wie man die benutzte?

Ich schulterte die beiden Zugbeutel. Die Scherben des kaputten Martin-Brothers-Vogels klapperten. Mit diesem Vogel hatte alles angefangen ...

Ich bog die Haarnadeln auf, eine im Neunzig-Grad-Winkel, eine zweite bog ich gerade. Dann schob ich beide ins

Schloss und schickte einen Dank gen Himmel, dass die Tür alt und das Schloss zu Depot vier nie ausgetauscht worden war. Bestimmt hatte Lord Metcalf beschlossen, dass der neue Zugang ausreichend und somit die vorderste Verteidigungslinie stark genug wäre.

Als ich die Haarnadeln drehte, versuchte ich, mir Zylinder und Stifte vorzustellen ...

Es klappte nicht.

»Aah!« Ich schlug mit der Faust gegen die Tür. »Arthur hätte mir niemals so viel zutrauen dürfen!« Ich lehnte die Stirn für einen Augenblick an das kalte Metall und rief dann erneut: »Ist da jemand?«

Stille.

Ich wandte mich wieder dem Schloss zu. Diesmal machte ich die Augen zu. Ich versuchte es abermals – und rief mir Punkt für Punkt in Erinnerung, was Arthur mir einst beigebracht hatte.

Alles hatte mit einem Tisch voller Schlösser angefangen: *Es gibt zwei Möglichkeiten, eine verschlossene Tür zu öffnen. Zerstöre es – oder knacke es*, hatte er gesagt. *Beginnen wir mit Letzterem.*

Ich hatte gedacht, es würde eine kurze Lehrstunde werden. Doch dann verging ein Tag nach dem anderen, und meine Hände wurden immer müder, als ich mithilfe von Haarnadeln Schloss um Schloss aufnestelte. Meine Augen brannten vom Lesen der Anweisungen, die Arthur für mich zusammengestellt hatte. Ich prägte mir unterschiedliche Arten von Schlössern ein, die unterschiedlichen Werkzeuge, die ich benötigte. Ich verbrachte jede freie Minute im Laden, übte – und irgendwann zahlte es sich endlich aus. An jenem Tag, an dem wir mitten im Dschungel in ein Ferienhaus auf St. Lucia eindrangen, war ich schnell wie eine Profi-Einbrecherin.

Indem ich diese Erinnerungen wieder zuließ, schienen auch meine lange vergrabenen Kenntnisse und Instinkte endlich zu mir zurückzukehren. Ich ließ zu, dass sich die Person, die ich einst gewesen war, zu der Person gesellte, die ich inzwischen war.

Die Nadel rutschte an die richtige Stelle.

Klick.

40

» Wir sehen nur, was wir sehen wollen.«

ARTHUR CROCKLEFORD

Giles

Giles suchte die vertäfelte Wand im Salon ab – an der Stelle, die Franklin beschrieben hatte. Hier sollte sich die Geheimtür befinden?

Wenn er sie nicht finden sollte, würde er eine Axt nehmen.

Dieser Gärtner hat bestimmt eine.

Giles wusste nicht, was genau dieser Phil hier tat, aber er war garantiert nicht der, für den er sich ausgab.

Sein Handy vibrierte.

Unterdrückte Nummer.

»Hallo?«

»Du mischst dich schon wieder in Dinge ein, von denen du nichts verstehst.«

Giles lächelte nachsichtig. »Ich verstehe mehr, als es bei dir je der Fall sein wird.« Er brauchte wirklich eine Axt. »Ich hab dich bei Arthurs Beerdigung gesehen. Zusammen mit ein paar anderen.«

»Wir sind gebeten worden, dort aufzutauchen«, sagte

der Anrufer. »Ich bin den zwei Frauen nachgegangen und habe dich gesehen. Du bist ihnen ebenfalls gefolgt. Du bist schlecht in deinem Job – immer schon gewesen.«

»Das ist nicht nur irgendein Job! Hier geht's auch um Familie!«, blaffte Giles. »Und ich bin nur hier, um mir zu holen, was mir gehört.«

»Sei nicht so naiv.« Das pure Gift triefte aus den Worten. »Denkst du, die lassen dich so einfach davonkommen? Du stellst ein Risiko dar.«

»Ich habe für diese Familie zig Morde verübt! Aber jetzt reicht es. Ich lasse mich nicht mehr herumkommandieren.« Giles trat gegen das Holzpaneel – erst einmal, dann ein zweites Mal. Es fühlte sich gut an, ein bisschen Dampf abzulassen. Er hatte sich lange genug am Riemen gerissen.

»Man kann dich wirklich keine Minute allein lassen, ohne dass du Chaos anrichtest. Jetzt, da der Alte tot ist, haben wir für Copthorn Manor große Pläne, allerdings bist du nicht Teil davon.«

»Wie bitte?«, brauste Giles auf. »Meinen Part kann sonst niemand übernehmen!«

»Doch, ich zum Beispiel.«

Von hinten zog es, als die Tür zum Salon aufgestoßen wurde.

Giles wirbelte herum. Hinter ihm war jemand mit Sturmhaube und einem Handy in der Hand aufgetaucht. In der anderen hielt die Person eine Waffe mit Schalldämpfer.

»Das muss doch nicht sein«, sagte er verzweifelt.

»Nein. Aber ich will es so.« Dann drückte die Person den Abzug durch.

41

»Die richtigen Antworten kommen nur, wenn man die richtigen Fragen stellt.«

ARTHUR CROCKLEFORD

Freya

Ich rannte durch den Kellerflur auf den Aufzug zu. Adrenalin jagte mir durch die Adern. Ich hatte herausgefunden, warum Arthur mich hierhergeschickt hatte und dass Giles ein Mörder war, und nun musste ich meine Tante dringend von hier wegbringen und den Vogel der Polizei übergeben. Aber das sollte ich wohl auch noch hinbekommen, schließlich war die Ermittlerin, die ich einst gewesen war, wieder zum Leben erwacht – *ich hatte das Schloss öffnen können!* Ich drückte auf die Fahrstuhltaste und wartete ungeduldig darauf, dass die Kabine nach unten kam.

Oben angekommen, suchte ich nach der Klinke für die Geheimtür.

Doch da war keine.

Meine Finger tasteten an der Kante der Tür entlang. Nichts. Am äußeren rechten Rand entdeckte ich einen kleinen roten Schalter.

Und waren das gerade Stimmen?

Die Tür glitt auf, und Erleichterung durchflutete mich. Ich war wieder frei.

Ich schob die Tür weiter auf und schirmte meine Augen gegen die frühe Morgensonne ab, die durch die hohen Fenster in den Salon strömte.

Was ist das da am Boden?

Meine Augen mussten erst fokussieren, doch dann erstarrte ich. Da stand Phil, der sich über jemanden beugte ... Ich machte einen Schritt auf ihn zu.

»Bleiben Sie auf Abstand!«, forderte er mich auf.

Trotzdem ging ich weiter. Auf dem Boden lag Giles – und unter seinem Kopf bildete sich eine Blutlache. Sein Blick war ebenso leer, wie der von Asim gewesen war. *Tot.*

Es hämmerte in meinem Kopf.

»Ein sauberer Treffer in die Schläfe. Muss ein Profi gewesen sein«, stellte Phil fest und bedeutete mir, dass ich verschwinden sollte. »Sie müssen gehen. Hier ist es für Sie nicht mehr sicher.« Er bugsierte mich auf die Terrassentüren zu.

Giles ist tot, schoss es mir durch den Kopf. So hatte ich mir die Wiedergutmachung nicht vorgestellt. Ich wusste noch nicht, wie das alles zusammenpasste, aber eins war klar: Giles war nicht der einzige Mörder auf Copthorn Manor gewesen.

»Schätzchen?« Caroles Stimme riss mich aus den Gedanken. »Ich bin gekommen, um dich zu retten, Liebes!« Dann sah ich, wie sie von draußen auf die Terrassentüren zukam.

»Wir müssen sie ablenken – sie darf das nicht sehen!«, raunte ich Phil zu und nickte in Giles' Richtung. Ich wusste aus eigener Erfahrung, dass ein solcher Anblick einen nicht mehr losließ.

»Bleiben Sie, wo Sie sind!«, brüllte er, und wir stürzten ihr beide entgegen.

Noch auf der Schwelle hielten wir sie auf.

Giles hatte die Quittung für all das bekommen, was er verbrochen hatte, allerdings empfand ich kein bisschen Erleichterung, nur überwältigende Trauer.

Ich nahm an, Giles hatte Asim umgebracht, weil er mitbekommen hatte, dass Asim uns den Vogel übergeben wollte – und damit mittelbar seinem Vater. Asim hätte uns auch das Foto übergeben wollen, das er vom Kopf der Hehlerbande gemacht hatte, als der zuvor bei Asims Familie aufgekreuzt war und den Martin-Brothers-Vogel zurückgefordert hatte. Dabei musste es sich um Mark Metcalf gehandelt haben. Wenn Arthur und ich alle relevanten Informationen zusammengetragen hätten, hätten wir die Verbindung zwischen der ägyptischen Fälscherwerkstatt und Lord Metcalf nachvollziehen können, der die Fälschung von Antiken in Auftrag gab und diese dann europaweit verkaufte.

Carole musste mir angesehen haben, dass etwas passiert war, weil sie mir behutsam die Hand auf den Arm legte. »Was ist los?«

»Giles Metcalf ist umgebracht worden«, antwortete Phil an meiner Stelle nüchtern.

Carole machte einen Schritt von ihm weg. »Was? Warum? Wollten Sie deshalb, dass ich am Vordereingang stehen bleibe, während Sie hintenrum gegangen sind? Sie haben ihn umgebracht!«

»Nein! Ich bringe doch keine Leute um! Ich habe versucht, *andere* davon abzuhalten. Leider war der Täter schon geflohen, bis ich vor Ort war.« Er sah Carole eindringlich an. »Ist irgendjemand durch die Vordertür gekommen?«

Sie schüttelte den Kopf.

»Ich meine, ich hätte jemanden mit einer schwarzen Maske den Salon verlassen sehen, als ich hier ankam«, murmelte Phil.

»Bella hatte eine schwarze Sturmhaube auf, als sie mich im Depot eingesperrt hat – sie könnte es gewesen sein. Sie ist nicht diejenige, für die sie sich ausgibt«, sagte ich.

»Wir müssen jetzt gehen«, sagte Phil erneut.

Doch mit Phil würde ich nirgends hingehen. Ich wusste ja nicht einmal, wer er war.

»Wir fahren«, sagte ich stattdessen zu Carole und setzte mich in Bewegung, doch Carole rührte sich nicht von der Stelle.

»Liebes ...« Sie streckte sich nach mir aus und drückte mich fest an sich. »Ich bin so froh, dass ich rechtzeitig hier war, um dich zu beschützen!« Sie ließ mich gar nicht mehr los. »Besonders nachdem ein Killer hier frei herumläuft – und du im Depot eingesperrt warst!«

»Du hast mich weder aus dem Depot noch vor einem Killer gerettet«, wandte ich trotzig ein. »Ich hab mich selbst befreit!«

»Wie ich dir schon mal gesagt habe: Du darfst nie zulassen, dass die Wahrheit einer guten Geschichte im Weg steht. Die vereinigten Frauen von Little Meddington werden diese Geschichte einfach lieben! Ich bin eine Heldin!«

»Und was bin ich?«, brummelte Phil.

»Das muss sich noch zeigen, Schätzchen.«

»Ich werde darauf zurückkommen ... Aber zuallererst müssten Sie bitte mitkommen.« Seine Stimme hatte einen merkwürdigen Unterton angenommen, als wäre er es gewöhnt, Befehle zu erteilen. Er kippte den Kopf leicht zur Seite, weil er sehen wollte, was ich geschultert hatte.

»O nein, ich denke nicht«, entgegnete ich und wandte

mich dann an Carole: »Woher wusstest du, dass ich im Salon sein würde?«

»Die hinreißende Bella hat mir gerade erst vor wenigen Minuten eine SMS geschickt und mir verraten, wo du steckst. Wir wollten eigentlich den Wald nach dir absuchen ... Aber ist das nicht komisch? Ich kann mich gar nicht erinnern, dass ich ihr meine Nummer gegeben habe. Sie hat noch geschrieben, dass wir eventuell Franklins Hilfe bräuchten, aber Mr Muskelprotz hier dachte, er könnte dich auch allein aufspüren.« Sie stupste mich an. »Wenn er sich als einer der Guten erweist, dann ... Du weißt schon!«

Ich verdrehte die Augen. »Ich finde nicht, dass an Bella irgendetwas hinreißend ist.« Ich sprach leise weiter: »Ich habe gefunden, weshalb Arthur mich hergeschickt hat. Und es ist alles, nur nicht das, womit wir gerechnet haben.«

»Ich möchte es nicht noch einmal sagen.« Phil verschränkte die Arme.

»Weißt du ... Mal ganz abgesehen von Giles' Tod glaube ich, ich habe vor neun Uhr morgens noch nie ein solches Abenteuer erlebt.« Carole hielt inne. »Also, zumindest nicht außerhalb meines Schlafzimmers!«

»O bitte, hör auf ... Ich glaube, mehr ertrage ich gerade nicht«, sagte ich. Dann drehte ich mich zu Phil um. »Danke für Ihre Hilfe. Aber wir können nicht einfach so mit jemandem mitgehen, von dem wir nichts wissen. Nicht nach dem, was mit Giles passiert ist.«

Phil runzelte die Stirn. »Das hier ist aber kein Spiel. Soweit wir wissen, ist Arthur ermordet worden, Giles ist ermordet worden – und Sie beide tun immer noch so, als wäre dies hier eine Gartenparty.«

Beim Wort »ermordet« merkte ich auf. »Woher wissen Sie, dass Arthur ermordet wurde?«

»Vielleicht reden wir stattdessen darüber, was Sie und Bella getan haben? Und was ist überhaupt da drin?« Er zeigte auf die beiden Beutel.

Ich wich vor ihm zurück.

Er hob die Hände. »Ruhig. Ich brauche nur einen der Beutel – den mit dem Vogel.«

Schlagartig sträubten sich mir die Nackenhaare. »Woher wollen Sie wissen, was da drin ist?« Ich verstärkte den Griff um die Kordeln.

»Dies ist jetzt nicht der geeignete Moment, um das zu diskutieren. Wenn Sie wissen wollen, wer Arthur ermordet hat, kommen Sie mit mir mit.« Er sah auf die Uhr. »Wir haben nicht mehr viel Zeit. Es gibt ein Folly – Arthur und ich haben uns immer dort getroffen, außer Sicht von anderen.« Sein Blick huschte in Richtung Eingangshalle. »Ich bin mir fast sicher, dass niemand sonst davon weiß. Wir haben es als eine Art Schutzraum eingerichtet, falls hier etwas passiert. Allmählich sollten Sie womöglich wissen, wo es sich befindet – nach dem, was Giles zugestoßen ist, stehen hier die Dinge auf Messers Schneide. Außerdem habe ich Arthur mein Wort gegeben.«

»Ein Folly?«, hakte Carole nach. »Gestern haben Sie diesbezüglich gelogen, und jetzt wollen Sie, dass wir Ihnen dorthin folgen?«

»Arthur hat mich gebeten, ein Auge auf Sie beide zu haben und mich Ihnen zu erkennen zu geben, falls etwas schiefgehen sollte. Ich habe Sie beide überprüft, und es scheint, als wäre der Moment gekommen, Ihnen zu sagen, in welcher Beziehung Arthur und ich zueinander standen. Dann erzählen Sie mir vielleicht auch endlich, wo Sie die Dossiers verstecken.«

Die Dossiers? Ich fing Caroles Blick auf.

»Ich dachte, vielleicht wäre es netter, wenn wir das bei einer Tasse Tee klären? Aber wir können auch hier auf einem nassen Baumstamm sitzen, wenn Ihnen das lieber ist.«

Carole schien sich bei der Erwähnung von Tee sichtlich zu entspannen. »Tee wäre jetzt genau das Richtige. Wir haben noch nicht mal gefrühstückt! Ich hoffe, Sie haben richtige Milch?«

»Ja. Allerdings bin ich mir nicht ganz sicher, ob hier noch irgendjemand Frühstück bekommt ...«, sagte Phil und setzte sich in Bewegung.

»Wir müssen herausfinden, was er weiß«, flüsterte Carole. »Falls er auf dumme Gedanken kommt – ich hab ein Taschenmesser eingesteckt!«

Ich sah zurück zum Herrenhaus, wo sich noch immer ein Mörder herumtrieb. Arthur hatte recht gehabt, als er geschrieben hatte, wir dürften niemandem trauen. Doch allmählich hatten wir keine Wahl mehr.

Es war an der Zeit, dass wir uns anhörten, was Phil über Arthur wusste.

42

*»Manchmal eröffnet sich uns der wahre Wert einer
Antiquität erst, wenn wir seine Geschichte kennen.«*

ARTHUR CROCKLEFORD

Während wir Phil durch das Wäldchen folgten, ließ ich mich
mit Carole zurückfallen, bis Carole und ich außer Hörweite waren.

»Ist das hier wirklich eine gute Idee?«, flüsterte ich Carole
zu. »Ich traue ihm nicht!«

»Du kannst manchmal so dramatisch sein … Er hat uns
Tee angeboten, und Mörder bieten einem keinen Tee an.«
Carole schnalzte mit der Zunge. »Zumindest hat Giles uns
nie Tee angeboten.«

Ich beugte mich zu ihr rüber. »Das tun sie sehr wohl –
wenn sie vorhaben, einen zu vergiften.«

»Arthur hat ihm aufgetragen, auf uns aufzupassen.«

Noch so ein geheimer Plan von Arthur. Aber vielleicht
war Phil tatsächlich hier, um auf uns aufzupassen? Seit all
dem, was ich im Depot aufgedeckt hatte, sah ich Arthur in
einem neuen Licht. Er war dazu genötigt worden, sich an
kriminellen Deals zu beteiligen, aber schlussendlich hatte
er einen Weg gefunden, wie er alles wieder geraderücken
konnte, um zu guter Letzt für Gerechtigkeit zu sorgen. Was

er getan hatte, hatte er nur getan, um mich zu beschützen, und ich schämte mich, wenn ich daran dachte, wie lange ich ihm gegenüber Hass empfunden hatte. Mir fiel der Farbcode aus dem Dossier wieder ein, und ich erzählte Carole, dass die Kunstgegenstände im Depot dieselben gewesen waren, die Arthur in seinem Buch aufgelistet hatte, und dass die roten Punkte, die er neben die Gegenstände geklebt hatte, für all diejenigen Objekte standen, die gegen Fälschungen ausgetauscht worden waren.

»Ach, mein lieber Arthur war doch wirklich fabelhaft!«

Zum ersten Mal seit zwanzig Jahren musste ich ihr beipflichten. »Es tut mir wahnsinnig leid, dass wir gestern Abend gestritten haben. Ich weiß jetzt, wie falsch ich lag.«

Sie rieb mir über den Arm. »Ist schon vergessen.«

Ich hielt inne und musste an Franklin und den Transporter denken. Ich wollte wissen, wohin all die Sperrholzkisten unterwegs waren und was sie enthielten.

»Wo, glaubst du, steckt Bella gerade?«, fragte Carole.

»Ich bin mir nicht sicher. Aber Bella war nicht diejenige, für die wir sie gehalten haben.« Ich sah wieder vor mir, wie sie die Keilschrifttafeln in ihren Rucksack gepackt hatte. »Sie wusste genau, was sie dort tat – wo sie Franklins Schlüssel in der Kanzlei finden würde und wann die Depots wirklich geöffnet würden.« Und dann erzählte ich ihr alles, was ich im Keller von Bella erfahren hatte.

»Sie wirkt wirklich unfassbar clever.« Carole löste ihren Dutt und schüttelte ihre Haare aus.

»Sie hat mich im Keller eingesperrt!«

Carole zuckte mit den Schultern. »Wohl wissend, dass du dort früher oder später herauskommen würdest, Liebling.«

Ich wollte schon Einspruch erheben, als Phil rief: »Da sind wir.« Er war vor einem mächtigen Gebüsch stehen geblieben, schob ein paar Zweige beiseite, und dahinter kam ein versteckter Waldweg zum Vorschein.

Wir folgten ihm die steile Böschung hinab, die mit Brombeergestrüpp überwuchert war. Mehrmals verfing sich Caroles langer Morgenrock in den Dornen, und ich musste sie daraus befreien. Als der Pfad ebener wurde, umwehte uns der Geruch nassen Schilfs, und hinter ein paar Hängeweiden funkelte der Weiher.

»Das Folly.« Phil zeigte nach vorn.

Vor uns aus dem Unterholz erhob sich ein Türmchen – mitsamt Mauerzinnen und einer beschlagenen Bogentür. Ein Schwarm Krähen kauerte auf dem bröckelnden Gemäuer, das über und über mit Moos und Efeu bedeckt war.

»Oh, das ist wirklich ein zauberhaftes Exemplar!«, rief Carole.

Phil schob eine rissige Holztür auf.

»Wofür ist das Gebäude gedacht?«, fragte ich, als mir wieder einfiel, was Arthur in seinem Dossier notiert hatte: *WICHTIG: Copthorn Manor Folly, errichtet 1903 durch die ursprünglichen Besitzer, die Cravens. Schwierig zu finden, aber der beste Ort, um alles zu überblicken.*

Statt zu antworten, betrat Phil den Innenraum und schaltete Licht an. Ein warmer Schimmer erhellte das düstere Innere.

Mir war es höchst suspekt, dass Phil plötzlich auf zutraulich machte.

»Ich wollte Sie eigentlich aus allem raushalten, aber wenn man bedenkt, dass Sie gerade einem Mörder begegnet sind, ist es wohl doch besser, wenn ich Ihnen helfe.«

Ich trat über die Schwelle und sah mich in dem einst reich verzierten, inzwischen jedoch verfallenden Steinbau um. Das gesamte Erdgeschoss bestand aus einem hohen quadratischen Raum, an dessen Rückseite eine neue Treppe aus Kiefernholz hinauf in den ersten Stock führte. Durch große, frisch verglaste Fenster konnte man über den Weiher blicken. Die Morgensonne glitzerte auf dem grünen Wasser. Durch das Fenster gegenüber konnte ich einen neu gebauten Steg erkennen.

Phil musterte mich, während ich mich umsah. »Das Gebäude war in einem erbärmlichen Zustand, als wir es entdeckten.« Er schaltete einen elektrischen Heizlüfter ein, der auf zwei alte Sessel gerichtet war, zündete dann einen Campingkocher auf einem Kiefernholzcouchtisch an und befüllte aus ein paar Flaschen den Wasserkessel. »Vor vielen Jahren war Arthur bei Metcalf zu Besuch, als er einen Lageplan des Anwesens fand. Darauf war ein Folly verzeichnet, und ihm war klar, dass der kränkliche Metcalf sich wahrscheinlich nie weit genug vom Herrenhaus entfernt hatte, um es zu finden. Wenn wir das Folly nur ein wenig aufräumen und trotzdem weiter geheim halten könnten, hätten wir einen Ort, von dem aus wir beobachten könnten, was an den sogenannten Klausurwochenenden vor sich ging.« Phil deutete auf den Sessel ihm gegenüber.

Trotz des laufenden Heizlüfters roch es muffig, wie in einem unbewohnten Gebäude. Ich setzte mich. Die Polster fühlten sich klamm an.

Carole stand am Fenster zum Bootssteg und blickte in die Sonne. Dann drehte sie sich zu Phil um. »Zuallererst, finde ich, sollten Sie uns erzählen, wer Sie sind und woher Sie Arthur kannten.«

Ehe er antwortete, trat Phil an die Tür und verriegelte sie, ließ den Schlüssel jedoch im Schloss stecken. Wahrscheinlich wollte er uns in Sicherheit wiegen, aber nicht den Eindruck erwecken, wir wären Gefangene. So etwas hatte er schon öfter gemacht.

»Gut. Auch wenn ich selbst immer noch nicht ganz verstanden habe, warum *Sie* hier sind.«

»Arthur wollte es so«, erwiderte Carole schlicht.

Phil sah uns aufmerksam an. »Was mit ihm passiert ist, tut mir wahnsinnig leid. Er muss entweder nachlässig geworden sein oder …«

»Oder was?«, hakte ich nach.

»Haben Sie nicht das Gefühl, dass hier ein bisschen zu viel Zufälle im Spiel sind?«, fragte Phil zurück.

Ich verschränkte die Arme. »Wie meinen Sie das?«

»Ich glaube, Arthur hat all das hier geplant.« Phil wartete auf meine Reaktion.

Ich fragte mich, ob Phil tatsächlich begriffen hatte, *wie* sorgfältig Arthur dieses Wochenende geplant hatte. Stattdessen sagte ich nur: »Bella hat mir erzählt, Depot vier sei Lord Metcalfs persönliches Lager gewesen. Arthur hat gewollt, dass ich dieses Lager betrete. Deshalb hat er uns hierherbeordert.« Und im selben Moment, da ich es laut aussprach, dämmerte mir noch etwas anderes: Lord Metcalf war derjenige gewesen, der Arthur mehr als zwanzig Jahre lang dazu erpresst hatte, als Gutachter für ihn zu arbeiten.

Phil nickte. »Stimmt genau. Mark Metcalf war der Überzeugung, die Lage der Depots vor seinen Kindern verheimlichen zu können. Allerdings wissen wir, dass Amy die Räumlichkeiten entdeckt hat, als sie ins Herrenhaus zurückkehrte, weil es ihrem Vater schlechter ging. Irgendwann hat Mark Metcalf ihr die Organisation für die Klausuren überlassen, auf denen Kriminelle mit Kunst handelten, mit Antiquitäten, Diamanten … Sie ahnen, worauf ich hinauswill. Mit allem, was auf dem Schwarzmarkt zu holen ist – von Waffen bis hin zu Auftragskillern.«

»Sie sagten ›Mark Metcalf‹, als wüssten Sie, dass er den Adelstitel unrechtmäßig trug«, bemerkte ich.

»Er war nicht adelig, aber gab sich gern dafür aus, und niemand hat es je hinterfragt.« Phil lief unter die Holztreppe und nahm eine Bodenfliese hoch. Darunter lag eine Schachtel. Er entnahm ihr einen Brief und drückte ihn mir in die Hand. »Den hat Arthur mir geschickt.«

Carole eilte auf mich zu und ließ sich im Sessel neben mir nieder.

»Das ist Arthurs Handschrift«, bestätigte sie.

Lieber P,

es tut mir leid, dass ich heute am Telefon nicht mehr sagen konnte — ich fürchte, ich könnte abgehört werden. Aber jemand hat mich verraten, und jetzt ist es nur noch eine Frage der Zeit. Ich habe so viel vorbereitet, wie ich konnte, und die Klausur C. M. wie üblich geplant. Ich schicke Hilfe in Gestalt von Freya Lockwood — sie wird alles ans Licht bringen und den Beweis liefern, den du brauchst. Bitte tu, was in deiner Macht steht, um ihr zu helfen. Und sei bitte vorsichtig.

Es war ein Vergnügen, mein lieber Freund, über all diese Jahre mit dir zusammenzuarbeiten.

Arthur

Ich konnte sehen, wie Carole Tränen in die Augen stiegen, und griff nach ihrer Hand.

»*Mein lieber Freund*«, murmelte sie. »Das hat er wirklich oft gesagt.«

»Hat er, ja.« Phil schlug den Blick nieder. »Er hat es auch gesagt, als ich ihm in Kairo erstmals begegnet bin.«

Kairo. Wieder diese Stadt, die jetzt zum wer weiß wievielten Mal zur Sprache kam, seit Arthur gestorben war. Alles schien auf Kairo zurückzuverweisen und auf das, was dort passiert war. Auf meinem Schoß lagen die Scherben des Vogels, mit dem das ganze Elend losgegangen war.

»Sie müssen uns immer noch erzählen, wer Sie überhaupt sind und für wen Sie wirklich arbeiten, weil ich nämlich nicht glaube, dass Sie Gärtner sind. Und was hatten Sie in Kairo zu tun?« Ich nahm den Umschlag vom Couchtisch. Er war in Arthurs Handschrift an das Kunstdezernat des FBI adressiert. »War der an Sie gerichtet?«

»Ja. Ich bin bei der Polizei.« Er zeigte uns seine Dienstmarke, allerdings hatte ich nie zuvor eine gesehen und keine Ahnung, ob sie authentisch war oder nicht. Er runzelte die Stirn, als wir immer noch nicht überzeugt zu sein schienen. »Wir führen gründliche Hintergrundüberprüfungen durch, und ich weiß alles, was ich über Sie wissen muss – auch dass Arthur sich nie verziehen hat, was er Ihnen in Kairo zugemutet hat. Er hatte keine Ahnung, dass jemand Sie observierte und anschließend den Tod Ihres Freundes nutzen würde, um Arthur zu erpressen.«

»Aber was haben *Sie* in Kairo gemacht? Ich kann mich nicht daran erinnern, Sie dort gesehen zu haben.«

Er zuckte mit den Schultern. »Sie waren sehr fokussiert … Kann es sein, dass Sie nie auch nur darüber nachgedacht haben, woher Arthur seine Informationen hatte? Arthur war einer der Besten, wenn es galt, verschwundene Artefakte aufzuspüren. Er kannte *jeden*, und so konnte er auch immer herausfinden, ob hinter einem Diebstahl bloß ein kleiner Fisch steckte, der sich von dem

Verkaufserlös Drogen beschaffte, oder eine organisierte Bande.«

Carole nickte zufrieden. »Was Sie damit sagen wollen, ist doch, dass Arthur kein bisschen zwielichtig war, so wie es meine Nichte annimmt. Er hat die ganze Zeit mit dem FBI zusammengearbeitet.« In ihrer Stimme war der Stolz nicht zu überhören.

»Es tut mir so leid, Carole«, sagte ich. Was Arthur alles getan hatte, um mich zu beschützen, lastete schwer auf mir.

»Wir hatten gerade angefangen zu kooperieren, als Mark Metcalf ihn kontaktierte und damit beauftragte, einen gestohlenen Martin-Brothers-Vogel wiederzufinden«, fuhr Phil fort. »Später, als Asim Ihnen erzählte, dass sich der Vogel in der Fälscherwerkstatt seiner Familie in Ägypten befinde – und dass er ein Foto vom Drahtzieher hinter dem britischen Hehlerring geschossen habe, der schon eine Zeit lang Kopien importiert hatte –, konnten wir uns die Gelegenheit nicht entgehen lassen. Wir boten Asim Geld und eine neue Identität an, wenn er uns helfen würde, diesen Ring hochgehen zu lassen. Doch dann ist uns leider jemand zuvorgekommen …«

Ich beugte mich auf dem Sessel vor. Vielleicht hatte Arthur Phil damals noch nicht hinreichend getraut, um uns miteinander bekannt zu machen.

»Weder der Vogel noch das Foto ist je wiederaufgetaucht«, fuhr Phil fort. »Wir wussten zwar, dass jemand die Scherben eingesammelt hat – nur wer?«

Ich legte die Hände an die Beutel auf meinem Schoß. Es klang, als hätte Phil nicht die leiseste Ahnung von meinem Schal. Schlagartig hatte ich einen Kloß im Hals. Ich brachte es einfach nicht fertig, ihm die Wahrheit zu sagen –

dass meine eigene Nachlässigkeit, ein verlorener Schal, mich meinen Beruf gekostet und Arthur in die Zwangslage gebracht hatte, sich mit Fälschern und Hehlern einzulassen.

»Um es ganz klarzumachen«, sagte ich. »Arthur hat nie jemanden getötet oder den Vogel auch nur angefasst. Als wir am vereinbarten Ort erschienen, war Asim bereits tot und der Vogel kaputt. Ich will wissen, wer die Scherben in Kairo eingesammelt und sie hier versteckt hat.« Ich hielt den Beutel in die Höhe.

»Das kann ich Ihnen auch nicht sagen.« Er musterte den Beutel. »Als ich in dem Café ankam, habe ich nur Asim vorgefunden – keine einzige Scherbe und keinen Hinweis auf ein Foto. Arthurs oberste Priorität war damals, Sie sofort aus Kairo wegzubringen. Sobald Sie nicht mehr in der Schusslinie standen, hat Arthur zu Metcalf auf die dunkle Seite des Antikhandels übergewechselt und wurde gleichzeitig mein Informant.«

»Und wie ist der kaputte Vogel Ihrer Meinung nach in Metcalfs Depot gelandet?«

»Metcalf muss Ihnen jemanden nachgeschickt haben, und einer seiner Lakaien hat den Vogel mitgenommen«, antwortete Phil.

»Dieser Lakai waren aber nicht Sie?« Ich wollte sehen, wie er reagierte.

»Nein.«

Ich legte eine kurze Pause ein. »Es kommt mir nur komisch vor, dass ich Sie in Kairo nie bemerkt habe. Ich hätte mich an Sie erinnert.«

»Ich kann ziemlich diskret sein.« Sein Mundwinkel kräuselte sich zu einem Lächeln. »Aber *ich* kann mich noch an *Sie* erinnern.«

Ich errötete unter seinem Blick.

Carole hüstelte, der Wasserkessel fing an zu pfeifen, und Wasserdampf stieg zur Decke auf.

»Arthur hat Sie all die Jahre beschützt und mich gebeten, jetzt das Gleiche zu tun«, sagte Phil. »Deshalb muss ich darauf bestehen, dass Sie beide schnellstmöglich abreisen.«

»Das ist doch nicht ...« Ich räusperte mich, und meine Entschlossenheit war nur umso größer. »So hätte Arthur das nicht gewollt, er konnte ja nicht bis ins Detail vorhersehen, wie die Dinge sich entwickeln. Und ich bin nicht mehr die Person, die ich damals war.«

Im nächsten Augenblick klopfte es.

43

*» Wir alle machen Fehler. Aber was allein zählt, ist
doch, was wir anschließend daraus machen. «*

ARTHUR CROCKLEFORD

Als Phil die Tür aufschloss, holte ich tief Luft und machte
mich auf alles gefasst.

»Darf ich vorstellen? Meine Partnerin Clare«, erklärte
Phil.

Clare neigte den Kopf. Sie trug enge schwarze Jeans und
einen dunkelbraunen Rollkragenpullover und schien eine
komplett andere Person zu sein als noch am Vorabend –
gerade so wie Bella. Trotzdem ergab plötzlich alles einen
Sinn. Sie hatte nie wie eine echte Haushälterin gewirkt.

Phil goss heißes Wasser in vier Campingbecher. Ich fragte
mich, warum mir zuvor nicht aufgefallen war, dass er vier
statt nur drei Becher bereitgestellt hatte.

»Wenn sie ihre Sachen packen, kann ich sie nach Hause
begleiten und mich vergewissern, dass sie dort in Sicherheit
sind.« Clares Akzent klang anders als der von Phil, aber
auch sie war Amerikanerin, genau wie ich es bei unserer
Ankunft vermutet hatte. »Ich habe Giles Metcalfs Tod in
der Zentrale gemeldet und warte auf weitere Anweisungen.«

Ich schüttelte den Kopf. »Arthur wollte, dass wir hier vor Ort sind, und wir reisen nicht ab, ehe wir herausgefunden haben, wer ihn umgebracht hat.« Mir fiel wieder ein, dass Phil zuvor geklungen hatte, als wüsste er, wer dahintersteckte. »Es wird langsam Zeit, dass Sie uns ins Bild setzen.«

»Ich habe nur erwähnt, dass er ermordet wurde, aber nicht, dass ich wüsste, wer der Täter war. Wenn das der Fall wäre, hätte ich die hiesige Polizei längst instruiert und ihn festnehmen lassen«, entgegnete Phil und drückte Clare ihren Tee in die Hand.

»Sie trinken hier viel Tee«, bemerkte Clare und schnupperte an ihrem Becher.

»Das ist der Treibstoff der Briten, meine Liebe. Trinken Sie, und Sie sind bereit für alles, was kommen mag«, erklärte Carole. »Giles kam gestern Abend übrigens zu uns ins Cottage und erzählte, er suche in den Depots seines Vaters nach etwas Bestimmtem, was er an sich nehmen wollte, bevor es jemand anderes tut.«

»Ich gehe stark davon aus, er meinte den zerbrochenen Martin-Brothers-Vogel. Meine Vermutung wäre, dass auch Giles von seinem Vater erpresst wurde«, sagte ich, zog den Beutel auf und nahm das Foto des bärtigen Mannes heraus. »Ich schätze, das hier ist Giles Metcalf, wie er das Café verlässt, in dem Asim umgebracht wurde.« Ich tippte auf die bandagierte Hand und den Siegelring. »Diesen Ring trägt er immer noch, und er hat eine hässliche Narbe an der rechten Hand, die auf dem Foto unter dem Verband versteckt sein dürfte.«

Phil warf einen Blick auf das Foto und nickte. »Das ist der junge Giles Metcalf. Arthur hat mir nie von Giles erzählt. Er wird erst kürzlich herausgefunden haben, dass Giles Asims Mörder und wo der Vogel versteckt war.«

»Wir glauben, dass Lord Metcalf sich Arthur in der Woche vor seinem Tod anvertraut hat«, warf Carole ein.

»Das würde Arthurs merkwürdiges Verhalten erklären«, erwiderte Phil. »Dass er mir den Brief geschickt hat. Dass er die Sichtung des Nachlasses wie eine seiner Klausuren organisiert hat – obwohl es hier doch um etwas ganz anderes ging. Normalerweise wären hier Dutzende Leute vor Ort.«

Ich dachte kurz darüber nach, auch den anderen Beutel auf meinem Schoß zu öffnen. Wenn diese Sachen dazu geeignet gewesen waren, Arthur zu erpressen … dann enthielten sie vielleicht immer noch Zündstoff? »Vielleicht hat Mark Metcalf seinen Kindern ja nicht über den Weg getraut? Jedenfalls hat er die Schlüssel zu den Lagerräumen nicht ihnen, sondern Arthur hinterlassen. Da unten stehen zig Kisten mit Papierkram, und in Raum vier befand sich Marks privates Lager – was, wenn er nicht nur mit gestohlener Kunst und mit Antiquitäten, sondern auch mit Informationen gehandelt hat?«

Ein Anflug von Stolz zauberte mir ein Lächeln ins Gesicht. Phil ging lächelnd auf einen Rucksack zu, der neben der Tür am Boden lag, zog einen braunen Umschlag hervor und drückte ihn mir in die Hand.

In dem Umschlag steckte ein detaillierter Überblick über mein Leben. Auf der Vorderseite prangte das Emblem des Dezernats für Kunstverbrechen des FBI. Ich hielt Carole die Seite hin.

»Ich bin Special Agent beim FBI, und das dort …« – er nickte in Richtung Herrenhaus – »ist eine sogenannte Bank, die sich das internationale Verbrechen zunutze macht, um mit Kunst, Antiquitäten und Antiken zu handeln. Und wie Sie ganz richtig geschlussfolgert haben, auch mit Gegenständen und Informationen, die bei Erpressung nützlich sein dürften. Dort lagern auch ein paar US-amerikanische Werte, an denen wir interessiert sind. Darüber hat Arthur uns auf dem Laufenden gehalten.«

Dies bestätigte, was Bella mir im Keller erzählt hatte.

»Aber warum sollten diese *Interessenten* Antiquitäten einlagern?«, fragte Carole.

»Weil das Objekte sind, die man leichter verschieben kann als größere Mengen Bargeld und die nicht nachzuverfolgen sind wie eine Überweisung. Eine Picasso-Skizze lässt sich einfach in einen Koffer packen, und auf eventuelle Nachfragen sagen Sie einfach, dass es sich um einen wertlosen Druck handelt. Arthur wurde von ausgewählten Akteuren herangezogen, um die Gegenstände zu verifizieren und zu authentifizieren, damit jeder Beteiligte wusste, dass er auch wirklich bekam, wofür er bezahlte. Insgeheim hat er einen Farbencode verwendet, um den Überblick zu behalten. Vor ein paar Monaten meinte er, er würde all das in einem Inventarbuch niederschreiben – als eine Art Dokumentation dessen, was hier vor sich ging.«

Ich wusste, wenn Arthur gewollt hätte, dass Phil oder das FBI die Bücher bekäme, hätte er sie auch direkt dort hinschicken können. Doch das hatte er nicht getan, er hatte sie *mir* zugespielt.

»Kunstverbrechen sind mit unzähligen anderen kriminellen Aktivitäten verknüpft«, warf Clare ein, »mit Trafficking, Waffen- und Drogenhandel ... Das ist alles eins. Es werden jährlich Hunderttausende gestohlener oder gefälschter Stücke sichergestellt und vom Markt genommen, trotzdem ist das nur ein Tropfen auf den heißen Stein.« Sie pustete über ihren Tee. »Derzeit verfolgen wir einige Akteure, die die Objekte verschieben.«

»Deshalb haben Sie den Umzugswagen einfach fahren lassen«, stellte Carole mit erhobenem Zeigefinger fest.

»Genau wie den Wagen gestern Nacht«, ergänzte Clare. »Wir müssen dokumentieren, wo diese Fahrzeuge hinfahren. Dass Sie beide gestern herumgeschnüffelt haben, hat möglicherweise den einen oder anderen nervös gemacht, und vielleicht haben sie ihre Fahrzeuge auf Sender abgesucht.«

»Wir haben nicht geschnüffelt!«, entgegneten Carole und ich wie aus einem Mund.

Clare ging darüber hinweg. »Giles war hier, um sich den Martin-Brothers-Vogel zu holen, und wurde umgebracht, bevor er das Depot betreten konnte.«

Ich zögerte. Dann hielt ich Phil den Beutel hin. »Hier. Danach hat Giles gesucht. Nach dem zerbrochenen Martin-Brothers-Vogel. Damit ist Asim erschlagen worden – und das Foto weist nach, dass Giles am Tatort war.« Ich machte einen tiefen Atemzug. »Arthur hat Giles erzählt, dass der Vogel hier ist. Er musste uns alle an diesem Wochenende zusammenführen, damit ich die Wahrheit ans Licht bringen konnte. Giles hat Asim getötet, ehe wir uns den gestohlenen Vogel zurückholen konnten. Mark Metcalf hatte Arthur damit beauftragt, den Vogel zu finden – allerdings war er sicher niemand, der leicht Vertrauen zu anderen fasste, deshalb kann ich mir vorstellen, dass er jemanden nach Kairo geschickt hatte, der Arthur und mich observieren sollte und eben auch diese Fotos geschossen hat. Nachdem Giles Asim umgebracht hatte, hat unser Verfolger die Vogelscherben eingesammelt und sie Mark Metcalf gegeben, zusammen mit dem Foto, das Giles am Tatort zeigt. Ab da hatte Metcalf Giles in der Hand.«

Phil nahm den Beutel entgegen, zog ihn auf und nahm die Ziplock-Tüte heraus. Ich drehte mich weg.

Carole streckte sich nach mir aus und strich mir über das Bein. »Es ist alles gut.«

Phil ließ sich gegen die Lehne sinken. »Ziemlich clever ... Allerdings bin ich gar nicht deshalb hier. Hat Arthur Ihnen die Dossiers hinterlassen?«

»Nein, aber weil meine Nichte eine Meisterin darin ist, die Wahrheit herauszufinden, übergeben wir sie Ihnen, sobald sie sie findet«, sagte Carole, stand auf und sah auf die Uhr. »So, das hier war wirklich vergnüglich. Aber allmählich sollten wir frühstücken gehen.«

Phil und Clare wechselten einen Blick. Ich ahnte, dass sie überlegten, ob sie uns wirklich ziehen lassen sollten.

»Ich war Anfang zwanzig, als ich mit Arthur in Kairo war, und womöglich hätte ich damals einen Beschützer gebraucht, aber jetzt ...« Ich trat neben Carole. »Wir sind erwachsene Frauen und sollten tun und lassen dürfen, was immer wir wollen.«

»Sie könnten den ganzen Fall ruinieren, wenn Sie weiter herumschnüffeln«, wandte Clare ein. »Es ist sicherer, wenn wir Sie wegschaffen.«

Ich wollte gar nicht wissen, auf welche Weise sie uns *wegschaffen* würde.

»Da war es schon wieder, das Wort *schnüffeln*«, schnaubte Carole. »Wir sind diejenigen, die all diese kriminellen Verstrickungen gerade *aufklären* – vielen Dank auch, Schätzchen!«

»Ich habe Ihnen soeben etwas sehr Wertvolles überreicht.« Ich sah auf den Beutel in Phils Hand hinab. »Ich gehe davon aus, dass Sie in Asims Namen für Gerechtigkeit sorgen. Giles hatte einen großen Schnitt in der Hand – und den hat er sich vermutlich zugezogen, als er Asim die Keramik über den Kopf gezogen hat. Ich könnte mir vorstellen, dass das Blut beider Männer auf den Scherben nachweisbar ist. Zusammen mit dem Foto dürfte das ziemlich wasserdicht sein.«

Clare schüttelte den Kopf. »Giles ist tot – und Asim wurde vor langer Zeit in einem anderen Land ermordet. Da können wir nichts machen.«

Ich holte tief Luft. Ich hatte Asims Ermordung aufgeklärt, so wie Arthur es sich gewünscht hatte, und meinen Schal und die Fotos gesichert, die gegenüber Arthur als Druckmittel eingesetzt worden waren. Ich nahm an, wenn jemand gewollt hätte, hätte der Schal ebenso gut dazu dienen können, *mich* zu erpressen. Nur deshalb hatte Arthur so nachdrücklich darauf beharrt, dass ich ihn fand.

Und jetzt war es an der Zeit herauszufinden, wer *ihn* ermordet hatte – und wer zudem an diesem Morgen Giles erschossen hatte.

Phil übergab Clare den Beutel. »Gut, Sie dürfen bleiben. Aber ich weiche Ihnen nicht von der Seite. Da ist immer noch jemand mit einer Waffe unterwegs, und ich will nicht, dass in meinem Beisein noch mehr Leute umkommen.«

Erst da fiel mir wieder Amys Handy ein, das noch immer in meiner Tasche steckte. Ich zog es heraus. »Wenn Sie wirklich derjenige sind, für den Sie sich ausgeben … können Sie das hier vielleicht entsperren?«

»Ich kann es mal versuchen«, sagte Clare. »Wem gehört das?«

»Amy. Womöglich ist da etwas drauf, was uns helfen könnte. Ich weiß nur nicht, was das sein könnte.«

Clare und Phil wechselten einen zufriedenen Blick.

»Ich setze mich sofort daran«, sagte Clare.

Carole und ich verließen das Folly. Phil ging uns hinterher. Ich hatte das Gefühl, dass das auch weiterhin so bleiben würde, aber noch war ich nicht bereit abzureisen. Ich musste einen Mörder zur Strecke bringen, und die Antworten auf all meine Fragen warteten auf mich im Herrenhaus.

44

»Sei immer dafür gewappnet, dass der Wind sich dreht.«

ARTHUR CROCKLEFORD

Carole, Phil und ich betraten das Herrenhaus.

Es war inzwischen neun Uhr, und ich war schon jetzt vollkommen erledigt. Mir schwirrte der Kopf nach all dem, was Phil uns erzählt hatte. Mein Bauch sagte mir, dass er höchstwahrscheinlich wirklich dem Kunstdezernat des FBI angehörte, aber ich fragte mich doch, wo die Abteilung für Kunst- und Antikenkriminalität bei Scotland Yard abgeblieben war. Außerdem war mir immer noch nicht klar, warum Arthur nicht Phil, sondern mir das Dossier zugespielt hatte. Bestimmt war es in den Händen des FBI besser aufgehoben?

Ich kam nicht umhin, zum Salon zu starren. Hinter der geschlossenen Tür lag wahrscheinlich immer noch Giles' Leiche. »Was passiert jetzt … damit?«

»Alles unter Kontrolle.« Allerdings sah Phil besorgt aus.

Über den Flur waren Stimmen zu hören, dann Gelächter.

Der Speisesaal sah immer noch genauso aus, wie wir ihn am Vorabend hinterlassen hatten: schmutziges Geschirr, darauf Messer und Gabeln, leere Weingläser mit Resten von

Pinot noir, und die Kerzen waren zu Stummeln herunter-gebrannt. Ich mochte herausgefunden haben, dass Clare undercover hier war, trotzdem musste sie doch immer noch die Haushälterin spielen, oder etwa nicht?

Auf dem Sideboard standen mehrere Gefäße mit Früh-stücksflocken und zwei große Milchpackungen bereit. Der leicht bittere, wohlige Geruch von frischem Kaffee wehte durch den Raum. Amy und Franklin standen neben der Kaffeemaschine und unterhielten sich leise, verstummten aber, kaum dass wir eintraten.

Carole hielt auf den Stuhl zu, auf dem sie auch schon tags zuvor gesessen hatte, und ich setzte mich neben sie. Phil blieb an der Tür stehen.

»Jemand hat den Salon abgeschlossen«, sagte Amy. »Wer von Ihnen war das?«

Keiner von uns antwortete.

»Amy hat freundlicherweise Frühstück gemacht«, sagte Franklin, um der unangenehmen Stille ein Ende zu setzen. »Warum bedienen Sie sich nicht?«

Mir lief es eiskalt den Rücken hinunter. Ich war regel-recht entsetzt, wie beschwingt Franklin wirkte – bis mir wieder einfiel, dass er womöglich überhaupt nicht wusste, dass Giles tot im Salon lag. Ich musste die Erinnerung daran beiseiteschieben und mir ins Gedächtnis rufen, dass Giles ein Mörder war; er hatte zwanzig Jahre zuvor Asim umgebracht, da konnte er selbst gerade erst Anfang zwan-zig gewesen sein.

Trotzdem sah Franklin zu selbstgerecht aus. Irgendwas war hier doch faul.

»Ich meine, ich hätte vorhin jemand Fremden hier im Herrenhaus gesehen – ist in der Zwischenzeit noch jemand gekommen?«, fragte ich.

Amy schüttelte den Kopf. »Nein. Wir sind hier die Einzigen.«

Ich hatte keinen Hunger und überlegte, Carole heimlich zu verstehen zu geben, dass Phil recht hatte – wir sollten abreisen. Ich hatte keine Ahnung, wohin Bella verschwunden war, nachdem sie mich im Depot eingeschlossen hatte, aber vielleicht hatte sie ja bei ihrem Rückzug Giles für all das erschossen, was er ihr zugemutet hatte?

Allerdings sagte mein Bauchgefühl etwas anderes.

»Gibt es auch Tee?«, fragte Carole. »Ich bin nämlich der Meinung, dass wir – am besten bei einem Tee – über Arthurs Doppelleben sprechen sollten, finden Sie nicht auch?«

Ich sah sie alarmiert an. Dies war wirklich das Letzte, was wir tun sollten.

»Arthur hatte ein Doppelleben?«, hakte Franklin sofort nach. »Wie spannend!«

Amy hingegen schlenderte auf die Tür zu. »Das klingt nicht im Mindesten spannend, und ich habe auch nicht vor, mir solchen Humbug anzuhören. Ich gehe Clare suchen.«

»Habe ich meinen Namen gehört?« Im selben Moment kam Clare durch die Tür. Sie hatte sich umgezogen und trug jetzt ein Blümchenkleid und Clogs. »Tut mir wahnsinnig leid, aber ich habe verschlafen. Geben Sie mir einen Moment, und ich hab ruckzuck hier abgeräumt.« Sie stapelte ein paar Teller aufeinander und eilte damit hinaus.

»Wir brauchen Tee«, rief Amy ihr nach und eilte hinterher.

Carole, Phil, Franklin und ich ließen uns am Tisch nieder. Momente später war über uns das Knarzen von Bodendielen zu hören, dann ein Knall. Ich spähte zu Carole, doch es sah nicht danach aus, als hätte sie es gehört.

War das Amy? Clare? Oder jemand anderes?

Ich hatte nicht vor, mich von Phil aufhalten zu lassen. »Ich muss zur Toilette«, murmelte ich und stand auf. Phil wollte auch aufstehen, aber ich legte ihm im Vorbeigehen die Hand auf die Schulter. »Alles gut. Bleiben Sie bei Carole.«

Ich wollte nicht, dass noch jemand verletzt würde.

*

Ich eilte zurück in die Eingangshalle und ging vorsichtig die Treppe hinauf. Oben angekommen blieb ich stehen, um zu horchen. Ich konnte die anderen im Speisesaal reden hören, sonst allerdings nichts. Ich lief weiter in Richtung von Amys Zimmer.

Bei Tageslicht betrachtet war der Niedergang des Herrenhauses nicht mehr zu übersehen: Die Teppiche waren zerschlissen und platt gelaufen. Die Tapete kam von den Wänden. Die Luft war eisig kalt.

Ich versuchte es mit der Tür, die ich vom Vorabend wiederzuerkennen glaubte, doch als ich sie aufschob, lag dahinter ein leeres Zimmer. Leere Dielen, keine Vorhänge, nirgends Möbel. Ich versuchte es mit der nächsten Tür.

Sie ging einen Spaltbreit auf – gerade weit genug, dass jemand hindurchschlüpfen konnte, allerdings lag dahinter etwas Schweres, sodass die Tür nicht weiter aufging. Dann hatte Amy sich in der vergangenen Nacht bestimmt dort verbarrikadiert, nachdem Giles sie mit dem Schürhaken bedroht hatte.

»Hallo?«, flüsterte ich durch die Tür. »Amy, sind Sie hier?«

Stille.

»Sie ist jedenfalls nicht in der Küche«, sagte eine Stimme

hinter mir, und ich zuckte zusammen. Es war Phil. »Ist sie hier oben?«

»Schleichen Sie sich nicht so an!«

»Ich will mich nur vergewissern, dass Sie in Sicherheit sind.« Er richtete den Blick auf den Türspalt.

»Sich so anzuschleichen, sorgt nicht gerade dafür, dass ich mich sicher fühle.« Ich versuchte abermals, die Tür aufzuschieben – vergebens.

»Amy?« Ich schob den Kopf durch den Türspalt, konnte aber nur eine Kommode sehen. Ich blickte zurück zu Phil. »Der Spalt ist nicht gerade breit. Könnte Amy hier durchgepasst haben?« Ich stemmte die Schulter gegen die Tür, um sie weiter aufzuwuchten, was nicht annähernd so leicht ging, wie es in Filmen aussah.

»Soll ich mal?«

Ich wich keinen Zentimeter aus. »Finden Sie wirklich, dass Sie als Mann in das Schlafzimmer einer Frau eindringen sollten?«

»Ich glaube, über den Punkt, an dem wir uns noch um Etikette bemühen, sind wir hinaus. Vielleicht schaltet hier ja irgendwer die Metcalf-Familie nach und nach aus.«

Das war natürlich möglich. »Womöglich hat einer der sogenannten Interessenten oder jemand, der die Bank nutzte, herausgefunden, dass die Antiquitäten durch Fälschungen ersetzt worden sind?« Doch noch während ich es sagte, verwarf ich die Vorstellung wieder.

Ich trat von der Tür weg, und Phil schob sie gerade weit genug auf, um das Zimmer zu betreten. Ich hielt die Luft an, als ich ihm hinterherging.

Eine große Kommode war hinter die Tür geschoben worden. Ansonsten war das Zimmer dunkel und muffig.

Erst als Phil die Vorhänge aufzog, fiel mir auf, dass er

Lederhandschuhe angezogen hatte. Dann entdeckte ich den Lichtschalter und machte Licht. Überall am Boden lagen Kleidungsstücke, und sämtliche Schubladen waren aufgezogen worden. Wonach hatte hier jemand gesucht?

»Fassen Sie nichts an«, sagte Phil leise. »Und gehen Sie zurück auf den Flur.«

»Was ist los?« Ich folgte seiner Blickrichtung. Auf einem alten Perserteppich lag ein schwarzer Hoodie mit einem großen Blutfleck am Ärmel. »Ist das …«, flüsterte ich, wollte meinen Verdacht aber lieber gar nicht laut aussprechen.

»Ich möchte nur ungern spekulieren, aber wenn es ist, was ich glaube, dann hat sich jemand verletzt oder …« Phil zückte sein Handy und schrieb eine Nachricht. »Clare soll hochkommen und sich alles ansehen, Fotos machen und Proben nehmen.« Er nickte in Richtung des Teppichs.

»Vielleicht ist das Giles' Blut, und Amy ist die Mörderin?« Ich sah mich weiter um. »Außerdem wissen wir immer noch nicht, wo Bella steckt. Glauben Sie, hier ist jemand eingedrungen?«

Phil zuckte mit den Schultern. »Ich mag Spekulationen nicht sonderlich.«

Draußen näherten sich Schritte, und dann betrat Clare das Zimmer.

»Ich hab nicht viel Zeit, die Küche ist das reinste Durcheinander.« Sie hob eine große schwarze Tasche an, die aussah wie ein Arztkoffer.

»Hat dich jemand gesehen?«, fragte Phil und wies sie auf den Teppich hin.

»Sie sind alle im Speisesaal.« Clare ging auf dem Teppich in die Hocke und musterte zunächst den Hoodie. »Das sieht nicht gut aus, was?«

Phil schüttelte den Kopf. »Mach so viele Fotos, wie du kannst, nimm Proben, und dann gehen wir wieder.«

»Wenn du vorgehen willst ...? Ich komme hier schon klar.« Clare nahm eine Kamera aus der Tasche und fing an zu fotografieren. »Das hier müssen wir melden.«

»Ich schlage vor, bis wir hier mittags abschließen, behalten wir es für uns.«

Ich war verwirrt. »Amy hat erzählt, das Haus soll mittags eingemottet werden. Meinen Sie das?«

Clare ließ überrascht die Kamera sinken. »Sie sind laut Programm der Haupt-Act – und so ein Programm hatten wir noch nie. Wir sind davon ausgegangen, dass Arthur uns damit etwas Bestimmtes sagen wollte.«

Er wollte mir *etwas damit sagen.*

Was sie mit dem »Haupt-Act« gemeint hatte, wusste ich nicht, aber allmählich beschlich mich eine eisige Angst.

Dieses Wochenende war noch lange nicht vorbei.

Ich kehrte in den Speisesaal zurück, wo Carole still an ihrer Tasse nippte. Ich hätte ihr am liebsten sofort von dem Hoodie erzählt, wollte sie aber nicht beunruhigen.

»Alles in Ordnung?«, fragte sie und berührte mich am Arm.

Franklin zog eine Augenbraue hoch.

Ich legte mein breitestes Lächeln auf. »Alles bestens.« Ich versuchte, mich zu beruhigen oder zumindest ruhig *auszusehen.* In Wahrheit hätte ich am liebsten herausgeschrien, dass hier ein Mörder umherstrich. Irgendwer hatte Giles umgebracht und dann seinen blutigen Hoodie in Amys Zimmer entsorgt. Oder aber Amy war verletzt. Oder Amy hatte ihren Bruder umgebracht ...

»Franklin, wissen Sie vielleicht, wo Amy ist?«, fragte ich.

»Ich fürchte, nein. Hat sie nicht gesagt, sie wollte Tee holen?« Er sah verunsichert aus.

»Das hat sie gesagt, ja«, warf Carole ein. »Aber als sie nicht wiedergekommen ist, hat Phil sich freundlicherweise darum gekümmert. Und als sie nicht aufzufinden war, ist er nach oben gegangen, um nachzusehen.«

Wie auf ein Stichwort betrat Phil den Raum. »Von Amy keine Spur.«

»Wir sollten unsere Sachen packen.« Ich nickte Carole knapp zu.

»Arthur hat vorgesehen, dass wir den Antikmarkt besuchen, und es gibt noch einen Vortrag«, wandte Franklin ein. »Ich bin schon gespannt, was Sie uns erzählen, Freya. Ich würde ja liebend gern wissen, was die Objekte hier im Herrenhaus wert sind – und für die Schätzung des Metcalf-Nachlasses ist das ja auch unerlässlich. Der Vortrag war für zwölf Uhr vorgesehen, oder?« Er zog seinen Ärmel hoch und entblößte eine Rolex Daytona mit Weißgoldgehäuse und Krokodillederarmband. Sie war in perfektem Zustand. Als ich zuletzt einen Blick auf Franklins Uhr geworfen hatte – in seiner Kanzlei in Little Meddington –, hatte ich sie sofort als billige Fälschung erkannt. Die originale, die er jetzt trug, war ein bildschönes und teures Exemplar. Wie konnte er sich eine Uhr leisten, die gut zwanzig-, wenn nicht dreißigtausend Pfund wert war?

Er bekam mit, dass ich starrte, und schob den Ärmel darüber. Franklin hatte eindeutig etwas zu verbergen.

»Vortrag?«, murmelte Phil. »Es gibt keinen Vortrag. Da hat Arthur sich … einen Spaß erlaubt. Und es gibt auch keinen Antikmarkt.«

»Natürlich muss niemand irgendeinen Antikmarkt besu-

chen«, sagte Franklin. Seine Mundwinkel zuckten kaum
merklich.

Dass beide den Eindruck erweckten, der Antikmarkt
wäre verzichtbar, bestärkte mich umso mehr in meinem
Entschluss hinzugehen. Dass aber *ich* diejenige sein würde,
die den angekündigten Vortrag halten sollte? Damit hatte
ich nicht gerechnet. Trotzdem konnte ich nicht einfach darüber hinweggehen, schließlich waren bereits Hinweise in
Arthurs Programm versteckt gewesen, die auf das Depot
und die Fälschungen hingedeutet hatten. Womöglich würden wir auf dem Markt und während des Vortrags abermals fündig?

Ich sah zu Carole. »Der Antikmarkt ist bloß ein kurzes
Stück die Straße runter. Wie wäre es, wenn wir dort vorbei-
schauten, statt direkt unsere Sachen zu packen? Du schlen-
derst doch gern über Märkte?«

»O natürlich!«, entgegnete Carole mit einem Blitzen in
den Augen. Sie hatte sofort begriffen, worauf ich hinauswollte. »Das ist eine ganz fantastische Idee. Dann frühstücken wir jetzt fertig und machen uns auf den Weg.«

Franklin schüttelte den Kopf, protestierte aber nicht.

Mir war bewusst, dass es völlig verrückt war, inmitten
laufender Mordermittlungen zu einer Antikmesse zu gehen –
aber die Zeit wurde allmählich knapp, und wir waren bei
unserer Suche nach Arthurs Mörder keinen Schritt weiter-
gekommen. Mehr denn je war ich davon überzeugt, dass
die Antworten, die wir brauchten, in alledem zu finden
wären, was Arthur für dieses Wochenende geplant hatte.

45

»Um den besten Deal bei einer Antikmesse zu machen, geh links herum, weil erfahrungsgemäß alle anderen rechts herum gehen.«

ARTHUR CROCKLEFORD

Die Verkaufsstände auf dem Antikmarkt waren in langen Reihen auf einem großen Feld arrangiert. Carole und ich stellten uns in die Schlange am Zugang. Der Tau im Gras hatte bereits begonnen, durch meine Sportschuhe zu sickern, und ich hatte kalte Füße.

»Arthur hätte inzwischen ungeduldig mit der Zunge geschnalzt«, sagte Carole und sah ebenso ungeduldig aus.

Ich musste lachen. »Aber beschwert hat er sich *niemals* über das Schlangestehen!«

Jetzt, da ich die Wahrheit über Kairo weitestgehend kannte, kamen mir immer mehr schöne Erinnerungen an Arthur. Meine Gefühle wechselten zwischen Erleichterung darüber, dass ich mich auf ganzer Linie getäuscht hatte, und Scham angesichts des Umstands, dass ich ihn jahrzehntelang so falsch eingeschätzt hatte. Arthur hatte unendlich viel für mich getan.

Allmählich war es wohl an der Zeit, auch mit meiner Tante reinen Tisch zu machen. »Ich habe mich furchtbar getäuscht, was Arthur anging, und das tut mir wahnsinnig leid.« Mir drohten die Tränen zu kommen. »Du hast immer versucht, mit mir zu reden … und ich hab mich verweigert.« Ich ließ den Kopf hängen.

Carole legte mir den Arm um die Taille. »Ich hab so eine Ahnung, dass dich die Entdeckungen im Depot mächtig durchgerüttelt haben. Aber all das hättest du doch nicht wissen können, ohne dass Arthur dir alles erklärt hätte. Die ganze Wahrheit kannte ich auch nicht, aber mir war immer klar, dass Arthur dich wie eine Enkelin geliebt hat. Seine Kompendien sind seine Art, all das wiedergutzumachen – und im Gegenzug bringen wir jetzt seinen Mörder zu Fall, oder?« Sie sah mir in die Augen und senkte die Stimme. »Giles' Ermordung ist wirklich beunruhigend. Andererseits hat er sich als überaus unappetitlicher Zeitgenosse entpuppt. Deshalb schieben wir jetzt unsere Gefühle beiseite und konzentrieren uns auf unsere Mission.«

Ich versuchte zu lächeln. »So machen wir es.«

Langsam arbeiteten wir uns bis zur Kasse vor. Die Münzen für den Eintritt hatte ich schon in der Hand.

»Ich verstehe immer noch nicht, warum Arthur uns hierhergeschickt hat.« Ich ließ den Blick über die Verkaufsstände schweifen. »Was sollen wir hier in Erfahrung bringen?«

Auf der Fahrt zum Antikmarkt hatte ich Carole erzählt, was ich in Amys Zimmer entdeckt und welchen Verdacht ich diesbezüglich hatte. Wir waren uns inzwischen einig, dass Arthur wegen seiner Listen ermordet worden war – doch ausgerechnet an denen schien Giles nicht interessiert gewesen zu sein. Giles hatte nur den Martin-Brothers-Vogel gewollt, und Arthur hatte ihm letztlich, so gut er konnte, geholfen, ihn ausfindig zu machen. Deshalb lag der Schluss nahe, dass Giles nicht als Arthurs Mörder infrage kam. Blieben als Verdächtige nur noch Franklin, Amy und Bella.

Endlich standen wir an der Kasse und überreichten unser Eintrittsgeld. Dann durchquerten wir den Eingang. Carole brauchte einen Kaffee und hielt schnurgerade auf einen Imbisswagen zu, der mit Bacon-Duft Kundschaft anlockte.

Während wir uns also in die nächste Schlange stellten, ging ich im Kopf abermals durch, was wir bislang wussten. »Giles hat seinem Vater, Mark Metcalf, einem international agierenden Hehler ...«

»Und einem Erpresser«, warf Carole ein.

»Genau, jedenfalls hat er ihm den Martin-Brothers-Vogel geklaut ...«

»... und irgendwie kommt er an die ägyptischen Fälscherkontakte seines Vaters und bringt den Vogel dorthin. Vermutlich will er seinem Vater die Fälschung abliefern und das Original verkaufen. Nun war Giles nicht die hellste Birne im Leuchter, und nicht nur ist er Asim gegenüber persönlich in Erscheinung getreten, sondern er erzählt ihm auch noch von der Familienverbindung zu Mark Metcalf und Copthorn Manor. Unterdessen entdeckt Metcalf, dass der Vogel weg ist, heuert Arthur an, der ihn zurückholen soll, und verspricht ihm vielleicht sogar, dass mit diesem Auftrag dessen Schulden beglichen wären. Irgendwann muss es Mark Metcalf gedämmert haben, dass sein eigener Sohn der Dieb war. Er folgt Giles nach Kairo, sucht Asims Familie auf und erkundigt sich nach dem Vogel. Bei dieser Gelegenheit schießt Asim ein Foto von ihm. Als Metcalf Arthur und mich losgeschickt hat, um den Vogel zurückzuholen, hat er vermutlich noch jemand anderen geschickt, um uns zu überwachen – und diese Person hat die Fotos vor dem Café von uns gemacht und die Scherben des kaputten Vogels eingesammelt.«

»Ah richtig, die Scherben«, sagte Carole. »Oder aber Mark hat die Fotos selbst gemacht und sich den Vogel zurückgeholt. Außerdem wissen wir, dass Phil zur selben Zeit in Kairo war.«

»Mark Metcalf scheint mir niemand gewesen zu sein, der sich die Hände selbst schmutzig gemacht hätte. Wir wissen, dass Giles Asim aufgesucht hat, bevor wir kamen, und dass er ihn umbrachte, damit Asim Arthur nicht erzählen konnte, was er wusste. Das Foto, von dem Asim gesprochen hat, haben wir nie gefunden – daher können wir wohl davon ausgehen, dass Giles es mitgenommen hat.«

»Oder wer immer Giles beschattet hat«, ergänzte Carole.

Ich rechnete damit, dass mir gleich wieder Bilder von Asim auf dem Küchenboden vor Augen stehen würden, doch anscheinend hatten die Antworten, die ich heute früh erhalten hatte, meinen Erinnerungen den Schrecken genommen. Ich rieb mir übers Gesicht und versuchte, mich wieder auf das zu konzentrieren, was vor uns lag, statt auf die Vergangenheit.

»Es gibt da eine Sache, die mich nicht loslässt«, sagte Carole. »Harry meinte doch, er habe Arthur am Tag vor dessen Tod mit einem Martin-Brothers-Vogel gesehen – und er hat nicht erwähnt, dass der kaputt gewesen wäre. Wo ist *dieser* Vogel abgeblieben? Inzwischen wissen wir ja, dass es sich um einen zweiten Vogel gehandelt haben muss.«

»Richtig – und das Foto, auf das Harry gezeigt hat, war auch nicht das gleiche Modell wie der Vogel aus Kairo. Alles weist auf jene Nacht zurück ... Wenn wir herausfinden, wer den zweiten Vogel gestohlen hat, dann wissen wir auch, wer in der Nacht seines Todes bei Arthur war und ihn umgebracht hat.«

Wir sahen einander stirnrunzelnd an. All das war immer noch rätselhaft. Auch ich brauchte allmählich einen Kaffee, damit mein Gehirn in Gang kam.

»Wir wissen, dass Giles wegen des Vogels hier war, Bella wegen einer Diebestour, Phil ist hier, weil er undercover die Vorgänge im Herrenhaus auskundschaftet, und Amy ...« Carole klappte die Kinnlade runter. »Amy ist da drüben.«

Ich wirbelte herum. Amy stand vor einem der Möbel-stände und drückte gerade einem Mann, den ich noch nie gesehen hatte – vermutlich dem Verkäufer – Geld in die Hand. Er gab ihr ein paar gefaltete Bogen Papier.

»Was macht sie denn da?«, fragte Carole.

Ich wusste genau, was sie hier machte. »Die Antiquitäten aus den Depots eins und zwei waren Fälschungen. Vermut-lich verlangen die jeweiligen Besitzer der Objekte Echtheits-zertifikate. Allerdings habe ich dort unten nicht ein einziges Möbelstück aus der Copthorn-Manor-Sammlung gesehen. Ich schätze mal, das liegt daran, dass die Originale ver-kauft wurden – und sie hat sie nie ersetzt. Und jetzt kauft sie billige Kopien.« Ich zeigte auf zwei Männer, die ein paar Stühle von einem Transporter zu einem anderen trugen. »Für ein ungeschultes Auge könnten diese Stühle als Chip-pendale durchgehen – siehst du die Ball-und-Klauen-Füße? Bestimmt will Amy die Geschäfte ihres Vaters weiterfüh-ren, und womöglich war sie es auch, die die Originalgegen-stände aus der Copthorn-Manor-Sammlung versilbert und die Überbleibsel im Erdgeschoss durch Fälschungen ersetzt hat, kaum dass ihr Vater bettlägerig war.«

»Aber warum?«, fragte Carole.

»Ich glaube, Amy hat Franklin Geld angeboten – und

eine teure Uhr –, damit er ihr die Schlüssel zu den Depots übergibt oder sie zumindest in die Räume drei und vier reinlässt. Die Artefakte aus Raum eins waren Kopien, das habe ich mit eigenen Augen gesehen. Das Gleiche dürfte für die Objekte in den Räumen zwei und drei gelten. Sie brauchte ein bisschen Zeit, um zu ersetzen, was noch fehlte.«

»Amy verwischt ihre Spuren – oder die ihres Vaters –, und Franklin sieht dabei zu.«

»Genauso ist es.« Unvermittelt tauchte Phil neben Carole auf. »Wir haben einen Tipp bekommen, dass Amy hier mit einigen Händlern Termine ausgemacht hat.« Er lächelte Carole an. »Darf ich Ihnen einen Kaffee spendieren?«

»Aber gern, mein Lieber. Nur glaubt meine Nichte hier, dass Sie ihn vielleicht vergiften könnten.« Carole trat vor an den Tresen und bestellte drei Becher Kaffee.

Ich bedachte Phil mit einem bohrenden Blick. »Sie beschatten uns immer noch?«

Er schmunzelte in sich hinein. »Ihrer Tante scheint meine Anwesenheit nichts auszumachen. Und um ganz sicherzugehen: Ich vergifte keine Getränke von netten Frauen.«

Ich zuckte mit den Schultern. »Ich habe keine Ahnung, was Sie so gemeinhin machen.«

»Das habe ich Ihnen doch erklärt. Arthur hat mich gebeten, Sie beide im Blick zu behalten. Aber es scheint fast, als könnte ich nicht einen Moment lang die Augen schließen, ohne dass Sie sich in einem Depot einsperren lassen.«

Ich wusste nicht, was ich darauf erwidern sollte, allerdings wurde mir unter seinem Blick merkwürdig warm. Zur Sicherheit konzentrierte ich mich wieder auf Amy, die den Möbelpackern inzwischen Anweisungen zurief.

Carole kam mit den Kaffees zurück und verteilte sie. Sie strahlte Phil an. »Unsere Freya hier ist *so gut* darin,

Sachen herauszufinden!« Sie warf ihr Haar zurück. »Hat sie nicht fabelhafte Sachen herausgefunden, während Sie noch geschlummert haben?«

»Wir hatten nicht vor, die Depots zu betreten ... und Sie hätten das auch nicht vorhaben dürfen.« Phil zog eine Augenbraue in die Höhe und rechnete anscheinend damit, Widerworte zu bekommen – und genau deshalb biss ich mir auf die Zunge.

Mit unserem Kaffee in der Hand schlenderten wir eine der Gassen entlang und taten so, als würden wir die Auslagen betrachten, während wir in Wahrheit weiterhin Amy beobachteten.

»Ich habe mich schon als Kind für Kunst interessiert«, erzählte Phil und sah sich die Bleistiftzeichnung eines Hundes an. Ich musste ihn überrascht angesehen haben, weil er fortfuhr: »Meine Mutter hat im Charleston Museum gearbeitet. Dort habe ich viel Zeit verbracht, bin durch die Ausstellungsräume gestreift und habe mir vorgestellt, wie anders mein Leben ausgesehen hätte, wenn ich in der Vergangenheit gelebt hätte.«

Ich starrte ihn ungläubig an.

Dann erzählte er, dass seine Mutter in Mexiko, wo sie aufgewachsen war, Kunstkritikerin gewesen sei und sich während einer Dienstreise in die USA in seinen Vater verliebt habe, der außerhalb von Charleston, South Carolina, eine Farm betrieben habe. Sie hatten geheiratet, und sie hatte kurz darauf in der Stadt einen Job im Museum gefunden.

»Mein Vater war Kurator am British Museum, und meine Mutter war Restauratorin«, erzählte ich. »Auch ich hab viel Zeit in Museen verbracht. Sie sind für mich bis heute eine Zuflucht.«

Lächelnd fing er meinen Blick auf. »Geht mir genauso. Was Ihnen in so jungen Jahren widerfahren ist und was später mit Ihrem Freund passiert ist, tut mir wirklich sehr leid.«

»Danke. Es ist irgendwie seltsam – aber zu wissen, wer Asim umgebracht hat und warum, hat dafür gesorgt, dass ich den Verlust ein bisschen leichter ertragen kann. Ergibt das einen Sinn?«

»Absolut.«

Ich sah zurück zu Carole, die mit einem der Standbetreiber in eine Unterhaltung vertieft war. Phil und ich standen vor einer Verkaufsbude, die mit Kupferkesseln und -töpfen bestückt war. Ich nahm einen Topf hoch und runzelte angesichts des Preisschildchens die Stirn. »Das ist aber übertrieben.« Ich legte ihn zurück. »Wissen Sie eigentlich, warum Giles damals so auf diesen Martin-Brothers-Vogel fixiert war? Hat er wirklich das Geld gebraucht, das ihm ein Original beim Verkauf eingebracht hätte?«

»Ich weiß nur, was Arthur erzählt hat«, sagte Phil. »Giles war wohl ein überaus erfolgreicher Dieb. Er mochte den Nervenkitzel – und sein Vater war leidenschaftlicher Sammler. Der Martin-Brothers-Vogel hatte in Giles' Kindheit in einer Vitrine hinter Metcalfs Schreibtisch gestanden. Giles hat Arthur mal erzählt, der Vogel habe alles gesehen, was in diesem Büro vor sich gegangen sei, er habe jeden Plan und jeden Deal belauscht. Am Ende sei jedes Gespräch fast zwangsläufig auf den Martin-Brothers-Vogel gekommen. Da sei es hässlich geworden – und nur mehr um den Wert gegangen. Denn Metcalf selbst war die Figur egal. Ihm war nur wichtig, was sie potenziell einbringen konnte. Allerdings hatte Giles' Mutter den Vogel geliebt, und nur deshalb hat Metcalf ihn behalten. Nach ihrem Tod machte er sich sofort daran, einen Käufer zu finden – und Giles wollte ihn wohl retten. Wie wir wissen, ging an jenem Tag in Kairo alles ganz furchtbar schief, und diese Ereignisse haben all jene, die dort beteiligt waren, noch lange verfolgt.«

Die Welt wurde merkwürdig still, und der Markttrubel trat hinter meiner Trauer und meiner Reue zurück.

Dann schloss Carole wieder zu uns auf. »Na, wollt ihr zwei Turteltäubchen nicht ...« Erst da schien sie meinen Gesichtsausdruck zu bemerken. »Was ist passiert?« Sie wirbelte zu Phil herum. »Was haben Sie gesagt, dass meine Nichte so erschüttert ist?«

»O nein, sehen Sie mich nicht so an!«, entgegnete Phil. »Ich habe Ihrer Nichte lediglich eine Frage beantwortet. Wir haben über Kairo gesprochen.«

»Haben wir – und über Giles und den Martin-Brothers-Vogel. Allmählich wird mir alles klar ...« Ich nahm einen Schluck Kaffee.

»Na dann.« Carole tätschelte mir den Arm. »Arthur muss gewusst haben, dass Amy herkommen wollte. Ich nehme an, dies hier ist einer ihrer üblichen Handelsplätze.«

Ich sah das ähnlich. »Sie ist aber auch ziemlich umtriebig«, sagte ich und war froh, dass wir wieder zurück im Hier und Jetzt statt in der schmerzhaften Vergangenheit waren.

Wir erreichten das Ende der Reihe.

»Gehe ich recht in der Annahme, dass Sie mir immer noch nicht erzählen wollen, wo Sie Arthurs Dossiers gefunden oder wo Sie sie versteckt haben?« Phils Stimme klang leise und sanft.

»Ich denke nicht, nein.« Ich lächelte ihn an.

»Trotzdem hoffe ich, dass Sie mir Bescheid geben, wenn Sie etwas herausfinden.« Er überreichte mir eine Visitenkarte. Ich schob sie in meine Tasche, ohne dass Carole es mitbekam.

»Sofern ich die Dossiers finde … und darin irgendwas …
Unappetitliches steht, rufe ich an«, antwortete ich.

Phil nickte.

»Und jetzt, ihr zwei, Schluss mit dem Geturtel! Wir müssen zurück ins Herrenhaus und endlich dem Täter auf die
Spur kommen«, sagte Carole.

Ich pflichtete ihr bei, und wir schlenderten zurück zum
Parkplatz. Stück für Stück fügte sich das Puzzle zu einem
Gesamtbild zusammen. Und erstmals hatte ich es fast wie
Carole in den Knochen: Ich war mir sicher, wir waren drauf
und dran, Arthurs Mörder zu enttarnen.

46

*»Ein Sleeper ist ein Kunstgegenstand, den niemand
als solchen wiedererkennt – außer den Aller-
erfahrensten im Raum. Du musst also immer ein
wachsames Auge haben.«*

ARTHUR CROCKLEFORD

Zurück in unserem Cottage auf Copthorn Manor eilte ich
nach oben. All das Gerede über die Dossiers hatte mich nervös gemacht. Bevor wir abgefahren waren, hatte ich alles
sorgfältig vorbereitet, sodass ich später würde überprüfen
können, ob irgendetwas bewegt worden war. Und natürlich konnte ich sofort erkennen, dass Kleidungsstücke ange-
hoben und an der verkehrten Stelle wieder abgelegt worden waren. Irgendwer hatte in unserer Abwesenheit unser
Ferienhäuschen durchsucht.

Ich ging über den kurzen Flur und klopfte bei Carole an.
Als sie aufmachte, sah sie erhitzt aus.

»Ich hab ein merkwürdiges Gefühl – als wäre mein Zimmer durchwühlt worden«, flüsterte sie.

»Die Einzigen, die nicht auf dem Antikmarkt waren,
waren Clare und Franklin. Phil hat sich nach den Dossiers
erkundigt, deshalb würde ich es nicht ausschließen, dass er
Clare gebeten hat, nach ihnen zu suchen.«

»Oder vielleicht hat Amy Franklin darum gebeten?«, argwöhnte Carole.

»Die andere Möglichkeit wäre, dass in der vergangenen Nacht jemand Neues im Herrenhaus aufgekreuzt und immer noch da ist – vielleicht hat dieser Jemand Giles umgebracht und unser Cottage nach den Büchern durchsucht?«

Carole nickte. »Wo sind sie überhaupt?«

»Ich habe sie in deinen Kofferraum gelegt, bevor wir losgefahren sind. Ich dachte, wir schließen sie besser weg und haben sie bei uns.«

»Gut mitgedacht. Wir müssen für die Zukunft einen sichereren Platz für sie finden«, sagte Carole. »Und jetzt mache ich ein Nickerchen.«

»Absolut, ruh dich aus.«

Die Vorstellung, dass jemand ihre Sachen durchsucht hatte, hatte Carole aufgebracht, und ich ärgerte mich über mich selbst, dass ich nie auch nur darüber nachgedacht hatte, was sie gerade durchmachte. Arthurs Tod und die Gewissheit, dass es kein Unfall gewesen war, der Brief, die Einladung in dieses Herrenhaus … In den vergangenen Tagen war einiges passiert, und ich musste sicherstellen, dass Carole damit klarkam.

Mein Handy vibrierte in meiner Tasche.

Unterdrückte Nummer.

»Hallo?« Ich winkte Carole und ging nach unten, weil ich annahm, dass Jade aus den USA anrief. Die Vorfreude, ihre Stimme zu hören, erinnerte mich wieder daran, wie sehr ich sie vermisste.

»Freya?«

Es war James. Ich fürchtete sofort, dass etwas vorgefallen war, wenn er binnen so kurzer Zeit schon wieder anrief.

»Geht es Jade gut?«

»Hier geht es gerade nicht um Jade«, blaffte er. »*Allen* geht es gut – nur anscheinend dir nicht! Wir haben versucht, dich zu erreichen, aber dein Handy ist ständig ausgeschaltet.«

Ich hatte jetzt keine Zeit für James' Tiraden und Vorhaltungen, wie ich mich verhalten oder nicht verhalten sollte. Statt ihn aber wie sonst zu beschwichtigen, fragte ich nur: »Was willst du?«

»Kein Grund, so barsch zu sein. Wo sind deine Manieren geblieben?« Er schien zu erwarten, dass ich mich entschuldigte – vergebens. Er schnaubte. »Wir haben mehrere Angebote reinbekommen. Am Freitag geht es in die letzte Runde, und dann wird verkauft. Drei Monate, mehr kriegst du nicht. Du verzögerst es nicht, hörst du?«

Zu meiner Überraschung wurde ich nicht sofort panisch. »Dann freue ich mich, von dem Makler zu hören. Und jetzt hab ich anderes zu tun.«

»Was stimmt nicht mit dir? Sei nicht so verbohrt! Du hast *überhaupt nichts …*«

Ich legte auf. Das Telefon vibrierte erneut, und ich schickte den Anruf auf die Mailbox.

Das Haus zu verkaufen und weiterzuziehen, war mit einem Mal nicht annähernd mehr das Schlimmste, was ich mir vorstellen konnte. In den vergangenen vierundzwanzig Stunden hatte ich mich aus einem verschlossenen Kellerraum befreit, den Mord an Asim aufgeklärt, war auf Giles' Leiche gestoßen und hatte einen Mörder überlebt – zumindest fürs Erste. Im Moment hatte ich nun wirklich größere Sorgen als das Londoner Haus, und James hatte nicht mehr die Macht über mich, mir das Gefühl zu geben, klein und unbedeutend zu sein.

Ein Klopfen an der Tür riss mich aus meinen Gedanken. Ich ging zur Tür und sah durch den Glaseinsatz Clare davorstehen. Sie winkte ungeduldig und sah sich um, als fürchtete sie, beobachtet zu werden. Ich machte auf, und sie schlüpfte herein und schob die Tür hinter sich zu.

»Was ist denn los?«, fragte ich. Sie sah blass aus. War wirklich sie es gewesen, die unser Cottage durchsucht hatte?

»Das hier müssen Sie sich ansehen.« Sie klang hektisch, und in ihrer Hand lag Amys Handy. »Phil befürchtet, dass Sie uns den Fall durchkreuzen könnten, deshalb wollte er nicht, dass Sie das sehen. Aber vielleicht können Sie uns ja helfen … und im Übrigen glaube ich wirklich nicht, dass Sie hier noch sicher sind.«

Bellas Nachricht – »REISEN SIE SOFORT AB!« – fiel mir wieder ein.

»Was ist denn passiert?«

»Ich habe das Handy entsperrt. Sind Sie sich *ganz sicher*, dass es Amy gehört?«

»Wie bitte?« Ich hatte nie auch nur darüber nachgedacht, dass es jemand anderem gehören könnte. »Außer Amy war aber doch niemand in der Küche. Obwohl während des Unwetters ein Auto vorfuhr … Carole und ich haben es wegfahren sehen – oder vielmehr haben wir gesehen, wie es losfuhr und dann am Tor wieder hielt …«

»Ja, den Wagen habe ich ebenfalls gehört. Ich bin nach draußen gerannt und habe Amy und eine zweite Person gesehen, die vier große Gemälde in einen Volvo verladen hat.« Clare hielt das Handy in die Höhe. »Erkennen Sie eine dieser Nummern wieder?«

Ich scrollte durch die Anrufliste. Keine der Nummern war einem Namen zugeordnet. Ich rief die jüngste Nachricht auf. »Die Person, der dieses Telefon gehört, hat während des Stromausfalls letzte Nacht folgende Nachricht erhalten: *Uns läuft die Zeit davon. MACH ES JETZT! Durchsuch endlich die Cottages nach den Dossiers!*«

Wenn das Handy nicht Amy gehörte, dann hatte sie diese Nachricht geschrieben und mit dem Besitzer des Handys zusammengearbeitet. Und dieser war am Vorabend hier gewesen.

Ich überflog weitere Nachrichten.

Am Dienstag, den 14. Mai, hatte jemand geschrieben: *Arthur weiß über die Depots und den Inhalt Bescheid.*

Ich rief den Kalender auf meinem eigenen Handy auf. Am 14. Mai war Mark Metcalf seit drei Tagen tot gewesen.

»Diese Nachricht bestätigt, was Carole und ich uns gedacht haben: dass Arthur über die Depots informiert wurde und darüber, was dort lagerte.«

Ich scrollte weiter. Es gab mehrere Nachrichten mit Terminen zu Treffen.

Dann entdeckte ich das Folgende: *Arthur hat die Klausur organisiert. Um zehn Uhr werden die Depots geöffnet. Bring den Rest vorher weg! Ich glaube, es gibt die Dossiers nur in einfacher Ausführung, kann es aber nicht sicher sagen.*

Die nächste Nachricht, an der mein Blick hängen blieb, jagte mir einen Schauder über den Rücken. Sie stammte vom Sonntag, den 19. Mai, 21.42 Uhr: *Wenn er die Dossiers nicht rausrückt, kümmere ich mich darum.*

»Diese Nachricht wurde am Abend vor Arthurs Tod verschickt.«

»Vor allem das hier wollte ich Ihnen zeigen.« Clare nahm mir das Handy aus der Hand und scrollte noch ein Stück weiter. »Diese Nachricht hier wurde um 1.12 Uhr in der Nacht von Sonntag auf Montag verschickt – in derselben

Nacht, in der Arthur starb, allerdings verstehe ich nicht, was das bedeuten soll.« Da stand nur: *120908*.

Ich nahm ihr das Handy ab. Bei der Ziffernfolge drehte sich mir der Magen um. Es war die kürzeste Nachricht, aber mit einem Mal hatte ich eine recht genaue Vorstellung davon, wie alles zusammenhing. Ich schaltete das Handy ab und gab es Clare zurück.

»Ich halte den Vortrag.«

Dann schickte ich Phil eine Nachricht.

Im selben Moment fing das besitzerlose Telefon an zu klingeln. Wieder eine unterdrückte Nummer.

»Gehen wir da ran?«, fragte ich.

Clare nickte und nahm den Anruf entgegen, sagte aber nichts. Ich beugte mich näher an das Gerät heran.

Niemand sprach.

Es tat nichts zur Sache. Ich hatte mittlerweile eine recht genaue Vermutung, wem das Telefon gehörte.

*

Sobald Clare weg war, weckte ich Carole und brachte sie auf den neuesten Stand.

»Wir dachten die ganze Zeit, das Handy hätte Amy gehört, und Amy hat auch tatsächlich danach gesucht – aber es gehört in Wahrheit jemand anderem. Als die beiden feststellten, dass es weg war, ist sie losgegangen, um es zu suchen. Deshalb hat das Auto gestern Nacht auch so lange am Tor gestanden und gewartet. Clare hat erzählt, dass sie Amy und eine zweite Person gesehen hat, die Gemälde in den Wagen verladen haben – wahrscheinlich weil Amy nicht wollte, dass Bilder im Nachlass verzeichnet würden, die sie dann versteuern müsste.«

Ich streckte die Hand aus, um Carole auf die Füße zu helfen.

»Ich habe Phil geschrieben, er soll uns im Herrenhaus treffen. Wir könnten seine Hilfe gebrauchen.«

Carole machte große Augen. »Habt ihr etwa Nummern getauscht? Ich kann es nicht erwarten, Jade zu erzählen, dass ich ihrer Mutter während einer Mordermittlung den attraktivsten Mann gesichert habe! Manchmal stelle ich mich bei allem Multitasking wirklich selbst in den Schatten.«

»So ist es ganz und gar nicht.«

»Na ja, vielleicht noch nicht im Augenblick, aber ich bin mir sehr sicher, dass du die Finger nicht mehr lange von diesem trainierten Körper lassen kannst.« Sie klatschte vergnügt in die Hände.

»Hör schon auf! Ich bin über vierzig und keine achtzehn mehr.« Ich trat hinaus auf den Flur.

»Man ist nie zu alt, um eine gute Zeit zu haben«, rief Carole mir hinterher.

Ich hob ergeben die Hände – dieses Scharmützel würde ich nicht für mich entscheiden können.

»Nimm deinen Mantel«, sagte ich nur. »Wir müssen ins Herrenhaus und den Showdown vorbereiten.« Ich hielt auf die Cottage-Tür zu.

»Ein Showdown! Genau das Richtige für mich! Aber erst erzählst du mir doch, was in der Nacht, in der Arthur ums Leben kam, passiert ist?«

»Ich mache etwas noch viel Besseres. Ich kann sogar beweisen, wer Arthurs Mörder ist.«

47

*»Einem alten Hund kann man immer noch jede
Menge Tricks beibringen.«*

ARTHUR CROCKLEFORD

Carole

Carole schlenderte über die Zufahrt zum Herrenhaus. Sie
wünschte sich, Arthur hätte hier sein können, um zu sehen,
was sie erreicht hatten … Aber heute war nicht der richtige Tag, um melancholisch zu werden. Heute würde sie tun,
worum er sie gebeten hatte.

Ich ziehe meine Tanzschuhe wieder an, Arthur.

Freya eilte vor ihr her. Normalerweise wäre Carole nicht
so langsam gewesen, doch als sie Phil vor dem Herrenhaus
entdeckt hatte, hatte Carole vorgegeben, erst noch ihren
Lippenstift holen zu müssen. Sie wollte, dass die beiden
Zeit miteinander verbrachten. Als sie zu ihnen aufgeschlossen hatte, wirkten die beiden verlegen, und Carole war sich
ganz sicher, dass alles glattlief.

»Clare hat mir erzählt, Sie beide seien sich einig, dass das
Handy nicht Amy gehören kann«, sagte er.

»Arthur hat im Programm für die Mittagszeit einen Vortrag aufgeführt«, erwiderte Freya. »Nur hätte das gar nicht

hinhauen können – weil Amy das Haus bis dahin verrammeln wollte. Als Clare mir das Handy gezeigt hat, hatte ich plötzlich so eine Ahnung, wer Arthur und Giles ermordet haben könnte – und jetzt brauche ich Ihre Hilfe, um zu beweisen, dass ich richtigliege.«

»Clare hätte Ihnen das Handy nicht zeigen dürfen.« Mit erhobener Hand gebot er Freyas und Caroles Protesten Einhalt. »Auch wenn Sie es gefunden haben.«

»Das stimmt. Trotzdem müssten Sie bitte etwas für mich tun, und dann erzähle ich Ihnen beiden alles, was ich weiß.« Freya lächelte Phil an. »Ich sorge für den Beweis, den wir brauchen, und ohne Sie kriege ich das nicht hin.«

Carole wusste genau, dass das gelogen war – Freya wäre mehr als gut imstande, Arthurs Mörder allein zu Fall zu bringen.

Phil schüttelte den Kopf, seufzte und sah Freya mit merkwürdigem Blick an. Mit Bewunderung? Sie errötete. »Was muss ich tun?«, fragte er.

Inzwischen war Carole sich sicher, dass es zwischen den beiden gefunkt hatte, und sie war fest entschlossen, den Funken anzuheizen. Freya brauchte endlich wieder ein bisschen Spaß – nicht einen Partner oder so, den brauchte niemand, der bremste einen nur aus. Einen … Wie hieß das heutzutage wieder? Ja, richtig. *Friend with benefits.* Carole hatte Phil mit nacktem Oberkörper gesehen und wusste, dass es sich lohnen würde.

Freya hingegen tat weiterhin geschäftsmäßig. »Ich nehme an, Sie haben die Telefonnummern sämtlicher Gäste des Herrenhauses? Könnten Sie eine Rundnachricht schicken und alle informieren, dass der Vortrag um zwölf wirklich stattfindet und dass Sie ein Handy gefunden hätten? Sagen Sie ihnen, dass Sie es mitbringen.« Freya sah auf die Uhr und wandte sich an Carole: »Damit hätten wir eine Stunde Zeit, um unsere Sachen zu packen.«

»Glaubst du wirklich, der Besitzer des Handys wird sich zu erkennen geben und es wiederhaben wollen?«, wandte Carole ein. »Und wie sollte diese Person Phils Nachricht kriegen, wenn doch wir das Handy haben?«

»Ich bin mir sicher, jemand richtet es aus.«

»Ich verschicke die Nachricht, sobald ich nachgesehen habe, dass der Salon immer noch abgeschlossen ist«, sagte Phil und wandte sich ab.

»Eins noch!« Freya streckte sich nach ihm aus und berührte ihn am Arm. Er wirbelte herum, sodass sie einander von Angesicht zu Angesicht gegenüberstanden. Eine elektrisch aufgeladene Sekunde lang hoffte Carole aufs Äußerste, doch dann zog Freya die Hand zurück und machte einen Schritt nach hinten. »Oh … Sorry, ich … Sie müssten außerdem noch den Umzugswagen aufhalten, der heute früh hier war.«

Phil schüttelte den Kopf. »Den wollen wir nachverfolgen, um das große Ganze zu verstehen.«

»Die Antiquitäten sind mir egal. Ich will wissen, wer fährt.«

»Wie die Umzugsleute heißen?« Phil sah sie verdattert an. »Das sind doch bloß angeheuerte Helfer.«

»Ich gehe davon aus, dass die beiden nicht mehr im Transporter sitzen – nicht, wenn Bella irgendetwas damit zu tun hat«, erklärte Freya.

Carole war sich fast sicher, dass Freya sich so an Bella rächen wollte, weil die sie in den Keller gesperrt hatte.

»Ich lasse überprüfen, wer den Transporter inzwischen fährt. Aber wenn Sie mich jetzt bitte entschuldigen würden, ich muss sicherstellen, dass der Salon verschlossen ist.« Und damit eilte Phil ins Herrenhaus.

»Wo willst du deinen Vortrag denn halten?«, fragte Carole.

»In der Eingangshalle? Komm, bereiten wir dort alles vor.«

Das Erste, was Carole in der Eingangshalle bemerkte, war Phil in der Tür zum Salon. Die Tür stand sperrangelweit offen.

»Was macht er denn?«, fragte Carole Freya. »Ich dachte, da sollte niemand rein?«

»Warum ist eigentlich die Polizei noch nicht da?«, flüsterte Freya zurück, doch Phil hatte sie gehört.

»Ich hatte den Auftrag, die Information so lange zurückzuhalten, bis der Transporter das Land verlassen hätte. Clare sollte es melden, sobald wir so weit wären, und bis dahin sollte dieser Raum nicht mehr betreten werden.« Er war blass geworden. »Allerdings ...«

»Was ist passiert?« Freya eilte auf die offene Tür zu. »Ich will es sehen!«

Sie schob Phil beiseite.

Carole folgte ihr auf dem Fuß. »Da ist doch gar nichts ...«

»Ganz genau.« Phil zog beunruhigt die Stirn kraus, holte sein Handy heraus und schrieb eine Nachricht.

»Das ist wirklich das Merkwürdigste, was ich je gehört habe«, sagte Carole. »Heißt das etwa, dass Giles gar nicht tot ist – dass er einfach aufgestanden und davongeschlendert ist?«

»Er *ist* tot.« Phil runzelte noch immer die Stirn. »Irgendwer muss die Leiche weggeschafft haben, während wir auf dem Antikmarkt waren.«

Freya eilte auf die Stelle zu, an der Giles gelegen hatte. »Hier hat jemand ordentlich sauber gemacht. Giles war ein großer Mann – da dürften zwei Leute vonnöten gewesen sein, um ihn von hier wegzubringen.«

Mit hochgezogenen Augenbrauen sah Carole zu Phil. Sie hatte geglaubt, sie könnte ihm vertrauen … Andererseits war sie immer schon auf ein hübsches Gesicht und einen trainierten Körper hereingefallen.

»Das ist doch wirklich …« Freyas Stimme kam wie aus weiter Ferne. Sie war tief in Gedanken versunken.

»Giles' Mörder muss immer noch hier sein und hat die Leiche entsorgt, um seine Spuren zu verwischen.«

Freya schüttelte den Kopf. Auch sie sah inzwischen blass aus. »Sie müssen zu zweit gewesen sein, wenn sie einen so großen Mann wegtragen konnten … Vielleicht ist es doch zu riskant, alle zu dem Vortrag zusammenzurufen.«

Doch Carole würde nicht zulassen, dass sie jetzt einen Rückzieher machten. Wenn Freya alle zurück ins Herrenhaus zitieren wollte, damit sie den Mörder enttarnte, dann würden sie die Sache auch durchziehen.

»Alles, was wir bislang getan haben, zielte darauf ab, dass wir Arthurs Mörder finden«, sagte sie nachdrücklich. »Egal was passiert: Wir folgen Arthurs Plan. Er hat so lange daran gearbeitet, und jetzt bringen wir zu Ende, worum er uns gebeten hat – und damit hat diese Diskussion ein Ende.« Sie stemmte die Hände in die Hüften.

Freya nickte bedächtig, als wüsste sie etwas, was Carole noch nicht bekannt war. »Ich muss noch etwas aus dem Speisesaal holen. Könntet ihr für den Vortrag vielleicht Stühle organisieren?«

Carole hatte es in den Knochen: Freya war kurz davor, gleich ein, zwei Mörder zur Strecke zu bringen.

48

»Manchmal sind es die kleinsten Details, die eine Fälschung als solche erkennbar machen.«

ARTHUR CROCKLEFORD

Freya

Ich betrat die Eingangshalle von Copthorn Manor, jenem Herrenhaus, das ich erst am Vortag nur zögerlich betreten hatte. Allerdings hatte ich da so gut wie nichts durchschaut; inzwischen jedoch war mir klar, worauf Arthur mich hatte aufmerksam machen wollen. Endlich wusste ich, was vor all diesen Jahren vorgefallen war, und hatte Hoffnung für die Zukunft.

Kurz hatte ich einen Kloß im Hals, und ich sah flüchtig durchs Fenster zum Weiher. Der Wind hatte das Schilf am Ufer umgeknickt, und eine einsame Ente dümpelte auf dem trüben Wasser. Die Sonne hatte ihre volle Kraft noch nicht entfaltet, und es ging eine leichte Brise. Das Unwetter, das in der vergangenen Nacht über Copthorn Manor und die Cottages hereingebrochen war, war weitergezogen, und es würde ein klarer Frühsommertag werden.

Wir hatten die Vordertür aufgemacht und die Eingangshalle, so gut es ging, in einen Hörsaal verwandelt, indem wir Stühle aus dem Speisesaal hergebracht und sie in einem Halbkreis mit Blick auf den Kamin aufgestellt hatten. Für den Fall, dass ich ihn brauchen würde, hatte ich so einen Schürhaken zur Hand, trotzdem hoffte ich, dass ich Arthurs Mörder auf andere Weise überrumpeln würde. Ich hatte ein Flipchart aufgestellt, das ich in der Küchenkammer gefunden hatte; so würden mir die Gäste hoffentlich glauben, dass ich wirklich einen Vortrag halten wollte. Ich konnte nicht zulassen, dass sie abreisten, bevor wir die Gelegenheit gehabt hätten, gewisse Dinge zur Sprache zu bringen.

»Alles bereit?«, fragte Carole und brachte ein Tablett mit Teetassen und Untertellern. »Du hast dir eins von diesen alten Steindingern für deinen Vortrag geholt?« Sie nickte auf die Keilschrifttafel auf dem Tischchen neben dem Kamin hinab.

»Ja. Mir ist wieder eingefallen, dass ich eins davon zu meinem alten Schal in den Zugbeutel gelegt hatte. Mehr kann ich gerade nicht tun – das hier ist die echte Tafel, die ich Bella nicht ausgehändigt habe. Die Fälschungen liegen in Franklins Transporter – den Bella früher oder später kapern wird, wenn ich richtigliege. Es würde zu ihr passen, wenn sie sich sowohl die Originale *als auch* die Fälschungen unter den Nagel reißen würde.«

»Was für eine Frau. Schätzchen, das hier läuft einfach wie geschmiert.« Carole setzte das Tablett auf einem weiteren Beistelltisch ab, dann ging sie um den halben Stuhlkreis herum. »Wo soll ich eigentlich sitzen? Ich nehme an, neben der Eingangstür, um jeden aufzuhalten, der abhauen will?«

»Das sollten wir besser Phil überlassen.«

»Das finde ich auch«, pflichtete er mir bei und stellte einen Stuhl neben die Tür. »Clare bezieht draußen Posten, genau wie Sie vorgeschlagen haben. Erzählen Sie mir jetzt, was Sie vorhaben?«

»Solange sie sich gut versteckt … Wenn die anderen sie draußen entdecken, könnte das für Unruhe sorgen. Ich hoffe, dass alle den Köder geschluckt haben.«

Sowohl Phil als auch Carole sahen mich überrascht an.

»Ich finde, du solltest endlich erzählen, was hier los ist. Ich kann es kaum erwarten.« Sie ließ sich auf dem Stuhl am Fenster nieder und sah mich mit großen Augen an.

»Alle erfahren es gleichzeitig, so hat Arthur es vorgesehen. Das hier«, ich machte eine weit ausholende Geste, »hat er schließlich so eingefädelt.«

Sie seufzte und sah auf die Uhr. »Man sollte meinen, die Leute wären pünktlicher …«

Franklin kam als Erster und setzte sich neben Carole.

Einen Augenblick später hielt draußen ein Auto, und die Fahrertür wurde zugeschlagen. In einer teuer aussehenden Jacke und mit Sonnenbrille auf der Nase trat Amy ein und stürmte direkt auf mich zu.

»Was soll das hier werden?«, fauchte sie mit geröteten Wangen. »Dies hier ist *mein* Haus, aber Sie stehen da und tun so, als wären Sie die Lady von Copthorn Manor.«

Ich lächelte sie süßlich an. »Ich folge lediglich dem Programm, das mir mit der Einladung zugestellt wurde.«

Sie schnaubte und drehte sich zu Phil um. »Ich habe Ihre Nachricht erhalten. Wo ist mein Handy?« Doch ehe er auch nur antworten konnte, blieb ihr Blick an der Keilschrifttafel auf dem Beistelltisch hängen.

Ich nahm sie sicherheitshalber an mich.

Amy bedachte mich mit einem finsteren Blick. »Wenn Sie das da haben, dann … Moment. Wo steckt eigentlich Bella?«, wollte sie wissen. »Ist sie noch hier?«

Ich antwortete nicht.

Amy ballte die Fäuste. »Bella spielt ein doppeltes Spiel.« Dann hielt die inne und riss sich sichtlich zusammen. »Ich spüre sie auf, sobald ich hier fertig bin und das Haus verriegelt ist.«

»Was hält Sie noch auf – wo sie Ihnen doch derart schaden will?«, fragte ich, auch weil ich wusste, dass Amy keine Chance hätte, Bella noch einzuholen. Nicht die neue Bella, die ich im Depot kennengelernt hatte.

»Das geht Sie nichts an«, brummte sie.

»Wenn Sie sich bitte setzen würden, Amy?« Ich zeigte auf den nächstbesten Stuhl. »Das hätte Arthur sich so gewünscht.«

Bei Arthurs Erwähnung schnaubte Amy erneut, tat aber wie geheißen.

»Dauert es lange? Ich hab einiges zu tun.« Franklin trommelte mit den Fingern auf seinen Oberschenkel.

Ich bezog vor dem Kamin Position und sah von Phil zu Carole, von Franklin zu Amy. »Danke, dass Sie gekommen sind. Normalerweise gibt es bei Ihren … Treffen … keine Vorträge, wie ich weiß. Aber ich habe gehört, dass zu derlei Ereignissen normalerweise auch ein paar mehr *Interessenten* anwesend sind.«

Franklin rutschte bei diesem Wort nervös auf seinem Stuhl herum.

»Dieses Wochenende hingegen ist anders verlaufen als sonst, nicht wahr? Wenn man bedenkt, dass der Besitzer des Anwesens, Lord Metcalf, seit gut zwei Wochen tot und niemand hierhergekommen ist, um zu *handeln*. Nein«, fuhr ich fort, »diesmal sind alle nur deshalb gekommen, um sich etwas zu *holen* – was Arthur auch von Anfang an so geplant hatte. Für mich hatte Arthur beispielsweise vorgesehen, dass ich kommen sollte, um mir Gewissheit über einen Mörder zu verschaffen. So hat er es mir geschrieben – in einem Brief, den er mir hätte schicken können, den er Carole oder seinem Anwalt hätte übergeben können. Stattdessen hat er ihn für mich im Teehaus unseres Dorfes deponiert, weil er sich sicher war, dass Carole und ich dort hingehen, noch bevor wir Franklins Kanzlei aufsuchen würden. Arthur hat all das so eingefädelt, weil er wusste, dass er observiert wurde. Er wusste, dass es jemand auf ihn abgesehen hatte.«

Franklin sah besorgt aus und versuchte, Amys Blick aufzufangen. Phil beobachtete die beiden aufmerksam. Carole indes lächelte hochzufrieden in sich hinein, während vor ihren Augen alles seinen Lauf nahm.

»Arthur hat Sie alle hierhergelockt«, fuhr ich fort. »Er hat Giles in Aussicht gestellt, sich hier einen gewissen Martin-Brothers-Vogel zurückzuholen. Er hat Franklin die Gelegenheit eröffnet, in einer Nacht-und-Nebel-Aktion den Nachlass abzuwickeln ... auch wenn er möglicherweise nicht wusste, wie sehr Sie es schätzen, gleich auch ein paar Dinge nebenbei abzuwickeln, Franklin.« Ich nickte in Richtung seiner Uhr.

Er sah mich alarmiert an.

Carole rutschte auf ihrem Stuhl nach vorn.

»Bella hat er die Original-Keilschrifttafeln in Aussicht gestellt.« Ich sah, wie Amy sich bei Bellas Erwähnung verspannte. »Ja, Sie wussten nicht, wer Bella in Wahrheit war, oder, Amy? Sie hat die Beziehung mit Ihrem Bruder nur vorgetäuscht und unterdessen für Arthur Informationen gesammelt.«

Amy krallte sich in die Armlehnen ihres Stuhls. »Das alles geht Sie doch gar nichts an!«

Doch ich hatte nicht vor, es dabei bewenden zu lassen. Ich war es leid, dass andere mir sagten, was ich zu tun und zu lassen hätte. Und Carole hatte recht gehabt: Dies hier machte tatsächlich Spaß.

»Bella war mit Ihrem Bruder zusammen, um alles über die Bank herauszufinden – wie sie in die Depots vordringen könnte und wie sie dort wieder hinauskäme. Sie hat Sie an der Nase herumgeführt.«

Amy bebte vor Zorn. »Mein Bruder war ein naiver Trottel!«

»*War* ist die Vergangenheitsform. Wissen Sie etwas, was wir anderen noch nicht wissen?«, hakte ich sofort nach.

Amy sah nicht im Geringsten reumütig aus. Doch ihr Blick huschte zum Weiher, und im selben Moment wusste ich, warum ich dort nie zuvor Enten gesehen hatte. Normalerweise schirmte das Schilf am Ufer sie ab.

»Es ist doch bemerkenswert ... Das Schilf am Weiher war heute Morgen noch nicht abgeknickt«, sagte ich. »Jetzt sieht es fast danach aus, als wäre dort etwas hindurchgeschleppt worden.«

Amy sprang auf die Füße. »Jetzt ist aber Schluss! Geben Sie mir das Handy zurück und verlassen Sie mein Haus! Sie sind hier nicht mehr willkommen.«

Ich drehte mich zu Franklin um. »Als Sie die Depots betreten haben, wussten Sie da schon, dass etwas faul war? Haben Sie sich den Inhalt der Kisten angesehen und festgestellt, dass sie nicht aussahen wie auf den Fotos? Haben Sie deshalb die Fotos von den Kisten abgerissen und in die Ecke geworfen?«

Franklin zog seinen Ärmel über die Rolex. »Ich wüsste nicht, was Sie das anginge. Sie hätten nicht herkommen sollen.«

»Amy hat Ihnen ein lukratives Nebengeschäft in Aussicht gestellt, stimmt's? Sie haben beide darauf gesetzt, dass niemand herausfinden würde, dass in den Kisten nur Fälschungen lagen.«

Franklin war inzwischen kreidebleich. »Damit habe ich nichts zu tun. Und ich habe auch niemanden umgebracht. Ich gehe jetzt, mein Auftrag hier ist erfüllt.«

»Geben Sie mir das Handy und verschwinden Sie!«, fauchte Amy mich an.

Carole und ich wechselten einen Blick. Endlich fügte sich alles zusammen. Ich zog das verlorene Handy aus meiner Tasche und streifte dabei mit den Fingern das Foto, das ich zuvor in der offenen Schublade im Speisesaal gefunden hatte; es war nicht dasselbe, das ich am Vorabend dort entdeckt hatte, aber für meine Zwecke genügte es.

Dann rief ich die letzte Nummer aus der Anrufliste auf.

Ein gedämpftes Klingeln ertönte.

49

»Manchmal hast du nur deinen Instinkt, Freya. Und auf seinen Instinkt zu hören, erfordert absolutes Selbstvertrauen.«

ARTHUR CROCKLEFORD

Jeder in der Eingangshalle sah sich um – nur eine Person nicht. Amy fing meinen Blick auf, der blanke Zorn stand ihr ins Gesicht geschrieben, und damit hatte ich die Gewissheit, dass ich richtiggelegen hatte.

»Wollen Sie gar nicht ans Telefon gehen?«, fragte ich.

»Ich habe zwei Telefone. Was ist schon dabei?« Sie griff in ihre Tasche und stellte ihr zweites Handy stumm, ließ sich auf ihrem Stuhl zurücksinken und versuchte, entspannt auszusehen.

Punkt eins wäre bewiesen. Weiter zu Punkt zwei.

»Das ist durchaus eine plausible Erklärung ... nur dass es schon merkwürdig wirkt, wenn man sich selbst Nachrichten schreibt, oder?« Ich sah auf die Keilschrifttafel in meiner Hand hinab und legte sie vorsichtig zurück auf den Tisch. Das einzige Geräusch war das Klacken der Tafel auf Mahagoniholz. Ich spürte die ratlosen Blicke der anderen.

Ich drehte mich zu meiner Tante um. »Vor rund einem Jahr, als sie erfuhr, dass es ihrem Vater zusehends schlecht ging und das Familienunternehmen in Schwierigkeiten steckte, kehrte Amy in ihr Elternhaus zurück. Sie mag die Copthorn-Manor-Möbelsammlung und das Familiensilber verscherbelt haben, aber die Fotos aus den Silberrahmen hat sie in einen der Bücherschränke im Speisesaal gelegt. Als sie vergangene Nacht mitbekam, wie ich eines davon betrachtete, wurde sie nervös. Zu dem Zeitpunkt habe ich mir das nicht erklären können, weil ich mir doch nur ein Foto ihres Vaters mit einem Martin-Brothers-Vogel angesehen habe. Aber vor einer halben Stunde habe ich mich noch mal im Speisesaal umgesehen – und hab nur noch verkohlte Reste im Kamin gefunden. Allerdings war in der Schublade ein allerletztes Bild ganz nach hinten gerutscht. Darauf ist zu sehen, was für eine erlesene Sammlung in diesem alten Haus einst gestanden hat – und zudem einige Leute, die hier mal gewohnt haben.« Ich sah zu Amy. »Arthur hat mitbekommen, was hier vor sich ging, oder?«

»Es reicht!«, fauchte Amy und hielt auf die Tür zu.

Phil versperrte ihr den Weg. »Meine Freundin hier ist noch nicht fertig. Setzen Sie sich bitte wieder hin.« Etwas an seiner Haltung – wie er breitbeinig dastand, die gestrafften Schultern – sorgte dafür, dass Amy zumindest stehen blieb.

»Es gab hier ein paar wunderschöne Exemplare von Gillows- und Chippendale-Möbeln neben diversen britischen und kontinentaleuropäischen alten Meistern ...«

»Es war kein Geld mehr da! Da musste ich doch etwas tun!«, kreischte Amy.

Franklin runzelte die Stirn, woraufhin ich ihn ansprach: »Aber das stimmt nicht, oder, Franklin? Als Arthur Lord Metcalf besuchen kam, sollte *er* zunächst Nachlassverwalter sein, nicht wahr?«

Franklin ließ den Kopf hängen.

»Mir kam es von Anfang an komisch vor, dass Arthur in Ihre Kanzlei gekommen sein, den Umzugswagen gebucht und allen erzählt haben soll, was an diesem Wochenende passieren würde – bis mir klar wurde, dass er den Auftrag dazu gehabt haben muss. Lord Metcalf war leidenschaftlicher Sammler, und er glaubte, die Sammlung wäre noch intakt. Ihm war es egal, dass das meiste davon vermutlich vom Schwarzmarkt stammte oder illegal von Giles erworben worden war. Wahrscheinlich wollte er, dass seine Sammlung an andere Sammler verkauft würde, die sie genauso schätzen würden – doch als Arthur hier ankam, hat er den Ernst der Lage erkannt. Dann hat Lord Metcalf ihm einen Deal angeboten: Er sollte sicherstellen, dass die Reste der Sammlung und die übrigen Objekte aus den Depots in die richtigen Hände gelangten – und im Gegenzug würde er von seinen Diensten befreit. Lord Metcalf verriet ihm auch, wo die Gegenstände zu finden wären, mit denen er Arthur erpresst hatte. So hätte er die Möglichkeit, die Sachen an sich zu nehmen, sobald die Depots geöffnet würden. Vielleicht hat Arthur aber auch angenommen, diese Sachen könnten ebenfalls ausgetauscht worden sein, und er glaubte, indem er Franklin alles verschicken ließe, ohne dass Amy davon Wind bekäme, würden auch jene *Interessenten* die Wahrheit erkennen und die Metcalfs zur Rechenschaft ziehen.«

Welche Rolle die Dossiers gespielt hatten, würde ich fürs Erste nicht erwähnen.

Draußen knirschten Reifen über die Auffahrt, und eine Wagentür schlug zu.

Jetzt ist es so weit.

Phil machte ein paar Schritte auf die Tür zu.

Ich hob die Hand. »Wenn Sie bitte noch kurz warten könnten?«

Er nickte, blieb aber an der Tür stehen.

»Das ist hoffentlich Bella, die Sie zurückgepfiffen haben! Ich hab noch ein Hühnchen mit ihr zu rupfen«, sagte Amy und setzte sich wieder.

»Ein paar Nachrichten auf Amys Handy haben mir schließlich die Augen geöffnet.« Ich sah zur Tür und rief: »Komm rein!«

Es waren Schritte zu hören, das Tapsen von Pfoten, und dann trat Harry mit dem angeleinten Harley durch die Tür.

»Was soll das Theater? Wo ist das Handy?«

Vom schüchternen, blassen Harry von Arthurs Beerdigung war nichts mehr zu sehen.

Harley begann sofort zu kläffen, als er Carole entdeckte. »Harley! Oh, mein lieber Junge!«

Harry ließ die Leine los, und Carole lief ihrem Hund entgegen, der sie mit begeistertem Schwanzwedeln begrüßte.

Amy sah Harry erbost an. »Ich hab doch gesagt, *ich* kläre das. Verschwinde!«

»Halt den Mund«, blaffte Harry. »Ich brauche mein Handy. Du hast gesagt, der Gärtner hätte es gefunden.«

Ich drehte mich zu Carole um, um es ihr zu erklären. »Bei einer Nachricht hat plötzlich alles Sinn ergeben. Im Nachrichtentext standen bloß sechs Ziffern: *120908*.«

Carole keuchte auf.

Phil schüttelte den Kopf. »Ich komme nicht mehr mit. Was hat das zu bedeuten?«

»Das ist der Alarmcode aus Arthurs Antikladen. Ich nehme an, Harry hatte den Code irgendwann von Arthur bekommen und ihn seiner Mutter geschickt, vielleicht für den Fall, dass etwas schiefging.«

»Was?«, schrie Franklin Harry an. »Sie haben mir geschworen, Sie wüssten ihn nicht! Aber ... Moment ... Die beiden sind miteinander verwandt?!«

Harry zuckte mit den Schultern. »Ach Gottchen, jetzt ist er aber erschrocken.«

»Er durfte niemanden wissen lassen, dass er den Code kannte, weil das bewiesen hätte, dass er den Laden jederzeit hätte betreten können.« Ich hielt das Handy hoch. »Diese Nachrichten hier stammen von Amy und Harry.« Ich fing Harrys Blick auf und sah dann auf das Foto in meiner anderen Hand hinab. »Und dies hier ist ein Familienfoto. Darauf ist ein kleiner Junge zu sehen, der auf Amys Schoß sitzt und kaum älter als zwei sein dürfte – aber die Augenpartie ist eindeutig die von Harry.« Ich drehte das Foto um, sodass jeder es sehen konnte. »Ich nehme an, du hast den Laden durchsucht, und als du die Dossiers nicht finden konntest, hast du Carole angeboten, Harley zu sitten, weil du gehofft hast, sie im Haus meiner Tante zu finden.«

Harry antwortete nicht. Stattdessen wandte er sich wieder zur Tür um. »Ich gehe jetzt. Ich kann mit meiner Zeit Besseres anfangen.«

Doch ich würde nicht aufhören, ehe ich alles erzählt hätte. So hatte Arthur es gewollt. »Sobald ich begriffen hatte, wer diese Nachrichten geschrieben haben musste, stand mir alles klar vor Augen. Dass ihr Vater Arthur vertraute, war ein Problem für Amy – besonders nachdem sie beschlossen hatte, dessen Sammlung bei ihrer Rückkehr zu verkaufen. Und da ergibt es wohl Sinn, dass sie jemanden in Arthurs Nähe postiert hat, um ihn im Blick zu behalten.« Ich starrte Harry an. »Allerdings hast du einen anderen Namen benutzt – den deines Vaters? –, sodass Arthur nicht ahnen konnte, wer du wirklich bist. Hast du Arthur gesehen, wie er die Listen geschrieben hat? Oder hat Amy das herausgefunden? Vielleicht indem sie an jenem Tag Arthur und ihren Vater belauscht hat?«

Niemand sagte etwas.

»Wie auch immer – Harry war imstande, nach den Büchern zu suchen. Aber es war dein eigener Hinweis – dass du einen Martin-Brothers-Vogel gesehen hättest –, mit dem du dich letztlich verraten hast.« Ich neigte den Kopf leicht zur Seite. »Hast du vielleicht mitbekommen, dass deine Mutter einen wertvollen Martin-Brothers-Vogel in Depot vier erwähnt hat, und hast geglaubt, den könntest du Arthur andichten, um uns einzureden, dass sein Tod ein Einbruchdiebstahl gewesen sein müsste? Du konntest ja nicht ahnen, was mir dieser Vogel bedeutet hat, und wusstest nicht, dass der Vogel in Depot vier kaputt war.«

»Halt den Mund!« Harry machte einen Schritt auf mich zu. »Oder ich stopf ihn dir!«

Anscheinend hatte ich ihn an einem wunden Punkt erwischt. »Anfangs dachte ich wirklich, es gäbe zwei Vögel – aber es hat immer nur einen gegeben. Den kaputten, mit dem Giles Asim umgebracht hat – und die Scherben haben anschließend Lord Metcalf dazu gedient, seinen eigenen Sohn unter Druck zu setzen und wieder auf Spur zu bringen. Ich nehme an, es war Amy, die uns nach Kairo gefolgt war?« Ich drehte mich zu ihr um.

»Giles war ein Muttersöhnchen, der nach ihrem Tod nichts mehr auf die Reihe gekriegt hat«, grollte Amy nur.

»Er war eine Last«, fügte Harry hinzu.

»Und deshalb haben Sie beide ihn umgebracht und seine Leiche im Teich entsorgt?«, hakte ich nach. »Und du hast den Laden so arrangiert, dass es aussah, als wäre Arthur versehentlich die Treppe hinuntergestürzt.«

Blitzschnell zog Harry eine Waffe – mit aufgeschraubtem Schalldämpfer. Ein vages Lächeln umspielte seine Mundwinkel.

»Arthur hätte nur sagen müssen, wo er die Dossiers aufbewahrt hat, aber dann fängt er doch tatsächlich an, Sachen zu zerschlagen ...« Er wich ein paar Schritte zurück in Richtung Tür.

Im selben Moment tauchte Clare hinter ihm auf – und erstarrte, als sie die Waffe sah. Dann zog Phil ebenfalls eine.

»FBI! Waffe weg!«

»Ich habe Sie gewarnt«, murmelte Amy, die nun ihrerseits eine Pistole zog und auf mich richtete. »Sie können nichts von alledem beweisen.« Sie stellte sich breitbeinig hin und nahm die Waffe in beide Hände. Allem Anschein nach war dies nicht das erste Mal, dass sie so etwas machte.

Ohne nachzudenken, stürzte ich auf Carole zu und zerrte sie hinter ihren Stuhl.

»Wir verschwinden«, sagte Amy zu Harry. »Irgendwer hier, der uns aufhalten will?«

»O ja«, antwortete Phil, worauf Harry seine Waffe herumriss.

Mit einem *Plopp* des Schalldämpfers ging Phil zu Boden.

Clare rannte sofort auf ihn zu, und mich packte das blanke Entsetzen.

Ist er tot?

In den folgenden Sekunden herrschte nur mehr panisches Chaos; einige rannten zur Tür, andere – nein: Carole und ich – zu Clare, um zu sehen, wie wir Phil helfen konnten.

Flüchtig warf ich einen Blick über die Schulter. Doch Amy und Harry waren weg.

Stille.

Lebt er noch?

Phil hustete, und alle atmeten erleichtert auf. »Schusssichere Weste«, murmelte er. »Tut trotzdem höllisch weh.« Er ließ den Kopf wieder schwer auf den Boden sinken.

Einen Augenblick später war das Quietschen von Reifen bis in die Eingangshalle zu hören.

»Das sind Amy und Harry!«, rief Carole.

»Rufen Sie die Polizei«, stieß Phil hervor und versuchte aufzustehen.

»Dann war Harry gestern Nacht hier?«, wollte Carole wissen.

»Ich nehme es an.« Ich half Phil auf den nächstbesten Stuhl. »Nachdem ich das Foto gefunden hatte, fiel mir auch wieder ein, dass gestern Nacht, als ich nach Amy gesucht habe, irgendwo in der Nähe ein Hund gebellt hat.«

Harley hatte wahrscheinlich in Harrys Auto gesessen, aber in Caroles Beisein wollte ich lieber nicht erwähnen, dass Harley in dieser stürmischen Nacht von einem Mörder durch ganz Suffolk kutschiert worden war.

»Unter Garantie kam Harry durch die Hintertür, um nach seiner Mutter zu suchen, hat sie erschreckt, und deshalb haben wir sie schreien hören. In der Dunkelheit hat er sein Handy verloren. Ich könnte mir vorstellen, dass Amy die Gemälde – von denen Clare mitbekam, wie sie verladen wurden – in der Nähe der Küche aufbewahrt hat, und das ist auch der Grund, warum sie an dem Abend derart nervös war: Sie hat sich keine Sekunde lang hingesetzt, um zu essen, ist Clare nachgeschlichen, um sicherzustellen, dass sie nichts mitbekam – und indem Amy die kaputte Hintertür offen stehen ließ, konnte sie später in Windeseile den Wagen mit den Bildern beladen und beschloss dann, unser Cottage nach den Dossiers zu durchsuchen, während wir anderen abgelenkt waren. Nachdem Harry wieder abgefahren war, stellte er fest, dass sein Handy verschwunden war – doch zu diesem Zeitpunkt hatte ich es schon an mich genommen.«

Carole stand auf und nahm mich ohne ein weiteres Wort in die Arme. »Ich wusste, du würdest all dem auf den Grund gehen. Danke, mein Engel, danke! Aber jetzt müssen wir nach Hause fahren. *Herr im Himmel!* Harley war in der Gewalt von Arthurs Mörder! Um das zu verarbeiten, wird einiges an Therapie nötig sein.«

Wir drehten uns beide nach Harley um, der verzückt zu seinem Frauchen hochsah und mit dem Schwanz auf den Teppich klopfte.

50

»Sei immer offen für das nächste Abenteuer.«

ARTHUR CROCKLEFORD

Carole

Carole drückte Freya einen dampfenden Becher Tee in die Hand und setzte sich neben sie auf den Regiestuhl. Der Mai war einer ihrer Lieblingsmonate – und Freya eindeutig ihr Lieblingsmensch. Sie war unendlich froh, dass ihre Nichte noch eine Zeit lang hier bei ihr bleiben würde.

Carole glaubte fest daran, dass man sich schmerzhaften Erlebnissen mit einem tiefen Atemzug und hocherhobenen Hauptes stellen musste. Aber genauso wichtig war es, inne-zuhalten und zu ruhen, wenn man traurig und am Ende war. Das bewies wahren Mut.

Arthur hatte ihr versprochen, alles geradezurücken. Er war als Schatten seiner selbst aus Kairo zurückgekommen. Es hatte Carole einige Mühen gekostet, ihm auch nur die grundlegenden Informationen zu entlocken – und ihr war immer klar gewesen, dass er ihr beileibe nicht alles erzählt hatte. Was er beispielsweise für sich behalten hatte, war, dass er mittels Freyas Schal erpresst worden war.

Freya war damals jung und impulsiv gewesen, und sie

380

aus allem herauszuhalten, war gewiss die richtige Entscheidung gewesen; Carole hatte allerdings nie begriffen, wie viel Einfluss James auf ihre Nichte gehabt hatte, bis Freya auch schon verheiratet und schwanger war.

Es gab Phasen im Leben – und damals hatte Freya so eine eingeläutet –, mit denen man sich im Nachhinein einfach versöhnen sollte.

Und Carole liebte ihre Großnichte Jade. Sie war eine Wucht – aber inzwischen nun mal erwachsen, und jetzt war es an Freya, wieder neu aufzublühen.

»Was für ein Wochenende!«, seufzte Carole auf.

»Verrätst du mir eigentlich, wie viel du von Anfang an über Copthorn Manor wusstest?« Freya knabberte an einem Schokokeks. »Wie viel hat Arthur dir erzählt?«

Die Nachmittagssonne wärmte Caroles Wangen. Sie schloss die Augen und hob ihr Kinn. Freya steckte voller Fragen – aber Carole hatte nicht vor, ihr alles zu erzählen. Wo wäre da der Spaß? Schließlich war klar, dass weitere Abenteuer folgen würden, und in ihrem Alter sollte sie jeden Moment genießen. Sie würde sich selbst für weitere Jagdausflüge unentbehrlich machen, noch ein paar Wochen entspannen und sich erholen – und dann womöglich eine Kreuzfahrt vorschlagen.

»Glaubst du, diese kriminellen *Interessenten*, deren Antiquitäten gegen Fälschungen ausgetauscht wurden, schnappen sich Amy und Harry?«, fragte Carole. »Ich hoffe es nämlich sehr.«

»Da bin ich mir sicher. Es ist nur eine Frage der Zeit. Phil hat erzählt, dass er weiter den Gärtner gespielt hat, als die Polizei auftauchte und den Weiher abgesucht hat. Sie haben Giles gefunden. Genau wie ich vermutet hatte, war es ein Gemeinschaftswerk, ihn in den Weiher zu schleifen.

Aber ob Amy oder Harry den Abzug betätigt hat, weiß ich immer noch nicht. Hoffen wir mal, dass die Rechtsmedizin das Ganze aufklären kann.«

Carole nickte. »Tja, damit wäre dieses Kapitel abgeschlossen. Komm, gehen wir nach den Hühnern sehen.« Sie streckte sich nach Freya aus und drückte deren Hand. »Wenn das Londoner Haus verkauft ist, kannst du so lange hierbleiben, wie du nur willst. Und dann gibt es ja auch immer noch den Laden, den Arthur uns vererbt hat.«

»Darüber habe ich nachgedacht ... Die Fläche ist riesig. Vielleicht könnten wir ja auch Bücher verkaufen? Und Kaffee anbieten?«

Carole schüttelte den Kopf. Über solche Dinge konnte sie noch nicht wieder nachdenken. Sie wechselte das Thema. »Dann hast du wieder von FBI-Phil gehört?«

»Nur hinsichtlich der Arbeit«, antwortete Freya.

Carole zwinkerte ihr zu. Sie glaubte keinen Moment lang, dass es wirklich nur um Arbeit gegangen war.

Wie um es zu beweisen, zückte Freya ihr Handy und zeigte Carole eine SMS von Phil: *Wenn Sie je zurück ins Business wollen, rufen Sie mich an.*

»Dieser Phil – der sah doch gut aus?« Carole hob eine Augenbraue an.

»Ich weiß genau, was du vorhast. Phil ist ein guter Kontakt, mehr nicht. Er hat mir eine Ansprechperson in der Abteilung für Kunst- und Antikenkriminalität bei Scotland Yard genannt – solche Dinge. Ich muss darüber erst nachdenken.« Freya holte tief Luft. Carole tat es ihr gleich und atmete den Duft der Apfelblüte ein.

Dann sah sie Freya hinterher, die aufstand und durch den Garten in Richtung der sanften Hügel und der grasenden Kühe schlenderte. Nicht mehr lange, und Freya würde wieder nach Antiquitäten fahnden – das hatte sie immer am glücklichsten gemacht, und jetzt hielt sie nichts auf der Welt mehr davon ab.

Tau sickerte in Caroles Gartenschuhe, und sie betrachtete das lange Gras zu ihren Füßen. Erneut brandete die Trauer um Arthur über sie hinweg.

»Arthur, du altes Schlitzohr«, murmelte sie. »Das Gras wird zu lang. Was mache ich denn nur ohne dich?«

Sie erlaubte sich eine Träne, die ihre Wange hinablief, während Freya am anderen Ende des Gartens in die Hocke ging und ein paar Mohnblumen pflückte, die in dem verwilderten Garten gewachsen waren.

»Ich wünschte mir, du wärst hier, um zu sehen, wie gut sie sich geschlagen hat.«

Carole wischte sich übers Gesicht und beschloss, für Freyas Blumen die alte Royal-Copenhagen-Vase aus der Mitte des vorigen Jahrhunderts hervorzuholen. Carole war alt genug, um sich noch daran zu erinnern, wie ihre eigene Mutter sie einst im Dänemarkurlaub in einem Einrichtungsladen gekauft hatte. Eines schönen Tages würde sie Freya gehören. Carole wusste genau, wie sehr Freya sie lieben würde – ein richtiges Familienerbstück.

Harley trottete auf Carole zu und brachte ihr seinen Lieblingsball. »Komm, setzen wir Teewasser auf, und du kriegst einen Knochen. Ich weiß, ich weiß, du bist immer noch traumatisiert, weil ich dich bei Harry, diesem Verbrecher, zurückgelassen habe. Aber ich gebe alles, um das wiedergutzumachen.«

Mit einem Kläffen forderte Harley Carole auf, den Ball endlich zu werfen.

Carole warf ihn in Freyas Richtung.

»Arthur«, murmelte sie, »du fehlst mir mehr, als du es dir

vorstellen kannst ... Aber danke, dass du sie mir zurückgebracht hast – auch wenn es nur vorübergehend ist. Ich bin mir nicht sicher, ob du mögen würdest, was sie für Änderungen in deinem Laden plant, aber wir können auch nicht für alle Zeiten an der Vergangenheit hängen. Das hat noch nie jemandem gutgetan.«

51

»Am Ende sind es unsere Handlungen, die uns definieren.«

ARTHUR CROCKLEFORD

Bella

Bella stand an Deck der Stena-Line-Fähre und sah zu, wie England im Nebel verschwand. Der Wind zerrte an ihr, und sie hielt sich an der Reling fest. Als das Land außer Sicht war, wusste sie, dass sie frei war: frei von jener mörderischen Familie und ihrem Gängelband. Unter ihr auf dem Fahrzeugdeck parkte der Transporter mit den Antiquitäten, die sie verkaufen oder den rechtmäßigen Besitzern zurückgeben würde und die ihr eine Weile ein sorgenfreies Leben ermöglichen würden.

Um Arthur tat es ihr leid. Wie immer hatte er recht behalten: Freya war, wie sich herausgestellt hatte, tatsächlich sachkundig und hatte einen siebten Sinn, wenn es darum ging, gewissen Dingen auf den Grund zu gehen. Bella hatte keinen Zweifel daran, dass Freya inzwischen herausgefunden hatte, wer Harry wirklich war.

Bella selbst hatte ihn im vergangenen Winter zusammen mit seiner Mutter bei einer Party in London gesehen, war aber wohlweislich auf Abstand geblieben. Irgendwas stimmte nicht mit ihm – er war seinem Onkel Giles gar nicht unähnlich, nur hatte er Grips. Eine gefährliche Kombination. Dann hatte Giles an ihrem ersten Abend auf Copthorn Manor erwähnt, dass sein Neffe einer von Arthurs Sargträgern gewesen war – »fahrlässig von Amy, dass sie ihm das hatte durchgehen lassen«. Und Bella hatte eins und eins zusammengezählt.

Sie zog ihr Tuch enger um den Hals – einen bildschönen Hermès-Schal, der im Anwesen herumgelegen hatte – und knöpfte ihren Mantel zu. Nach Hoek van Holland wären es noch sechs Stunden. Bis dahin hätte sie die Fahrer des Transporters davon überzeugt, ihr die Schlüssel auszuhändigen – oder sie hätte ihnen etwas eingeflößt. Sie lächelte zufrieden und nickte. Keine Frage, sie würde mit allem, was sie für ihren Neustart brauchte, in den Niederlanden an Land gehen. Denn was Neustarts anging, hatte Bella mehr als genug Erfahrung.

Sie verließ das Außendeck, ging nach drinnen und bestellte sich zur Belohnung an der Bar ein Glas Champagner, setzte sich auf einen Barhocker und blickte übers Meer und in den sich verdunkelnden Himmel. Das sanfte Schaukeln der Fähre erinnerte sie an das nächste Abenteuer, das Arthur geplant hatte. Bis sie ihr Glas ausgetrunken hatte, hatte sie beschlossen, Wort zu halten und Freya ein wenig auf die Sprünge zu helfen.

In ihrer Handtasche lag ein nagelneues Handy, und sie tippte eine der vielen Nummern ein, die sie auswendig gelernt hatte.

»Hallo? Hier spricht Susan Jones. Ich habe mich gefragt, ob Sie für Ihre Antiquitäten-Cruise im Herbst noch eine Expertin brauchen?« Sie liebte es, diesen feinen Oberklasse-

Akzent aufzulegen. »O wunderbar. Ich schicke Ihnen die Kontaktdaten.«

Zufrieden zückte Bella ihre Schlüsselkarte und kehrte in ihre Kabine zurück, um sich etwas Passenderes anzuziehen. Vielleicht würde sie diesmal die blonde Perücke nehmen.

Diese Umzugsfahrer wissen ja gar nicht, was ihnen blüht.

Sie lächelte in sich hinein. Sie mochte ihren Job wirklich.

52

*»Jedes Mal, wenn ein alter Kunstgegenstand
durch unsere Hände geht, werden wir Teil seiner
Geschichte.«*

ARTHUR CROCKLEFORD

Freya

Crockleford Antiques badete im Spätnachmittagslicht, als
ich die Tür aufschloss. Ich hätte glatt wieder sechzehn
sein können – aber das war ich nicht und wollte es auch
gar nicht mehr sein. Ich tippte den neuen Alarmcode ein,
zog die Vorhänge auf und machte Licht. Eine Staubwolke
wehte mir entgegen, und ich klemmte die Tür fest, um frische Luft einzulassen.

Carole und ich waren zuvor zusammen an Arthurs Grab
gewesen. Ich hatte sie dort allein gelassen, weil sie noch Blumen hatte arrangieren wollen und ich wusste, dass sie noch
ein bisschen um ihn weinen wollte.

In der Mitte des Ladens blieb ich stehen und fragte
mich, wo ich anfangen sollte; seit Copthorn Manor waren
vier Monate vergangen, vier Wochen, seit mein Londoner
Haus verkauft worden war und ich meine wenigen Hab-
seligkeiten in Caroles Gästezimmer verfrachtet hatte, und

drei Tage, seit ich beschlossen hatte, den Laden neu zu eröffnen.

Jener Laden, der für mich einst das Tor zu Antiquitäten und antiken Artefakten gewesen war, wäre jetzt obendrein meine Zukunft. Mein Weg war so klar vorgezeichnet wie der klarblaue Himmel über den lieblichen Hügeln des Dedham Vale. Arthur hatte sein Versprechen gehalten und mir den Rückweg in eine Welt geebnet, die ich unendlich vermisst hatte. Er hatte genau gewusst, dass er mich wieder auf Jagd würde schicken können, indem er mir meinen alten blutbefleckten Schal zuspielte. Nur deshalb hatte er mir die Dossiers hinterlassen und sie nicht dem FBI übergeben, und jeder Schritt, den ich seither in meine Vergangenheit getan hatte, hatte zugleich in Richtung eines neuen Lebens geführt.

Clever, Arthur!

In jedem Objekt, das ich vor mir sah, konnte ich Arthur wiedererkennen. Seine Sammlung war handverlesen, hauptsächlich weil er jeden Gegenstand gemocht und wertgeschätzt hatte. Ich ging auf den großen Mahagonischreibtisch zu, zog den Bibliotheksstuhl aus der Zeit Georges IV. hervor – die Laufrollen waren geölt und ließen sich einwandfrei bewegen – und setzte mich auf das rote Lederpolster. Ich strich über die geschnitzten Armlehnen und ließ mich gegen die Rückenlehne sinken. Arthur hatte diesen Stuhl geliebt, und ich ahnte, warum. Derlei Stühle waren längst aus der Mode, aber er hätte gesagt: *Wir kaufen uns Antiquitäten, weil wir sie lieben, weil wir die Geschichte lieben* – ihre *Geschichte. Wir wollen sie mit in unser Zuhause nehmen, und deshalb muss es uns völlig egal sein, was die Mode uns vorschreibt.*

Ich zog die oberste Schreibtischschublade auf und blätterte durch ein paar Unterlagen. Schöne Erinnerungen an Arthur kamen in mir hoch, und diesmal hielt ich sie nicht wütend von mir weg, wie ich es früher getan hätte. Dieser Laden war mein Zufluchtsort gewesen, und jeder neu gelieferte Auktionskatalog hatte die Vorfreude auf einen Schatz mit sich gebracht, der nur darauf wartete, gehoben zu werden.

»Ach, Arthur, du hast so viel Vertrauen in mich gesetzt, indem ich zu Ende bringen sollte, was du begonnen hattest«, flüsterte ich. »Wenn du nur hier sein und sehen könntest, dass wir Asim Gerechtigkeit haben widerfahren lassen – und dir ebenfalls. Ich wünschte, du wärst hier, um alles mit mir zu besprechen.«

Ich stand wieder auf und fuhr mit dem Finger über die staubbedeckten Regale hinter dem Schreibtisch. Im selben Moment fiel mir Arthurs siebtes Buch wieder ein, das letzte, das leere Dossier.

»Warum ein leeres Buch?«, fragte ich in den leeren Laden hinein.

Doch tief im Innern wusste ich, was Arthur mir damit hatte sagen wollen. Er hatte mir leere Seiten gegeben, in die ich meine eigenen Erkenntnisse würde schreiben können. Er hatte mir damit sagen wollen, dass ich wieder auf die Jagd gehen sollte.

Schlagartig hatte ich einen Kloß im Hals, und meine Augen brannten. Ich holte tief Luft und schob das schlechte Gewissen beiseite.

Du hast mir eine Anleitung für die Antiquitätenjagd hinterlassen, nur dass ich dabei erst ein paar Umwege gehen musste ... Deine Hinweise haben mich in ein ziemliches Abenteuer gestürzt!

Ich nahm die beiden gefälschten Vasen vom Ausstellungstisch in der Mitte des Ladens und trug sie in die Küche. Harrys erster Fehler war gewesen zu glauben, dass niemand bemerken würde, dass er sie ausgetauscht hatte. Arthur hatte die echten absichtlich zerstört: in der Hoffnung, dass Carole es erkennen würde.

»Danke«, murmelte ich. »Es tut mir unendlich leid, dass ich dir das nicht mehr persönlich sagen kann. Danke für alles, was du mir je beigebracht hast, und danke, dass du mich beschützt hast.«

»Hallo?«

Ich zuckte erschrocken zusammen. Ein Mann steckte den Kopf zur offenen Ladentür herein.

»Haben Sie geöffnet?«, fragte er.

»Ähm …« Ich wusste nicht, was ich sagen sollte. Carole wollte noch immer nichts von einer Neueröffnung hören. »Ich fürchte nicht … Ich sehe hier nur nach dem Rechten.«

»Aber Sie sind Freya Lockwood?«

»Ja …?«

»Ich habe hier etwas für Sie.« Er überreichte mir einen Umschlag. »Das müssten Sie mir bitte abzeichnen.« Ich unterschrieb, und er wandte sich bereits zum Gehen, blieb dann aber stehen und zeigte auf zwei Jugendstil-Kerzenleuchter aus Messing im obersten Regalfach. »Die sehen teuer aus, aber ich wette, meine Frau würde sie sofort auf unseren Esstisch stellen.«

»Wenn wir wiedereröffnen, gebe ich drüben bei der Post Bescheid. Und dann mache ich Ihnen einen guten Preis. Sie sehen teurer aus, als sie sind«, sagte ich beschwichtigend, weil ich auf einen Blick sehen konnte, dass es sich nicht um Raritäten handelte.

»Fabelhaft. Und meine Frau soll denken, dass sie ein Vermögen wert sind!« Er schmunzelte freundlich und ging.

Ich machte den Umschlag auf und zog zwei Tickets und einen Brief heraus.

Verehrte Ms Lockwood,
Sie sind uns als potenzielle Expertin für unsere
bevorstehende »Antikenkreuzfahrt« nach Petra
empfohlen worden …

»Dein Vermächtnis war nicht das, was ich erwartet hatte, Arthur.« War das etwa die Reise, die Bella erwähnt hatte? »Du überlässt aber auch gar nichts dem Zufall, oder?« Ich lachte.

Ich ging in die Teeküche, um mir ein Glas Wasser, ein Staubtuch und Politur zu holen. Zurück im Verkaufsraum machte ich den ersten Schrank auf und nahm eine Milchglasblume heraus, die ich sofort als kleine Lalique-Skulptur einer Anemone identifizierte. Ich sprühte ein wenig Politur auf das Tuch, und der süße, leicht moschusartige Duft, der mich augenblicklich an meine Jugend erinnerte, füllte den Laden.

Carole kam durch die Tür gerauscht. »Ach, du machst sauber?« Sie strich ihr Seidenkleid glatt und warf einen Blick in den Vitrinenschrank. »Fantastische Idee. Ich helfe dir.«

Und so verbrachten wir den Tag – und auch den nächsten – und brachten alles wieder in Ordnung. Bis zum vierten Tag war meine Leidenschaft, kostbare Schätze an ihre rechtmäßigen Besitzer zurückzugeben, vollends wiederentfacht. Ich wusste, dass es an der Zeit für mich war, wieder auf Jagd zu gehen. Genau das war immer schon meine Berufung gewesen.

DANKSAGUNG

Seit gut zehn Jahren träume ich davon, in meine örtliche Buchhandlung zu schlendern und mein eigenes Buch dort im Regal zu sehen. Ohne die Menschen, die ich gleich erwähne, wäre mir das niemals möglich gewesen.

An meine Literaturagentin Hannah Todd: Dein nie enden wollender Enthusiasmus, deine Ermutigungen, dein Humor und dein Branchen-Know-how haben diese Reise perfekt gemacht. Danke auch an das komplette Powerteam der Madeleine Milburn Literary, TV & Film Agency: Maddy, Giles, Liane-Louise, Georgina, Valentina, Amanda und Hannah Ladds.

An meine wunderbaren Lektorinnen bei Atria, Natalie Hallak, bei Simon & Schuster Canada, Sarah St. Pierre, und in Großbritannien bei Pan Macmillan, Francesca Pathak: Tausend Dank euch dreien, dass ihr so sehr an dieses Buch und an mich geglaubt habt. Eure Hinweise, Ideen und Herzenswärme waren Gold wert. Dieses Buch ist eindeutig Teamwork – und ich hatte das beste Team von allen.

Ein großes Dankeschön auch an alle übrigen Beteiligten bei Atria, Lindsay Sagnette, Elizabeth Hitti, Laywan Kwan, Annette Sweeney, Yvonne Taylor, Stephanie Evans, Paige Lytle, Shelby Pumphrey, Lacee Burr und Nicole Bond, sowie bei Simon & Schuster Canada, Mackenzie Croft und

Cayley Pimentel: Danke, dass ihr dieses Buch in die Hände der Leserschaft gebracht habt.

An Sophia Bennett, Caroline Green, Karen Ball, Becca Langton, Sophie McKenzie, Tamsyn Murray und Holly Domney: Danke, dass ihr dieses Manuskript von Anfang an in die richtige Richtung gelenkt habt.

An Roisin Heycock, Nicola Penfold, Lui Sit, Ali Penny, Tania Tay, Annette Caseley, Catherine Whitmore und alle anderen aus dem Furies Writing Club: Danke für viel Gelächter und Unterstützung! Danke auch an Ali Clack für all die Kaffeesitzungen im Dedham Boathouse quer durch sämtliche Jahreszeiten, die mich bei Verstand und bei Laune gehalten haben – und dafür, dass du alles vorab gelesen hast. Danke, Jessa Maxwell, dass du all meine panischen Autorinnennachrichten mitten in der Nacht ertragen hast, nachdem ich wieder einmal nicht auf die Uhr geguckt, sondern einfach auf Senden gedrückt hatte. Ich bin begeistert, dass wir uns gleichzeitig in die Krimiwelt begeben haben.

Ohne dich, Clare Flaxen, und deinen Glauben an mich hätte ich wohl nie angefangen, dieses Buch zu schreiben.

Danke auch an Nanny Frances, die in mir die Liebe zu Büchern geweckt hat und weiß, was diese Veröffentlichung mir bedeutet. Danke an meine Schwestern, Sam, Tanya, Tasha und Kirsty, sowie an Tom, meinen Bruder, und an meine Sandkastenfreundinnen Virginie, Kat, Katy und Lizzy, die mir während dieser Reise zur Seite gestanden haben. Danke, John Wainwright, für deine Unterstützung und dafür, dass du diverse Fakten über Antiquitäten gegengecheckt hast – wenn in diesem Buch etwas nicht stimmen sollte, geht das allein auf meine Kappe. Danke an Mike und Magda Lawrence für eure Freundschaft … und den Büroplatz.

Tausend Dank auch an meinen Ehemann, Billy, für den unerschütterlichen Glauben in mich und meine Geschichte, und an meine Kinder, Aria und Leo: Wenn ihr dieses Buch in Händen haltet, dann soll das der Beweis dafür sein, dass Träume wahr werden können – selbst die größten! Danke an Jane Peters dafür, dass sie unsere ureigene Expertin für M. C. Beaton und ein Familienmitglied ehrenhalber ist.

Die wunderbare Tante Carole aus diesem Buch ist nach dem Vorbild des wahrhaft unvergleichlichen Ex-Bond-Girls Carole Ashby entstanden: Du bist für mich wie eine echte Tante. Danke, dass du meine Kindheit mit Sternenstaub versehen hast!

Meine Eltern, Judith und Martin Miller, haben die Veröffentlichung dieses Buches nicht mehr miterlebt, aber jede Seite und jede Figur darin inspiriert. Meine Kindheit war angefüllt mit Büchern und mit Antiquitäten, wofür ich auf ewig dankbar sein werde. Meine Mutter hat mir mit den Antiquitäten in diesem Buch ungemein geholfen – und wir hatten einen solchen Spaß dabei zu entscheiden, welche darin auftauchen sollten. Für diese Zeit, die wir miteinander verbracht haben, werde ich für immer dankbar sein. Ich bin wahnsinnig stolz auf all das, was sie beide erreicht haben, und sie werden mir bis an mein Lebensende fehlen.

An meine geschätzten Leserinnen und Leser: Danke fürs Lesen!

Für ihre Tochter würde eine Mutter alles tun. Wirklich alles?

384 Seiten. ISBN 978-3-7341-1298-0

Der brutale Mord an einer Bostoner Krankenschwester hält Detective Jane Rizzoli und Gerichtsmedizinerin Maura Isles in Atem. Noch in ihrer Arbeitskleidung wurde der Frau bei der Heimkehr der Schädel eingeschlagen. Hat sie einen Dieb überrascht, oder hat jemand auf sie gewartet? Was Jane da gar nicht gebrauchen kann, ist eine Mutter, die sie permanent wegen einer vermeintlich entführten Nachbarstochter anruft, die schon mehrmals weggelaufen ist. Zudem sind da noch diese unfreundlichen Neuen in der Straße, die kürzlich eingezogen sind, und mit denen etwas nicht koscher ist. Doch Angelas Bauchgefühl trügt nicht und bringt sie in höchste Gefahr ...

Lesen Sie mehr unter: **www.blanvalet.de**

Malerische Weinberge, alte Châteaus und eine Reihe mysteriöser Todesfälle!

368 Seiten. ISBN 978-3-7341-1111-2

Es ist Spätsommer in der Provence. Pierre Durand will seiner Charlotte einen Heiratsantrag machen und plant dafür ein Wochenende in der malerischen Weinregion Châteauneuf-du-Pape. Doch aus dem romantischen Ausflug wird schnell eine Geduldsprobe, als sich herausstellt, dass der Inhaber des Schlosshotels ihnen nicht von der Kochshow erzählt hat, die dort aufgezeichnet wird. Zudem sorgen zwei Unglücksfälle im Ort für Entsetzen: Ein Winzer und ein Makler sind innerhalb weniger Tage zu Tode gekommen. Nur ein tragischer Zufall? Als eine bekannte Weinexpertin ihre Teilnahme an der Kochshow absagt, ahnt niemand, dass Charlotte, die spontan ihren Platz einnimmt, sich damit in Lebensgefahr begibt …

Lesen Sie mehr unter: **www.blanvalet.de**

Ein mörderischer Segeltörn
auf der Flensburger Förde …

448 Seiten. ISBN 978-3-7341-1207-2

Dauerregen und Starkwind über der Flensburger Außenförde. Während eines Kundenevents auf einer Segeljacht geht die junge Bankerin Saskia Niekamp bei einem Wendemanöver über Bord. Wenige Tage später wird ihr Leichnam in Sønderby an der dänischen Küste angespült. Was zunächst wie ein tragischer Unfall aussieht, erweist sich als heimtückischer Mord. Vibeke Boisen und Rasmus Nyborg ermitteln in der einflussreichen Welt von Vorstandsetagen und gut betuchten Kunden. Je tiefer sie graben, desto mehr belastende Erkenntnisse bringen sie über die Tote ans Tageslicht. Doch erst als sie auf die Verbindung zu einem alten, ungelösten Fall stoßen, kommen sie den wahren Hintergründen auf die Spur …